この物語はリアルであるよう努めており、公表された多くの文献を参照していますが、構想や人物設定はフィクションであり、特定の人物や団体の状況や立場を表すものではありません。

二十世紀には戦争はなくなり、絞首台は排除され、憎しみは根絶され、
国境は消え、教義は廃止され、そして人々は生きている。

ヴィクトル・ユゴー（一八七九年八月三日）

目次

ハヤカワ・ミステリ文庫

〈HM㉓-1〉

台北裁判

唐 福睿（とうふくえい／タンフールイ）

よしだかおり訳

早川書房

9122

PORT OF LIES（八尺門的辯護人）
by
Freddy Fu-Jui Tang（唐福睿）
Copyright © 2021 by
Freddy Fu-Jui Tang
Translated by
Kaori Yoshida
First published 2024 in Japan by
HAYAKAWA PUBLISHING, INC.
This book is published in Japan by
direct arrangement with
MIRROR FICTION INC.
c/o THE GRAYHAWK AGENCY LTD.

台北裁判

登場人物

佟寶駒《トンバオジ》（寶哥《バオゴー》、タカラ）……高等法院公設弁護人

林芳語《リンファンユ》……同書記官

林　鼎紋《リンディンウェン》……佟寶駒の上司

連晉平《リエンジンピン》（蓮霧《リエンウー》）……佟寶駒の下に配属された代替役

佟守中《トンショウジョン》（ルオ）……佟寶駒の父親

馬潔《マジィ》……佟寶駒の母親

彭正民《パンジョンミン》（レカル、阿民《アミン》）
鄭　峰　群《ジョンフォンチエン》（カニウ、阿群《アチェン》）｝……佟寶駒の幼馴染

鄭王鈺荷《ジョンワンユーハー》……鄭峰群の妻

鄭少如《ジョンシャオル》……鄭峰群の娘

アナウ……正浜派出所の警察官

連正儀《リエンジョンイー》……司法官、連晉平の父親

李怡容《リーイーロン》……連晉平の恋人

アブドゥル・アドル……漁船員

許《シ》……佟寶駒の隣人

リーナ……許家の介護士

劉家恆《リウジャハン》……検察官

陳奕傳《チェンイーチャン》……通訳

洪振雄《ホンチェンション》……雄豊漁船会社代表

ヌル……リーナの親友

謝衡玉《シェホンユー》……精神鑑定人

ケニー・ドーソン……漁業監視員

陳嬌《チェンジャオ》……彭正民の妻

宋承武《ソンチャンウー》……台湾総統

陳青雪《チェンチンシェ》……法務大臣

蔣德仁《ジャンダーレン》……台湾総統選挙対策本部責任者

本文中のアミ語、インドネシア語の会話は、
書体を変更して表記しています。

一　海浜《ハイビン》事件

1

民国七十一年（一九八二年）九月十八日夜。十歳の佟寶駒《トンバオジ》は父親が血塗《ちまみ》れの姿で暗闇の中から歩いてくるのを見ていた。父親の佟守中《トンショウジョン》は血の滴る西瓜刀を握りしめ、舟板でできたドアに寄りかかり、喘《あえ》ぎながら息子を見つめた。そしてアミ語で一言、行けと言った。

外から騒ぎが聞こえてきた。正浜《ジョンビン》漁港から戻ってきた佟守中《トンショウジョン》が、多くの隣人を起こしてしまったのだろう。

佟寶駒《トンバオジ》の家族三人はサンパン（平底の木造船）の廃材で作った家で暮らしていた。そこはおおよそ二十坪の空間に四つの部屋があり、花蓮《ホワリエン》から来たアミ族の親戚友人が十四人ほど身を寄せ合っていた。全員が目を覚まし、部屋から出てきた。

悪鬼のような父親の姿を見た佟寶駒《トンバオジ》の脚は半歩たりとも動かなかった。彼は背後で母親の馬潔《マジィ》の悲鳴を聞いた。「ルオ[*1]、どうしたのさ？」

馬潔《マジィ》は血の気の引いた顔で西瓜刀を奪って投げ捨てた。サイレンが遠くから聞こえてきた。佟寶駒《トンバオジ》は刃の上で褪《あ》せていく血を見つめながら呆然としていた。

一陣の風が廃材の家を揺らし、突然電灯が消えた。暗黒の世界で、ただ佟守中《トンショウジョン》だけが悲しく喘いでいた。

佟寶駒《トンバオジ》は母親に抱きついて泣いた。その小さな心に初めて逃げるという考えが浮かんだ。そしてそれは彼にずっと付きまとった。

ここは八尺門《バーチムン》。

＊1　佟守中のアミ族での名前。

2

民国五〇年代（一九六一～一九七〇年）に、基隆《ジーロン》の漁業は活況を呈し、正浜《ジョンビン》漁港の労働力需要は飛躍的に増加した。アミ族を沿岸漁業や沖合漁業に従事させようと台湾東部へ赴く仲介業者も現れた。

全盛期だった佟守中《トンショウジョン》もそのひとりだった。原籍は花蓮《ホワリエン》県玉里《ユリー》。民国六十年（一九七一年）くらいに佟寶駒《トンバオジ》を背中に括《くく》り付けた妻の馬潔《マジィ》と基隆《ジーロン》に移住し、そこを終の棲家と決めた。

故郷を離れたアミ族の者は家賃を節約するために、ある者は和平《フーピン》島の龍目井戸《ロンムージンフー》の後方にある退役軍人宿舎の近くに粗末な家を建て、そこを阿拉《アラ》寶湾《バオワン》と呼んだ。アミ語で〝失った場所〟という意味だ。

別の者たちは和平《フーピン》島から離れた八尺《バーチ》門《ムン》水道が望める丘の中腹に、廃棄された船を材料に、海岸線の西側から丘陵に沿って法に背いた家を建てた。全盛期には二百戸以上の黒々としたアスファルトの瓦屋根がふたつの山に挟まれた谷の東側まで連なっていた。後に八尺門《バーチムン》集落と呼ばれるここが佟寶駒《トンバオジ》一家が落ち着いた場所だった。

八尺門《バーチムン》の名前の由来については佟寶駒《トンバオジ》も詳しくない。ただ幼いころ、父親が酒に酔うたびに同じ戯言《ざれごと》を繰り返していたのを覚えている。「アミ族の男はみんな八尺あるんだぞ」と言いながら、佟寶駒《トンバオジ》のズボンを下ろし、アミ族の男かどうかを確かめるのだ。

事件当夜の会合に参加していたのはみな八尺門《バーチムン》で一緒に暮らしているアミ族の親戚友人たちだった。佟守中《トンショウジョン》は従兄弟《いとこ》が海に落ちて死んだことを話し、憤慨しながら酒を口に運んでいた。船会社が保険に加入しておらず、仲介料や給与の前払いなどを差し引いた結果、僅かな寡婦年金と遺児年金でさえも奪われてしまったことに船長の佟守中《トンショウジョン》は憤っていた。

佟守中《トンショウジョン》は半分しか残っていない右の人差し指をさすってから、テーブルを叩いた。

「去年千切れたこの指にだって、やつらは何もしてくれなかった！」

話し合いは結論の出ないままお開きとなった。酒は飲み干され、灯は消え、参加者は酔いからくる眠気に身を任せていた。しかし佟守中《トンショウジョン》は部屋には戻らなかった。四方から鼾《いびき》が聞こえてくるまで食卓の前に座り、それから西瓜刀を手に取り外に出て曲がりくねった道を正浜《ジョンビン》漁港に向かって下っていった。

その夜の海風は冷たく、酔いがさめ始めた佟守中《トンショウジョン》は寒さのためと、これから凶行に及ぶという思いから噴き出したアドレナリンのせいで震えが抑えきれなかった。十年近く海で経験を積んできた佟守中《トンショウジョン》の手は百二十キログラムのマグロでさえも軽々とひっくり返せたが、いまや西瓜刀を握る力さえ怪しくなっている。

船会社のシャッターは半分開いていて、中から酒盛りの喧騒が聞こえてきた。佟守中《トンショウジョン》は自分が落ち着いてきたように感じた。和平島《フーピン》の方から海風が吹いてきて、八尺門《バーチムン》の山肌に不安定に並んでいる家の屋根や戸板が微かに揺れ、擦れ合う音が聞こえたような気がした。家のある方向に目を向けたが、夜に紛れて自分の家の灯を見分けることは難しかった。

火の点いた煙草を咥《くわ》えた人影が出てきて佟守中《トンショウジョン》と目が合った。船会社の経理主任だ。

「ああ」主任は掠れた声を出した。

佟守中《トンシヨウジョン》は主任の胸と首を切りつけた。血が目に入って、次に出てきたのが誰なのかわからなかった。ともあれ、二回切りつけた。

さらに多くの血が噴き出した。

佟守中《トンショウジョン》は顔についた血を拭いながら、来た道を駆け戻った。また身体が震え始めていた。家に入って佟寶駒《トンバオジ》に声をかけ、ポケットから硬貨を何枚か取り出して馬潔《マジィ》に酒を買いに行くよう頼んでくれと言った。

佟寶駒《トンバオジ》の後の人生において、犯罪は目新しいものではなかった。彼はあらゆる種類の恐ろしい事象を見てきたが、これは別物だった。血の臭いにまで近づいたのは、この時だけだ。

あの夜のことを思い返すと佟寶駒《トンバオジ》はいつも、事件の前に食卓の前でひとり背中を丸めて、散らかった酒瓶に話しかけていた佟守中《トンショウジョン》の姿をはっきりと思い出す。

「俺たちは人間ではないのか？」

3

幸いと言っていいのだろうか？　被害者はふたりとも命に別状はなかった。佟守中《トンショウジョン》は連続殺人未遂で起訴され、裁判で十年の実刑判決を受けた。

判決文は以下のようなものであった。『……犯行前、被告は親戚や友人たちと高粱酒《ガオリャンジョウ》や米酒《ミージョウ》を大量に摂取し、犯行時は責任能力が低下しており、心神喪失状態にあったと三軍《サンジン》総医院での精神鑑定結果から判断される。また被告は花蓮《ホワリエン》の山岳部で育ったため満足な教育を受けておらず、飲酒の悪習に染まり、都市生活に馴染めなかったと考えられる。かつ親族が事故に遭ったことでショックを受けたことを考慮し……』

佟守中《トンショウジョン》が収監される前夜、親戚友人たちによって壮行会が開かれた。八尺門《バーチムン》水道の沿岸の湿った岩礁の端くれの上で料理が振舞われた。馬潔《マジィ》が海沿いで拾ってきた海藻や岩螺《レイシ》が鍋の中で美味しそうな湯気を立てる。しかし佟守中《トンショウジョン》はそれを一口も食べなかった。

沈黙の中、誰かがふと来月船に乗ると呟いた。言葉にはしないが、佟守中《トンショウジョン》にわかってほしいと思っていた。何人かが頷く。結局のところ会社に多額の借金があるのなら、払わないわけにはいかないのだ。

船に乗る他に、何ができるというのだ。

漁港は小さな社会で、面倒なことは誰も望まない。

人生は続くのだ。

判決は十分我々に同情的だ。これ以上意地を張ってどうなる。

佟守中《トンシヨウジヨン》は逆巻く波しぶきを見つめるだけだった。

佟寶駒《トンバオジ》はぼんやりと焚火《たきび》を見ながら、周囲の話を頭の中で熟成させていた。彼の大人たちへの同情は、いつしかアルコール依存症や粗暴さ、自己憐憫《れんびん》などの劣等感への怒りに変わっていった。特に同胞たちが港で生き残るために妥協し、船会社側に立って両親を非難したことへの恨みが、一族全体への許し難い思いと己の出自に対する嫌悪へと広がっていった。

佟守中《トンシヨウジヨン》の服役中、馬潔《マジィ》は港の工場でエビの殻を剝く臨時雇いに就いた。汚れた水の中、エビの角で指を怪我した彼女は、長時間労働で体力が落ちていたことに加えて医者に行く費用を惜しんだ結果、蜂窩織炎《ほうかしきえん》から敗血症を引き起こし、苦しんだ後に命を落とした。

佟寶駒《トンバオジ》は己への同情を拒んだ。涙を見せず、和平《フーピン》カトリック教会の物置小屋で勉学に励んだ。八尺門《バーチムン》の集落が取り壊された年、彼は努力を重ねて大学に入り、振り返ることなく、永遠に雨が降り続くこの陰鬱な山間から出て行った。

4

民国七十七年（一九八八年）に李登輝《リードンフィ》総統が基隆《ジーロン》を視察し、八尺門《バーチムン》の住宅環境が改善されることになった。三年後、基隆《ジーロン》の市政府の主導の下、八尺門《バーチムン》の集落は取り壊されたうえで海浜《ハイビン》国営住宅地として再建され、先住民に優先的に販売すると共に国の先住民居留地に指定されたことで、台湾政府が都市部の先住民の違法集落を認める初の事例となった。

建設におよそ三年が費やされた。海浜国営住宅の完成後、四散していた同胞が戻り、入り江にちなんで新たに地名を「奇浩《キハウ》」とした。八尺門《バーチムン》の名は徐々に世間から忘れられていった。

名前が何と変わろうと、周囲がどう変わろうと、佟寶駒《トンバオジ》に言わせればこの土地は思い返すだけの価値はないのだ。離れて三十年余り、佟寶駒《トンバオジ》が帰るのはただ佟守中《トンショウジョン》に会うときだけで、その動機の半分は正浜《ジョンビン》漁港で食べる炭火焼ちくわだった。

それ以外に毎週土曜日の午後に和平《フーピン》カトリック教会で勉強会を開いている。これは彼と神父の約束だ。大学で学び始めてから毎週ここを訪れ、年の違う子どもたちに勉強を教え、悩み事を聞く。何でも知っているわけではないが、先住民の子どもたちの問題はそれほど複雑ではない。彼らに本当に必要なのはただ強く意思を持つことだ。

しかし今回佟寶駒《トンバオジ》が基隆《ジーロン》を訪れたのは、他の理由からだった。

基隆《ジーロン》地方法院（裁判所）はあまり日が当たらず、一年中人を陰鬱な気分にさせる。民事法廷は非公開だったため、傍聴席に人影は見えない。佟守中《トンショウジョン》が申立人席に座っている。歳月と海水がその顔に深く印を刻み付け、また長年水揚げした魚を冷凍庫へ運んでいた後遺症で背骨は曲がり、腕は上がらなくなっていた。

若い女性裁判官が被申立人席の佟寶駒《トンバオジ》を見て、簡潔に説明する。「申立人佟守中《トンショウジョン》、あなたの父親は本日から死亡するまで毎月三万台湾元の扶養費用を払うよう要求しています。いかがですか？」

「頭がおかしいんじゃないか？」佟寶駒《トンバオジ》は裁判官の問いを完全に無視して、向かいの父親に向かって声を荒らげた。「俺が渡している金では足りないのか？」

「あの金額でよくそんなことが言えるな！」

「ふたりとも国語を使うように」裁判官は堅苦しく指示した。「筆記者が記録できません」

「また酒か？　それとも麻雀か？」佟寶駒《トンバオジ》は止まらなかった。「あんなクズたちとの麻雀で金を溝《ドブ》に捨てているのか？　恥を知れ」

「少しの金にケチケチしやがって！　お前は白浪《バイラン》（漢人の蔑称）と何も違わない！」

「ふたりとも、話すのはいいのですが、国語を使ってもらえませんか？」

「酒を飲んでくたばりやがれ！」佟寶駒《トンバオジ》はようやく国語に切り替えた。

「先に死ぬのはどっちだ！」佟守中《トンショウジョン》は怒鳴り散らした。

「静粛に！　国語で言い争ってほしいわけではありません。聞かれたことに答えなさい」

裁判官は頭を振った。「相手方佟寶駒《トンバオジ》、あなたの職業は？　月収はどのくらいですか？」

佟守中《トンショウジョン》が口を挟む。「こいつは弁護士で金持ちだ」

「お前は黙ってろ。裁判官は俺に聞いている……」

「静粛に！」裁判官は目の前にいる褪せたポロシャツに灰色のぼさぼさ頭と不揃いな口ひげを蓄えた中年男をまじまじと見つめた。「相手方は弁護士なのですか？」

佟寶駒《トンバオジ》はあまり嬉しくなさそうに答えた「公設弁護人だ」

「どこの法院ですか？」

「高等法院」

「職歴はどのくらいですか？」

「二十数年」

裁判官は佟寶駒《トンバオジ》のキャリアを知り、直接尋ねた。「中立人の要求をどう思いますか？」

「民法一一一八条の一により、扶養中立ての免除を請求する」佟寶駒《トンバオジ》は父親を冷たく指さして言った。「この男は若いころはほとんど牢屋暮らしで、金を手にすれば飲んだくれ、家庭を顧みることなんてこれっぽっちもなかった」

佟守中《トンショウジョン》は悪びれる様子も見せず、気にもかけない風にそっぽを向いている。

裁判官はため息をついた。彼女は基本的な事実をざっと理解したのち、双方に和解を勧告し、次回開廷期日を伝えると閉廷を告げた。

佟寶駒《トンバオジ》が基隆《ジーロン》地方法院の正門を出ると、空から小糠雨が降ってきた。気温も下がり始めている。そろそろ廟口《シャオコウ》夜市が営業を始めるころだ。まだ人出もそれほど多くはないだろうから、何か食べて腹を温めてから台北に戻った方が良さそうだ。彰化《ジャンホ》銀行前の「麗葉麻辣《リーイエマーラー》臭豆腐《チョウドウフ》」なんていいかもしれない。

「車で来たのか？」佟守中《トンショウジョン》が背後から現れた。その口調から棘は消えているが、やはりハゲタカのようだ。

佟寶駒《トンバオジ》はため息をついた。「どこまでだ？」

「家に帰る」佟守中《トンショウジョン》が答えた。「まだこのぼろ車に乗ってるのか？　本をたくさん読んだところで何の役にも立っていないな」

佟寶駒《トンバオジ》は口論を続けたくなかったので屈辱を飲み下した。

佟寶駒《トンバオジ》は海岸線に沿って、台二省道《タイアル》を和平島《フーピン》方向に車を走らせた。道沿いの旧式の公営住宅は長年海風と長雨にさらされ、三十年前から変わっていないように見えるが、おそらくこの先もずっとこのまま狭い道路に暗い影を落とすのだろう。

車が正浜《ジョンピン》漁港方向に曲がると、港の向こうに色とりどりの家が立ち並んでいるのが見えた。佟寶駒《トンバオジ》はより良い撮影場所を求めて道を渡ろうとしていた観光客の一群を危うく撥ねそうになり大声を上げた。

「ホーリー媽祖《マーズー》！」

「反対側を地中海風に塗るべきだな」佟守中《トンショウジョン》が我関せず呟いた。「コーヒー屋はもっと増えるべきだ」

5

民国八十四年（一九九五年）に完成した海浜国営住宅は、行政の管理の都合上、先住民族と漢族が分かれて入居することとなった。海に近い山裾（旧下集落）は漢族に、先住民には中腹から上の場所（旧中集落と上集落）があてがわれた。

上集落の建物は広場を取り囲むように配置され、東側に日常の集会や毎年七月末に行われる豊年祭《フェンニェンジー》の拠点に使えるよう「奇浩《キハウ》集落集会所」が設置された。

佟守中《トンショウジョン》の家は中集落の坂道の途中にあった。駐車場所がないので、佟寶駒《トンバオジ》は坂を上り、広場で車を停めた。

車のエンジンを止めると、男がひとり笑顔で近づいてきた。身に着けたジャージのファスナーを半開きにしているので、警察の制服と少し突き出た腹が見えている。親子の姿を認めると、手にしたビールと煮込みを掲げて誘いかけてきた。

「ルオ、一緒にどうだ？　タカラも」

タカラは佟寶駒《トンバオジ》の子ども時代のあだ名で、「寶」の日本語読みが由来だった。過去の日本による統治時代の置き土産で、多くの老人たちは日本語を話すことができるし、アミ語の中にも日本語の影響を受けた言葉が残っている。親しい者だけが知る名前で呼ばれても、佟寶駒《トンバオジ》は何も感じなかった。

男が示す建物の前では、一族の集団が折り畳みテーブルで酒盛りをしている。テーブルの上は様々な酒瓶と飲み物、それとつまみで占められていた。佟寶駒《トンバオジ》はこの手の集まりに意義を感じていないので、手を振って断りの意思を伝えた。「アナウ、また今度」

アナウは諦めなかった。「久しぶりなんだから、来いよ」

佟守中《トンショウジョン》は佟寶駒《トンバオジ》に向き直り、言った。「行かなくていい。どいつもこいつもお前がお友達を欲しがっていると思ってやがるんだ」

佟寶駒《トンバオジ》は表面だけの関係を守るため、笑顔を張り付け父親の後に続いた。

6

集会は盛り上がり、人々は声を張り上げて笑い合っていた。

近づくと佟寶駒《トンバオジ》の幼馴染がふたり、座にいるのが見えた。

真ん中に陣取っている男は鄭峰群《ジョンフォンチェン》で、アミ族の名を「カニウ」という。二歳の娘を膝に抱いて、大げさな身振りでくだらない冗談を言っているようだ。年は五十歳近く。小柄で少しふくよかで、よく通る声をしている。笑顔だが目つきは鋭く、長年の風雨が顔に様々な模様を刻み付けて、生命力に満ちているように見える。

鄭峰群《ジョンフォンチェン》の近くに座る男は彭正民《パンジョンミン》でアミ族の名を「レカル」といった。その身体から、海に対する異質な感情が見て取れる。皮膚はどす黒く、身体はすらりとし、強引で粗暴さが感じられた。頭に巻かれた古びたチューブバンダナと、タイトなTシャツにデニムのショートパンツがその凶暴さを主張している。

アナウが酒と煮込みをテーブルに並べると歓声が上がった。佟守中《トンショウジョン》は早くも腰を下ろしている。その傍らに立った佟寶駒《トンバオジ》はどう逃げるべきか考えていた。

「アナウ、勤務中に酒を飲むのは……なんて言った……？　汚職じゃないのか？」鄭峰《ジョンフォン》群《チェン》が茶々を入れる。

アナウはジャージのファスナーを上げ、酔っぱらった態《てい》で倒れこんだ。「勤務中がなんだって？　クソ喰らえだ。どうせどいつもこいつも酔払いじゃないか」

鄭峰群《ジョンフォンチェン》は両手を叩いた。「なるほど。だからお前は毎日酔っぱらってるわけだ」

周囲が一斉に笑い声を上げた。佟守中《トンシヨウジヨン》はおもむろにビール瓶を手に取り、一息に飲み干した。

「船長さん、それじゃあ酔えないだろう」鄭峰群《ジョンフォンチェン》が冗談めかして言った。

佟守中《トンシヨウジヨン》は目を細め、軽蔑したように答えた。「船長くん」

彭正民《パンジョンミン》の顔色が変わった。鄭峰群《ジョンフォンチェン》は笑顔を張り付けたまま酒を持った手を上げ、そのままでいるようにと合図した。

アナウはこの場の空気をどうにかしようと鄭峰群《ジョンフォンチェン》を指さし「カニウは大漁だった」と言った。

「機械のおかげだな」佟守中《トンシヨウジヨン》は嘲《あざけ》った。

その場の空気が凍りかけたが、鄭峰群《ジョンフォンチェン》は頭を振り、佟寶駒《トンバオジ》に向かって話しかけた。

「タカラ、久しぶりだな。ようやく戻ってきて船に乗ることにしたのか？」

その皮肉に、周囲がまた笑い声を立てる。

「俺にはその手の仕事は向いてないよ。ははは」佟寶駒《トンバオジ》はぎこちなく笑った。

「どの仕事のことだ？」鄭峰群《ジョンフォンチェン》は聞き返した。

「大変すぎる。俺はそこまで……タフじゃない」

鄭峰群《ジョンフォンチェン》は傍らの丸椅子を指した。「座れ」

「まだ用事が残っている」

「お前はまだ俺たちの言葉を覚えているか？」彭正民《パンジョンミン》が突然問いかけた。佟寶駒《トンバオジ》の笑顔にひびが入った。

「場合によっては」佟寶駒《トンバオジ》は笑顔の仮面を捨て、顔色を曇らせた。

彭正民《パンジョンミン》が唇を舐め、横に唾を吐き捨ててさらに何か言おうとしたとき、突然佟守中《トンショウジョン》が缶ビールを掴んで立ち上がり、歩き出した。佟寶駒《トンバオジ》はこの機を逃さず、重い空気を残したままその場を後にした。

佟寶駒《トンバオジ》が車に戻るころには、雲はますます低く垂れさがっていた。彼にはわかっていた。いくらも経たぬうちに、また雨が山肌に降り注ぐのだ。一秒たりともここにはいたくなくて、エンジンをスタートさせた。

この場所とそこに暮らす人々はいつだって佟寶駒《トンバオジ》に言い知れぬ悲しみを与える。
そうしてこの時が佟寶駒《トンバオジ》が鄭峰群《ジョンフォンチェン》に会った最後になった。

7

高級住宅のエレベーターは広くて清潔だ。

連晉平《リェンジンピン》は鏡に映った自分を見つめ、酔って赤くなった頬や短く刈られた頭を触った。整った顔、壮健な体つき、極めて一般的。シンプルなシャツとデニムを身に着けているだけなのに、それなりの家の出身だとわかる雰囲気が漂っている。

連晉平《リェンジンピン》は酔いをさまそうと顔を叩いた後、腕時計で時間を確認した。二十五年の人生の中で自分が覚えている限り、帰りがこんなに遅くなったことはなかった。今夜は弁護士修習が終了したので、父親の連正儀《リェンジョンイー》も「いかがわしい場所」に彼が行くことを許したのだ。

「普通のクラブですよ」連晉平《リェンジンピン》はそう父親を説得した。

「クラブが普通だと？」

「ゲイバーやセクシークラブとは違うんです」

連正儀《リェンジョンイー》は疑わしそうな目で息子を睨んだ。連晉平《リェンジンピン》は父親の目つきを理解していた。裁判官に任命されて三十年余り。父親がそれぞれの場所について知らぬわけではないとわかっているが、自分のこんな言い方は説得力に欠けるだろうか。

「クラスメイトがみな行くんです。本の虫ばかりなので羽目を外すこともできませんよ」

連晉平《リェンジンピン》は説明した。

連正儀《リェンジョンイー》は何も言わなかった。この世代の若者に何ができるのか、彼には想像がつかなかった。司法官と呼ばれる職に就くのであれば、法律をよく知っておくのが基本である。司法官の職権は「認事用法」にある。これは「事実を認定し」てから「法律を適用する」ことを意味する。彼にしてみれば、それは当たり前すぎるほど当たり前のことだ。社会がどれだけ変わろうと、様々な手掛かりから糸口を読み取るのは、非常に繊細な心と公平正義への執着に他ならない。長年にわたって連正儀《リェンジョンイー》が己に課してきた裁判の質への拘《こだわ》りは、彼を出世へと導いた。最高法院刑事法廷の裁判長を拝命して十年、奇怪千万な事件を解決し、狡猾な被告を見破るのは日常茶飯事だ。ひとり息子に対しても信頼よりも心配が勝ってしまう。

連晉平《リェンジンピン》は自宅の玄関の前でバックパックをかき回し、鍵を探していた。突然内ドアが開き、連正儀《リェンジョンイー》が顔を出した。高級な部屋着を身に着け、毅然とした顔をしていた。深く刻まれたほうれい線のせいで、笑ったとしても堅苦しい表情は和らがないだろう。

「父さん……起きていたのですか？」

外ドアを開けた連正儀《リエンジョンイー》は連晉平《リエンジンピン》の角刈りの頭を見て、言葉を飲み込んだ。

「友人がどうせいつかは剃るのだからと……」

連正儀《リエンジョンイー》はいつもと違う匂いに、疑わしそうに尋ねた。

「飲んだのか？」

「いえ」

「今後そのような場所に行くのは控えなさい。お前はこの先司法官になるのだから」連《リエン》正儀《ジョンイー》は腕時計を確かめた。「もう十一時だ。次からは一時間早く帰ってきなさい」

連晉平《リエンジンピン》はおとなしく頷き、そそくさと自分の部屋に入った。

8

連晉平《リェンジンピン》の部屋は広い。四方にスポーツに関するポスターやグッズが飾られ、机と本棚には法律関係の書籍やファイルが積まれている。決して整理されているとは言えないが、ある種の乱雑さがここで生活しているという趣《おもむき》を醸し出している。

連晉平《リェンジンピン》はまだ今夜の余韻が覚めぬまま、ノートの積まれた机の前に座った。在学時に先輩たちから話だけは聞いていたが、なるほど、これは体験してみないとわからない。忘れられない思い出になる。

一カ月に及ぶ弁護士修習は評価制度があるとはいえ、実際はそれほど厳しくない。弁護士の卵たちがキャンパスで呑気な生活を送るのは、楽しい青春時代に別れを告げる成人式のようなものなのだろう。

国立台湾大学を卒業し、新卒で弁護士と司法官両方の試験に通った連晉平《リェンジンピン》にとって、父の足跡を追って司法官になるのは人生の既定路線だ。弁護士修習は弁護士免許を手にするための過程に過ぎない。修士論文も既に完成したとなれば、兵役前に一息つく最後の機会なのだ。

　今晩は弁護士修習の完璧な締めくくりだった。ただ李怡容《リーイーロン》をダンスに誘う勇気がなかったことだけが心残りだ。

　李怡容《リーイーロン》は父親の同僚の娘だ。連晉平《リエンジンピン》と同い年で、国立政治大学に通い、同じように弁護士と司法官試験をパスしている。また国立台湾大学の大学院にも進学が決まっている。刑事法を専攻した連晉平《リエンジンピン》と違い、彼女は経済法を選んだのだが。

　李怡容《リーイーロン》は外見もだが会話も魅力的で、父親の紹介でなかったとしても間違いなく連晉平《リエンジンピン》は彼女に惹かれただろう。彼女と同じ修学期間の弁護士修習に申し込んだのも彼女と親しくなる機会を得るためだ。今晩ふたりは何度か軽い会話を交わしたが、できればもっと親しくなりたい。

　甘い幻想の後、酔いのさめた連晉平《リエンジンピン》は寒さを感じた。一月の空気の冷たさが窓から忍び込んでくる。連晉平《リエンジンピン》はシャワーを浴びようと着替えを手に取り、いつもの習慣でテレビを点けた。ふと、気になるニュースが耳に入ってきた。

「今夜七時過ぎ、基隆《ジーロン》市和平《フーピン》島付近の海浜国営住宅で殺人事件が発生しました。インドネシア国籍で二十歳の漁船員アブドゥル・アドルが刃物を持って船長・鄭　峰　群《ジョンフォンチェン》の自宅に押し入り、一家三人を殺害した模様です。なお、動機は不明とのことですが、被害者には二歳の娘も含まれています。

さらに恐ろしいことに、容疑者は犯行後凶器を手に、全身血塗れのまま平然として和平《フーピン》島観光漁港市場まで歩いてきたため、目撃した通行人が通報したということです。幸いなことに居合わせた人々の協力で、容疑者は取り押さえられ、駆け付けた警察に逮捕されました……」

不鮮明な監視カメラの映像の中を、赤いサッカー・ユニフォームを着た男がひとり、ふらふらと歩いていく。連晉平《リェンジンピン》は目を凝らしてみたが、容疑者が凶器を手にしているのも全身が血塗れなのもわからなかった。

「事件を知った被害者の友人や家族が警察署の前に集まって犯人の責任を追及したため現場は緊張感が高まっていましたが、正浜《ジョンビン》派出所の所長がとりなしたため、現在は落ち着いています。警察は現在も捜査を続けており、一刻も早い動機の解明が望まれます」

ニュース画面に彭正民《パンジョンミン》がバットを振り回しながら興奮して何か叫ぶ姿が映った。その近くでは警察と揉めている一団がいて、現場はかなり混乱していた。

刑事法を学ぶ者として、連晉平《リェンジンピン》は重大な犯罪には気を配るようにしている。しかし今夜はとにかく疲れていた。テレビを消すとタオルを手にのろのろと浴室に向かった。

9

深夜の博愛特区《ボーアイ》（台北市博愛警備管制区。台北市中正区に位置する総統府を中心にした地域）はしんしんと冷えていた。五日後に予定されている総統選に備えて街灯の当たらない通りの一角に蛇籠《じゃかご》と拒馬（蛇籠、拒馬はバリケードの一種）が置かれている。それらは冷たい雨の中、まるで押し黙ってうなだれる兵士が座っているかのようであった。

一台の黒い公用車が法務省を出て、重慶南路《チョンチンナン》から凱達格蘭《ガイダグーラン》大道を曲がり、信義路《シンイー》の中央党本部ビルに向かっていく。

車内には法務大臣の陳青雪《チェンチンシェ》。彼女は窓の外を流れる台北の灯を眺めながら、短く切った髪を撫でつけた。陳青雪《チェンチンシェ》は五十歳になるが、身体に合ったスーツはスタイルの良さを際立たせ、薄化粧も年齢をごまかすものではなく、むしろ彼女の穏やかで美しい気質を表している。優雅な振舞いは優しさと権力の狭間で完璧なバランスをとっている。

ドイツのハンブルク大学で人権法の博士号を取得した陳青雪《チェンチンシェ》は、幼いころから正義感と慈愛の心に溢れていた。高校生のころから社会運動に熱中し、法律に対する思いを自覚する。民国八〇年代（一九九一～二〇〇〇年）は保守政治が主流で、彼女の主張は時としてトラブルを引き寄せた。しかし常に誰より優れた政治手腕で、事を収めてきた。

一年前、まだ陳青雪《チェンチンシェ》が大臣に就任して間もないころ、台湾では一ヵ月の間に立て続けに十四件の殺人事件が起きた（これには十二日間の内に公になった三件のバラバラ死体事件が含まれる）。*2 政策上の認識をすり合わせるため、宋承武《ソンチャンウー》総統は連夜、内政部、法務部、衛生福利部及び警政署を招集し原因と対策を話し合った。

当時湧き上がる世論に対して出席者たちは新しい刑事政策案を提出することに前向きであった。ただ陳青雪《チェンチンシェ》だけは違っていた。

彼女の考えではこれらの事件はすべて個々の案件であり、模倣犯でもなかった。したがって現行法を変えたところでどうなるものでもない。むしろこれらの偶発的な事件のために軽率に法制度を変えてしまえば実質的な意味が失われ、精神衛生法制度の計画に影響を与えかねない。それに法務部の犯罪に関する調査報告によるとここ十年の台湾社会では犯罪率も、罪を犯す人数も、さらに故意による殺人事件の数でさえ減少傾向にあるという。

「民意というものは曖昧で論理的ではありません。司法が求める人権の最終的な目標と相反します」陳青雪《チェンチンシェ》は総統に進言した。「政府は一貫した明確な立場をとるべきです。そうでないとどのみち民意に見放されます」

後の事態は正に陳青雪《チェンチンシェ》の予測通りとなった。幾度かにわたる政府の確固たる方針表明の後、事件に関する論理的でない意見は落ち着いていった。

しかし今は総統選を控えており、民意を疎《おろそ》かにするわけにはいかない。

一月中旬の選挙まであと一週間。世論調査の結果は拮抗している。今回の殺人事件と目の前の三十九人の死刑囚は当然選挙の論点になるであろう。とりわけ逃走した犯人は外国籍漁船員で、野党の追及が外国籍労働者、漁業監理、新移民政策など多岐にわたることは想像に難くない。

前総統の任期中に銃殺刑に処せられた死刑囚は三十人。宋承武《ソンチャンウー》が政権を握ってから四年。死刑が執行されたのは僅か一件で、それも陳青雪《チェンチンシェ》が着任する前のことだ。宋承武《ソンチャンウー》は国際組織に認められるため、政治において両条約の人権基準を遵守[*3]するよう常に努めてきた。しかし、今回は強大な圧力の下、どれだけ耐えられるだろうか？

犯罪もタイミングを見るべきだわ。そんな不合理な言葉が陳青雪《チェンチンシェ》の頭に浮かんだ。公用

＊2　民国一〇七年（二〇一八年）五月～六月の台湾では殺人事件が相次いで起きた。その頻度と凶悪さは未曾有のものとされる。

車は党本部の門衛室を過ぎて、地下駐車場へと入っていった。

＊3　市民的及び政治的権利に関する国際規約（ＩＣＣＰＲ）と経済的、社会的及び文化的権利に関する国際規約（ＩＣＥＳＣＲ）の総称。前者は第六条で締約国に死刑の制限を求めている。台湾では民国九十八年（二〇〇九年）に「両公約施行法」が公布され、正式に国内法として効力を持つようになった。

10

陳青雪《チェンチンシェ》が会議室に入ったときには、既に選挙対策本部責任者の蔣徳仁《ジャンダーレン》を脇にしたがえた宋承武《ソンチャンウー》が待っていた。

総統は疲労感を滲ませながらも穏やかな表情をしていた。「死刑は存続させるべきだろうか。我々はどう対応すればよいのだろうか？」

「重視するのは世論だ」蔣徳仁《ジャンダーレン》は陳青雪《チェンチンシェ》に言った。「選挙は既に最終コーナーに差し掛かっている」

蔣徳仁《ジャンダーレン》は荒武者のような顔つきで威風堂々としている。しかし長年にわたる駆け引きと過度な飲酒が彼に暗い影を落としていた。陳青雪《チェンチンシェ》はずっと彼の仕事ぶりを評価していなかった。彼の頭を占めるのは選挙に勝つことだけで、芯となるイデオロギーがないからだ。

もっとも過去において彼のやり方が危機をチャンスに変えてきたことは認めざるを得ない。

「総統、殺人が起こるたびに世論の顔色を窺い、政策を再検討しなければならないのなら、ふたつの条約に署名した意味はどこにあるのですか?」陳青雪《チェンチンシェ》は姿勢を崩さなかった。

「国民のコンセンサスは得られていないが、死刑は合理的かつ合法で、廃止反対が大多数を占めているのが現実だ。そしてそれが民主主義と呼ばれるものだ」蔣徳仁《ジャンダーレン》は言った。

「死刑の存続は民主主義の問題じゃないわ。人権問題。民主政治の問題よ。民意で人が殺せるなら裁判なんて必要ないじゃない」

「民主政治の問題? 大法官（憲法解釈と法解釈の統一を行う法院の構成員。訴訟の審判は行わない）は既に死刑は違憲ではないと表明している」

「大法官は決議を受理しなかった。合憲と解釈していないわ。無効な法律でさえ合憲としたような間違いを犯したこともあった」*4

「選挙は学問じゃない。君の立場……」蔣徳仁《ジャンダーレン》は言葉を探した。「率直に言って君の進退に関わってくる」

「私が言えることは」宋承武《ソンチャンウー》が手を挙げて蔣徳仁《ジャンダーレン》を制した。「大臣、私たちは今、現実を見なければならない」

蔣徳仁《ジャンダーレン》の懸念は正しい。陳青雪《チェンチンシェ》が一挙両全の方法を考え出さない限りは宋承武《ソンチャンウー》は彼女を支持して選挙に負けるリスクは避けるだろう。犯罪もタイミングを見るべきだ。陳青雪《チェンチンシェ》の心にまたその言葉が浮かんだ。

「一貫した立場を維持するべきです。ふたつの条約と人権を守る。しかし、死刑廃止が目標だと過度に主張しない」陳青雪《チェンチンシェ》が言った。

「大臣、今までとどんな違いがあるのだ？」蔣徳仁《ジャンダーレン》が尋ねた。

陳青雪《チェンチンシェ》はブリーフケースから資料を取り出し、総統に渡した。

「これは死刑囚三十九人の資料です。うち三十二人は特別な救済プログラムが進行中です。現行の〈死刑執行実施要点審査〉に照らし合わせても、死刑は執行すべきではありません。残りの七人については、全員分の関連調書を取り寄せており、迅速に調査を進めると表明できます」

「このような引き延ばし戦術に、いったいどのくらいの効果があるというのだ？」蔣徳仁《ジャンダーレン》が言った。

＊4　民国七十九年（一九九〇年）の釈字二六三号解釈で、特別刑法としての盗賊処罰規定が唯一、死刑既定の合憲だとされた。しかし民国八十八年（一九九九年）、関連した法制度を研究した蔡兆誠〔ツァイジャオチャン〕弁護士は、この条例は民国三十四年（一九四五年）に失効すべき時限立法であると主張した。この条例が民国九十一年（二〇〇二年）二月一日に立法院で廃止が発布される前に、本来であれば処刑されずに済むはずだった人々の数は不明。

「議会が今月初めに監獄行刑法を改正し、法務部に〈死刑執行規則〉の見直しを検討する権限を与えた」陳青雪《チェンチンシェ》が答えた。「立法院が旧態依然の規定がそぐわないと判断したのなら、見直しが終わるまで政府は死刑を執行するべきではないわ。議会は民意を代表するのではなくて？　私たちは法理上の主導権を握るの」

両手を胸に考えていた蔣徳仁《ジャンダーレン》であったが、よい反論は思いつかなかった。

「それ以外に、私は今回の事件について統一した名前を付けるべきだと提案します。現在メディアが使っている『一家惨殺事件』はあまりにもインパクトが強すぎます」陳青雪《チェンチンシェ》は専門家の思慮深さを見せた。「呼び名は偏らない方がいい……。『和平《フーピン》』や『外国籍労働者』の類の言葉を指したり連想させるのは絶対に避けなくては」

宋承武《ソンチャンウー》は頷いた。

陳青雪《チェンチンシェ》は結論に行きついた。「海浜《ハイビン》事件と呼びましょう。特定の意味もないし、海浜国営住宅は国民にそれほど知られた場所ではないから、あまり感情に訴えることもないし、恐怖感も与えないはずだわ」

宋承武《ソンチャンウー》は同意を示し、蔣徳仁《ジャンダーレン》は口を噤んだままであった。

陳青雪《チェンチンシェ》は敢えて一歩引いたことで己の考えを推し進められたことに密かに安堵の息を吐いた。選挙前の情勢は深刻ではあるが、少なくとも彼女は自分自身への信任をより多く得ることに成功した。

死刑廃止は陳青雪《チェンチンシェ》にとって、売名とは程遠い人生の最終目標、『聖杯』なのだ。多くの人々が彼女は理想が高すぎると批判するが、タイミングと政治が上手くいけばそれも不可能なことではないと考えている。

宋承武《ソンチャンウー》が再選され、自分が今の立場にいる限り、改革は続くのだ。

11

秋が近いとはいえ、まだ暑気の残る八月下旬。代替役《だいたいえき》（短期間の兵役訓練ののち、残りの兵役期間は政府機関の仕事に従事して代替すること）の制服に身を包んだいがぐり頭の連晉平《リェンジンピン》は、最高法院刑事法廷の建屋内の階段ホールから窓の外の強い日差しを眺めながら隔世の感をかみしめていた。

ひと月前は成功嶺（兵役訓練所のある地名）で兵役訓練を受けていたが、今は全く違う快適な環境に身を置いている。その変化を感慨深く思うとともに、未知への挑戦に興奮している。

連晉平《リェンジンピン》は口頭試問に合格後、今年の司法修習の就学期間に間に合わなかったため、先に兵役に就くことを選択した。父親は息子が兵役後にスムーズに翌年の司法修習を受けられるよう、その立場を利用して区役所に連晉平《リェンジンピン》の兵役について優先的に処理するよう働きかけていた。

偏平足を理由に、連晉平《リェンジンピン》は代替役に編入された。成功嶺でひと月兵役訓練を受けただけで軍を離れ、専門知識に基づいて政府の仕事に回ることとなった。

連晉平《リェンジンピン》が高等法院公設弁護人室に配属されて二週間余りが過ぎた。司法官と弁護士の資格を持ってはいるものの、職業訓練も受けておらず、実務経験もないため、当然のことながら直接弁護人業務に携わることはできなかった。連晉平《リェンジンピン》の日々の仕事は環境整備、裁判記録の整理、様々な雑務のサポートに限られた。

高等法院の同僚たちは彼が将来の司法官であることを理由に、面倒な仕事を押し付けたりはしなかった。この代替役がいつか自分の上司になるかもしれないのだ。ただ連晉平《リェンジンピン》の過度な礼儀正しさには、居心地の悪さを感じていた。

しかし寶哥《バオゴー》と呼ばれる公設弁護人だけは違った。

「お前は何の障害があって代替役なんだ?」これが佟寶駒《トンバオジ》が連晉平《リェンジンピン》に向けた最初の一言だった。

「苗字は連《リェン》というのか。連戰《リェンジャン》(台湾の政治家で元中国国民党主席。「奮闘百年」は中国共産党の掲げる目標)と何か関係があるのか? あったらいいな! 百年頑張れ!」これが二言目。

そして三言目が「これからお前を蓮霧《リェンウー》(蓮霧とは、台湾でポピュラーな果物)と呼ぼう。覚えやすくていいだろう?」だった。

知り合って二週間。連晉平《リェンジンピン》はこの無礼な中年男を少しも不快に思わないどころか、この男から毎日聞くばかげた話を気に入っていた。

この日の退勤時間間近、暇を持て余した佟寶駒《トンバオジ》は窓辺にもたれかかり隣接する司法大廈《シファダーシャー》の中庭を眺めながら、にやにやして連晉平《リェンジンピン》に尋ねた。「ここが日本統治時代は刑場だったって知っているか?」

突然の話に、連晉平《リェンジンピン》は頭を振った。

司法大廈《シファダーシャー》は日本統治時代に建設され、台湾総督府の高等法院、地方法院及び検察局が設置されていた。日本が戦争に敗れ、中華民国政府が台湾に移転した後、司法院として使用されるようになり、今に至る。博愛路《ボーアイ》の高等法院刑事法廷は民国五十七年(一九六八年)に建てられ、司法大廈《シファダーシャー》と並んでいる。ふたつの建物の間の小さな空き地が佟寶駒《トンバオジ》の言わんとする刑場であろう。

これについては佟寶駒《トンバオジ》のでたらめではなく、刑事裁判や死刑執行などのために作られた建物について回るまことしやかな噂のようなものだ。

「残業すると真夜中に中庭から声が聞こえるんだ」佟寶駒《トンバオジ》は言った。

「嘘だわ」林芳語《リンファンユ》書記官が口を出した。彼女は佟寶駒《トンバオジ》の先輩面《づら》が気に入らないようだ。

「本当に聞いたんだって」もっともらしく佟寶駒《トンバオジ》が答える。

「だって残業なんてしないじゃない」林芳語《リンファンユ》は裁判記録のファイルに埋もれたまま顔も上げなかった。

佟寶駒《トンバオジ》はニンマリした。「前に幽霊の話をしてから林芳語《リンファンユ》は怖くて残業ができなくなって、彼氏に転職したんじゃないかって疑われたんだよな」

「佟寶駒《トンバオジ》、嘘はやめてちょうだい！」

「ああ、あんたには彼氏なんていなかったな」

「これ以上何か言ってごらんなさい」林芳語《リンファンユ》が書類を顔に投げつけたので、佟寶駒《トンバオジ》は危うく椅子から転げ落ちそうになった。

連晉平《リエンジンピン》は先輩たちの口喧嘩に困惑している。

時計に目をやった佟寶駒《トンバオジ》が、荷物を手にドアに向かいながら元気よく手を振った。

「長居は無用、覚えておくがいい。ここは銃声響く刑場だ！」辺りを窺い歩き出す。「今夜は奢りだ。楽しく過ごせそうだぞ。バイバイ——」

その声はだんだん遠くなり、連晉平《リエンジンピン》は気まずそうに林芳語《リンファンユ》に笑いかけた。

12

基隆《ジーロン》の雰囲気を一番伝える歌は『港都夜雨《カンドーイェユー》』だろう。実に多くの人が港とは高雄《ガオション》のことだと勘違いしているが、この歌は実は民国四〇年代（一九五一〜一九六〇年）の基隆《ジーロン》が最も栄えた時期に港近くのクラブの音楽家が作ったものなのだ。曲は基隆《ジーロン》の雨に煙る情景と当時の流れ者の船乗りの心情を伝えてくる。

キーを下げたら『港都夜雨《カンドーイェユー》』はそれほど難しくないと佟寶駒《トンバオジ》は思っている。問題は発音だ。

歌詞を台湾語でスムーズに、しかも音を外さずに歌うのは彼にとって簡単なことではなかった。しかしいつもこの歌を選んでいた。多少なりとも基隆《ジーロン》で育った我が身の「先住民色」を隠すことができるからだ。

「寶哥《バオゴー》、いいぞ！　これぞ台湾男児！」個室にいた人々が歓声を上げ、コンパニオンもそれに合わせた。

この場の五十歳近い中年男たちはみな酒が入っていた。ネクタイはボタンを外したシャツに斜めになって垂れ下がっているか、既にブリーフケースに押し込まれているかのどちらかだ。佟寶駒《トンバオジ》が最後のフレーズを歌い終わるとみな立ち上がり、まるで男子中学生が自慰の回数を競い合うかのように盛り上がり、大げさに拍手喝采した。

「寶哥《バオゴー》がこの歌を歌うたびにため息が出るよ。正に台湾男児だ！」この日の主催者の林鼎《リンディン》紋《ウェン》がグラスを掲げて言った。「今日は寶哥《バオゴー》が我々の事務所に正式に加わった記念すべき日だ。この先住民のガキは何回話しても首を縦に振らなくて、私が三顧の礼を尽くし、七進七出、七縦七擒《しちしょうしちきん》でようやく承服させたのだ！」

林鼎紋《リンディンウェン》は自らを諸葛亮に準《なぞら》えることで佟寶駒《トンバオジ》を孟獲に喩《たと》えてみせた。周囲はみな曖昧な顔をした。彼らの赤い顔が、戯言の中の政治的圧力を感じ取っていた。

それを見た林鼎紋《リンディンウェン》は真顔を装った。「一般人は公設弁護人がどういうものかなんて知らない。だが我々刑事事件専門の弁護士事務所にとっては宝物だ！」

「だから寶哥《バオゴー》と呼ぶのか！」誰かが同調した。

「公設弁護人は誰より裁判官や検察官の考え方について詳しいのだ。わかるか？　我々の寶哥《バオゴー》は台北地区で最もキャリアのある公設弁護人だ。安定した公務員の座を捨てて我々の陣に飛び込むのは、容易なことではない。ひとえに私との二十年以上にわたる付き合いの……」

林《リンディンウェン》鼎紋の話は間違ってはいない。大学時代、佟寶駒《トンバオジ》と彼は兄弟のような付き合いであった。林《リンディンウェン》鼎紋は機転が利き、また誠実な一面を持っていた。司法試験の準備に際して彼が個別指導や小テストで惜しみなく支えてくれなかったら、経済的に困窮していた佟寶駒《トンバオジ》は公設弁護人試験に合格することは叶わなかったであろう。

佟寶駒《トンバオジ》にとって公設弁護人という仕事の意義は安定収入に他ならない。おかげで彼は先住民族の親戚の多くが、たとえ二世の世代だとしても未だに左官工や運送業、はたまた清掃作業員といった低賃金の仕事に就かざるを得ないような負のスパイラルから抜け出すことができたのだ。

佟寶駒《トンバオジ》の成功譚は奇《キ》浩《ハウ》集落にとって大した意味を持たなかった。彼の経歴は特殊すぎたのだ。早くに父親が収監され、大人にならざるを得なかったことに加え、国営住宅建設時に集落が一時的にバラバラになったことで、足を引っ張り合う同族から抜け出せたのだ。勤労学生を続け、先住民族の機転と、さらに運の良さもあって輔仁《フーレン》大学法学部に入学した。大学としてのランクは高くないが、環境を変え、前途有望な友人を得ることで人生を好転させることができたのだ。

佟寶駒《トンバオジ》に言わせると、公設弁護人は自分に一番合った仕事なのだ。公務員であることを羨ましがられる以外、一般人に認知されていない。仕事の内容も裁判官や検察官のそれのように複雑で面倒でもない。案件は大抵単純で、裁判官の指示に従えば、結審させなければというプレッシャーもない。

林鼎紋《リンディンウェン》は己の経営戦略のために佟寶駒《トンバオジ》を採用した。彼のようなキャリアのある公設弁護人には、採用率が増加した新人弁護士を雇い入れるよりも事務所のイメージや裁判の戦略に言葉にできない絶妙な効果があるのだ。

佟寶駒《トンバオジ》が林鼎紋《リンディンウェン》に望むのは、勤続二十五年の退職金の他に弁護士としての手厚い報酬と自由な生活だ。

これ以外に、公設弁護人制度が縮小していることも原因だった。民国八十八年（一九九九年）全国司法改革会議において、法律的扶助或いは義務弁護士制度を導入すると決議した後、国は公設弁護人を募集しなくなったのだ。また公設弁護人は職務上は検察側と対立するが、その地位は法院（裁判所）の管理下にあるため、その独立性が暫《しば》し疑問視されている。

新しい制度が始まる前に、己を高く売った方がいい。法院の人目につかない階級で息を潜めているより、自分の時間を人生を楽しむために使い始めるべきだ。佟寶駒《トンバオジ》はこのような結論に達し、今年の年末賞与を受け取った後、公設弁護人を辞し、弁護士に鞍替えすることに決めたのだった。

今夜は林鼎紋《リンディンウェン》が主催する祝賀会だ。シニアパートナー以外に、弁護士会で名の知られた人物も何人か招待されていた。酒が深くなる頃には佟寶駒《トンバオジ》は自分が一端《いっぱし》の人物になったような気がしていた。

「林《リン》大先生が毎週こんな楽しみを保証してくれたんだが、どんな礼をしたらいいんだろうなあ……」真面目な顔で佟寶駒《トンバオジ》は言った。

周囲は佟寶駒《トンバオジ》がうっかり漏らした先住民族の訛りに気付き、真似を始めた。やがてそれは動作にも広がり、コンパニオンを巻き込んだ。一団はひしめき合って、今や雰囲気は最高潮だ。

「今の顧客はみな野蛮だからな。こちらも野蛮になるべきだな！」林鼎紋《リンディンウェン》はとっておきの冗談を披露した。またしても人々は非難の視線を隠した曖昧な表情になったが、林鼎《リンディン》紋《ウェン》は満面の笑みのままであった。

「だからあんたはこんな仙女たちを集めたのか！」佟寶駒《トンバオジ》は近くのコンパニオンを指して大声を上げた。「でもやはり俺は台湾のかわいこちゃんが一番だ〜」

張震嶽《チャンチェンユエ》の『我愛台妹《ウォアイタイメイ》』の合唱が始まった。まるでエコーがかかったように佟寶駒《トンバオジ》の歌声が響いていた。

祝賀会は深夜まで続いた。佟寶駒《トンバオジ》はアルコールの抜けぬまま内湖《ネイフー》の住居まで戻ってきた。古いエレベーターのついたマンションは、小さいけれど彼が仕事に打ち込んだ成果のひとつだ。

エレベーターのドアが閉まる前に駆け込んだ佟寶駒《トンバオジ》は、躓《つまず》いて顔から転びそうになり、中にいた女性をたいそう驚かせてしまった。アルコールにふらつく足を踏みしめた時、彼女が向かいの部屋の外国籍介護人であることに気が付いた。

佟寶駒《トンバオジ》は近所と親しくする類の人間ではないが、向かいには許《シ》という苗字の息子を持つ老女がひとりで住んでいたと記憶していた。この老女は外国籍の介護人を何度か変えていて、目の前の女性は半年前から見かけるようになった新顔だった。佟寶駒《トンバオジ》が彼女をよく覚えていたのは、彼女が美しかったからだ。

介護人はヒジャブで頭を覆い、褐色の肌に繊細で慎み深い顔立ちをしていた。いつも簡素なTシャツとジーンズ、それに大きすぎるデニムジャケットを身に着けていた。しかしその下の身体の凹凸は隠しきれていなかった。

今晩の佟寶駒《トンバオジ》は酒に酔っていた。さらに先ほどの宴席の興奮も手伝って、ついつい彼女に声をかけた。

「こんばんは～」

彼女は答えず、警戒しながら頷いた。

「こんばんは。中国語話せる？ Do you speak Chinese?」佟寶駒《トンバオジ》は己の英語の発音のひどさに笑いをこらえられなかった。「怖がらないでよ！ We are family. 台湾に来たなら家族も同然。俺は弁護士。悪いやつじゃないよ。法院で働いてる……いい奴だよ。Good man! Good man!」

彼女は不安げにゆっくりと増えていく表示階の数字を見ている。

「Don't afraid. 俺は君のお隣さん。Neighbor, do you understand ?」アルコールのせいで佟《トン》寶駒《バオジ》はますます饒舌になった。「What's your name? 中国語が話せなきゃ介護なんてできないでしょ？ 嘘はだめだよ！」

「佟寶駒《トンバオジ》」佟寶駒《トンバオジ》は自分を指して言った。「My name、佟寶駒《トンバオジ》。佟～寶～駒～」

エレベーターのドアが開いた。介護士は速足で歩きだした。

「佟～寶～駒～」佟寶駒《トンバオジ》は彼女の後を追いかけてエレベーターを降りた。そして楽しいことを思いついたかのようにげらげら笑いだした。「A good horse. I am a good horse だよ！」

13

エレベーターのドアが閉まる前に駆け込んできた蔣徳仁《ジャンダーレン》は、無造作にコートのポケットに何かを突っ込んだ。素早い動きであったが、陳青雪《チェンチンシェ》はそれが彼がいつも持ち歩いている酒のボトルであることに気が付いた。

蔣徳仁《ジャンダーレン》の飲酒問題は公然の秘密である。高い地位にいることと、特に何かを起こしたわけではないため問題になっていないだけなのだ。いつも彼からは強いコロンの香りがするが、おそらくアルコール臭をごまかすためであろう。

エレベーターのドアがゆっくりと閉じる。陳青雪《チェンチンシェ》は礼儀正しく会釈した。

半年前の総統選で宋承武《ソンチャンウー》は僅かな得票差で勝利を手にした。選挙後、蔣徳仁《ジャンダーレン》は総統府の秘書長（総統、副総統に次ぐ行政院長の補佐官）に抜擢され、陳青雪《チェンチンシェ》は法務大臣の座に留任した。ふたりの間には総統選の時のような密かに漂う緊張感はなく、お互いその能力を認め合っていた。

「大臣、留任おめでとう」蔣徳仁《ジャンダーレン》が言った。

「秘書長就任、おめでとうございます」

「死刑判決の全員一致制」

「え？」

「理念ばかりを唱えるのではなく、妥協の二文字をもっと頻繁に使うべきだな」蔣徳仁《ジャンダーレン》は平然と言った。

陳青雪《チェンチンシェ》がその意を飲み込む前にエレベーターが目的の階に着いた。蔣徳仁《ジャンダーレン》は颯爽と歩きだし、彼女に質問の機会を与えなかった。

この日陳青雪《チェンチンシェ》が総統府に来たのは、ブリーフィングと今後の任期の政策プランを確認するためだった。ブリーフィングルームに控えているとスマートフォンがニュース速報を受信した。それは海浜《ハイビン》事件の最新ニュースだった。

「半年前に起きた残忍な海浜《ハイビン》事件の裁判が本日午前、基隆《ジーロン》地方法院で開かれ、インドネシア籍の被告人アブドゥル・アドルに死刑が言い渡されました。取り調べにも非協力的で、供述を二転三転させ、凶悪な犯行に対する反省の弁もなかったことから、合議法廷は被告人は罪を償うべきであり、また矯正の余地もないものとし……」

陳青雪《チェンチンシェ》はこの判決を冷静に受け止めた。まだ一審判決だ。未来は不透明で、今日の報告内容にも影響はないだろう。

「基隆《ジーロン》地方法院の報道官の発表によると、判決が死刑であったため、刑事訴訟法上、法院は被告人の意思に関係なく、職権で上訴しなければならないといいます。この事件は近々台湾高等法院に送られる予定です。法曹界関係者たちはみな、新しい証拠が出てこない限り、被告人の非協力的な姿勢などから二審も死刑の判決が下される確率が高いと話しています……。本事件が非常に関心を集めるのは、三十年前に起きた湯英伸《タンインシェン》事件に非常に似ているからでしょう」*5

確かに似ている。三十数年を経て何もかもが変化した。また何もかもが変わらなかった。殺人事件への執着は、今も強く、熱い。陳青雪《チェンチンシェ》は思いに沈んだ。

蔣德仁《ジャンダーレン》とブリーフィングルームに入ってきた宋承武《ソンチャンウー》が優しく尋ねた。「大臣、夕飯は済んだかな?」

*5　阿里山集落の先住民族鄒〔ツォウ〕族の湯英伸は、十八歳の時に職を求めて台北に単身向かった。職業紹介所と雇用主に騙され、九日間連続で一日十七時間労働を強いられた上に、雇用主に身分証明書を取り上げられ逃げることもできなかった。追い詰められた湯英伸は雇い主一家三人を殺害してしまう。戦後台湾の四百余名の元死刑囚の中で最年少で、銃殺された時はまだ二十歳未満であった。

陳青雪《チェンチンシェ》は微笑みながら頷いて、手にしたファイルを差し出した。「本日の報告です。先程判決の出た海浜《ハイビン》事件を含め、最近社会的に注目された事件をまとめています」

陳青雪《チェンチンシェ》は報告書の内容をまとめた。もっとも繊細である「死刑廃止」については言及を避けているが、国民裁判官法の「死刑判決の全員一致制」についてはかなり強調されていた。

「死刑判決の全員一致制」は法廷の九人の裁判官（専門職の裁判官三人、国民裁判官六人）全員の同意をもって死刑判決が成立するということである。三人の裁判官の過半数が同意すれば死刑となる現行の制度に比べ、死刑の基準が大幅に厳しくなる。これは陳青雪《チェンチンシェ》が最も力を入れている政策であった。

「死刑判決の全員一致制？　大臣、それは実質死刑の廃止なのでは？」蔣德仁《ジャンダーレン》は無遠慮に言った。

陳青雪《チェンチンシェ》は先程のエレベーター内でのやり取りを思い出し、心中穏やかではいられなくなった。この男はいったいどういうつもりなのだろうか？

「死刑の正当性は、より厳しい要件があってこそだわ」陳青雪《チェンチンシェ》が言った。

「死刑執行を止めるよりも扱いが難しい」蔣德仁《ジャンダーレン》は反論を続けた。

「社会全体にまだ死刑廃止に対する共通認識ができていない。死刑判決の全員一致制は…

……」陳青雪《チェンチンシェ》は急に蔣徳仁《ジャンダーレン》の狙いを理解した。総統に向き直って話を続ける。「死刑判決の全員一致制はさしあたり、一番の落としどころです」

宋承武《ソンチャンウー》が頷いたので、陳青雪《チェンチンシェ》は安堵した。

話が変わり、宋承武《ソンチャンウー》が海浜《ハイビン》事件について尋ねた。

陳青雪《チェンチンシェ》は客観的に説明する。「事実は明確で、証拠は揃っています。新しい証拠が出てこない限りは、二審は精神鑑定と心理鑑定で争われるでしょう」

「君の個人的な見解は？」宋承武《ソンチャンウー》が尋ねた。

「量刑に問題があると考えます」陳青雪《チェンチンシェ》は短く答える。言葉には重い意味が込められていた。

会議が終わり、陳青雪《チェンチンシェ》は蔣徳仁《ジャンダーレン》についてエレベーターに乗り込んだ。

「ありがとう」ドアが閉まるのを待って、小声でそう言う。

蔣徳仁《ジャンダーレン》は頷いただけで、他に反応はなかった。

沈黙の後、陳青雪《チェンチンシェ》は蔣徳仁《ジャンダーレン》に手を伸ばした。少し考えた蔣徳仁《ジャンダーレン》は、彼女がコートのポケットの中のボトルを指しているのだと思い至った。躊躇《ためら》った後、彼女に酒のボトルを渡した。

陳青雪《チェンチンシェ》は躊躇《ちゅうちょ》することなく一飲みし、その味を堪能した。舌で唇を舐めると、彼女はまるで蔣徳仁《ジャンダーレン》を味わったかのように満足気に頷いた。

14

毎日午後三時になると、連晉平《リェンジンピン》は台車を引きながらあちこちの部署を回り歩き、公設弁護人室の公文書を受け渡しするのが常だった。この日、書記官室に足を踏み入れるやいなや彼は笑顔の義股《イーグ》書記官に手招きされた。

「これを寶哥《バオゴー》に渡してくれ」義股《イーグ》書記官はデスクの上に公文書ファイルを放った。「喜んでくれるといいが」

ファイルを開いた連晉平《リェンジンピン》は義股《イーグ》書記官の笑顔の意味を悟った。

「寶哥《バオゴー》対劉《リウ》検だ。間違いなく盛り上がるぞ」義股《イーグ》書記官が続けた。

書記官の言う劉《リウ》検とは劉家恆《リウジャハン》検察官のことである。劉《リウ》検と佟寶駒《トンバオジ》の長い確執は、既に法院ではよく知られたものとなっている。誰もきっかけがどのようなことであったか覚えていないし、本人たちもよくわからないであろう。ふたりの職業的立場はもともと相対するもので、専門家としての見解が対立するのは仕方がないが、高等法院の同僚であるにもかかわらず、なぜか出廷するたびに一触即発になってしまうのだ。

しかしこの時連晉平《リェンジンピン》はこのふたりの関係に全く興味がなかった。ファイルを持ったまま、振り返ることなく公設弁護人室に戻った。

昔ながらの装飾が施された公設弁護人室はおおよそ三坪ほどの大きさだが、様々なファイルと本に占領されている。雑然とした中にどこかしら歴史の温かみが残っていた。佟寶駒《トンバオジ》はデスクに足を乗せ、スマートフォンでNBAの中継を見ており、林芳語《リンファンユ》は仕事に集中している。公設弁護人室には平和な雰囲気が漂っていた。

連晉平《リェンジンピン》は厳粛な表情で入室した。

「司法修習は笑い方も教えた方がいいんじゃないか？」佟寶駒《トンバオジ》が言った。「そうすれば世間の司法に対する好感度も二五%を超えられるだろう[*6]」

連晉平《リェンジンピン》は佟寶駒《トンバオジ》の冗談に反応せず、手の中の公文書ファイルをその目の前に突き出した。

「寶哥《バオゴー》、この案件に僕を関わらせてもらえますか？」

不思議に思った佟寶駒《トンバオジ》はファイルに目をやり、理由を察した。

「お願いします！」連晉平《リェンジンピン》は深く頭を下げた。

「海浜《ハイビン》事件？　大当たりね！」林芳語《リンファンユ》は大笑いした。「人権派闘士・佟寶駒《トンバオジ》の出番だわ」

「坊や、なんだって？」

「僕はこの事件に関わりたいのです」連晉平《リェンジンピン》ははっきりと言った。無意識のうちに背筋を伸ばし、指をまっすぐにズボンの縫目に添わせる。その姿勢は身体がまだ成功嶺の規則を忘れていないことを語っていた。

「待て待て。お前は死刑廃止連盟のメンバーじゃないだろう?」佟寶駒《トンバオジ》が尋ねた。

「ボランティアの参加は認められますか?」

「ホーリー媽祖《マーズー》! まだ社会に出てないやつの話はまどろっこしいな。で、お前は死刑廃止を支持してるのか?」

「僕は死刑は廃止するべきだと考えています」

「俺は違うな。NGOと関わっていいことなんかひとつもない。お前は頭でっかちになっているぞ」

連晉平《リェンジンピン》は慌てて付け足した。「僕の修士論文のテーマは裁判における精神鑑定でした。きっとお役に立てます」

「ああ? 死刑反対に加えて精神鑑定だって? マイケル・ジョーダンにレブロン・ジェ

＊6 民国一〇六年(二〇一七年)の台湾民意基金のアンケートによる。台湾人の公務員に対する好感度は、裁判官が二四・五%となっている。

ームズを足したようなものだな！　最強だ！」

「弁護人は被告のために戦うべきで……」

「ふざけてるのか？」佟寶駒《トンバオジ》は連晉平《リェンジンピン》の訴えを遮った。「死刑反対派が行った民意調査によると、台湾人の七〇％は司法の公平性を信じておらず、七五％は台湾の法律は有力者や権力者のためにあると考え、八〇％は貧乏人は金持ちより死刑になりやすいと感じていて……」佟寶駒《トンバオジ》は意図的に間を置き、笑顔を見せた。「なのに八五％の台湾人は死刑に賛成なんだよ」

「それは笑い話じゃなく、事実です」

「事実だから笑えるんだよ」

「何が言いたいのですか？」

佟寶駒《トンバオジ》は公文書ファイルを連晉平《リェンジンピン》の前に投げつけた。「見たいなら持っていけ。青い理想をぶち壊すのは楽しいからな」

連晉平《リェンジンピン》は公文書を見つめた。使命感がふつふつと湧き上がる。

「ディフェンス・ワン・オン・ワン。よく見ていけ！」佟寶駒《トンバオジ》は足をデスクの上に戻してNBAの中継に戻った。「見終わったら俺に結果をパスしてくれ」

「自分で読みなさい」林芳語《リンファンユ》がうんざりした顔で言った。

15

既に台湾大学を卒業していたが、連晉平《リェンジンピン》は裁判の記録を見たことがなかった。刑事法を専攻しているといっても、このような実際の起訴状を目にする機会はほとんどないと言っていい。当事者のプライバシーを保護するため、一般人はインターネット上に公開された判決文の全文からファイルの内容を推測することしかできない。

裁判記録には判決文にはない多くの詳細が記載されているのだと、かつて連晉平《リェンジンピン》は父親から聞いたことがある。資料の配置や書状の順序を分析するだけで、法廷の動きを推測することが可能だ。「裁判記録の読み方を知らねば……それが形式上のものであれ、実質上のものであれ、よい裁判官にはなれないのだ」それは連正儀《リェンジョンイー》の経験則によるものだった。

連晉平《リェンジンピン》の手の中にある海浜《ハイビン》事件の裁判記録のファイルは想像よりも軽かった。殺人事件のものであれば、もっと重くてもいいはずだ。僅か三ページしかないなどとは予想もしていなかった。

起訴状によると、被告はインドネシア籍のアブドゥル・アドル。民国八十九年（二〇〇〇年）七月二十六日生まれ。現在拘留中。連晉平《リエンジンピン》はテレビで見た被告の痩せ細った姿を思い出した。どう見ても遠洋漁船で海に立ち向かうような二十歳の男には見えない。

連晉平《リエンジンピン》は犯行記録を読み始めた。

「アブドゥル・アドルはバヌアツ籍の遠洋マグロ延縄《はえなわ》漁船（平春十六号《ピンチュンシーリュウハオ》）の外国籍漁業従事者*7で、民国一〇八年（二〇一九年）八月十六日シンガポールから乗船し、九月十八日に航程を終え、台湾に入国した。乗船中は船長の鄭峰群《ジョンフォンチエン》の指示の下、水揚げや装備の修繕を行ってきたが、仕事の割り振りに不満を覚え、度々職場放棄し、言葉や身体の衝突が何度も生じるようになり、台湾に入港した後船から行方をくらました。*8

その後民国一〇九年（二〇二〇年）一月二十五日夜八時頃、アブドゥル・アドルは基隆《ジーロン》市中正区正浜《ジョンジョンチージョンビン》路一六巷九弄《バイシーリュウガンジョウノン》五号三階鄭峰群《ジョンフォンチエン》宅に殺意を抱いたまま刺身包丁を隠し持ち、ついには鄭峰群《ジョンフォンチエン》の背中を刺し、頭を二回、首を一回、胸部を五回切り付けた結果、頭部と頸部に切創を負わせ、また胸部と背部の刺創から血胸、肺虚脱、呼吸不全、出血性ショックを引き起こし死亡させた。寝室で声を聞き駆け付けた鄭峰群《ジョンフォンチエン》の配偶者鄭《ジョン》王鈺荷《ワンユーハー》にも、アブドゥル・アドルは殺意を向けた。鄭王鈺荷《ジョンワンユーハー》の左上腕部を五回切り付け、腹部と胸部を一回ずつ刺し、左上腕部の切創からの急性出血と右肺、横隔膜及び肝臓の刺創が引き起こした血胸、腹腔内出血、心因性ショックと出血性ショックで死亡させた。アブドゥル・アドルはまた寝室で鄭峰群《ジョンフォンチェン》の二歳の娘鄭少如《ジョンシャオル》が泣き続けているのを聞きつけ、犯行が発覚するのを恐れ、寝室に侵入し、鄭少如《ジョンシャオル》を浴室内に連れていき、水を満たしたバケツを見つけ、殺意を持ってその頭部をバケツに押さえつけ溺死させた。

犯行後アブドゥル・アドルは凶器を持ったまま徒歩で和平島《フーピン》方向に逃走した。途中目撃した市民の通報があり、ついには基隆《ジーロン》市中正区和一《フーイー》路二巷《アルガン》の和平島《フーピン》観光漁港市場入口付近で市民に取り囲まれ、後から駆けつけた警察に逮捕された」

連晉平《リェンジンピン》は凶器、被告人の自白、現場の鑑識と検死報告書などのリストに目を通した。この事件には直接の目撃者はいなかったが、間接的な証人がふたりいた。漁船の航海士

＊7　「海外雇用制度」の主務官庁は農林水産部漁業局である。労働基準法の適用外であり、外国籍漁業労働者の権利は極めて低いが仲介料が比較的安いこともあって多くの外国籍漁業労働者が就業を希望している。民国一〇九年（二〇二〇年）の漁業局の集計によると台湾では一万九千人の外国籍漁業労働者が雇用されているという。

＊8　移民局国境事務組合の統計によると、民国一〇〇年（二〇一一年）から一〇四年（二〇一五年）の間に本国籍漁船で雇用された外国籍漁業労働者の数は年平均で四千三百五十八人。最も多い場所は前鎮漁港と東港漁港、国籍はインドネシア。

・彭正民《パンジョンミン》は操業中被告と船長は険悪だったと証言し、警察官のアナウは事件前被告が長い刃物のようなものを持ち海浜《ハイビン》国営住宅の周囲をうろついていたのを見たと言い、被告が予《あらかじ》め凶器を用意して犯行に及んだことを証言した。

起訴内容は刑法第二七一条第一項殺人罪。検察側は三件の殺人を主張し、各犯行動機と手口から応分の処罰を求め死刑を求刑した。起訴状の最後の段落は被告の犯行を痛烈に非難している。

「……被告が単に仕事と給与への不満から、こともあろうに鋭利な刃物で凶行に及び、なおかつ犯行が露見するのを恐れて何の罪もない無辜《むこ》の子どもの命まで奪ったという事実は、被告の殺意が根深いことを表している。かつ被告は犯行後から今日まで一貫して遺族及び一般社会と真摯に向き合おうとせず、曖昧な言葉を繰り返すのみで事件の真相について黙秘し、遺族に謝罪の言葉をかけるでもない、またその殺害方法は残虐で、遺族に決して拭い去ることのできぬ苦痛を与えており、その凶悪さは深刻である。以上の事情を考慮して法に基づき、被告に死刑を求刑する……」

連晉平《リェンジンピン》は訴状の言葉遣いに嘆息した。「単に」仕事と給与への不満、「こともあろうに」鋭利な刃物で凶行に及び、「なおかつ」犯行が露見するのを恐れて何の罪もない無辜の子どもの命まで奪った……。検察側は強調する表現を多用し、被告の凶悪性と死刑の正当性を目立たせているが、すべては憶測にすぎず、客観的事実とは何ら関係がない。起訴状を利用して被告を冷血な悪魔に仕立て上げ、裁判官の最初の心証に影響を与えようとしている。

まるでメディアによる扇動的な報道のようだ。

最後に精神鑑定書に目を通した結果、連晉平《リェンジンピン》の疑念は確信に変わった。精神鑑定も心理的鑑定も形式的なものに過ぎない。意外でもなんでもない。もともと台湾司法には精神鑑定のプロセスも規範もないのだ。しかも被告は外国語で鑑定を受けており、通訳がどれだけ真実に近づけているか疑わしい。

事件の客観的事実を総合的に考えると、ふたりを立て続けに殺害した後、幼子を不当に溺死させたことに疑いの余地はなく、死刑判決は妥当な結論だと言える。さて、どうやって弁護したものか。連晉平《リェンジンピン》は途方に暮れた。

16

高等法院バスケットボールクラブは毎週木曜日の夜に集まり活動している。似たようなクラブは法院にいくつもあり、通訳から法院刑務官、司法官、裁判長まで誰でも参加できる。クラブの種類は非常に多岐にわたり、激しい球技から静かな読経の会まで揃っていた。

高等法院のバスケットボールクラブは参加者のほとんどが男性で、法院刑務官や若手の裁判官や検察官が多い。時には他の法院のバスケットボールクラブと友好試合をすることもある。明文化された規則はないが、普通は法院と検察に分かれて対戦する。

この点において通常佟寶駒《トンバオジ》の立場は少々厄介だ。公設弁護人は独立した養成課程を持ち、法院に従属しながらも被告人を擁護するために常日頃から裁判官の意見や検察官の捜査行為に異を唱えることが義務付けられている。加えて佟寶駒《トンバオジ》の我が道を行くスタイルは裁判官からも検察からも疎まれている。

高等法院に公設弁護人はふたりしかおらず、バスケットボールクラブに参加しているのは佟寶駒《トンバオジ》ひとりだけだ。これではチームも何もあったものではない。幸いなことに代替役たちが司法のシステムに加わって以来、どう分類していいのかわからないような若いメンバーとチームを組むことができるようになった。

新兵が任務のためにやってくると佟寶駒《トンバオジ》はいつも最初に「バスケやらない？」と尋ねる。もし相手の答えが否であれば「〝代替役〟君は軍役もできない、バスケもできない。他に何ができるんだ？」と罵るのだ。

連晉平《リェンジンピン》は偏平足だったが、バスケットコート上でのプレイには支障がなかった。百七十五センチメートルの身長は有利とは言えないが、そのスピードと跳躍力は人目を引くのに十分だった。だから佟寶駒《トンバオジ》は連晉平《リェンジンピン》をチームに誘った。

「お前は兵士、あいつらは官吏だから、俺のチームに入るしかないな」

「どんなチームなのですか？」

「はぐれ部隊」

連晉平《リェンジンピン》はそれほど勝ち負けに興味はなかったが、バスケは好きだった。

更衣室で着替えている間中ずっと佟寶駒《トンバオジ》はポジショニングや戦術について語っていた。じっと聞いていた連晉平《リェンジンピン》は、バスケの指南が途切れた際に尋ねた。「それで、僕たちはいつアブドゥル・アドルに会いに行くのですか？」

「誰だって？」

「インドネシア籍の漁船員です」

「お前は何を言ってるんだ？」

「アブドゥル・アドル」

「アブ、ドゥ、ル、ア、ドル」佟寶駒《トンバオジ》はまだ理解できないようであった。

「アブドゥル・アドル」連晉平《リェンジンピン》がもう一度言った。

「面倒くさい名前だな。もうアブでいい。文句はないだろう」

「僕たちはいつ彼に会いに行くのですか？」

「会う？　裁判記録を見れば十分だろう。まだ見ていないのか？」

「読みました。しかし当事者に確認するべきですよね？」

「ホーリー媽祖《マーズー》！　やる気があって結構だが、証拠は十分だし、被告は殺害を認めてる。お前はやつが証言を覆すとでも思ってるのか？　ついでに教えてやるが、公設弁護人室は通訳を頼む予算もない。どうせ開廷するときに法廷が通訳を手配するから、その時に話を聞けばいい」

「問題は……」

「警告したからな」佟寶駒《トンバオジ》はうるさそうに連晉平《リェンジンピン》を睨んだ。「コート上では仕事の話は厳禁だ」

そう言いつつも、仕事の話を持ち出したのは佟寶駒《トンバオジ》だった。

佟寶駒《トンバオジ》はコート上に劉家恆《リウジャハン》の姿を認めるや獲物の匂いを嗅ぎつけた犬のように嚙みついた。「劉《リウ》先生、不倫が非犯罪化されましたよ。もう人々の恋愛の自由を邪魔する民間調査所の役に立てなくなりましたね。あ〜、どうしましょう？」

劉家恆《リウジャハン》は背が高くてがっしりとした体つきの不愛想な男で、正義感が強い。緊張するようにひそめられた眉は生真面目な性格を表している。彼は佟寶駒《トンバオジ》などコート上にいないかのように、その皮肉を聞き流した。

リバウンドを摑み取った連晉平《リエンジンピン》が佟寶駒《トンバオジ》にロングパスを出した。もう五十歳に手が届こうとしているにもかかわらず、佟寶駒《トンバオジ》のスタミナと勢いは健在だ。シュート体勢に入る佟《トン》寶駒《バオジ》を劉家恆《リウジャハン》が追いかけ、ボールをコートの外に弾き出した。

「弁護人。シュートと弁護は同じだな。そんな弱腰でどうする？」コートに膝を突いた佟《トン》寶駒《バオジ》に劉家恆《リウジャハン》は得意気に言った。

佟寶駒《トンバオジ》は立ち上がり、すれ違いざまに劉家恆《リウジャハン》をひと押しした。劉家恆《リウジャハン》が両手で押し返し、ふたりの間に火花が散った。

不穏な空気を残したままゲームは進んでいった。佟寶駒《トンバオジ》がカットインする際に、人知れぬよう劉家恆《リウジャハン》の足を引っかけた。摑みかかろうとするふたりを引き離そうと、周囲が押し寄せた。

試合はここまでだった。

「仕事もこのくらい真剣にやってほしいものだな」コートから離れる際に劉家恆《リウジャハン》は大声で罵った。

「ホーリー媽祖《マーズー》」佟寶駒《トンバオジ》は独《ひと》り言《ご》ちた。

更衣室に戻ると、佟寶駒《トンバオジ》は突然連晉平《リェンジンピン》に尋ねた。「裁判記録はどうだった？」

「読み終わりました」

「通訳は何て名前だ？」

「え？」

「インドネシア語の通訳だ。何て名前だった？」

「特に注意していなかったので……」

「それで読んだなんてよく言えたな」佟寶駒《トンバオジ》は言った。「蓮霧《リェンウー》、お前は大馬鹿野郎だ」

17

準備手続きの前[*9]、弁護人の最も重要な仕事は訴訟計画を立てることである。これには案件理論[*10]の整理、検察側の証拠の査定、被告に有利な証拠の捜索などが含まれる。

不思議なことに準備の期日が迫ってきているというのに、佟寶駒《トンバオジ》は全く事件の検討を進めなかった。再度一審での通訳の名前を尋ねただけで、NBAの中継に没頭していた。

連晉平《リエンジンピン》は裁判記録の中にインドネシア語の通訳の資料がほとんどないことを確認していた。名前は陳 奕傳《チェンイーチャン》。四十歳。台湾で生まれ育った台湾人。高等法院と高等検察署の特別通訳研修の合格証明書が添付されている。事件の捜査期間と一審の審理の通訳をみな受け

＊9　刑事訴訟は、準備手続きと審理手続きのふたつの手続きに分かれている。前者では捜査や証拠の内容や手順を確認し、後者では前者の内容に則り証拠の調査や論告弁論が行われる。

＊10　案件理論とは弁護側が主張する事実。

持っていて、毎回法に従い具結《ジュジエ》*11を行っていた。資格にも手続きにも問題は見当たらない。佟寶駒《トンバオジ》の案件に対する無関心さに不安を覚えた連晉平《リエンジンピン》は検察側の言い分を聞いてみようと思った。

司法院では地方法院と検察、高等法院と高等検察をすべて隣接区に配置しているため、これらの部署に従事する代替役のほとんどが法科大学の旧友か、修習を受けている仲間か、或いは寮のルームメイトや隣の部屋の誰かなのだ。彼らには法院内の密かなネットワークがあり、自然にゴシップが飛び交っている。

高等検察署で服務する何某が連晉平《リエンジンピン》に言った。「劉《リウ》検はこの事件を非常に重要視している。何日か続けて残業したり、警察に話を聞いたりしている。公設弁護人への怨恨だけでなく、この手の注目案件は昇進にも大きく影響するだろうからな」*12

長年の恨みつらみに加えて昇進への実績ともなると、今回劉家恆《リウジャハン》は全力で事に当たるであろう。なのに佟寶駒《トンバオジ》は我関せずのままだ。劉家恆《リウジャハン》の嘲笑が耳から消えず、連晉平《リエンジンピン》は不安になった。佟寶駒《トンバオジ》は仕事に対して真剣になることはないのだろうか？

準備手続きの当日、法院には傍聴を希望する市民の長い列ができていた。

その中には彭正民《パンジョンミン》の姿もあった。古びたチューブバンダナを被ったその傍には何人かのアミ族の同胞が並んでいる。法院事務員に注意されると、彭正民《パンジョンミン》はバンダナを取って縺《もつ》れた髪を見せた。

ほどなく開廷というころ、法衣姿の佟寶駒《トンバオジ》がゆったりとした足取りで廊下に現れた。

「タカラ、どうしてここにいるんだ？」彭正民《パンジョンミン》は驚いたように聞いた。

「俺も嫌なんだが、運命なんだろうな」

「お前はここで何をしてるんだ？」彭正民《パンジョンミン》は佟寶駒《トンバオジ》の緑色の法衣を睨みつけた。

「糊口をしのぐためだ」

「カニウが殺された」彭正民《パンジョンミン》が言った。

ややあって佟寶駒《トンバオジ》が答えた。「知っている。ニュースで見た」

佟寶駒《トンバオジ》の態度を冷淡と感じ取ったのか、彭正民《パンジョンミン》はもう口を開かず、仲間と共に法廷内に

＊11　証言が真実であると誓うために、証人は証言の前に書状を読み上げ署名する手続きがある。これを具結《ジュジェ》という。具結《ジュジェ》後の証言に虚偽があると偽証罪に問われる。法廷通訳には翻訳が正確、忠実であることが求められるため法によって具結《ジュジェ》の規定がある。
＊12　裁判所は別の「字号」をもって事件の性質や内容を区別する。さらに「流水編号（通し番号）」を付与することでそれぞれの事件は独自の「案号（事件番号）」となる。「矚重訴」の字号は社会的に大きな注目を集めた事件。これらは控訴し高裁に審理が移ると字号は「矚上重訴」になる。

入っていった。

脇で見ていた連晉平《リェンジンピン》は、ふたりが知己であることと佟寶駒《トンバオジ》がアミ語……だろうか、を知っていることに驚いた。しかし考えてみれば佟寶駒《トンバオジ》の姿かたちは確かに先住民風なところがある。何かあるのかもしれないが、連晉平《リェンジンピン》にはわからなかった。

陳奕傳《チェンイーチャン》が法廷の外に到着した。シンプルで乱れのないスーツの上に乗った小さな顔に細い金縁の眼鏡をかけている。到着時の法院職員への丁寧な態度から温和で礼儀正しい印象が窺えた。連晉平《リェンジンピン》はこのような通訳は外国籍配偶者を持つ女性が当たることが多いと耳にしていたが、目の前の紳士はあまりにも違っていた。

佟寶駒《トンバオジ》が笑顔で挨拶した。「陳《チェン》先生、本件の公設弁護人の佟《トン》です。お手数をおかけします」

陳奕傳《チェンイーチャン》は礼儀正しく差し出された佟寶駒《トンバオジ》の手を握った。「とんでもない。私の役目ですから」

「名刺を頂けますか？」佟寶駒《トンバオジ》が聞いた。

「どうしましたか？」

「ご存じの通り最近東南アジア系の被告人が増えてきています。我々は常に通訳を探しておりまして……」佟寶駒《トンバオジ》は相手が拒絶できないような微笑み方をした。

陳奕傳《チェンイーチャン》は少し迷ってから名刺を差し出した。

佟寶駒《トンバオジ》は名刺を受け取ると満足げに法廷内へと足を進めた。「蓮霧《リェンウー》よ、何か上着を着てこい。お前の代替役男の制服はダメだ。傍聴人の注目の的になってしまう」佟寶駒《トンバオジ》は連晉《リェンジン》平《ピン》にウインクした。

法廷内は裁判官と被告以外、みな着席していた。

劉家恆《リウジャハン》は検察官席にまっすぐに座り、威厳をもって廷内を見回した。紫の法衣はプレスされたばかりで、身体によく合ったスーツを中に着込んでいる。僅かに見えるネクタイは青を基調にライトグレーがアクセント・カラーになったアーガイル柄だ。机の上のファイルは整然と並び、付箋が貼られており、その横にはびっしりと書き込まれたメモが積まれている。

準備万端だ。

佟寶駒《トンバオジ》は無頓着に卓上に公文書ファイルを積み上げ、右手人差し指についたなんだかよくわからない染みをじっと観察していた。

遠くから鉄鎖の音が近づいてきた。みなが見入る中、前後にふたりの官吏に付き添われた被告人アブドゥル・アドルが入廷した。

心構えはしていたとはいえ、実際の被告人を目の当たりにして連晉平《リェンジンピン》は驚愕した。

「置き忘れられたバナナ」これが連晉平《リェンジンピン》のアブドゥル・アドルに対する第一印象だった。黒ずんだ皮に蠟《ろう》のような黄色い斑点。熟しすぎて形が平たく崩れている。この奇妙な印象が強すぎたせいで連晉平《リェンジンピン》は恐怖を感じ、次いで罪悪感に近い感情に襲われた。アブドゥル・アドルからは漁船員によく見られるような粗暴さは感じられず、殺人を犯すようには見えなかった。むしろ彼は質量を持たず、角度を変えると消えてしまうかのような、知らない何かから生じた影に見えた。その目が微かに動いていなかったら、生きているかどうかを判断することさえ難しかったかもしれない。

法院刑務官が手枷と足枷を外すと、アブドゥル・アドルは手首を擦りながら佟寶駒《トンバオジ》の傍に座った。不意にふたりの目が合った。佟寶駒《トンバオジ》は何かを言うかのように頷いた。

「Didelikno……Didelikno……」アブドゥル・アドルは乾いた声で小さく呟いた。

佟寶駒《トンバオジ》は陳奕傳《チェンイーチャン》に視線を向けた。

「彼は『こんにちは』と言っています」陳奕傳《チェンイーチャン》が説明した。

「Didelikno……」アブドゥル・アドルが繰り返した。

佟寶駒《トンバオジ》はたどたどしく真似てみせた。「Dide……likno……」

裁判官席の後ろの扉が突然開いて法院刑務官が叫んだ。「ご起立ください」裁判官が三人入廷し、厳かに席に着いて準備手続きが始まった。

18

佟寶駒《トンバオジ》が口を開くまではすべてが正常に進んでいた。

着席した裁判官が陳奕傳《チェンイーチャン》に具結《ジュジエ》を求め、彼は「公正誠実に通訳することを誓い、そうでなければ偽証罪に問われることを承知している」と宣言した。裁判長は手続きに従い被告人の身分を確認し、検察官に事件の要旨の陳述を求めた。

裁判長は敢えて進行を遅くして陳奕傳《チェンイーチャン》に通訳のための時間を与えた。陳奕傳《チェンイーチャン》はベテランらしく、アブドゥル・アドルの耳元で流暢に状況を伝えていく。

劉家恆《リウジャハン》は起訴内容を陳述する際、犯罪事実を正確に描写し、検死報告書や現場での鑑識活動で裏付けを取ることで科学的証拠を補強し、検察側の正当性を強調した。専門家の目には作為的に映るかもしれないが、彼はこの種のパフォーマンスで検察側が正義の味方であるとのイメージを作っているのだ。

裁判官が被告に罪状認否を行った。

陳奕傳《チェンイーチャン》が通訳しようとした際、佟寶駒《トンバオジ》が突然割って入った。「裁判官、被告は通訳の交代を申立てます」

裁判官は己に対する交代の申立てだと思い不審な顔になったが、佟寶駒《トンバオジ》が「通訳」の交代を申立てていることを理解するとさらに困惑した。

「理由を述べなさい」

「この通訳は職務に当たり公平性が保たれていないと推測します」

陳奕傳《チェンイーチャン》は突然のことに非常に驚いたようであったが、口を挟むことはしなかった。

「公設弁護人、通訳の交代は裁判長の裁定が必要になり、時間が必要になります。また簡単に代わりの通訳が見つかるとも思えません。今日の裁判を延期しろと申立てているのですか？」

「仕方ないでしょう」

傍聴席が騒がしくなった。

裁判長は渋面で尋ねた。「何の証拠があって通訳が偏向していると申立てるのですか？」

「何も」

劉家恆《リウジャハン》の鼻息が荒くなった。「公設弁護人、ふざけるのもたいがいにするように」

「裁判官、本人に直接尋ねてみたらいい」佟寶駒《トンバオジ》が言った。

「何をですか？」裁判長が問い返す。

佟寶駒《トンバオジ》は陳 奕 傳《チェンイーチャン》からもらった名刺を取り出した。「陳《チェン》氏は巨洋《ジューヤン》という名の移民コンサルティング会社で講師として？　……ですかね、働いています。何か疑わしい感じがします」

陳 奕 傳《チェンイーチャン》の顔は青ざめ、信じられないというように佟寶駒《トンバオジ》を見ている。

「ひとつ。この巨洋《ジューヤン》会社と被告に漁船での仕事を紹介した会社に、取引や利益上の関係があるか」

「ふたつ。陳《チェン》氏が今までどのような刑事裁判に関わってきたか。それらの裁判の被告はこの仲介会社の外国籍労働者なのか」

「みっつ。最初の取り調べの際に、どのようにしてこの事件の通訳になったのか。この訴訟に関係する前、或いは後で、船会社や仲介会社の関係者と個人的なやり取りはあったのか」

佟寶駒《トンバオジ》は満面の笑みで陳 奕 傳《チェンイーチャン》に向き直った。「あなたのようなベテランは、具結《ジュジエ》の効力についてもよくおわかりでしょうね」

落ち着きを失った陳 奕 傳《チェンイーチャン》の目が泳ぐ。

裁判官も同じことを考えているのであろう。もし通訳に問題が発覚したら、事件捜査から一審までの記録はすべて破棄しなくてはならない。

佟寶駒《トンバオジ》は陳奕傳《チェンイーチャン》に話しかけた。「もしあなたが自ら退任したら、法院は強制的に通訳に当たらせることはできないから、当然罰することもできないねえ」

陳奕傳《チェンイーチャン》は何か言おうとしたが、言葉が出てこなかった。

腕を組んで椅子に背中を預けて佟寶駒《トンバオジ》は待ちの態勢に入った。「そうすれば裁判長の裁定を待ってみな時間を無駄にする必要はなくなるな……。ここにいるみなさんの時間は貴重なんですよ」

陳奕傳《チェンイーチャン》は曖昧に説明を始めた。確かに仲介会社からの援助の要請はあったが、それは彼が東ジャワ島の小さな漁村の出身で援助が必要で、方言がわからず通訳を見つけるのが難しかったため援助が必要で、援助するために不適切な営利関係があったわけではなく、以前確かに仲介会社の案件を援助したケースもあったが、でもそれは単純な援助で、なぜなら私はインドネシア語がわかるから、彼ら外国籍労働者を援助するのは当然の役目だと考えていて……。

最後の方になると、連晉平《リエンジンピン》は頭を下げて必死に笑いを噛み殺していた。あまりにも象徴的な場面だったため、後から数えてみたが、陳奕傳《チェンイーチャン》はなんと二十六回も「援助」と言っていた。

裁判長は礼儀正しく陳奕傳《チェンイーチャン》に退出を促し、裁判日程の変更を通告した。

「公設弁護人、次回はあなたが相応の通訳を探して出廷するように」裁判長は最後に不機嫌そうに付け加えた。「法院が通訳の資質や背景を確認するのは大変困難です。あなたが探してくれれば、双方異論はないでしょう」

佟寶駒《トンバオジ》は仏頂面で何も言わなかった。

19

「寶哥《バオゴー》、どうして通訳に問題があると知っていたのですか？」退廷後、連晉平《リエンジンピン》は佟寶駒《トンバオジ》に付いて公設弁護人室に戻った。

「ワン・オン・ツー。正しく質問することは法律を暗記するよりも大切だ」佟寶駒《トンバオジ》は連晉《リエンジン》平《ピン》の疑わしそうな顔を見て付け足した。「お前はあのスーツを見て、法院の通訳が買えると思ったか？」

佟寶駒《トンバオジ》の憶測は根拠がないわけではなかった。

台湾ではずっと司法通訳制度が批判の対象となってきたが、かつては通訳を必要とする人は少なく、改革は行われないのが当たり前だった。近年外国籍の配偶者や労働者が大幅に増え、特に東南アジアから移住してきた者は合計八十万人を超えている。法の淵源《えんげん》や予算の問題から司法通訳制度は改正されず、当局の通訳不足は深刻で[*13]人権問題は日増しに深刻化している。

佟寶駒《トンバオジ》の推測ももっともなことで、現在の通訳の報酬は一回の出廷で五百元から千元ほどだ。そのうえ偽証罪に問われる可能性もあるとあっては、専門家の全面的な協力は望むべくもない。現在通訳のほとんどが外国籍配偶者の兼職で、法的素養もなく、また長時間にわたる労働と昼夜を問わない待機の必要性に辟易していると言っていい。そんな中で陳奕傳《チェンイーチャン》のようなプロの通訳が、何か特別な目的でもなければ捜査段階から関与することはあり得ない。

外国籍労働者のケースにおいて、仲介会社と雇用主以上に利害関係を持つ者はいない。外国籍漁業労働者に何かあれば、外国籍労働者を援助すると言いつつ、船会社或いは仲介会社の通訳が傍で目を光らせるのだ。捜査に当たる警察は面子《メンツ》と目先の利益を大事にするので、面倒を避けつつ通訳の問題に頭を悩ませることもなくなり大喜びだ。

突然佟寶駒《トンバオジ》はこの現実的な難問に気が付いた。予算もなく、人員もない状況において、

＊13　民国一〇六年（二〇一七年）の警察、捜査機関、及び各種裁判所の通訳の総数は僅か二千人。中でも東南アジア言語の通訳の不足は著しい。移民労働者が最も多いインドネシアを例に挙げると、台湾全土で二十五万人の労働者と三万人に上るインドネシア籍の配偶者に対して、インドネシア語の通訳は四百七十一人。

公平性を保つのは非常に難しい。もし劉家恆《リウジャハン》とのことがなかったら、周囲に迷惑をかけるようなことはしなかったはずだ。

「ただの時間稼ぎなのですか？　何か考えがあるのでしょう？」連晉平《リェンジンピン》が期待を込めて尋ねた。

「家に帰って試合を見るんだ」佟寶駒《トンバオジ》は適当にあしらった。彼にとって海浜《ハイビン》事件は何も特別な事件ではなかった。年末賞与まであと半年足らず。その時が来たら辞職して弁護士に転職する。この事件は法院で公設弁護人佟寶駒《トンバオジ》より長生きするだろう。最後にどうなろうと知ったことではない。

「どこに通訳を探しに行くのですか？」連晉平《リェンジンピン》の質問は尽きることがない。

「ああ。くそっ。何人か外国籍労働者と知り合いになっておけばよかった」佟寶駒《トンバオジ》はコートを手に公設弁護人室を出て行く。「今日は今日の悩みがあり、明日は明日の悩みがある。今日の悩みを明日に押し付ければ、今日は悩みのない良い日になる。良きかな良きかな」

その晩、佟寶駒《トンバオジ》は七時のニュースと政治解説番組の主人公だった。

メディアは法廷での佟寶駒《トンバオジ》のパフォーマンスを大々的に取り上げ、仲介会社と漁船所有者の裏にある陰謀を描いてみせた。一時期ほど話題に上らなくなっていた殺人事件は、ドラマチックな効果も加わり一夜にして再びメディアに取り上げられるようになった。ある政治解説番組は佟寶駒《トンバオジ》のことを「悪魔の代弁者」と称した。コメンテーターたちは飽きることなく今後の展開について論じ合い、中には過去の調書に欠陥があれば無罪判決も避けられないと警鐘を鳴らす者もいた。

宿舎のラウンジでニュースを見た連晉平《リェンジンピン》は、自分がその全部の過程を目にしたことに浮足立っていた。仲間の一群に囲まれながら、法廷で起こったことを話して聞かせる。話しながら連晉平《リェンジンピン》は自分が佟寶駒《トンバオジ》に憧れ始めていることに気が付いた。

連晉平《リェンジンピン》は佟寶駒《トンバオジ》にショートメッセージでニュースを見たか尋ねてみた。しかしいつも送っているメッセージ同様、既読になることはなかった。

帰宅した佟寶駒《トンバオジ》はベッドの上で死んだように眠っていた。

20

早朝六時半頃、基隆社寮《ジーロンショーリアオ》高等学校の警備員はグラウンドで意識不明の佟守中《トンショウジョン》が倒れているのを発見した。佟守中《トンショウジョン》は校務員だったため、警備員は即座に身元を特定し、病院へと搬送した。

校務員とは言うものの、簡単なことをするだけのパートタイム労働者で、主な仕事は野球場の整備と備品の管理だった。夜が明けるとともに起き出して、生徒が登校する前にグラウンドの赤土を整備する。まずピッチャーマウンドを中心にトンボを使ってゆっくりゆっくり外に向かって円を描いていき、それからバッターボックスを整える。最後に水を撒いて均《なら》した赤土を固める。

その日に練習試合があるのなら、佟守中《トンショウジョン》はラインが消えていないか再度確認する。本当に必要でなければ、彼は通常この段取りを省略する。手を抜いているわけではなく、強豪ではない社寮高校の野球部は使える予算も限られているから、できるだけ節約しているのだ。

野球部は夕方から練習を開始する。この時何もすることはないが、佟守中《トンショウジョン》はグラウンドで子どもたちを見ている。練習が終わるのを待って、用具を整える。もしどこか破損していたら、照明の下でひとりでどうにかできないかと思案する。

もう十年もこうしている。最初は海浜《ハイビン》国営住宅の隣人の紹介だった。彼らはよく一緒に野球をしていたものだ。その隣人の子どもはやがて社寮高校の野球部の監督になった。この関係を通して、佟守中《トンショウジョン》は辛うじて、生活には十分ではないものの、なんとか辛抱できる唯一の仕事を得ることができたのだ。

病院の救急診察室の前に到着したとき佟寶駒《トンバオジ》が耳にしたのは、家に帰らせろと喚《わめ》く佟守中《トンショウジョン》の大声だった。

救急看護師によると佟守中《トンショウジョン》の眩暈《めまい》の原因は過剰飲酒が血糖値の急激な低下をもたらしたためとのこと。佟守中《トンショウジョン》は糖尿病による慢性合併症があり、飲酒を止めて血糖値を安定させなければ、健康状態は悪化し続けるだろう。最後に看護師は佟寶駒《トンバオジ》に定期的に父親を病院に連れてくるよう言った後、追いかけてきてまで食生活の注意を与えた。

「毎回君が相手をしてくれるのだったら、間違いなく親父を連れて通うんだけど」佟寶駒《トンバオジ》は婉曲的に答えた。

走る車の中で佟守中《トンショウジョン》が冷たく言った。「どうしてお前はあんなことをしたんだ？」

「あんなこと？」

「あの死刑囚のために話しただろう」

「ついにあんたまで司法の動きに関心を持つようになったのか！」佟寶駒《トンバオジ》は皮肉っぽく言った。

「レカルが話した。ニュースでも聞いた。誰でも知ってる」

佟寶駒《トンバオジ》は突然理解した。今朝がた病院からの電話で起こされ、そのまま家を出たのでニュースを見る暇もなかった。慌ててスマートフォンを確認すると、自分があまりよろしくない類のメディアの注目の的となっていた。

「ホーリー媽祖《マーズー》、こいつらは大げさに報道しすぎる」

「やつはカニウを殺したんだ」佟守中《トンショウジョン》は言った。

「それが俺の仕事だ」

「あいつはお前の従兄だぞ。お前たちはラヤキウ*14なんだぞ」

佟守中《トンショウジョン》はアミ族の年齢組を持ち出した。年の近いアミ族の男たちは成年になると同一の組に分けられ、年長者によって名前が付けられる。同じ組のメンバーは滅多なことでは変わらない。これは一族の役割を果たすための、アミ族にとっては非常に重要な組織なのだ。

佟寶駒《トンバオジ》と鄭峰群《ジョンフォンチェン》、彭正民《パンジョンミン》は同じ組に属していた。メンバーの大多数が野球が好きだったことと、組が成立したのが正に台湾プロ野球が発足した年だったため、ラヤキウと命名されていた。

「俺が選んだわけじゃない！　選べるとしたら、犬にでもなった方がまだマシだ」

「犬は自分の仲間を噛んだりしない。お前は犬以下だ」

佟寶駒《トンバオジ》は口を開くのも億劫になり、アクセルを踏み込んだ。

＊14　アミ語で「最初の野球」。

21

海浜国営住宅の広場は今年の豊年祭《フェンニェンジー》の準備を行っているようであった。

車から降りた佟寶駒《トンバオジ》が目にしたものは、遠くの仮設台の下に集まっている人々であった。ほとんどは見知った者たちであったが、声をかける気もなく、父親を家に送り届けたらそのまま立ち去るつもりだった。

しかし相手はそうではなかった。一群が佟寶駒《トンバオジ》に向かって走り出した。その先頭は彭正《パンジョン》民《ミン》で、傍には強健な若者の姿があった。大多数は顔しかわからぬ者たちだ。

「タカラ、ここはお前の来るところじゃない」

「俺だって来たくて来たわけじゃない。だが俺の自由は憲法で保障されている」

「法律を知ってりゃあ偉いってわけか？　ああ？」彭正民《パンジョンミン》が食ってかかった。

相手は数で優っている。佟寶駒《トンバオジ》は謗言《ぼうげん》を喉の奥に押し戻した。

「カニウ一家はみんな殺されちまった。告別式に来なかったうえに、あの外国人野郎の味方をするって言うのか？」彭正民《パンジョンミン》は続けた。

「それが俺の仕事だ」

「お前の仕事は一族よりも重要なのか？」彭正民《パンジョンミン》が煽るように言った。「俺はお前がなんで船をそんなに嫌ってるのか知ってるぞ。くそったれが！ 俺たちとは違う……」

佟守中《トンショウジョン》が彭正民《パンジョンミン》に黙れと言おうとした時にはもう佟寶駒《トンバオジ》の拳が飛んでいた。殴り合いが始まった。


救急診察室の看護師は意外そうな顔で病院に戻ってきた佟寶駒《トンバオジ》を見つめた。

「君に会いに戻ってくるためにもっといい口実があったんだけど」血に染まったトイレットペーパーを鼻に当てたまま佟寶駒《トンバオジ》が言った。「これが一番早かったからさ」

看護師は佟寶駒《トンバオジ》を椅子に座らせると、書類の束を渡して記入するように言った。

その顔を手で確かめながら、鼻にかかった声で佟寶駒《トンバオジ》が言った。「こっちは酷いな」

「なんですって？」看護師にはよく聞き取れなかったようだ。

「こっち側が酷いんだ」佟寶駒《トンバオジ》は姿勢を変えた。「おじさん、やりすぎちゃった」

看護師は目を丸くして身を離した。

佟寶駒《トンバオジ》のスマートフォンの着信音が響いた。ばつが悪そうに出てみると、林鼎紋《リンディンウェン》からだった。

林鼎紋《リンディンウェン》は佟寶駒《トンバオジ》の鼻声に向かって言った。「先住民の悪ガキはまだ寝てるのか？」

「潜水中なんですよ」佟寶駒《トンバオジ》は痛みに鼻を鳴らした。

「ニュースを見た」

「ニュースは大げさなんです」否定的な世論が事務所に影響を及ぼすことを恐れて、慌てて佟寶駒《トンバオジ》は弁明した。「この事件はこれで終わりです。何も争うことはないんだ。何日かしたら俺は退職を申請するから、後は時間の問題なんです」

「佟寶駒《トンバオジ》、お前は天才だ！」林鼎紋《リンディンウェン》は興奮気味に言った。「私はこの件はきちんと戦うべきだと思う」

「なんですって？」

「今どきの弁護士は知名度がないから、お前の名前が取りざたされるのは、小児性愛でない限り朗報と言っていい。お前はただで事務所の広告を打ったようなものだ」

「そうなんですか？」

「弁護士になるなら公務員思考から抜け出して、もっと積極的にならないとな」

佟寶駒《トンバオジ》には頷ける部分もあった。

「退職は急がなくていい。事務所にはお前の席を永久に空けておくから。まずはこの裁判を終わらせよう。ひっくり返せたら万々歳だ！」林鼎紋《リンディンウェン》は急に口調を変えた。「しかし、精神鑑定は必要ないんじゃないか？　一審でやってたなら余計だろう。少し前の鉄道警官刺殺事件の判決以降、世間は心神喪失の中立てに非常に敏感になっていて、納得させるのは難しいぞ。まずは弁護士ならば犯罪の事実関係に基づいて検察官と戦わないとな！」

林鼎紋《リンディンウェン》の言い草に佟寶駒《トンバオジ》は辟易していたが、将来弁護士になった暁にはこの男の世話になるのだ。佟寶駒《トンバオジ》は反論しなかった。林鼎紋《リンディンウェン》の言い分も決して取るに足らないものではない。海浜《ハイビン》事件はクローズアップされ、己の一挙手一投足も注目されるだろう。いい面を考えたら、将来の転職への道が開ける。悪い方に目をやれば、引退まで釣りでもして過ごそうという当初の計画がうまくいかなくなってしまう。

「通訳ってどこにいますかね？」佟寶駒《トンバオジ》が言った。

「水から出てくれれば見つかるんじゃないか？」林鼎紋《リンディンウェン》は気軽に答えた。

佟寶駒《トンバオジ》は鼻だけでなく、頭まで痛くなってきた。

22

佟寶駒《トンバオジ》が台北に帰り着いた頃には既に深夜になっていた。マンションの入口で鍵を探していると、通りの向こうの奇妙な動きが目に入った。

一台の中古のトヨタのミニバンが静かに揺れている。突然後部ドアが開き、降りようとした人影があっと言う間に車内に引き戻された。

一瞬であったが、それが向かいの部屋の外国籍の介護士だと佟寶駒《トンバオジ》は認識した。いくつかの可能性が頭に浮かんだが、結論はひとつだった。

ミニバンに向かって歩いていくと、何か小さなモーター音が聞こえた。佟寶駒《トンバオジ》は車の窓を叩いた。

窓がゆっくりと下がり、中年男が無言で佟寶駒《トンバオジ》を見つめた。あの外国籍介護士が男の後ろで掃除機を握りしめ、怯えた表情で隅に蹲《うずくま》っていた。

男は向かいの部屋に住む老婦人の息子だった。

佟寶駒《トンバオジ》は目一杯の笑顔を作った。「許《シ》さん、煙草持ってる？」

許《シ》はもごもごと答えた後、車から降りてきた。「車を掃除してたんですよ」

「でしょうね」

「リーナ、床を」許《シ》はそう指図すると、佟寶駒《トンバオジ》に煙草を渡して火を点けた。

ふたりは肩を並べて立ちながら、路上で煙を吐き、リーナはミニバンの脇にしゃがみこみフロアマットに掃除機をかけた。

「掃除機だったのか。俺は指圧棒かと思ったよ」佟寶駒《トンバオジ》は茶化して言った。

許《シ》は不機嫌そうに隣を見た後、噴き出した。佟寶駒《トンバオジ》は曖昧に眉を寄せ、いかがわし気な表情で応えた。

「彼女、インドネシア人だって言った？」佟寶駒《トンバオジ》が尋ねた。

許《シ》は頷いて、口から煙を吐き出した。

佟寶駒《トンバオジ》は突然何かを思いついたかのように、リーナの傍に行きしゃがみこんだ。

佟寶駒《トンバオジ》は法廷でのアブドゥル・アドルの言葉を真似た。「Didelikno……」

手を止めたリーナの目には困惑と不安の色が浮かんでいた。

この言葉は間違いなく「こんにちは」などという意味ではないと、佟寶駒《トンバオジ》ははっきりと理解した。

二　心神喪失の申立て

1

法院とすべての政府機関の一日のタイムスケジュールはかなり決まっていた。昼休みは正午十二時から一時半までとなっている。昼休みの雰囲気を出すために、裁判が進行中であろうとお構いなしに時間が来ると廊下の明かりを消す法廷事務員もいるくらいだ。

通常佟寶駒《トンバオジ》は十一時半になると公設弁護人室を出て、高等法院職員用の食堂で食事をとる。その時間帯が一番人が少ないうえ、料理は出来立てで、テレビを見るのを邪魔する輩《やから》がいないからだ。

前日に彭正民《バンジョンミン》とやり合った証の内出血が頬骨と眼窩に浮かび上がり、赤く腫れあがった鼻はまだ違和感があった。佟寶駒《トンバオジ》が注文した醬油茄子《ジャンヨウチエズ》（ナスの醬油炒め）も瓜仔肉《グァズロウ》（ひき肉ときゅうり漬けの蒸し物）も卵サラダも柔らかくて食べやすかったが、それでも頬は盛大に痛んだ。

サービスのスープを大鍋から掬っている正にその時、正午のニュースが佟寶駒《トンバオジ》と彭正民《パンジョンミン》の殴り合いを報じた。

スマートフォンで撮影された動画の中では、佟寶駒《トンバオジ》が死者の親友と、犯行が行われた地域で殴り合っていた。ふたりが揉み合う前に先に手を出したのが佟寶駒《トンバオジ》だということも、動画は伝えていた。

画面の角度から撮影したのは彭正民《パンジョンミン》の取り巻きの中のひとりだろうと思われた。現場は混乱し、多くの人が中国語、台湾語、アミ語を使って叫んでいたため、何を言っているのか全く聞き取れなかった。動画の最後に佟寶駒《トンバオジ》は彭正民《パンジョンミン》に地面に押し付けられ、鼻血を流しながら取り乱していた。

冷めていく手の中のスープ。突き刺さる周りの人たちの視線。

テレビの中のキャスターは興奮を隠せない様子で情報提供者の話を引用している。曰く、佟寶駒《トンバオジ》がアミ族であること。事件が起きた土地で育ったこと。被害者の鄭峰群《ジョンフォンチエン》とは同じ年代の組に属していること。そしてふたりは従兄弟だったこと。

佟寶駒《トンバオジ》はスープを残飯入れに投げ込むと、天井に据え付けられているテレビに向かっていった。つま先立ちして電源ボタンに手を伸ばしたが届かない。何度か飛び上がってみたものの、あと少しのところで上手くいかなかった。

周りの人々は佟寶駒《トンバオジ》を制止した。「何をするんだ！　みんな見てるじゃないか」食堂のスタッフも声を上げる。「公設弁護人、止めてください」佟寶駒《トンバオジ》は目一杯跳ね上がった。ようやくテレビの電源ボタンに手が届いた。「ホーリー媽祖《マーズー》。こんなものを俺に見せるな！」息も絶え絶えにそれだけ吐き捨てると、呆然とする人々を残して食堂から出ていった。


連晉平《リェンジンピン》は友人たちと法廷で雑談をしている最中にスマートフォンでこのニュースを見た。彼は既に佟寶駒《トンバオジ》と彭正民《パンジョンミン》が知り合いだと知っていた。しかしどうして佟寶駒《トンバオジ》は同胞たちと反りが合わないのだろうか。それにこの件が彼と深く関係しているのであれば、なぜあのような素っ気ない態度をとるのだろうか。

「先住民族の中には自分の出自に注目されたくない人がいるのだろうか？」連晉平《リェンジンピン》にはその考え方が正しいかどうかを尋ねる先住民の友人もいなかった。結局のところ連晉平《リェンジンピン》は上流階級の一員なのだ。台北で成長し、トップクラスの学校で学んだ。先住民と触れ合う機会はそう多くはない。

連晉平《リェンジンピン》は「差別」という言葉の意味や含意は理解していても、そのこと自体にどう対処すればいいのかわからない典型的な現代の青年なのだ。悪意を持って行動することは滅多にないが、意図しない偏見が表に出てしまうことはある。「中心と辺境」について理解を深めるに従って、どうにかしようとすればするほど人に誤解されやすくなると感じる。多くの場合、たくさんの問題を抱えたまま、結局口に出せずにいるのだ。

知り合ってから今日までの間で、佟寶駒《トンバオジ》の出自が先住民だということは察しが付いたが、彼が自らそのことについて口にしたことはなかったし、身の回りに先住民に関する印《しるし》やモチーフがあるわけでもなかった。だから連晉平《リエンジンピン》も佟寶駒《トンバオジ》の気分を害することを恐れて、敢えて何も聞かなかった。

このニュースが流れた今、佟寶駒《トンバオジ》が消極的に控えめなわけではなく、他人に知られたくなくて積極的に身分を隠しているのだという印象を、連晉平《リエンジンピン》はさらに強くした。

佟寶駒《トンバオジ》は事務室に戻ると電話線を引き抜き、さらに誰からの電話も取り次ぐなと林芳語《リンファンユ》に言いつけた。海浜《ハイビン》事件の裁判記録を取り上げ五分ほど弄《もてあそ》んでいたが、突然何か閃いたかのように大声を上げた。「ホーリー媽祖《マーズー》。この事件は聖母マリアの処女膜より完璧だ。全く破綻がない」

連晉平《リエンジンピン》は深く頷いた。犯罪の事実認定において、海浜《ハイビン》事件の唯一の瑕疵《かし》は通訳に利益相反の疑いがあるくらいだ。しかしこの問題はまだ事実と認められたわけではないので、ここまでの記録は理論上有効と見做《みな》される。弁護人は過去の審理の録音・録画を再翻訳して、元の記録の正確性を争うことができるが、予算も資源もほとんど持たない公設弁護人にとってそれは簡単なことではない。

修寶駒《トンバオジ》は考えるのを止め、裁判記録を閉じて足をデスクにのせて尋ねた。「蓮霧《リェンウー》、お前はどう思う？」

連晉平《リェンジンピン》はこの時をずっと待っていた。「実際のところ、凶器も検死結果も法医学報告書も検察側によって科学的証拠が提示されていませんから、まずひっくり返せないでしょう。そもそも我々は通訳を信じていないのですから、過去の記録を参照することはできません。であれば直接拘置所に出向いて被告人に話を聞くべきです」

修寶駒《トンバオジ》は忌々し気に顔をしかめた。明らかにこの件に向き合いたくないようだ。

「量刑部分にも問題があります。検察側は最後まで有力な殺人の動機を提出していません。彼らは被告が現場に凶器を持ち込んだと認定し、それをもって計画的殺人だとしていますが、未だに動機は解明されていません。

彭正民《パンジョンミン》が船上でふたりが仕事中に衝突していたと証言していますが、それは肝心な点をごまかしているように思います。彼は一等航海士で船員を管理する責任があるので、証言が偏っていてもおかしくありません。それに被告が船を下りて姿を消して、半年近くも経ってから犯行に及ぶほどの深い恨みが何だったのか。判決はこの点には全く触れていません」連晉平《リェンジンピン》が言った。

佟寶駒《トンバオジ》は頭を掻きながら、おとなしく話を聞いていた。

「『平春十六号《ピンチュンシーリュウハオ》』は船籍こそバヌアツですが、実際は台湾の雄豊《ションフォン》漁船会社が所有しています。一審では彭正民《パンジョンミン》の供述を検証するために当該船舶の外国籍漁船員を出廷させようとしましたが、漁船会社は当時の移民就労者は既にみな母国に帰ってしまったと答えました。」連晉平《リェンジンピン》は続けた。「便宜置籍船[*1]ですから、いろいろ証拠を集めるのも難しくて、裁判ではこれを一方的に受け入れるしかありませんでした」

佟寶駒《トンバオジ》は大いに頷いた。

連晉平《リェンジンピン》はやるせなさそうに肩をすくめた。「つまるところ証拠がない状況で真実を確かめるのは非常に困難です。我々は精神鑑定に注力すべきではないでしょうか。一審では死刑判決の主な理由が残忍な手口……」

「小さな女の子まで手にかけているんだ。死刑はやむを得ないだろう！」佟寶駒《トンバオジ》は口を挟んだ。

「でも精神鑑定が全くの正常というのはおかしくないですか？　普通の人はそんなに残忍なのでしょうか？」

「お前の言いたいことはわかる。俺はまともな船乗りなんてただのひとりも知っちゃいない」

「精神鑑定は責任能力を確認するだけでなく、量刑に対して減刑を主張することもできます。これは死刑囚にとっては重要です」連晉平《リェンジンピン》が言った。「多くの研究が、遠洋漁業船での就業後、みなPTSD[*2]を発症していると示しています」

「しかし事件当時、やつは船を下りてからもう四カ月以上になっていたはずだ」

「PTSDが続く期間は人によって異なります。また、PTSDの原因に新たに接触したことにより再発したとも考えられます」

「お前の言う原因とはもしかして被害者のことか？」

＊1　船会社は税金やその他の検査を回避し、運航コストを大幅に削減するために、他国で船舶を登録する。台湾漁業署の民国一〇八年（二〇一九年）四月の統計によると、台湾には二百五十六隻の便宜置籍船があり、その内の七十七隻はバヌアツ籍である。

＊2　心的外傷後ストレス障害。深刻な心的外傷を経験した後に発症する精神疾患。統計的にはPTSDと暴力行為の間に有意な関係はないが、アメリカのベトナム帰還兵を対象とした研究によれば、PTSD患者は極度の不安と過敏状態にあることが多く、社会から強く切り離され、怒りっぽく攻撃的で、薬物乱用の発生率が高く、過去にとらわれやすいとされる。

佟寶駒《トンバオジ》は、殺人と船上での出来事が関連しているのではないかと連晉平《リエンジンピン》が指摘していると理解した。証明は簡単ではないだろうが、確かにもっともな考えだ。しかしこれは殺人を被害者のせいだと言っているに等しく、間違いなく批判に晒されるであろう。佟寶駒《トンバオジ》は第二のキャリアを一番に考え、林鼎紋《リンディンウェン》のアドバイスに従うと決めた。

「一審で既に精神鑑定が行われている。再度の鑑定を裁判官に認めさせるのは簡単ではないぞ」佟寶駒《トンバオジ》は林鼎紋《リンディンウェン》の言葉を借り、さらに大げさなジェスチャーをした。「弁護士ならば犯罪の事実関係に基づいて検察官と戦わないとって俺は思うんだ！」

「犯罪の事実関係ですか？」連晉平《リエンジンピン》はそうは思っていないようだ。

「犯罪の事実関係」佟寶駒《トンバオジ》はもう一度大げさに手を振り回した。

「それなら拘置所に行くべきですね」連晉平《リエンジンピン》は引かなかった。

問題は信頼に値する通訳をどこで見つけてくるか、だ。

佟寶駒《トンバオジ》は法院が提供した通訳のリストを基に、何人かに連絡を取っていたが、その全員が録音を聞いた後、アブドゥル・アドルの訛りと言葉遣いはわからないと答えた。佟寶駒《トンバオジ》は彼らがこの厄介な事件に関わりたくなくてそのように答えたのだと思っていた。しかし調べた結果、公用インドネシア語を日常的に使っているインドネシア人は僅か一〇％に過ぎないと知った。*3

台湾にいる僅かなインドネシア語通訳の中からアブドゥル・アドルの話す東ジャワの方言を完全に理解できる者を探し当てるのは並大抵のことではない。ますます陳奕傳《チェンイーチャン》が訳した記録の正確性が疑わしくなってきた。この事件において通訳は非常に重要だ。なのに適任者がいないのだ。

佟寶駒《トンバオジ》は奥の手を使うことにした。よし。最後まで悪あがきを続けよう。

＊3　インドネシアには百以上の民族がおり、使用言語は七百種に達する。一九四九年の独立時にインドネシアは人口の多数が使用する方言（ジャワ語・スンダ語）ではなく、首都の方言を公用語として採用した。他地域の方言話者同士はコミュニケーションができず、また文字も理解できない。インドネシアでは人口の六〇％しか公用語であるインドネシア語を話せず、日常会話にインドネシア語を使うのは僅か一〇％である。

2

リーナはインドネシアのジャワ島のテガルで長女として生を受けた。十九の年に父親が重い病気にかかり急逝した。大学で英語を学んでいた彼女は家計を支えるために学業を諦め、台湾で家庭介護士として働くことを決めた。

エージェントの協力の元、リーナは仲介料、ビザ代、航空券などの費用を賄うために、銀行で約十万台湾ドルのローンを組んだ。この金額はインドネシア国民の一年の平均所得とほとんど等しい額だ。台湾で稼げば、毎月の給与からすぐに返済できると、そうエージェントは彼女を慰めた。

リーナの計算によると台湾での毎月の給与は一万七千台湾元。ここから銀行のローンの返済、エージェントへの手数料、健康診断に保険料などを差し引いても、毎月だいたい五千台湾元は残るはずだ。大きい額ではないけれど、一年頑張れば僅かばかりでも給与が上がるかもしれない。ローンを少しずつ返済して、それが終われば毎月一万台湾元を貯めるのも夢ではない。そうしたら家族への大きな援助になるはずだ。

契約書にサインをした彼女は、エージェント会社の社宅で六百時間の職業訓練を受けるために、トランクと共に家を出た。訓練の内容は、中国語の会話、看護の基本、家事と介護のテクニックなどだった。これらは聡明なリーナには難しいことではなかったので、早い段階で退屈を覚えていた。だから彼女はよく自分はいま大学で勉強しているのだと空想していた。英語の代わりに、看護や中国語のクラスをとっているだけだと。

リーナのトランクの中身はとても簡素で、一番値が張るものはスマートフォンとその充電器で、一番大切なものはイェイツの詩集とそれに挟んだ家族の集合写真だった。これ以外は服が何着かあるだけで、厚手のコートすらなかった。

彼女は文学が好きで、詩を書いていた。もし英語よりも実用的であったなら、文学を学んでいただろう。歌詞を作るのが好きで、時々傍にいる者の耳を引き付けるようなフレーズを口ずさんだ。ところがリーナは他人の前で歌ったことがほとんどなかった。世を去る前の父親が、いい娘というものはコーランの教えを守り、ヒジャブを被って顔を見せるなと言っていたからだ。

家を出て四カ月後、二十歳になったリーナは台湾に向かった。台湾の第一印象は、見渡す限り地面がコンクリートに覆われているようでとても清潔というものだった。インドネシアと同じように蒸し暑いけれど、台湾の夕陽はその縁を灰青色に染めているように見える。リーナはイェイツの詩を思い浮かべた。

Had I the heavens' embroidered cloths,
Enwrought with golden and silver light,
（もしも私に　金と銀の光で刺繍された　天上の織物があったら）
The blue and the dim and the dark cloths
Of night and light and the half light,
（もしも私に　夜と薄明と昼を表す　漆黒と灰色と空色をした織物があったら）
I would spread the cloths under your feet…
（それをあなたの足下に広げよう）

彼女の最初の仕事は、台南に暮らす八十歳の老《ラオ》という男性の介護だった。老《ラオ》は口数が多く、元気で、どんなことにも何か言わなければ気が済まない性質《たち》だった。リーナは台湾語が話せなかったため、最初老《ラオ》は彼女にイライラすることが多かった。数カ月が過ぎ、リーナはだんだん老《ラオ》のやり方に慣れてきて、むしろ楽に感じるようになった。ただ彼の言う通りにすればいいのだ。

老《ラオ》には五人の子どもがいた。みな親孝行で、頻繁に訪ねてきた。それぞれ性格は違ったが、誰もリーナに過分な要求はしなかった。それどころか、たまの休日に彼女の代理を買って出て、リーナをインドネシア・ペンサークル＊4の活動に参加させてくれた。春節や大切な祝日には紅包《ホンバオ》（お祝いに渡す赤いポチ袋）をくれて、イード（イスラム教徒の断食明けの祭り）すら祝ってくれた。台湾人はイードを行わないと知っているリーナはとても感激したものだ。赤い色は不吉に感じたが、何度か会った後にこの偏見も克服した。

一年半後、老《ラオ》は眠ったまま意識を失った。呼吸がだんだん弱くなり、そのまま帰らぬ人となった。子どもと孫たちはみな枕元で最期を看取ったので、心残りはなかっただろう。しかしリーナだけは長い間泣いていた。楽な毎日ではなかったが、彼女はこの生活と、その近隣のインドネシア人社会に馴染んでいたのだ。

すぐに新しい雇用主が決まった。今度は台北だった。長距離バスで台南を発つとき、リ

＊4　インドネシアの作家ヘルフィ・ティアナ・ロサが一九九七年にジャカルタで設立した文学フォーラム。インドネシアの三十二の州と海外五州十二カ国に支部がある。会員数は世界で一万三千人余り。

ーナは自分が老《ラオ》の名前を知らないことに気が付いてまた涙を流した。

新しい雇用主は八十歳の独り暮らしの老婦人だった。老婦人はとても無口だけど頭脳明晰で、行動がゆっくりなため時々外出する際に車椅子が必要になるけれど、総じて生活に大きな問題はなかった。リーナはインドネシア語の「祖母」の発音が中国語の「おばあちゃん」の発音に似ていることに気が付いて、そのまま「おばあちゃん」と呼ぶことにした。彼女の息子のことは「ボス」と呼んだ。

ボスは気性が荒く、母親のことも粗末にしていた。たまに訪ねてきては、いつも大声で何かに文句を言っていた。おばあちゃんの沈黙を通してリーナは、納得できなくても逆らうのは無駄なことだと理解していた。ボスの現れる頻度から判断すると、彼が帰ってくる目的はリーナに靴の手入れや洗車をさせることだと彼女は感じていた。

おばあちゃんには他に家族がおらず、ボスは手助けをしてくれなかったので、リーナは休みを取ることができなかった。まだフェイスブックを通してインドネシア・ペンサークルの活動に関心を寄せていたが、直接集会に参加する機会は持てなかった。台湾に来たのはお金を稼ぐためだ。休みが取れなければ一日五百六十七元の超過勤務手当がもらえるし、たまにおばあちゃんの財布から百元札をくすねる機会だってある。リーナはそう自分を慰めた。

大した金額じゃないわ。台湾人にとってはバナナ数本分の違いだものと、彼女は自分を納得させていた。積極的に市場での価格を調べて、収支が合うようにする。もともと払うお金だもの。誰にもばれないわ。

今までリーナは悪事を働いたことがなかった。だからボスにお金を盗んでいるところを見つかったときに、ごまかすことすら思いつかなかった。ボスは何も言わず、底意地悪そうに近づいてくると百元札をリーナのズボンのポケットに押し込んだりするのだった。ゆっくりゆっくり手を差し込んで、またゆっくりと抜き出した。

ボスが訪れる回数が少しずつ多くなり、冷蔵庫にビールが増え始めた。ボスはビールを飲みながら、屈んで靴を磨くリーナの臀部から太ももの間に視線をさ迷わせたり気まぐれに彼女のズボンにお金を差し込んだりするのだった。

あの晩、ボスはミニバンの中でリーナの服に手をかけていた。隣に住む風変わりな男が現れたおかげで、期待通りの結果にはならなかったのだが。だから佟寶駒《トンバオジ》が訪ねてきた時に、リーナは彼を家に入れてくれるよう許《シ》おばあちゃんに頼んだ。彼女には外の世界と繋がりを持たなければという直感があった。

テーブルに許《シ》おばあちゃんと向かい合って座った佟寶駒《トンバオジ》は手土産を差し出した。

「基隆《ジーロン》仁一《レンイー》路の紅糟排骨《ホンザオパイグー》……食べたことありますか？　とても有名で……リーナと食べて

ください」

「それは食べられません」リーナが言った。

修寶駒《トンバオジ》はムスリムは豚肉を食べないことを思い出し笑顔がぎこちなくなった。彼は慌てて話題を変えた。

「あんたは中国語がわかるのか？」

「少しだけ」

修寶駒《トンバオジ》はアブドゥル・アドルのあの言葉を口にした。「Didelikno……わかる？」

リーナは不安そうに頷いた。

「どうしてわかるんだ？」

「母の言葉です」

「意味は？」

「隠した……彼らは隠した」

「隠した？　何を隠したんだ？」

リーナは首を振って知らないと伝えた。

修寶駒《トンバオジ》は一枚の新聞を取り出した。一面すべてが海浜《ハイビン》事件の記事だった。殺人現場と並んでアブドゥル・アドルの顔写真が目立つように掲載されている。

佟寶駒《トンバオジ》はその写真を指さした。「彼は人を殺した。通訳が必要だ」

リーナは首を振った。

「Murder. Translate.」（殺人犯。通訳）佟寶駒《トンバオジ》は胸を叩いた。「I am lawyer.」（俺は弁護士だ）

「できません」

佟寶駒《トンバオジ》は許《シ》おばあちゃんに向き直った。「おばあさん、お宅の介護人を借りてもいいですか？」

リーナは固辞した。「私は法律も知らない。できない。わからない」

「訳すだけだ。簡単だよ」佟寶駒《トンバオジ》は付け加えた。「あなたが力にならなければ、彼は死んでしまう」

リーナはまた首を振った。

「お金」許《シ》おばあちゃんが急に口を挟んだ。

佟寶駒《トンバオジ》もリーナも許《シ》おばあちゃんの突然の言葉に驚いた。

許《シ》おばあちゃんは何の感情も浮かんでいない顔で佟寶駒《トンバオジ》を見つめ、ゆっくり、しかしはっきりと言った。「彼女にお金を払ってあげて。台湾人と同じくらいに十分なお金を」

リーナは俯《うつむ》いて、もう何も言わなかった。

3

ストローハットとサングラスを身に着けた陳青雪《チェンチンシェ》は、観光船の甲板に座っていた。帽子のつばを低く下ろして、観光客の中に紛れ込んでいる。

船は丁度正浜《ジョンビン》漁港に差し掛かったところだ。マイクを通してガイドの大声が地理と景観を紹介している。「みな様、ただいま左手に見えるのが和平島《フーピン》、目の前に広がっているのが八尺《バーチ》門《ムン》水道です。基隆《ジーロン》の漁業が最盛期だった七〇年代は、正浜《ジョンビン》漁港は様々な大型船舶が停泊するとても重要な漁港でした」

陳青雪《チェンチンシェ》はガイドの指し示す手を追いかけて、波がぴかぴか光る港と、さらにその奥の山肌にへばりついている海浜《ハイビン》国営住宅を見渡した。

前回総統が海浜《ハイビン》事件についていくつか質問して以来、陳青雪《チェンチンシェ》は何かがおかしいと感じていた。総統が自ら事件に関心を持ち、ましてや率直に探りを入れてくるなどあり得ない。さらに蔣徳仁《ジャンダーレン》がもっともらしく口を挟んでくることを考えると、この事件には政治的に何か大きな意味があることは明らかだった。

陳青雪《チェンチンシェ》にとって海浜《ハイビン》事件は何も特別な事件ではない。一年に何件か同じような凶悪事件が発生する。しかし死刑制度が絡んでおり、上層部から密かに注目されている以上、彼女も腹を括らなければならないと考えていた。

陳青雪《チェンチンシェ》は初期の調査で、「平春十六号《ピンチュンシーリュウハオ》」には予想に違わず多くの黒い噂があり、国際漁業団の監視下に置かれていたことを知った。

陳青雪《チェンチンシェ》の摑んだ情報によると、EU執行委員会は今年初め、台湾に密かに視察団を送り込んだという。重点的な調査のひとつに「平春十六号《ピンチュンシーリュウハオ》」とその所属する雄豊《ションフォン》漁船会社が含まれていた。確かな証拠は得られなかったものの、台湾の所轄官庁は禁漁対象の魚種に対する取り締まりや労働条件の検査が杜撰《ずさん》だとされて、警告を受けた。イエローカードが解除されてまだ八カ月とはいえ、状況が改善されなければ、このままレッドカードとなり漁業貿易制裁の非協力国としてリスト入りする可能性もある。

国際的圧力に押され、地方検察庁は「平春十六号《ピンチュンシーリュウハオ》」を立件するための調査を行ったが、最終的に証拠が不十分だったため、曖昧なまま不起訴相当と結論付けた。[*5] これによって国際的な監視の目が逸れたわけではなかった。最新の消息筋によると、アメリカの労働省が同じ理由で台湾の漁獲物を「強制労働製品リスト」[*6]に加えることを検討しているという。

もし実施されてしまえば台湾はアメリカに漁獲物を輸出できなくなり、台湾漁業は少なくとも五百億ドルの損失を被るだろう。

これらが総統の心配の理由なのだろう。しかし陳青雪《チェンチンシェ》の直感が内情はそれだけではないと告げていた。海浜《ハイビン》事件と「平春十六号《ピンチュンシーリュウハオ》」の関連性はまだはっきりと浮かび上がってこない。陳青雪《チェンチンシェ》は調査を続けるつもりだった。

喜ばしいことに海浜《ハイビン》事件が二審に法廷を移した後、彼女は手持ちの札が一枚増えたことに気が付いた。

陳青雪《チェンチンシェ》と佟寶駒《トンバオジ》は旧知の間柄だった。

ふたりが初めて出会ったのは、全国法律ディベート大会だった。その年、陳青雪《チェンチンシェ》は大学四年生で、台湾大学の代表として、佟寶駒《トンバオジ》の率いる輔仁《フーレン》大学との決勝戦に挑んだ。一昨年に大法官による解釈二六三号が出されたばかりだったため、その年の決勝戦の弁論テーマは「死刑だけが違憲なのか?」という最もホットなものだった。

否定側の主張を受け持った陳青雪《チェンチンシェ》は、肯定側の主張を行った佟寶駒《トンバオジ》のことを永遠に忘れないだろう。チームメイトが次々と敗退していく中、否定派の誤りに力強く切り込んでいき、隠しきれない先住民の訛りを交えて会場を笑いに包んだ姿を。「大法官が唯一死刑を違憲ではないと判断したのは、量刑において裁判官の裁量が残っていたからに他なりません。この論理に従えば、いかなる刑罰も重すぎることはなく、またいかなる刑罰も比例原則に反することはないでしょう。なぜなら中華民国の裁判官はみな、書に親しみ、兄弟を尊び、秩序を重んじ、正しい人格の持ち主であり、重すぎる刑を科すことは絶対にできないと言えるからであります」

佟寶駒《トンバオジ》は突然声を張り上げた。「私はここに、中華民国の上訴審は今後下級法院の量刑の違法性を告発しないことを宣言します。量刑が違法となるのであれば、死刑のみが違憲となるからであります。林のおっちゃんが説教しに来るぞ！[*7]」

最終的に敗れたとはいえ、その年の佟寶駒《トンバオジ》の不羈《ふき》奔放な弁論は会場を虜にした。

＊5　検察機関が捜査する場合、犯罪の嫌疑が十分でないと判断すれば「行政処分」で一時的に事件を終了させることができる。しかし事件が決定的に終了したわけではない。その後関連する証拠が見つかれば、捜査は継続される。

＊6　アメリカの連邦労働省国際労働局が公表した「児童労働または強制労働によって生産された品目リスト」。アメリカの税関審査において、児童労働か強制労働で生産された製品でないかを審査する際の参考とされる。

＊7　林洋港（当時の台湾の最高司法機関である司法院の院長。大法官会議主席）のこと。

陳青雪《チェンチンシェ》が知る限り佟寶駒《トンバオジ》は自己を非現実的な英雄——半人前の法律家が思い込むような——とは見做していなかった。佟寶駒《トンバオジ》は独立独歩でやってきて、最終的に公設弁護人の座に落ち着いて何年にもなる。既に組織に組み込まれているようにも見える。

組織に飲み込まれた後に、反旗を翻すのは簡単ではない。

海浜《ハイビン》事件において、佟寶駒《トンバオジ》は予想外のことはしないだろうと陳青雪《チェンチンシェ》は考えた。必要に応じて、介入することは難しくないはずだ。

4

佟寶駒《トンバオジ》と連晉平《リェンジンピン》が高等法院のエントランスを出た時、リーナは既に公用車の傍で待っていた。

「こいつは蓮霧《リェンウー》だ」リーナに向かって紹介した佟寶駒《トンバオジ》は、台湾語の読み方も口にした。

「lián-bū」

リーナを真ん中にして、三人は公用車の後部座席に収まった。公用車は博愛《ボーアイ》特区を離れ、艋舺《モンジア》大道から華翠《ホワツィ》大橋に向かった。目的地は台北拘置所だ。

「台湾に入国してから殺人を犯すまで……この四カ月余り、被告はどこにいたんだ？」佟《トン》寶駒《バオジ》が疑問を投げかけた。

「誰も知りません」連晉平《リェンジンピン》は裁判記録を取り出して、簡単に確認した。「アブは供述していません」

過去の記録に当たってみても、地方法院検察署でも法院でもアブドゥル・アドルはほとんど何も話していなかった。法律を知る者はアブドゥル・アドルが黙秘権を行使していると言うが、しかし一般人の目には言い逃れか隠蔽工作にしか見えないだろう。判決から判断すると、裁判官ですら無関心に見えるその態度をよく思ってはいないようだ。

「被告が逃走した移民就労者だと、船会社が認めたのは殺人の後ですね」連晉平《リエンジンピン》が言った。「事件前には通報しなかったのか？」

「はい」

佟寶駒《トンバオジ》は何か考えがあるのだろうか、興味深げに眉を上げた。

リーナは裁判記録の中の写真に目をやった。アブドゥル・アドルはとても年若く見えた。

「この人は何歳ですか？」リーナが聞いた。

連晉平《リエンジンピン》がアブドゥル・アドルのパスポートのコピーを取り出した。「二〇〇〇年七月二十六日生まれだから、犯行時はだいたい十九歳と半年です」

「十九歳？」リーナが言った。「Younger than me.」（私より年下だわ）

「How old are you?」（おいくつですか？）連晉平《リエンジンピン》が尋ねた。

「Twenty-one.」（二十一歳です）

「I am twenty-five.」（私は二十五歳です）連晉平《リエンジンピン》は親し気に微笑んだ。

「ナンパ禁止」佟寶駒《トンバオジ》が連晉平《リエンジンピン》を睨んだ。

公用車は県民大通りから板橋《バンチアオ》、府中商圏《フージョンシャンチェン》に差し掛かった。道沿いの風景は伝統的な萬華区《マンホワ》から商業ビルの林立する新板区《シンバン》に変わり、最後に信義路《シンイー》の低層住宅と工場の並ぶ土城区《トゥーチャン》になった。

変わっていく窓の外の景色を眺めていた連晉平《リェンジンピン》が突然質問した。「寶哥《バオゴー》、湯英伸《タンインシェン》事件が発生した時、何歳でした？」

「さあ」佟寶駒《トンバオジ》は答えた。

「当時あなたたちの集落で彼を支持する人はいなかったんですか？」

「記憶にないな。それがどうした？」

「ふたつの事件がとてもよく似て……」

「報道に惑わされるな。片方は出稼ぎ外国人で、もう片方は先住民族だ。どこが似てるって？」

「出稼ぎ外国人じゃなくて、移民就労者です」

「出稼ぎ外国人って呼んだら何だって言うんだ？」

「偏見です。先住民を『山地同胞《シャンディトンバオ》』と呼ぶのと一緒です」

「だからアブは『移民漁業労働者』だって？　早口言葉か？」

「外国人漁業就労者はいいんです」

「どうして『外国人』がOKなんだ？」

「ダメなのは『出稼ぎ』で『外国人』はいいんです！」

「じゃあ外国人就労者でいいのか？」

連晋平《リェンジンピン》は佟寶駒《トンバオジ》の悪ふざけに辟易したかのように、真面目に答えた。「移民就労者は現在政府筋の統一呼称です。メディアがこの事件に注目している以上、言葉遣いひとつにも慎重にならないと*8」

「俺は左派的なことに興味はないよ」佟寶駒《トンバオジ》はふてくされた。「先住民族が全員モーナ・ルダオ（日本統治時代の台湾で、大規模な抗日武装反乱を起こした先住民）なわけじゃない」

「僕はそんなつもりでは……。あの……船長は本当にあなたの従兄なんですか？」

「俺とあいつは無関係だ」

「しかしあなたの出自は……」

「できることなら、俺も裁判官をおやじに持ちたいものだ！」

佟寶駒《トンバオジ》にこれ以上話をするつもりがないことを悟った連晋平《リェンジンピン》は、何も答えなかった。

リーナは重い空気を感じたが、その理由まではわからなかった。ふたりの間に挟まれて、途方に暮れていた。

5

土城《トゥーチャン》にある台北拘置所は、土城《トゥーチャン》拘置所とも呼ばれていた。新北《シンベイ》地方法院と道を隔てて向かい合っていて、主に判決の出ていない未決囚及び死刑囚が収容されている。アブドゥル・アドルは当初基隆《ジーロン》拘置所に収監されていたが、案件が高等法院に上訴された後、台北拘置所に移送されていた。

台北拘置所には「忠、孝、仁、愛、信、義、和、平」の八棟の獄舎がある。各獄舎は三階建てで、その中の忠二舎と孝二舎は死刑囚と無期懲役囚の収監に使われている。舎房は仕切りのないトイレと洗い場を含めておおよそ二坪ほどの広さで、通常一部屋にふたりを収容する。重罪舎に収容されている者は工場での刑務作業に参加することはできない。弁

＊8　民国一〇八年（二〇一九年）五月、入国管理局は諸外国で一般的に使われている用語に対応し、外国人滞在許可証の在留資格欄を「外籍労働者（外労）」から「移民就労者（移工）」に変更した。

護士との接見、出廷、受診などの特例を除くと、舎房の外に出ることが許されるのは僅か三十分ほどの運動時間だけだ。

忠二舎に収監されたアブドゥル・アドルの同室人は死刑判決を受け、その執行を待つ死刑囚だった。アブドゥル・アドルは看守たちにとっては物静かで規律正しい収容者だったが、同室者からは邪険に扱われていた。特に一日五回のイスラムの礼拝に同室者は冷たかった。礼拝の儀式は簡素で静かだったが、もとより狭い舎房で、加えて迷信深く情緒不安定になっている死刑囚には理解できない宗教儀式と言語は受け入れがたいものだったのだろう。

忠二舎に収監されて何日か、アブドゥル・アドルは食事を取らなかった。拘置所の職員は彼が問題を起こそうとしているのではないかと疑ったが、ただ豚肉を禁忌とするイスラムの戒律に従っているだけだと後から気が付いた。とはいえ彼らが特別にハラルの食事を用意することも難しく、ただベジタリアン用の食事に改めただけだった。このため、アブドゥル・アドルはごく僅かしか食べ物を口にしなかった。

修寶駒《トンバオジ》が訪問した日、看守がドアの外からアブドゥル・アドルの囚人番号を呼んだ時、彼は午後の礼拝[*9]の最中だった。看守は礼拝が終わるのを待たずにドアを開け、すぐに弁護士との接見の用意をするよう命じた。[*10]

台北拘置所の接見室は一般人の想像と違い、独立したスペースがあるわけではない。十坪余りの部屋に並んでいる三列の机と椅子が、アクリル板のパーテーションで区切られているだけだ。それぞれの間は僅か人ひとり分ほどしかない。弁護士と収監されている者は向かい合って座る。隣のスペースに座れば何を話しているか盗み聞きすることも可能で、まるで三流商品のカスタマーサービスのように見える。

修寶駒《トンバオジ》たち三人はひとつのスペースに押し込まれた。代替役の制服を身に着けた青年とイスラムのヒジャブを被ったインドネシア女性。加えて安っぽいワイシャツにスラックスのだらしない中年男の組み合わせはまるでコントのようで、人目を引いた。

接見室の門が開いて、アブドゥル・アドルが収容者の一団と共に入ってきた。その風貌は些《いささ》かも変わっていない。刑事事件の被告人たちの中に紛れても、ゆっくりと動く生気のない影のような独特な雰囲気を纏《まと》っていた。

＊9　イスラム教徒の毎日五回の礼拝は以下の通り。夜明け前の礼拝、昼の礼拝、午後の礼拝、日没時の礼拝、夜の礼拝。

＊10　拘置所であろうと刑務所であろうと、弁護士が面会するための場所やルールは一般の面会の場合とは別に設けられている。

リーナは初めてアブドゥル・アドルを見た。アブドゥル・アドルが彼女の想像していた重罪人のイメージとおおよそかけ離れていたことにショックを受けた。目の前の弱々しい青年は彼女の心を重くした。それがアブドゥル・アドルの悲劇的な姿のせいなのか、或いは同胞に感情移入したせいなのか、リーナにはわからなかった。

　リーナは立ち上がって右手を胸に置いてインドネシア語で語りかけた。「Apa kabar?」（元気ですか？）

　アブドゥル・アドルはリーナのヒジャブに目をやって、何も言わずにすぐに逸らした。リーナは裁判記録の録音の中でアブドゥル・アドルがジャワ島の方言を使っていたのを思い出し、言葉を変えてもう一度尋ねた。「Piya kabare?」（元気ですか？）

　アブドゥル・アドルは言葉に反応して頷いた。

　リーナは手を組んだ。「Assalam ualaikum.」（神の祝福がありますように）

　アブドゥル・アドルは我に返ったかのように両手を合わせ、小さな声で答えた。「Waalaikum salam.」（あなたにも神の祝福がありますように）

　席に着いてから、リーナは佟寶駒《トンバオジ》と連晉平《リェンジンピン》を紹介した。しかしアブドゥル・アドルはふたりに目をやることもなく、黙って聞くだけだった。佟寶駒《トンバオジ》が通訳を始めるようリーナに言い、連晉平《リェンジンピン》は横で英語を使って説明を付け加えた。

尋問は難航した。

佟寶駒《トンバオジ》はまず一審判決をどう思うかアブドゥル・アドルに尋ねた。彼はポケットから中国語がびっしりと書かれたしわしわの判決文を取り出した。自分が死刑判決を受けたのは知っている。でもどうしてかは知らないとアブドゥル・アドルは言った。

佟寶駒《トンバオジ》たちは説明しようとしたが、アブドゥル・アドルの返事は短く、表情は虚ろで、突然糸が切れたかのようにぶつぶつと独り言を言ったかと思えば、同じ言葉を繰り返し呟いたりした。リーナはアブドゥル・アドルと話をしようと努力しているが、法律用語に詳しくないうえに、中国語の能力にも限界があるため、かなり苦労しているようだ。

話が「精神鑑定」と「矯正の可能性」に及んだ時、リーナは困惑した表情を見せた。

連晉平《リエンジンピン》は「Psychiatry Assessment」、「Possibility of Rehabilitation」と英訳して伝えたが、完全にリーナの理解の範疇《はんちゅう》を超えていた。

「いいさ。俺だって何のことやらさっぱりだ。大したことじゃない。やつに罪を認めるか聞いてくれ」佟寶駒《トンバオジ》が言った。

アブドゥル・アドルは船長夫婦を殺したことは認めたが、幼女については言葉を濁した。

そのため佟寶駒《トンバオジ》は幼女の死についての質問を重ねた。

「女の子が死んだことは知らないと言ってます」リーナが通訳した。

「女の子が死ぬとは思わなかったのか、それとも女の子が死んだことを知らないのかどっちだ？」佟寶駒《トンバオジ》はリーナに確認した。「やつは女の子を殺すつもりだったのか？」

リーナには三通りの質問の意味がどう違うのかわからなかった。連晉平《リエンジンピン》が英訳したのを聞いても、ますます困惑するだけだった。連晉平《リエンジンピン》は尋ね方を変えた。「Did he mean to drown her?」（彼は故意に女の子を溺れさせるつもりでしたか？）

リーナはアブドゥル・アドルの言葉の意味を説明した。「いいえ。女の子が泣いたから、彼は静かにさせたくて、水に入れた」

連晉平《リエンジンピン》は佟寶駒《トンバオジ》に伝えた。「判決文もそのように書かれています」

連晉平《リエンジンピン》は質問を続けた。「Did he know that could kill her?」（彼はそれが女の子を殺す可能性があると知っていましたか？）

リーナは答えた「いいえ。彼は殺すつもりはなかった」

連晉平《リエンジンピン》は中立的な言葉で再度尋ねた。「Did he know she will die by putting her in the water?」（彼は女の子を水に入れたら死んでしまうとわかっていましたか？）

リーナは質問の違いがわからなかった。「違う。彼は殺そうとしたんじゃない。ただ静かにさせたかっただけ」

佟寶駒《トンバオジ》は連晉平《リエンジンピン》の質問の意図がわかりかけてきた。故意に殺したのか。或いは過失だったのか確認しているのだ。

もしアブドゥル・アドルに殺意がなかったとしても、死の可能性を予見しながら犯行に及んでいれば「間接的な故意」として殺人罪が成立する。そうでなければ、過失致死罪しか成立しない。両者の間には天と地ほどの差がある。

佟寶駒《トンバオジ》は連晉平《リェンジンピン》に言った。「死という結果はやつの意図に反するものだったのか、聞いてくれ」

連晉平《リェンジンピン》は暫し考えた。「Is her death against his will?」（その子の死は彼の意図に反していた？）

リーナはアブドゥル・アドルの答えを聞き終わると、困惑した表情になった。「彼は時間を計っていた。二分では死なないって」

訳した後、リーナの表情はさらに複雑になった。答えによるとアブドゥル・アドルは幼女を殺そうとしたわけではないが、確実に死に至る可能性を予見していたと言える。過失致死の方向で弁護を行うとしたら、彼がどうして「二分間」では死なないと確信していたかを解明しなければならない。

極度の恐怖にさらされている幼い子どもは言うに及ばず、平均的な大人だって二分間も息を止めるのは難しいだろう。「二分以内なら幼女は溺死しないと信じている」などということは一般的な常識とは相反していて、どう聞いても罪を逃れるための言い訳だ。「過失致死」の論拠を乏しくさせるだけでなく、「間接的な故意」の側面を補強しかねない。

「クソったれの出稼ぎ外国人の変態め」佟寶駒《トンバオジ》はこのばかげた答えにかなり不満げで、それ以上の質問はせず、話題を変えた。「どうして船長夫婦を殺したのか聞いてくれ」

アブドゥル・アドルは笑っているようないないような曖昧な表情を見せたが、答えなかった。

佟寶駒《トンバオジ》は少し焦《じ》れながら再度尋ねた。「凶器のナイフはどこで手に入れたんだ？」

アブドゥル・アドルは落ち着きを失い、痩せて節くれだった両手で顔を覆ってリーナが理解できない言葉をぶつぶつと呟いた。

その時初めて佟寶駒《トンバオジ》はアブドゥル・アドルの右手人差し指が半分しかないことに気が付いた。

「裁判記録にはどうしてやつの指がこうなったのか書いてあるか？」佟寶駒《トンバオジ》は連晉平《リェンジンピン》に確認した。

連晉平《リェンジンピン》は首を振った。

アブドゥル・アドルは突然リーナの手を握り、差し迫ったように言った。「Kapan aku iso mulih?」

リーナは手を引っ込めて、驚いたようにアブドゥル・アドルを見た。佟宝駒《トンバオジ》と連晉平《リェンジンピン》も身構えた。

アブドゥル・アドルはそれ以上動かず、ただ無表情にリーナを見つめた。

リーナは息を吐き、ゆっくりと言った。「この人、いつ家に帰れるのか聞いてます」


接見室を出て、三人はもと来た通路を通って検問所まで戻った。運動場を過ぎる際に佟《トン》寶駒《バオジ》が突然右前方にある高い壁を指して言った。「刑場はあの向こうだ」

連晉平《リェンジンピン》は指された方向に目を向けたが、高い壁に遮られて何も見えなかった。リーナはふたりの後ろについて、頭を上げることもせず、ずっと一言も発しなかった。

拘置所のエントランスを出ると連晉平《リェンジンピン》が尋ねた。「寶哥《バオゴー》、どう思います？」

「意思疎通ができない。あのような態度じゃ死刑判決が出るのも仕方がないな」

「では僕たちはいつ事件現場に行きますか？」

「残業代が欲しいのか？」

「映画ではそうするじゃないですか」

「お前は公設弁護人が主役の映画を見たことがあるのか？」佟寶駒《トンバオジ》はつまらなそうに言った。「しかも先住民だし」

「僕はこの案件の主役は代替役だと思ってました」

「青二才が！」佟寶駒《トンバオジ》は連晉平《リエンジンピン》の後頭部を平手で叩いた。

佟寶駒《トンバオジ》が初めて自分を先住民と称した。連晉平《リエンジンピン》はふたりの関係が良い方向に向かっていると感じて、佟寶駒《トンバオジ》に自分の知識を披露したくてたまらなくなった。「知っていますか？映画に出ていた古錚《グジョン》の声を当てたのは先住民じゃないのですよ」

「お前は先住民の専門家でもあるのか？」佟寶駒《トンバオジ》は不機嫌そうに頭を振った。

連晉平《リエンジンピン》は佟寶駒《トンバオジ》のために公用車のドアを開けた。佟寶駒《トンバオジ》は振り返って、リーナが路肩に立っているのを見ると、一緒に乗るようにと手招きした。彼女は首を振った。

「自分で帰ります」リーナは断った。

「送っていくよ」佟寶駒《トンバオジ》が言った。

首を振るリーナの表情には疲れが見て取れた。「バスがあります」

佟寶駒《トンバオジ》と連晉平《リエンジンピン》はその時ようやくリーナの気持ちが不安定になっていることに気が付いた。しかしふたりとも女性を慰める方法を知らなかった。しばらくの間何を言えばいいのかわからないまま、ただリーナがバス停に向かって歩いていくのを見ていた。

6

佟寶駒《トンバオジ》と連晉平《リェンジンピン》が基隆《ジーロン》に着いたのはもう夕暮れに近かった。もともとの計画では直接事件現場に行くはずだったのだが、インターチェンジを降りた後、先に忠二路《ジョンアル》に向かい夕飯用の焼売を買おうと佟寶駒《トンバオジ》が言い出したのだ。

海浜国営住宅に向かう路上で焼売を口に運ぶ佟寶駒《トンバオジ》は何かがおかしいとずっと感じていた。

「自閉スペクトラム症の可能性もありますね」連晉平《リェンジンピン》が言った。「僕はアブがそれらの特徴にかなり当てはまると思います」

「自閉症？　そうは見えないぞ」

「それは固定観念ですね」連晉平《リェンジンピン》は続けた。「自閉症の症状の範囲はとても広いのです。それに後天的な環境の影響を受けることもあり、一人ひとりが全く違う状態なので、総じて自閉スペクトラム症と呼ばれるのです*11」

「それは推測に過ぎないだろう」

「被告のコミュニケーション能力には明らかに問題があります。他人の気持ちを読み取れないし、言葉で要求を伝えるのも困難です」連晋平《リェンジンピン》は説明する。「三人以上を殺した殺人犯を対象にした国外の調査では、その中の三〇％近くは自閉症の可能性が高いという結果が出ています」

佟寶駒《トンバオジ》は焼売を頬張った。「もっと大仰な演技を見たことがあるぞ。人間は生き延びるためなら何でもするんじゃないのか？」

「自閉症の症状は罪を犯したという事実から逃避している、或いはそれを軽んじていると誤解されやすいのです。専門の精神科医でもその微妙な違いを見抜くのが難しい時さえあるのです。異なる言語で話し、病歴についてわからないアブのケースは言うまでもないことです」

「自閉症は精神疾患ではないのだろう？」

「国連人権委員会は、被告人の心理的要因が社会生活の障害となる限りにおいて、死刑を科すべきではないとの見解を示しています。精神疾患である必要はないのです」連晋平《リェンジンピン》は自分が学んできたことを誇らしげに披露した。「忘れてはいけないのはアブにはＰＴＳＤの影響も考えられるということです」

佟寶駒《トンバオジ》は何やらもぐもぐと呟いた。海浜国営住宅に近づくにつれて、不吉な予感が重くのしかかってきた。

連晉平《リエンジンピン》はしばらくは佟寶駒《トンバオジ》を納得させるのは難しいと考え、戦略を変えることにした。

「まずは答弁書を作るので、それから判断してください」

正浜《ジョンビン》漁港から正浜《ジョンビン》路百十六巷に曲がると、道沿いに「基隆《ジーロン》市百九年海浜地区豊年祭《フェンニェンジー》」と書かれた幟《のぼり》が並んでいるのが見えた。佟寶駒《トンバオジ》はアミ語で一通り罵詈雑言を並べ立て、連《リエン》晉平《ジンピン》を驚かせた。

「蓮霧《リエンウー》、お前と知り合ってからロクなことがないな！」

ふたりは住宅街の近くに車を停めて、入口に向かって歩いて行った。警察官の制服を着たアナウが既に待っている。

「アナウ、起きてるか？」佟寶駒《トンバオジ》が話しかけた。

＊11　民国一〇二年（二〇一三年）五月に現れた新しい診断名。以前の広汎性発達障害の代替で、自閉症やアスペルガー症候群などを含む。主な理由はこれらの症状は程度の差こそあれ、すべて同じ種の障害に属するからである。

「そういう言い方をするんじゃない、タカラ。わざわざ今日を指定してくるとはな」アナウが答えた。「ついでにみんなを見に来たんだろう？」

「なんで戻ってきたんだろうな？」佟寶駒《トンバオジ》は彼を解放するつもりはなかった。「ショーなんて面白くもない！」

八尺門《バーチムン》に人が集まってきたときには、集落には既に豊年祭《フェンニェンジー》を行う習慣があった。最初は女性が始めた交流会で、常に海に出て漁をしている男性が毎回参加するのは難しかった。会場はだいたい住み着いた場所の周りにある造船工場の空き地だった。運営団体も費用も決まっていなかったけれど、その規模と式典は今日とは比べ物にならないほどだった。佟《トン》寶駒《バオジ》の記憶にあるのは眩しい太陽と笑い声が沸き起こる祭りだった。音楽、ダンス、それから海。これらは彼らのような子どもが焦がれるすべてだった。

佟寶駒《トンバオジ》の母親との思い出の大部分は、豊年祭《フェンニェンジー》と共にある。彼女は豊年祭《フェンニェンジー》の朝は最も得意な料理のシラウとトトン*12を用意してくれた。それから特製の野草スープ。名もわからない野草が混ざったスープは、口にすると酸っぱくて、苦くて、塩辛かった。母親が亡くなってから、佟寶駒《トンバオジ》はあのような味には出会っていない。

海浜国営住宅が完成した後、佟寶駒《トンバオジ》は過去に豊年祭《フェンニェンジー》がどこで行われたかを探そうとしたが、造船所跡地は封鎖され、海岸はすべてコンクリートで固められていた。過去の歌と踊りはどこにも手掛かりを残していなかった。佟寶駒《トンバオジ》は和平島《フーピン》の形と位置から、母親が一緒に歌ったり踊ったりしていた場所を辛うじて見分けることができただけだった。

海浜国営住宅が完成してから、豊年祭《フェンニェンジー》の様子も変わった。風景だけでなく、生活空間が分かれ、仕事の形態も変化し、それから政府が積極的に介入したことが原因だろう。今の豊年祭《フェンニェンジー》は男性が主導権を握り、運営組織があり、政府の資金がつぎ込まれて、儀式は古《いにしえ》に則り行われている。そうして故郷の文化は蘇った。しかし佟寶駒《トンバオジ》自身にとってはどちらが自分の心を満足させてくれるのかわからなかった。

海浜国営住宅が完成してから数年の間は郷愁に誘われて戻ってきていたのだが、盛り上がる豊年祭《フェンニェンジー》の中、沸き上がる声に不安を覚え居場所のなさを感じていた。歌える歌は年を追うごとに少なくなり、ダンスの脚運びも下手になった。ついには参加しない口実を探すようになってしまった。今舞台で踊っている若者の何人が佟寶駒《トンバオジ》のことを覚えているだろうか。

夜に差し掛かり、豊年祭《フェンニェンジー》は最高潮に盛り上がっていた。広場では社寮高校の野球部員たちがユニフォーム姿で、自分たちがアレンジした流行歌を歌いながら戦いの舞を披露し

＊12　どちらもアミ族の伝統的料理。豚肉の塩漬けと餅。

ている。漢民族と先住民族が入り交じった一団は、この場所において全く不自然ではない。佟守中《トンショウジョン》は広場の北側の席に座り、野球部の踊りを見ながら大きく拍手していた。

会場の前方は貴賓席で前列には政府の官僚、議員、近くの地域の指導者、さらに奇浩《キハウ》集落の代表者たちが座っていた。その中には彭正民《パンジョンミン》の姿もあり、彼の隣には六十五歳くらいの男が座っていた。その男は濃い眉に大きな目の非常に厳《いか》つい顔つきで、皺ひとつないスーツに身を包んでいたが不穏な雰囲気は隠しきれていなかった。彭正民《パンジョンミン》とその男は時々頭を寄せていた。

佟寶駒《トンバオジ》は目立たないように避けようとしたが、殺人現場は広場の北側に位置していたため、どうしても祭りの中を通らなければならなかった。佟寶駒《トンバオジ》と警察の制服を着たアナウが広場に現れると、たちまち周囲の注目を集めることとなってしまった。

彭正民《パンジョンミン》は壇の上から騒ぎに目をやり、そこに佟寶駒《トンバオジ》がいることに気が付くと、一族の者を何人か連れて向かっていった。この時佟守中《トンショウジョン》も異変に気が付いた。離れて立っていたが、一触即発の空気を感じていた。

祭りは中断され、人々は佟寶駒《トンバオジ》と連晉平《リェンジンピン》の周りに集まってきた。アナウは危険を感じ、慌てて説明した。「これは形式的な作業で、祭りとは関係ない。余計なことは考えるな」

「何をしに来た？」彭正民《パンジョンミン》が聞いた。

「事件を調べに」嬉しくなさそうに佟寶駒《トンバオジ》は答えた。

アナウはその場にいる全員に聞こえるように大声を出し、インカムで近隣の警察に支援を要請した。「どけどけ。祭りを続けろ。面白い物なんて何もないぞ」とまた叫んだ。

一族の怒りは理解できなくもない。身近であろうがそうでなかろうが、殺人事件は地域社会に傷跡を残す。佟寶駒《トンバオジ》が大切な祝いの場にその記憶をかき乱しに現れたのは、誰にとっても気持ちの良いものではない。しかし佟寶駒《トンバオジ》は法に従い公務を遂行しているにすぎず、また警察も現場にいるため、人々はしばらくどうすることもできなかった。

緊迫した空気の中、突然彭正民《パンジョンミン》の隣に座っていたスーツの男が動いた。佟寶駒《トンバオジ》に近づき手を差し出した。「佟《トン》先生、私は雄豊《ションフォン》漁船会社の代表の洪《ホン》と申します。洪振雄《ホンチェンション》です」

佟寶駒《トンバオジ》は頷いたが、手は出さなかった。雄豊《ションフォン》漁船会社？　その名に聞き覚えがあった連晉平《リエンジンピン》は、すぐに「平春十六号《ピンチュンシーリュウハオ》」が所属している会社だと思い出した。

「こちらではあまり見かけませんが、もっと交流を持てば、仕事のことで揉めなくなるのではないですか。我々はみな、同じ側に立っているのですから」洪振雄《ホンチェンション》は礼儀正しく話した。

「同じ？　そんなに先住民族が好きなら、なんで踊らないんだ？　踊ってやつらに見せてやれよ」

「誤解ですよ。私たちの会社は長年海浜国営住宅と豊年祭《フェンニェンジー》を支援しています」洪振雄《ホンチェンション》は続けた。「立場が違えど、我々はみなこの地のためにここにいるのです」

アナウは佟寶駒《トンバオジ》に口を慎むよう注意した。佟寶駒《トンバオジ》は気乗りしないよう手で顔を拭き、口を閉じた。舞台の音楽はまだ続いていて、遠くからサイレンが聞こえてきた。周囲から少しずつ場を収めようとする声が上がった。

佟守中《トンショウジョン》は席に戻り、どうでもいいというように舌を鳴らした。

7

広場の舞台照明が移り変わる中、佟寶駒《トンバオジ》と連晉平《リエンジンピン》は玄関からリビングルームに入った。そこは鄭峰群《ジョンフォンチエン》夫婦の死体が発見された場所だ。連晉平《リエンジンピン》は裁判記録に収められていた写真を思い返した。事件現場では家具が倒れ、血の跡が点々としていた。今は揺れ動く光の下でぞんざいに置き直され、整理された家具やこまごまとした日用品は、もはや恐ろしさよりも悲しみを漂わせている。

連晉平《リエンジンピン》は犯行現場を訪れるために、何日も前から心づもりをしていた。彼は現場には何か特殊な臭いがあるのではないかと考えていたが、実際は微かに黴《かび》臭く感じるだけだった。さらにテレビドラマのように手術用のゴム手袋を用意していたが、佟寶駒《トンバオジ》はそんな金があるならコンドームを買った方がいい、使うチャンスがあるかもしれないと言って笑った。

アナウは照明が点かないことに気が付いて、主電源が落とされているのだと判断した。懐中電灯を点けて壁の上の配電盤を探す。簡単に掃除をしたとは言うものの、相続に問題が発生していると言う。事件現場ともなれば、遺族は積極的に手を付けようとはしないのだろう。

視界がきかないため、連晉平《リェンジンピン》の聴覚は敏感になっていた。そのせいでどこからか伝わる、まるで誰かが服を叩いているような、或いは忍び歩きの足音のような、そんな微かな摩擦音に気が付いた。その時、水の流れる音がした。連晉平《リェンジンピン》は壁の中の排水管の音だと考えようとしたが、どうしても写真で見た溺死した幼女の姿が思い起こされる。今や事前に決めていた調査内容も、すべて忘却の彼方だった。

佟寶駒《トンバオジ》は幽霊など信じていない。しかしこのような場合においては、多少の敬意を持って行動する。佟寶駒《トンバオジ》は壁に貼られた何枚かの写真に目を奪われた。その中の一枚は船の上で真っ赤な太陽に晒されて意気揚々としたぼさぼさ髪の鄭峰群《ジョンフォンチェン》と彭正民《パンジョンミン》だった。その他のほとんどは鄭峰群《ジョンフォンチェン》の家族の日常の写真だった。佟寶駒《トンバオジ》は写真の中の笑顔に飛び散ったままの血液に気が付いた。佟寶駒《トンバオジ》は顔を背けて二度と視線を戻さなかった。

灯りが点いた。急な強い光の下、連晉平《リェンジンピン》は、隅に誰かが立っているのを見て、反射的に後ずさった。その様子に驚いた佟寶駒《トンバオジ》とアナウが振り返ると、そこにはコートや帽子で埋め尽くされた洋服掛けが立っていた。

三人は何も言わず、黙って周りを見回した。現場はアナウの言った通り既に片付けられてはいるが、無造作に整えられただけだ。残っている幾許《いくばく》かの血飛沫の跡がなければ、いまだにそこで人が暮らしているようだ。

彼らはリビングを一通り調べたが、特に何も見つからなかったので、次に寝室に向かった。寝室の浴室が幼女が殺された現場だった。事件写真に写っていた赤いバケツはそこにはもうなかった。連晉平《リェンジンピン》は幼女が横たわっていた場所に目をやった。心理的な影響なのか、レンガの上に暗い影があるように感じた。

「このトイレには窓がないから……もしやつが娘をここに閉じ込めたのであれば、外からは泣き声も聞こえなかっただろうな」佟寶駒《トンバオジ》は言った。「やつは娘を溺れさせる必要なんてなかったんだ」

佟寶駒《トンバオジ》は台所を見てみようと提案した。裁判記録の資料には、台所では指紋やそのほかの証拠は見つかっていないとあるから、アブが台所に入った可能性を排除できるかもしれないと連晉平《リェンジンピン》が説明した。佟寶駒《トンバオジ》は気にもとめず、台所にまっすぐ向かって行った。

佟寶駒《トンバオジ》は適当にキャビネットの引き出しを開けていった。中には様々な料理道具が入っていて、見たところ何も変わったところはなかった。急に佟寶駒《トンバオジ》は見覚えのあるナイフが何本かあるのに気が付いた。取り出して流し台の上に並べると、それらはみな同じような材質とデザインであることが見て取れた。ナイフの種類は異なるが、象牙でできた柄に刻まれた文字から判断すると、すべてが「鮮峰《シェンフォン》」と呼ばれる銘柄のものだった。近づいた連晉平《リェンジンピン》にも見覚えがあった。裁判記録に収められた凶器の写真を取り出して確認すると、そこにもはっきりと「鮮峰《シェンフォン》」の銘があった。

起訴状では凶器はアブドゥル・アドルが持ってきたものだとされているが、ではなぜ鄭《ジョン》峰群《フォンチェン》の台所にも同じ銘柄のものがあるのだろうか。この様な偶然の発生率はどのくらいなのだろうか。ひとつの可能性として、凶器は鄭峰群《ジョンフォンチェン》が所有していたナイフを現場で手に入れたものだったとしたら、それはアブの犯行が計画的ではなかったということを意味するのではないだろうか。

であるならば、この殺人事件は全く違う道筋を辿った可能性がある。計画的犯行でないのなら、両条約の精神に従って理論上は最も重い刑である死刑は科されないはずだ。これはアブドゥル・アドルにとって非常に有利なこととなる。

しかしなぜ台所にアブドゥル・アドルの指紋がなかったのだろうか。凶器がもともと居間にあったとは考えにくい。ナイフは刺身用のもので居間に持ち出された可能性がないわけではないが、より強力な証拠があった方がいい。

「警察はキッチンを捜査しなかったのでしょうか」

「そうかもしれんが、そうでないかもしれん」佟寶駒《トンバオジ》は意味深長に言った。「どちらにしろ驚くべきことではない」

　アナウはふたりの視線に気づいて、慌てて弁明した。「俺じゃないぞ。俺はずっと寝てたからな」

「アブが殺人を計画していなかったとして、何のためにここに来たのでしょうか？」連晉《リエンジン》平《ピン》が尋ねた。

「こう言ってもいいかもしれんな。『逃げた船員が鄭峰群《ジョンフォンチェン》に会って、何ができる？』」佟寶駒《トンバオジ》は聞き返した。

「暴力で脅したとかですか？」連晉平《リエンジンピン》が答えた。

「あり得ないな。鄭峰群《ジョンフォンチェン》の身体つきを考えたら、アブを圧倒するのはなんてことないはずだ。やつが暴力をふるったとしたら、アブにはあんな傷を負わせるチャンスなんかなかっただろう……」佟寶駒《トンバオジ》は推察を続けた。「検死報告書でも鄭峰群《ジョンフォンチェン》の致命的な傷は背中側に集中していたので、背後から突然襲い掛かったとされている」

　佟寶駒《トンバオジ》は考えを巡らせながら、居間の中をウロウロしていた。他のふたりもそれについて回る。

　現場の見取り図を見ながら佟寶駒《トンバオジ》はアブドゥル・アドルの犯行過程をなぞってみる。居間の一角に立ち止まり、また歩いては想像する。「ここで不意打ちをしたとして、鄭峰《ジョンフォン》群《チェン》はアブに背中を向けて……何をしてたんだ？」

三人は同時にチェストの上の電話機に気が付いた。

「もしそうだとしたら……」佟寶駒《トンバオジ》は手を伸ばすと、リダイヤルボタンを押した。


広場の音楽と人々の歓声は祭りの終わりに向けてさらに高まっていた。司会者はこの夜の最高の景品、六十五インチの4K液晶テレビの抽選会を始めようとしている。音楽はテンポを速め、観衆が騒ぎ立て、年に一度の豊年祭《フェンニェンジー》は喜びと希望に満ちた最後を飾ろうとしている。

「私たちのために今晩最高の賞品を提供してくださった雄豊《ションフォン》漁船会社の代表、洪振雄《ホンチェンション》氏が選ぶ幸運な人はこの人です！」司会者は観衆に拍手を求めた。

洪振雄《ホンチェンション》が立ち上がろうとした時、突然スマートフォンの着信音が響き、画面に「鄭《ジョン》船長自宅」の文字が表示された。顔を上げて広場の北側、三階の鄭峰群《ジョンフォンチェン》の住居に目をやった洪振雄《ホンチェンション》は、たちまち恐怖に襲われた。すぐに切ることもできず、固まったまま相手が諦めるのを待つ。

「洪《ホン》さん？」司会者が遠慮がちに呼びかけた。洪振雄《ホンチェンション》は観衆が待っているのを見て自分の感情を無理やり抑え込み、笑顔を作って抽選箱から抽選券を一枚取り出した。

「佟守中《トンシヨウジヨン》」司会者は抽選券を高々と差し上げ、大声で呼ばわった。「ルオ！　居るか、ルオ？」

観衆は辺りを見回したが、その名前の、一晩中誰とも話をしていない老人の姿はどこにもなかった。司会者は観衆に佟守中《トンシヨウジヨン》の名を三度、大声で呼ばせた。この場にいないのなら、賞品の権利を失うと。

洪振雄《ホンチエンシヨン》は平静を装い、微笑みながら群衆と共に手を叩いていた。

佟守中《トンシヨウジヨン》は既に自分の住処に戻っていた。独りで暮らす部屋で、皆がふざけた口ぶりで自分の名を呼ぶのを聞いていた。

佟守中《トンシヨウジヨン》の傍にあるベッドは特殊だった。理由は不明だが、ベッドの周りに四枚の仕切り板を打ち付けていて、その中で眠るのだ。まるで浅い引き出しの中で寝ているようだった。

観衆が最後に一回、その名を呼んだ時、佟守中《トンシヨウジヨン》は明かりを消して暗闇に静かに横たわった。

8

彭正民《パンジョンミン》は一羽の鳶《とび》が旧基隆《ジーロン》駅の上空を白米甕砲台《バイミーウォンパオタイ》の方に滑って行くのを見た。去年始まった旧駅舎の解体は今や骨組みを残すばかりで、鉄柵の向こうで世界から取り残されている。

海を愛する者に言わせたら、陸《おか》の上は何かが失われるのも、また現れるのもすべてが唐突だ。虎仔山《フーズシャン》の上のKEELUNGの文字看板もそうだし、正浜《ジョンビン》漁港の色鮮やかな建物もそうだ。彭正民《パンジョンミン》はいつも不意に発生する変化を受け入れるのに苦労してきたが、次第に様々なことについて考えるのを止めるよう自分に強いてきた。

彭正民《パンジョンミン》は二十数年前、駅のエントランスの改修をするためにパネル工のチームを率いていたことを思い出した。あれが初めてのリーダー役だった。二十歳をいくつか超えただけの若輩者とはいえ、何人かの叔父たちの下働きをした経験を基に、アミ族の仲間を引き連れて予定より早く仕事を終わらせたのだった。

当時、彭正民《パンジョンミン》はかなり得意気に、レンガで舗装されていない花壇の秘密の場所に「レカル・一九九二」と自分の名と年号を刻んだ。それはいつまでも彼の誇りであるはずだったのに、今や何もかもなくなってしまった。

若いころ、パネル工としての仕事が思うように上手くいかなかったのは、住宅市場の景気の浮き沈みだけが原因ではなく、彭正民《パンジョンミン》が人付き合いを恐れていたためでもあった。彼は話すことが好きではなく、いつも自分の考えをどう表現していいかわからなかった。さらには漢族よりも賃金が低く、専門職としての敬意も払われないことで何度も請負業者と揉め事を起こしては物別れしてきた。結果、賃金が貰えなかったことはそれほど悲しいとは思わなかった。彭正民《パンジョンミン》の心は次第に理由のない怒りに埋め尽くされ、常に割れそうに痛む頭のせいで仕事に専念できなくなっていった。

カニウが船の上での仕事を紹介してからようやく、彭正民《パンジョンミン》の心身は平穏を取り戻した。海の上では必要以上に話さなくてもよいし、多くの人と顔を合わせなくて済む。時には何もかもを凌ぐ海の音が彼の心を落ち着かせることもあった。

カニウはよく冗談を言っていた。こいつは昔、身体を汚す専門のパネリスト——パネル工だったんだぞと。彭正民《パンジョンミン》は、カニウこそ船の上で汽笛を鳴らすふりをした簫《ふえ》吹きじゃないかと言い返したものだ。

残念なことにそんな穏やかな日々は長くは続かなかった。九〇年代、基隆《ジーロン》の漁業は坂を下り始めた。当時の港街はバーが立ち並ぶ歓楽街だったが、今は狭くて暗いだけだ。もとは華美だった洋風建築もみすぼらしく朽ちて、歴史の衰興の証人となってしまった。基隆《ジーロン》は台湾の近年の発展の過程において疎外されてきた。彭正民《パンジョンミン》もそんな主張をよく耳にしていた。しかし彼にしてみれば、それは基隆《ジーロン》を知らない人間の言い草だ。基隆《ジーロン》は全世界から見捨てられたのだ。

夕暮れ近くになって、太陽は次第に和平島《フーピン》の向こうに消えていった。夕焼けが広がり、多くの観光客がバス停留所に現れた。彭正民《パンジョンミン》はいつもこのような色とりどりの人々は基隆《ジーロン》には似つかわしくないと感じていた。基隆《ジーロン》は漁港だ。弱肉強食の世界であり、血生臭い無法地帯なのだ。彼は歓迎する気持ちを持てなかった。陸上の人間は世界について何も知らない。

彭正民《パンジョンミン》は人集《ひとだか》りから離れ、ひとり崁仔頂《カンズディン》漁市場の傍の小道に入っていった。じっとりして乱雑な防火路地を一ブロックほど歩き、海鮮レストランの裏口前で立ち止まる。

ドアを叩くと若い門番が顔を出し、彭正民《パンジョンミン》を一瞥すると中に招き入れた。既にスタッフは帰宅したのだろう。店の作業場は薄暗かった。若者は彭正民《パンジョンミン》を連れて保管棚の前を通り過ぎ、光の方へ向かった。そこには大きな円卓が置かれていた。

白い蛍光灯の下、円卓を埋め尽くした海鮮料理が白い光を反射している。

その半分を平らげている洪振雄《ホンチェンション》は、頭を上げて濁った白目で彭正民《パンジョンミン》を見た。白い伊勢海老の肉を咀嚼している口元から、歯にこびりついた檳榔《ビンラン》のカスが覗いている。シャツのボタンは胸まで外され、暗褐色の逞《たくま》しい首が見えていた。

陳奕傳《チェンイーチャン》が洪振雄《ホンチェンション》の横に座り、紅く脂ぎった唇でゆっくりと何かを飲み込んでいる。テーブルの上に手をのせている様は優雅に見えるが、潔癖症な一面は隠しきれていない。

彭正民《パンジョンミン》はこの場に陳奕傳《チェンイーチャン》の姿があることに驚いた。この人物についてはよく知らないが、会社の上層部と関係が深いこと、外国語が堪能なことは知っていた。対外的には利害関係はないとされているが、知る人ぞ知るリスク管理用の人員だ。船会社は各国政府、仲介業者、国際漁業組織の間を取り持つために、このようなロビイストが必要なのだ。

洪振雄《ホンチェンション》は手振りで彭正民《パンジョンミン》に座るよう促し、箸で目の前のスープ鍋を指した。

洪振雄《ホンチェンション》が言葉を発した。「ウミガメだ。男に効果的だ」

彭正民《パンジョンミン》が鍋を見ると、鍋からウミガメの尻尾が覗いていた。

洪振雄《ホンチェンション》はクロマグロの刺身を一口で呑み込み、続いてボラの脂身を箸でつまみ上げて口に運んだ。

「お前と阿群《アチェン》の後始末はどうするつもりだ？」洪振雄《ホンチェンション》は冷ややかに言った。

彭正民《パンジョンミン》は訛りのある言葉で言った。「あなたにも責任があるでしょう」

「私はお前たちにどうにかしろと言ったが、監視員を海に落とせとは言っていない」

「やつは自分から落ちたのです」

「阿群《アチェン》はそんなことは言っていなかった」

「あいつはあなたに警告したはずです。あの阿豆仔《アドウズ》（外国人の蔑称）は実直だから、強硬手段に出る必要があると」

「報酬を支払ったときにどうして何も言わなかった？　私がいなければここ何年かのお前たちふたりの稼ぎは、燃料代にもならなかっただろうに」

「阿群《アチェン》の稼ぎが悪いわけじゃない。時期が悪い。誰だってそうだ」

「海の上のことでお前たちに難しいことを言った覚えはない。だがあいつを逃がしてしまったのはお前たちのミスだ」洪振雄《ホンチェンション》は言った。「しかも一度にふたりだ」

口を固く結んだ彭正民《パンジョンミン》は何も言わなかった。

陳奕傳《チェンイーチャン》が場を取りなした。「あの出稼ぎ外国人なら心配不要です。彼は何も見ていません」

「間抜けのふりをしているんじゃないのか？」洪振雄《ホンチェンション》は疑わしそうに尋ねた。

「何度も通訳をしていますが、そのようなことはないと……」

「前から言ってますが、あの出稼ぎ野郎はおつむがいかれてます。インドネシアの仲介業者はふざけてるのか、泳げないやつや精神疾患のやつまで船に送り込んでくる」彭正民《パンジョンミン》が言った。

洪振雄《ホンチェンシヨン》はさらに気にかかっていることを口にした。「あの公設弁護人のせいで非常に気分が悪い。わかるか？　理解したか？」

「やつはあなたのスマートフォンに辿り着いただけで、何も証明することはできない。心配要りません」

「心配要らない？　阿群《アチェン》が殺される前に私に電話をかけてきたことをどう説明したらい い？　カラオケに誘われたとでも？」洪振雄《ホンチェンシヨン》の声に怒りが混ざった。「私の身に降りかかったこれらの事件は地方検事局が行政文書にサインすれば終わるんだよ、クソがっ！　万が一証拠が掘り返されたらどんなことが起こるか、お前が保証できるのか？　馬鹿な話をしやがって……」

洪振雄《ホンチェンシヨン》はボラの脂身をまた一口呑み込んで、冷ややかに彭正民《パンジョンミン》を見た。「この面倒事が解決するまで海に出られると思うな」

彭正民《パンジョンミン》は憤りを抑えこみ、自分のためにビールを一杯注いで力なく尋ねた。「阿群《アチェン》は電話で何を言ったんですか？」

「何も。すぐに切れた」洪振雄《ホンチェンション》はウミガメのスープを掬いあげ、大声で怒鳴った。

9

彭正民《パンジョンミン》は夕飯時に海浜国営住宅に戻った。広場の周辺には夕飯後に散歩や談笑を楽しむ隣人の姿があった。喉の渇きを覚えていつもの場所に向かい、そこに集う人々の中に入り酒を手にする。喉を通り過ぎる時に、初めてそれが集落の定番の酒、紅標米酒《ホンピャオミージョウ》の炭酸飲料割りだと気が付いた。

彭正民《パンジョンミン》は黙々と住宅街の端まで歩き、夜の八尺門《バーチムン》水道を見渡して、ふと子どもの頃の「船泥棒事件」を思い出した。それは彭正民《パンジョンミン》にとって、最も深く心に刻み込まれている佟寶駒《トンバオジ》の記憶だった。

佟守中《トンショウジョン》が投獄されていくらも経たないころの事だ。ふたりはまだ十歳をいくつか越えたばかりのの子どもで、発端は瑞芳《ルイファン》炭鉱の事故だった。

民国七十三年（一九八四年）は台湾の炭鉱史上、最悪の時代だと言えるだろう。この年、立て続けに三件の重大な炭鉱事故が発生し、死者は数百人を数えた。そのうちの半数以上がアミ族だった。後に集落では様々な流言飛語が広まり、その中には迷信めいたものも含まれていた。「死者の魂が鉱山の上を漂いながら泣いている」その様子を見に行こうと鄭峰群《ジョンフォンチェン》は彭正民《パンジョンミン》に声をかけた。

彭正民《パンジョンミン》は佟寶駒《トンバオジ》も冒険に誘おうと提案した。他にたくさんいる友達を差し置いて、どうして佟寶駒《トンバオジ》なんだと鄭峰群《ジョンフォンチェン》は尋ねた。

「あいつ、友達がいないんだ」。彭正民《パンジョンミン》は冷ややかに答えた。

三人で夜に紛れて八尺門《バーチムン》水道の浅瀬から一床《ひととこ》の竹でできた筏《いかだ》を盗む。交代で岸に沿って筏を漕ぎ、八斗子《バードウズ》漁港を過ぎてから象鼻岩《シャンビィ》を回り、最後に深澳《シェンアオ》漁港から上陸して、鉱山の位置を確かめてからどうするか決めようと考えていた。

その晩は雲ひとつなく、天の川が大地に映り込んだかのように、月明かりが海面に横たわっていた。三人はありったけの力で筏を漕いだが、手の皮が破れるころになっても八斗子《バードウズ》漁港にしか辿り着けなかった。三人が筏を捨てて、歩いて八尺門《バーチムン》に到着した時は空が既に明るくなっていた。皮肉なことに「船泥棒事件」は他の子どもたちが羨む伝説の冒険となった。

冒険にまつわる物語は時と共に誇張されていくが、「船泥棒事件」も、特に結末の部分において例外ではなかった。口の上手い鄭峰群《ジョンフォンチェン》はどうにもならなくなった挙句に船を捨てたという事実を「筏が高波で壊れたので、三人で必死に泳いで岸に辿り着いた」と言い換えた。

しかし彭正民《パンジョンミン》は一生忘れない。あの晩、潮の流れに筏が外海に押し流された時、自分と鄭峰群《ジョンフォンチェン》は動揺して泣き出したのだが、佟寶駒《トンバオジ》は潮の流れを読んでたったひとりで筏を岸に漕ぎつけたのだ。

鄭峰群《ジョンフォンチェン》と彭正民《パンジョンミン》が家に帰ることを諦めた時、佟寶駒《トンバオジ》はひとりでも漕ぎ続けると言った。

ふたりは佟寶駒《トンバオジ》が同じ意見でないことを責めたが、本当は自分たちの後悔や不誠実さを直視したくなかったからに他ならない。十歳の子どもにはもともと無理な計画なのだ。投げ出したとしても仕方がない。けれども彭正民《パンジョンミン》は、佟寶駒《トンバオジ》がどうして頑張り続けるのかはっきりと理解した。

佟寶駒《トンバオジ》は心から八尺門《バーチムン》を出ていきたいと望んでいる。

そして成し遂げた。

だから彭正民《パンジョンミン》は佟寶駒《トンバオジ》が嫌いなのだ。

10

日曜の夕方、バスケットボールを楽しんで帰宅した連晉平《リェンジンピン》は、空気に混ざる煙草の微かな匂いで「老推事《ラオツイシー》」*13たちが来ていることに気が付いた。

毎週日曜の朝、連正儀《リェンジョンイー》は家族を連れて台北衛理堂《タイペイウェイリータン》教会に礼拝に行くのが常だった。連《リエン》晉平《ジンピン》は大学院を終了した後も、この家庭のしきたりに従っていた。教会員の父親は、家族が積極的に教会に参加し、その影響力を維持していきたいと望んでいる。結局のところ裁判官が参加できる社交の場は限られており、信仰上の理由とは別に、教会は連正儀《リェンジョンイー》が社交的欲求を満たせる場所なのだ。

連晉平《リェンジンピン》は幼いころから衛理堂教会でたくさんの友人を作ってきた。成長した後、少しずつ父親の言い分がわかってきた。教会は信仰だけではなく、人脈のスタート地点なのだ。教会で共に成長した友人たちは、現在それぞれの分野で頭角を現し始めている。この崇高な信仰集団がさらに強固になるよう、結束を強めていくのだ。

礼拝後、連正儀《リエンジョンイー》は近くのレストランで食事をとり、帰宅して暫《しば》し休息をとる。それから夜の集まりのための準備を始める。

この連正儀《リエンジョンイー》をはじめとする「中華司法葬儀委員会」と揶揄《やゆ》される集会は、毎週日曜の夜に連家《リエン》で行われている。出席者はすべて連正儀《リエンジョンイー》の古い馴染みで、最高法院の裁判官や検察官、法律的背景のある政府機関の要人たちだ。この私的な秘密結社の構成員はごく少数で、彼らは自らのことを喜んで「老推事《ラオツイシー》」と称し、互いを「先輩」と呼んでいた。この関係は「五同関係《ウートンガンシー》」なくしては成り立たなかった。同じ学校、同じ仕事、同じ関係、同じ信仰、そして何より重要なのが同じ趣味。煙草、ワイン、それから麻雀。

彼らは連家《リエン》の客間でそれぞれが持ち寄った高級な煙草やワインを嗜《たしな》みつつ、麻雀を何局か打つ。ここは平日は慎み深い「老推事《ラオツイシー》」たちが羽を伸ばす秘密の世界だ。連晉平《リエンジンピン》は尊敬する大先輩たちが酒に酔って醜態を晒すところを何度も目にしてきたが、その印象が悪くなることはなかった。「これが私たちの真実の姿のひとつなのだ」と連正儀《リエンジョンイー》が言い訳していたからだ。

この集会の邪魔をすることは厳しく禁止されていたが、連晉平《リエンジンピン》は何時に帰宅しようと彼

＊13　推事は裁判官の古い呼び方。「事実を推断する」から来ている。

らに挨拶することになっていた。今晩の訪問客は最高検察署主任検察官の方義《ファンイー》、法務部常務次長の章明騰《ジャンミンタン》、それに最高法院長官の厳永淵《イェンヨンイィエン》裁判官だった。みな連晉平《リェンジンピン》が名前を挙げることのできる見慣れた顔だった。

参加者は連晉平《リェンジンピン》の顔を見ると熱心に近況を尋ね、精進を続けるよう鼓舞した。

「いつ一緒に打ってくれるんだ？」章明騰《ジャンミンタン》が言った。

「君たちのような古狸たちと？　まだ早いな！」連正儀《リェンジョンイー》は積もってきた牌を見ながら尋ねた。「夜はどこかに行くのか？」

「李怡容《リーイーロン》と食事に行きます」

「どこに？」

「公館の近くです。李怡容《リーイーロン》はまだ司法官学院の寮に戻らないとなりませんから」

「バイクは危ないから車で行きなさい」

連晉平《リェンジンピン》は笑顔で暇《いとま》を告げ、父親の車のカギを手に軽快に出て行った。

連晉平《リェンジンピン》がいなくなってから、方義《ファンイー》が尋ねた。「李《リー》のところの娘だろう？」

連正儀《リェンジョンイー》は頷いた。

「自分の意思なのか？」方義《ファンイー》はいたずらっぽく言った。

「何度か晉平《ジンピン》が礼拝についてきたのを見かけたが、お前さんにべったりだ」厳永淵《イェンヨンイィエン》が言った。「晋平《ジンピン》の好みなのか」

「私は良くないものは選ばない。晋平《ジンピン》は聞き分けがいいし、何より将来がかかっているからね」連正儀《リエンジョンイー》は得意げに言った。「宗教を否定しないし、彼女はいい子だよ」

「彼女も司法官試験を受けたのか？」方義《ファンイー》が聞いた。

連正儀《リエンジョンイー》は頷いた。「ああ。晋平《ジンピン》と同じ年にね。もうすぐ司法修習に進む」

「今年は、確か……六十期だったか？」厳永淵《イエンヨンイエン》が驚いたように言った。

方義《ファンイー》は頭の中で計算した。「三十年になるはずだ」

「男は兵役があるから不利なんだよな」章明騰《ジャンミンタン》が言った。

「以前は兵役は三年だったからな。務め上げて司法修習に進むころには後輩だった女がみんな先輩になってたものだ」方義《ファンイー》はため息をついた。

章明騰《ジャンミンタン》は方義《ファンイー》を見た。「何かあったのか？」

その言葉を聞いて、みな若いころの色恋沙汰を思い出した。笑い声に含むものがあった。

「晋平《ジンピン》の兵役はいつまでなんだ？」方義《ファンイー》が尋ねた。

「来年退役して、司法修習を受けることになるはず……なので、そうしたら先輩方、よろしくお願いしますよ」連正儀《リエンジョンイー》が言った。

「先輩、そんなに気を遣わないでくれ」厳永淵《イエンヨンイエン》が言った。「言ってくれたら、なんでもするよ」

連正儀《リエンジョンイー》は笑って九索《ソウ》を切った。厳永淵《イエンヨンイエン》が突然大声をあげて牌を倒した。

「はは！　その捨て牌には遠慮はできない！」

老推事《ラオツイシー》たちは古めかしい笑い声をあげながら牌を押し倒して、次の対局を始めた。

11

父親の激励を受けて、連晉平《リェンジンピン》は司法修習の前に李怡容《リーイーロン》に告白すると決心していた。人はみな司法官学院は閉鎖的な世界だという。まる一年、一緒に入学して一緒に卒業する。訓練を受ける過程でも一緒に笑い一緒に泣く。トラブルに巻き込まれる者はトラブルに巻き込まれるし、そうでない者も大抵はトラブルに巻き込まれる。李怡容《リーイーロン》が入学したら非常に危険だと言わざるを得ない。

連晉平《リェンジンピン》は丁寧に告白の手順を整えた。まず映画を見に行く。それからいい雰囲気のステーキハウスで食事をする。ふたりともほろ酔い加減になったところで連晉平《リェンジンピン》は隠していたカードを渡して、李怡容《リーイーロン》に気持ちを伝える。すべては順調に進んだ。李怡容《リーイーロン》は連晉平《リェンジンピン》の手を取って、恥ずかしそうに微笑んだ。

ふたりが交際を始めて二カ月余りが過ぎた。李怡容《リーイーロン》は司法官学院で寮生活をしなければならなかったが、それでもふたりは毎晩電話をかけ、休みの日には顔を合わせる時間を何とか探し出した。予定を合わせるのは簡単ではなかったが、熱愛中のふたりは気にしなかった。

今晩ふたりは公館にある「シュタルンベルク」という名の高級イタリア料理店で約束をしていた。レストランは満席だったが、控えめな照明とダークカラーでまとめられた設《しつら》えがプライバシーを尊重する安心感を与えていた。ジャズを奏でるピアノの音色は柔らかく、グラスの間に響いていた。

唯一連晉平《リェンジンピン》の頭を悩ませたのは、ドイツのシュタルンベルクとこのイタリア料理店にどんな関係があるのかということだった。連晉平《リェンジンピン》はその話を持ち出し、そこから話題は旅行の話になり、李怡容《リーイーロン》が司法修習を終えて実習に入る前に一緒にヨーロッパに行こうということになった。

李怡容《リーイーロン》から聞かされる司法修習の様子に、連晉平《リェンジンピン》は興奮と期待を覚えた。あと一年もしないうちに司法の場に足を踏み入れて、子どものころからの夢を叶えることができると思うと気持ちが昂《たかぶ》る。

李怡容《リーイーロン》は連晉平《リェンジンピン》の兵役について関心を抱いていた。連晉平《リェンジンピン》は詳細に豊年祭《フェンニェンジー》での揉め事や、凶悪犯罪の現場の捜査について話して聞かせた。李怡容《リーイーロン》の興味を引くために、彼は敢えて芝居がかった言い回しをした。最後は自分の修士論文の研究成果と海浜《ハイビン》事件における司法の問題点にまで話が及んだ。

「一審の精神鑑定はいい加減すぎるんだ。たった四時間で鑑定が完了していて、面談時間は正味二時間にも満たない。当事者能力についても考慮されていない……」

連晉平《リェンジンピン》が言う「当事者能力」とは、被告人が健全な精神状態にあり、訴訟手続きとその意義を理解する能力を意味する。刑事訴訟法上、被告が心神喪失状態であれば、裁判は停止しなければならない。

「裁判の停止？　被告が完全に認知能力と判断能力を失う必要があるけど、そう簡単にはいかないでしょう？」李怡容《リーイーロン》は言った。

彼女が民国二十六年（一九三七年）の最高裁判例を持ち出したのを連晉平《リェンジンピン》は理解していて、したり顔で答えた。「それは百年近くも前の判例で……刑法上の責任能力は既に改正されていて、心神喪失という概念はなくなってるよね。でも当事者能力については昔のまま置き去りにされているのはおかしくないかな？　責任能力、当事者能力、それから受刑能力。これらがよく似た概念なのは明らかなのに、法的基準では不一致なんだ」

「法制度の問題でしょう。司法官があなたの言い分を認めたとしてもどうしようもないことだわ」

「もうひとつの問題は、被告が心神喪失の申立てを行っても、鑑定送致を決定する権限があるのは裁判官と検察官だけだってことだね」連晉平《リエンジンピン》はため息をついた。「誰も自分の非を証明するために二度目の送致を決めたりしないから」

「疑わしきは罰せずというのは？　合理的な疑いがある限り、無罪判決にするべきなの？」

「それは人道的じゃない」

「人道的？」

「研究結果が示す通り、九〇％以上の裁判官が鑑定結果を採用しているんだ」連晉平《リエンジンピン》は言った。「興味深いのは、鑑定で被告に責任能力が認められなかった場合、裁判官がその結果を採用する比率が下がるんだ。理由を知ってる？」

李怡容《リーイーロン》は首を振った。

「責任能力がなければ、無罪判決を出すしかない。これは裁判官の権限を制限しているに等しくて、国民から疑問視されやすいんだ。だから鑑定の結果被告に責任能力があるとなると、裁判官の審理上比較的受け入れやすくなる。有罪判決を出すにしろ、情状酌量の理由を見つけるにしろ、裁判官の裁量は大きいからね」連晉平《リエンジンピン》は続けた。「簡単に言ってしまうと死刑とも無罪とも決めかねるとき、有罪で減刑理由を探すのが最も安全で確実ってことだよ」

李怡容《リーイーロン》は頷いた。「裁判官も人間だもの」

「いずれにせよ、疑問は持たざるを得ないけどね」連晉平《リェンジンピン》は突然閃いた。「司法修習には法的精神鑑定を主題にしたものはあるのかな？」

「記憶にないわ。授業のほとんどは訴訟の実務と書類作成で……」李怡容《リーイーロン》が言った。「それは証拠の選択に分類されているんじゃないかしら。学ばなきゃいけないことが多すぎて、死刑案件は一般的ではないからほとんど触れられないの」

「そうなの？　人の命より重要なものって何があるんだよ？」

「お金かしら。ある種の人たちにとっては命よりお金が大切なのよ」李怡容《リーイーロン》は茶化して言った。「精神鑑定の課目があっても私は選択しないかな。将来的に金融関係を目指したいの」

李怡容《リーイーロン》の選択を連晉平《リェンジンピン》は理解していた。彼女は経済法について研究しているのだ。

「金融犯罪に歯止めをかけることで、私は人命を救うのよ」李怡容《リーイーロン》は付け加えた。「パパに言わせると、女の子は刑事法に進むと性格が変わっちゃうから、経済法を選んで弁護士になって、企業の相手をするといいんだって。そうしたら昔から続いている弁護士同士の競争にも無縁でいられるし、利益も上げやすいみたい」

連晉平《リェンジンピン》は父親が同じようなことを話していたのを思い出して頷いた。

12

佟守中《トンショウジョン》にとって日曜日は一番退屈な日だ。この日は野球部の練習もないし、麻雀仲間との集まりも始まるのは大抵夕方からだ。時間を潰すために朝は和平《フーピン》カトリック教会でミサに参列し、午後は和平《フーピン》島の海岸で釣りをする。

和平《フーピン》カトリック教会は毎週日曜日の午前中のミサをアミ語で行っていた。この教会は佟守中《トンショウジョン》が基隆《ジーロン》に移ってきたときには既に存在していた。建物は長年辛苦の道のりを歩んできたが、今でも凛として佇んでおり、神父の姿と重なるようであった。佟守《トンショウジョン》中は自分が投獄された当時、神父が少なくない支援を馬潔《マジィ》にしていただけでなく、佟寶駒《トンバオジ》に試験準備のための勉強場所を提供していたと聞いていた。神父に直接礼を言ってはいないが、出獄後に黙々とミサに参加するようになり、寄付の時にはポケットを空にするようになった。

八尺門《バーチムン》の集落から四散した多くの同胞も、依然としてこの教会のミサに参列するのが習わしとなっている。しかし佟守《トンショウジョン》中は彼らと挨拶することはほとんどない。彼の記憶は常にあやふやで、かつての横暴で華やかだった過去を振り返っても、今の不満の原因がどこにあるのかわからない。

彼はアミ語の讃美歌が好きだったが、歌うことは良しとしなかった。麻雀仲間たちは彼が地獄に落ちることを怖がっていると言って笑った。否定はしなかったが、そもそも天国にだって大して期待はしていない。わかっていないことが佟守中《トンショウジョン》にはたくさんあった。花蓮《ホワリエン》で死ぬべきなのか、或いは基隆《ジーロン》で死ぬべきなのか。それからあの世に行く時に迎えに来るのはご先祖なのか天使なのか。それとも両方来ないのか。

ミサを行うときに副教区司祭は常に告解を求める。「天にいらっしゃる我らの父に罪の赦しを得るのです」

しかし口に出せないことが多すぎる。佟守中《トンショウジョン》は告解室のドアを叩いたこともないし、心から罪を認めたこともなかった。都会の先住民族として生き延びた己が、なぜ許しを得なければならないのか佟守中《トンショウジョン》にはわからなかった。そんなものは要らない。罪悪感を抱く方が彼にとっては気が楽だった。

この日のミサは参列者が多かった。彼らはみな鄭峰群《ジョンフォンチェン》を悼むために来ているのだと、佟守中《トンショウジョン》は後から気が付いた。最近、佟寶駒《トンバオジ》が起こした騒動により、人々は殺人事件の痛みを思い出した。副教区司祭はミサの最後に、教区民が鄭峰群《ジョンフォンチェン》とその家族のために祈りを捧げるよう導いた。

佟守中《トンショウジョン》は一貫して沈黙を守っていた。

ミサが終わった後、教会の外で彭正民《パンジョンミン》は佟守中《トンショウジョン》を捕まえた。煙草を手渡して火を点ける。「ルオ、まだ学校で仕事をしてるんだろう?」

佟守中《トンショウジョン》は無表情で頷いた。

「タカラのせいで俺たちはとても面倒なことになっている……」

「俺は関係ない」

「俺は友人のひとりとしてあんたに話をしてるんだ」彭正民《パンジョンミン》は言った。「やつがいまやっていることはとても危ない。会社の連中のことはあんたの方がよく知っているだろう?」

佟守中《トンショウジョン》はその言葉の意味をよく理解していた。漁港で方便《たずき》を得て三十年。船会社のやることに些《いささ》かの恐怖を抱かない者は自暴自棄になっているか、正気でないかのどちらかだ。

「やつらはカニウが死んだとか、どうやって死んだかなんて気にしない。どうやってあの出稼ぎ野郎の口を塞ぐか、それしか考えてないんだ」彭正民《パンジョンミン》は煙草を吸い込んで和平島《フーピン》の方を見た。灰を落とすと火花が散った。「野球部は会社の援助を受けてるんだ。あんたが何をしようと俺はどうでも構わないが、この件に関してはあんたも関係者なんだよ」

佟守中《トンショウジョン》はゆっくりと煙草の煙を吐いた。その顔はぼんやりしていた。

13

リーナにとって日曜日はその他の日と何も変わらない。

許《シ》おばあちゃんは毎朝六時に目を覚ますので、彼女はその三十分前には起き出して朝食の準備をしなければならない。幸いにもおばあちゃんの朝食への注文はいつも同じで、白《バイ》粥《ジョ》と肉鬆《ロウソン》、いくつかの缶詰だったので、白粥《バイジョ》を温めるだけで朝食の準備は終わるのだった。

朝食の後は、おばあちゃんの車椅子を押して近所のコンビニに新聞を買いに行く。それから公園でおばあちゃんが新聞を読み終わるのを座って待つ。家に戻ったら前日に買っておいた材料でお昼の用意をする。

お昼ご飯の前におばあちゃんはトイレに行くので、リーナは彼女を支えて便座に座らせて、用足しが終わるのを外で待つ。身体を洗うのは比較的手間がかかる。まずおばあちゃんをトイレのフタの上に座らせて、シャワーを使って綺麗にする。そうしたら次は柔らかいタオルで水気をふき取る。その作業中、おばあちゃんはいつも厳しい顔をしていた。リーナはおばあちゃんは外国人とこのような親密な接触を行うことを好まないのだろうと推測していた。

幸運なことにおばあちゃんは食事にうるさくなかったので、リーナは豚肉やラードを完全に避けることができていた。とはいえ、豚肉やラードを調理したことのある鍋やフライパンを使わなければならないのは仕方がないことだった。

お昼ご飯の後はおばあちゃんをベッドに連れていって休ませる。この一〜二時間余りの間にリーナは掃き掃除や拭き掃除、洗濯などの家事をする。頑張って仕事を終わらせると、夜の自由時間が増えるのだ。だが物事はいつも計画通りにいくとは限らない。ボスが訪ねてきたら、洗車や靴磨きなどの規定外の仕事をしなければならないし、一日に五度行う礼拝にも支障が生じてしまうことさえある。

おばあちゃんは夕飯はほんの少ししか食べない。リーナはいつもお昼の残りを温めて、仕立て直して配膳する。夕飯の後、おばあちゃんは就寝時間まで居間でテレビを見る。この間はリーナが自分の部屋で自分のことができる時間だ。

リーナの部屋は納戸にあり、何かよくわからない物や何かが入っている紙箱がぎゅうぎゅうに押し込まれている。狭くて乱雑だが、快適なベッドに恵まれていた。唯一残念なのは机がないことで、彼女はベッドの上で本を読んだり何か書いたりするしかなかった。それでもドアがあったので、部屋の中ではヒジャブを脱いで髪を解放することができた。リーナは自分の髪は美しいと思っているが、ヒジャブを被っているときに発せられる雰囲気も好きだった。彼女はこのふたつの間に矛盾はないと思っているが、ヒジャブを被っていなければ移民労働者だと思われないのではないかとよく考える。

リーナは今でもインドネシア・ペンサークルの活動を追い続けている。最近創作文コンクールが行われており、ぜひとも参加したいと希望していた。頭の中では既に物語が形になっているので、時間さえあればそれを完成させられるだろう。物語は台湾に働きに来たひとりの女性が主人公だ。彼女は故郷の恋人が恋しくて詩を書き始め、その便箋をビンに入れて、いつか恋人の元に届くことを願って海に投げ込むのだ。物語の結末では大量のビンが港を埋め尽くしてしまい、台湾政府は女性に詩を書くことを禁止するが、彼女はそれに従わず、港まで逃げてしまう。そして彼女の投げ込んだビンが積もってできた海上の道をインドネシアに向かって駆けていくのだ。

リーナには恋人はいなかったが、恋に憧れていた。書くことは彼女の生まれながらの楽しみであり、孤独は創作と想像の原動力となった。白日夢は日々繰り返される家事と介護からの逃避先なのだ。

そしてヌルがいるのもいいことだ。彼女はリーナの高校時代からの親友で、リーナと同じように英語の授業が一番好きだった。今はジャカルタ大学で国際関係を専攻している。リーナが台湾に働きに来てからも、ふたりは関係を絶つことなく、今でも時々連絡を取り合っている。

去年の暮れくらいからだんだんヌルからの連絡が少なくなった。彼女のフェイスブックが学業と法改正への抗議活動で忙しいことを教えてくれる。

二〇一九年九月十八日、インドネシアの旧国会は任期終了を前にして、突如として刑法の改正を検討し始めた。「婚前交渉」「同性愛」「堕胎」「避妊の広報」「大統領や副大統領の侮辱」などを禁止するという極めて保守的な政治イデオロギーを刑法に盛り込むためだ。ニュースが出るやいなや、世界中で反響を呼び、インドネシアの主要都市では学生たちによる大規模な抗議デモが勃発した。

リーナはヌルが街頭で「Cabut hukum yang tidak adil（不当な法律は撤回せよ）」と書かれたプラカードを掲げている写真をフェイスブックで見た。写真の中のヌルはヒジャブを脱いで短い髪を見せていて、全くの別人に見えた。

「インドネシアは民主主義国家なの。私たちは極端なイスラム原理主義に向かわなくてもいい。インドネシアはアッラーを信じていても民主主義は可能であることを証明できる。敵は政治家よ」ヌルはリーナに向かって言った。「彼らは多様性を維持しながら共通の基盤を求めるという建国の精神を放棄したの」
「でも本来ムスリムはコーランの教えを守るものでしょう？」
「アッラーは私たちに憎むことではなく、許すことを教えておられる」ヌルは言った。「法律は特定の見解のために存在するべきではないわ。法律は弱き者を保護し、人権を守るべき。宗教の名を借りた弾圧は悪だわ」

リーナはヒジャブを巻いて一緒に遊んでいたヌルが、心の中に深い信念を持っていたことと、そして恐れずにそれを行動に移したことに驚いた。リーナは刑法修正案に特に何か思うわけでもないし、その背後にある政治的な綱引きもよく理解していない。だけどヌルの描く世界に憧れていて、ふたりでインドネシアの街頭に立って改革のスローガンを熱のこもった声で叫ぶところを想像するだけで胸が高鳴った。

リーナはヌルに通訳のことは何も言わなかった。自分自身が何をしたらいいのかわからなかったからだ。

拘置所から帰ってきてから、リーナは気持ちが落ち着かない。アブドゥル・アドルの殺人事件に関してもっと多くのことを知りたいと思うけれど、台湾のニュースはわからないし、インドネシア語の報道はごく僅かだ。リーナはヌルに事件のことを聞こうと思ったが、結局そうはしなかった。

インドネシア人の移民就労者が台湾で殺人の罪で死刑判決を受けても、母国では誰も関心を持たないのだろうか。リーナはアブドゥル・アドルの家族はこのことを知っているのだろうかと思い、自分も彼と同じ名もなき就労者のひとりなのではないかという恐怖に囚われた。

あの拘置所への訪問で佟寶駒《トンバオジ》は彼女の時給を一時間八十五元、往復の時間を含めて三時間で二百五十五元と計算してくれた。今そのお金が手の中にあるけれど、同胞の危機を利用して甘い汁を吸っているような気がして申し訳ない気分だ。あれから毎日の礼拝時に、いつもアッラーにアブドゥル・アドルの安寧を祈っている。

リーナは知らないが、台北拘置所では毎週日曜日の運動時間に、運動場に仏典が流される。その音は小さかったが、忠二舎のアブドゥル・アドルの舎房にも延々と流れていた。アブドゥル・アドルはそれが何かを理解していなかったので、苦痛とは感じなかった。ひとりの死刑囚として彼の最大の悩みは、裁判で死刑を回避できるかでも、台湾がどこにあるかでもなく、カーバ（メッカにあるイスラムの最も重要な神殿で聖地と見做されている）がどの方向にあるのかわからないということだった。

14

母親の命日に花を買う時、佟寶駒《トンバオジ》は毎年造花の中に座っていた彼女を思い出す。

台湾で内職が最も盛んだった時代、馬潔《マジィ》は週の何日かの午後に近所の工場で仕入れた商品を組み立てていた。仕事中は話しかけられるのを嫌がり、ベッドの上にすべての材料を並べて、ただひとりで黙々と手の中から綺麗な花を生み出していた。彼女は一生懸命だったので、一日の午後には他の人より半包みほど多くの製品を完成させていた。

佟寶駒《トンバオジ》は午後の陽が燦々《さんさん》と降り注ぐ中、キラキラ光るベッドの上の部品とその中に座って一心不乱に作業をする馬潔《マジィ》を見るのが好きだった。人工的な顔料の多彩さが彼を惹きつけたのではなく、眩いばかりの静けさが彼を夢中にさせたのだ。馬潔《マジィ》は佟寶駒《トンバオジ》に見られているのに気が付くと微笑んで、終わったら養樂多《ヤンルードゥ》（日本の乳酸菌飲料ヤクルトのこと）を買いに行こうねと約束してくれたものだ。

馬潔《マジィ》はよく黄色いプラスチックの花を手に、花蓮《ホワリエン》の実家の隣の菜の花畑で、おじいちゃんがおばあちゃんのために花を摘もうとして転んだ話をしてくれた。彼女は言っていた。菜の花は冬の太陽であり、春の肥料だから、いつか花蓮《ホワリエン》に戻って土地を買って、農業を学ぶの。土が魚の臭いを洗い流してくれるし、何より故郷《ふるさと》より良い場所はないでしょう？と。

馬潔《マジィ》の髪は細い骨格に似合わず、太くカールしていた。これは父親から受け継いだものだという。それから酒量も。馬潔《マジィ》は酒が好きだった。酒に酔うとさらに言葉少なくなりただ笑っていた。時々小さな部屋で踊ることもあった。母親は佟寶駒《トンバオジ》が知っている酒に酔っても優雅なただひとりのアミ族だった。

佟寶駒《トンバオジ》の名前は母方の祖父に因んでつけられたが、ほとんど会ったことはなかった。馬《マ》潔《ジィ》はよく祖父がどのくらい敬虔に神を信仰していたか、どのくらい上手に魚を釣ったかを話してくれた。残念なことに祖父は早くに亡くなってしまったので知らないが、佟寶駒《トンバオジ》は茶碗の持ち方やそのほかにも祖父によく似ているところがたくさんあるという。まあ、いつか天国で再会する時にわかってもらえるだろう。

馬潔《マジィ》は毎週日曜日の朝に必ず佟寶駒《トンバオジ》を和平《フーピン》カトリック教会の礼拝に連れて行った。彼女は祈りを捧げる時に、祖父、佟守中《トンショウジョン》、佟寶駒《トンバオジ》の順で神のご加護を求めた。佟寶駒《トンバオジ》は一度母親に自分のためには何か祈らないのかと尋ねたことがある。彼女ははっとして、佟守《トンショウ》中《ジョン》が無事に海から帰ってくるように祈っていると答えた。佟寶駒《トンバオジ》は父への祈りと同じことではないかと聞いた。彼女はそれは自分の願いなので違うと答えた。一方佟守中《トンショウジョン》は彼女の信仰をいつも鼻で笑って、先祖の霊と神の両方を拝むより財産の神を拝んだ方が現実的だと腐《くさ》していた。

佟守中《トンショウジョン》について、馬潔《マジィ》はいつも批判するよりも称賛していた。彼女は夫の正しさを愛しているが、彼が正し過ぎることは嫌っていた。佟守中《トンショウジョン》が殺人未遂で投獄されたことを馬潔《マジィ》は不満には思っていなかった。人は間違うことがある。一番大切なのはその人の本質だ。佟寶駒《トンバオジ》は母の言葉を理解できなかった。なぜなら父親は間違ったことをしただけではなく、本性がクソだからだ。

馬潔《マジィ》はケチで何よりもお金を大切にしているため、近所とあまり良い関係ではなかった。みんなで割り勘をする時、必要以上にお金を出すのを渋ったし、なのに食べることにも飲むことにも遠慮をしなかった。佟守中《トンショウジョン》が投獄されているとき人々は馬潔《マジィ》と佟寶駒《トンバオジ》に同情し、援助の手を差し伸べたが、彼女はそれを利用してますます手が付けられなくなっていった。

馬潔《マジィ》が亡くなる一、二年前になると佟寶駒《トンバオジ》との母子関係は悪化していた。馬潔《マジィ》はだんだん無口になり、比例して佟寶駒《トンバオジ》に対する抑圧も強くなっていった。同年代の子どもたちはみな家計を助けるためにお金を稼ぎ始めたが、彼女は佟寶駒《トンバオジ》がそうするのを許さなかった。工場にエビの殻を剝きに行く前、まず馬潔《マジィ》は佟寶駒《トンバオジ》を教会に送っていき、神父に勉強させるよう頼むのだった。佟寶駒《トンバオジ》は何度となく母の言い付けに背いたが、そのたびに思いつく限り最悪な言葉で叱られ、それから母親の言うことを聴くようにと泣かれるのだった。ちょうど反抗期だった佟寶駒《トンバオジ》は、いつも怒りよりも悲しみを感じていて、また反抗よりも無関心が先に立っていた。

母親の納骨堂の前に花を捧げて声をかけたのち、佟寶駒《トンバオジ》は車で和平《フーピン》カトリック教会に向かった。車に気が付いて出迎えた副教区司祭は些か心配そうな表情だった。

「タカラ、今日の勉強会は……まだ誰も来ていない」副教区司祭は頭を掻いた。その目は佟寶駒《トンバオジ》にわかってくれと言っていた。

我が子を悪魔の代弁者のもとに差し出す親はいないだろう。佟寶駒《トンバオジ》は頷いて、司祭が引き止めるのを待たず、車でその場を離れた。

佟寶駒《トンバオジ》が社寮高校の野球場に差し掛かった時、部員たちは声出し応援の練習をしていた。先住民族と漢民族の声が重なる懐かしい歌と戦いの舞を、車から降りて眺める。

佟寶駒《トンバオジ》はこの応援歌をよく知っていた。実のところ、この歌は自ら手がけたものなのだ。当時、チームメイトのニックネームを使って、アミ語の悪口や性的なジェスチャーを組み合わせ、試合前の戦意高揚のために必ず歌い踊るようにしたのだ。

それがまさかこうも長く受け継がれるとは、佟寶駒《トンバオジ》は思ってもみなかった。歌詞は多少変化したものの、オリジナル版は煽情的過ぎたから、その理由もわからなくはない。とはいえ卑猥な動作はひっそりと残されており、佟寶駒《トンバオジ》を喜ばせた。

勉強会に参加している何人かの子どもたちが気付き、おざなりに頭を下げた。佟寶駒《トンバオジ》もまた僅かに頭を下げて応えた。このくらいの年の子どもたちは常に葛藤しているので、理解されようなどと期待してはいけない。

佟寶駒《トンバオジ》はチームの休憩所の後方で用具の整理をしている佟守中《トンショウジョン》を見つけた。

佟寶駒《トンバオジ》は一通の封筒を父親に差し出した。「紅標米酒《ホンビャオミージョウ》が百本くらい買えるはずだ。遠慮するな」

佟守中《トンショウジョン》はそれが佟寶駒《トンバオジ》が毎月自分に渡す生活費だと認めると、折り畳んでズボンのポケットに突っ込んだ。

「すまんな」佟守中《トンショウジョン》は礼を言った。

佟寶駒《トンバオジ》はその言葉を意外に感じた。

「何か俺に話したいことがあったんじゃないのか?」佟寶駒《トンバオジ》は前日、留守番電話に残されていた佟守中《トンショウジョン》からの伝言を指して言った。金の無心の電話だと思ったのだが、奇怪なことに佟守中《トンショウジョン》は直接会って話がしたいと言ってきたのだ。

佟守中《トンショウジョン》は作業の手を止め、フェンスの傍に立って煙草に火を点けた。「お前、あの件はどうするつもりなんだ？」

「あれは俺の仕事だ。どうするもこうするもない」

「他のやつのことも考えろ。カニウはここでは一端《いっぱし》の者だ。多くの人間がこの件に不満を抱いているぞ」佟守中《トンショウジョン》の態度は妙に優しかった。「やつはお前の従兄で、お前はここででっかくなったんだ。何か思うところもあるだろう？」

「別に」佟寶駒《トンバオジ》は父親にはまだ何か言いたいことがあるのだろうと思ったが、わざわざ尋ねたりはしなかった。

佟守中《トンショウジョン》は煙草をふかして、何も言わなかった。

佟寶駒《トンバオジ》の足元にボールが転がってきた。彼はそれを拾い上げ、手の上で重さを量るような仕草をした後、グラウンドに投げ返した。

「投球フォームがよくない。チームに要らないと言われるわけだ」

「野球のどこが面白いんだ。バスケの方がいいに決まってる」

「それはお前が野球が下手だからだ」佟守中《トンショウジョン》は別のボールを拾い上げ、佟寶駒《トンバオジ》に手本を見せた。「ボールが浮かないように肩は低く下げておく」

佟寶駒《トンバオジ》はボールを握る父親の手を見た。人差し指がアブドゥル・アドルと同じように第二関節まで欠けていた。そのことを知ってはいたが、覚えていたわけではなかった。

それはまだ佟寶駒《トンバオジ》が幼い頃のことで、佟守中《トンショウジョン》はいつもサメと戦った結果だと自慢していた。かつてはそんな海の冒険に魅了されていた佟寶駒《トンバオジ》であったが、成長するにつれ、真実はそれほど刺激的なものではなく、おそらく非常につまらないことであると気が付いた。父親のような粗忽者には何かを失ったり犠牲にしたりするのはよくあることに違いない。

「あんたの人差し指はどうして欠けているんだ？」

それは佟守中《トンショウジョン》には予想外の質問だった。何かの皮肉ではないかと疑った結果、佟守中《トンショウジョン》は答えないことにした。

佟寶駒《トンバオジ》は説明した。「あの外国人労働者の指もあんたと同じようなところで欠けているんだ」

佟守中《トンショウジョン》は指を引っ込め、突然叱責の声を上げた。「どうしてお前はこの場所がそんなに気に食わないんだ？　どうしてあの出稼ぎを助けなきゃならないんだ？」

「どうして俺がこの場所を好きにならなきゃいけないんだ？」

「この野球道具も、このグラウンドも、それからみんなの仕事も、全部雄豊《ションフォン》漁船会社と関係があるんだぞ」佟守中《トンショウジョン》は煙草を踏み消して、グラウンドで練習中の子どもたちに顔を向けた。「気に入らなくても子どもたちのことを考えてくれ。あの子たちにはこれがたったひとつのチャンスなんだ」

佟寶駒《トンバオジ》はようやく父親の態度がいつもと違う理由を理解し、また雄豊《ションフォン》漁船会社の強みは人々に圧力をかけるだけの資源を持っていることではなく、人間が持つ卑しさを理解していることだと気が付いた。父親は仕事を失うことを恐れ、態度を変え、優しさを押し付けた。佟寶駒《トンバオジ》は同情と憤りを感じていた。

「彼らのたったひとつのチャンスはここを去ることだ。俺のようにな」佟寶駒《トンバオジ》は言った。

「お前はいま本当にまともなのか？　お前は自分を誰だと思ってるんだ？　法律は白浪《バイラン》が作ったものじゃないのか？　お前はただの手先じゃないか」

「あんたは俺がカニウの家で何を発見したか知りたくないか？」佟寶駒《トンバオジ》は冷ややかに言った。

佟守中《トンショウジョン》は怒りを抑えきれず、手にしたバットで佟寶駒《トンバオジ》を指して言った。「お前は所詮ただの番仔《ファンズ》（外国人や部外者を表す言葉）だ。仲間を助けないやつは、犬よりも質《たち》が悪い」

佟寶駒《トンバオジ》がその場を離れる時も、佟守中《トンショウジョン》はまだ台湾語とアミ語を混ぜて彼を罵り続けていた。グラウンド上の子どもたちに目をやり、佟寶駒《トンバオジ》は申し訳なく思ったが、彼らのことは自分の責任ではないのだ。

父親に言うことは何もない。ただただ哀れで情けない老人だ。

15

日曜日の朝のNBAの中継は佟寶駒《トンバオジ》にとって週一番の楽しみだった。もしそれがユタ・ジャズのゲームだったら最高だ。ユタ州はモルモン教の伝統に則り、日曜日に試合は行われない。そのため土曜日に試合が行われることが比較的多く、台湾時間に換算するとそれは日曜日の朝にあたるのだ。

佟寶駒《トンバオジ》は宗教的理由からユタ・ジャズが好きというわけではなかった。彼はスーツ姿で自転車に乗っている白色人種には何の興味もない。和平《フーピン》カトリック教会で勉学に励んだ何年かを除いて、宗教は彼の人生に何ひとつ影響を与えていなかった。もちろん、和平《フーピン》カトリック教会でのことは厳密には宗教的な体験とは思っていない。

佟寶駒《トンバオジ》は自分は何も悪いことはしていないし、神を傷つけるようなこともしていないのだから、もし神が（或いはそのほかの超自然的存在が）信仰への無関心を理解して共感しないのであれば、何も言うことはないと考えていた。佟寶駒《トンバオジ》が神に唯一期待していることは、ユタ・ジャズをチャンピオンにしてくれることぐらいだ。

佟寶駒《トンバオジ》は熱々の焼売を持って、テレビの前に座りチャンネルをバスケの中継に合わせた。甜辣醬《ティエンラージャン》を付けた焼売を口に運ぶ。急ぎすぎたため、湯気が唇を直撃し、刺すような痛みに襲われた。

佟寶駒《トンバオジ》が悲鳴を上げた時、スマートフォンが着信を知らせた。

佟寶駒《トンバオジ》は歯切れ悪く言った。「もしもし？」

林鼎紋《リンディンウェン》だった。「番仔《ファンズ》はまた潜水中なのか？」

「そうですよ」

「今夜日本料理を食べに行かないか？」

「奢りなら」

「もちろん私の奢りだ」

林鼎紋《リンディンウエン》と佟寶駒《トンバオジ》は「響」という名前の日本料理店で会う約束をした。佟寶駒《トンバオジ》は直感的にあまりよくない話だと感じた。林鼎紋《リンディンウェン》が辛辣な物言いをしないことは滅多になかったし、高級な日本料理屋に誘うようなこともなかった。

「もし秘密の話をするんだったら、そこは良くないんじゃないかなあ？」佟寶駒《トンバオジ》はもごもごと言った。しかし林鼎紋《リンディンウェン》はその「響」という店名に対する冗談を聞いていないようであった。

「また後でな」林　鼎　紋《リンディンウェン》の口調は真剣そのものだった。

電話を切りながら、佟寶駒《トンバオジ》は映画のシーンで多くの悪役が悪事を働く前に日本食を食べていたことを思い出した。つまるところ映画が人の行動に影響を与えているのだろうか。それとも実際にこの世界の多くの悪事は日本料理店で計画されているのだろうか。

「響」はとても落ち着いた店だった。給仕は佟寶駒《トンバオジ》を連れてダークブラウンの縁取りの鏡が並ぶ廊下を進んだ。天井は暗色の巨大なタイルがバウハウス・スタイルのシャンデリアの光を反射していた。これが日本の新世紀の皇居だと言われても、佟寶駒《トンバオジ》は驚かないだろう。各個室のドアの上には乳白色のガラスで作られた海洋生物が飾られており、それぞれ違うワイルドスタイルになっている。

「カツオノエボシ」のドアの前まで来た時、給仕がそのドアを叩いてから優雅に開けた。佟寶駒《トンバオジ》が席に着くと、林　鼎　紋《リンディンウェン》が茶を注いだ。この個室は三カ月以上前に予約しなければならないので、今夜のために多くのコネを駆使したと言う。

テーブルには金箔を散らした和紙でできたメニューが置いてあり、料理の順番（先付け、お造り、煮物、揚げ物、焼き物、ご飯、水菓子）、簡単な食材名、和牛や雲丹《うに》、ボタン海老、活きズワイガニ、クロマグロの大トロなどの文字があった。派手な言葉遣いではないが、一目見ただけで粉うことなき高級料理だと確信できた。

先付けと共に冷酒が供された。

林 鼎 紋《リンディンウェン》は慎重に雲丹を摘まむと酢飯と共に口に入れた。「外国人出稼ぎの案件の進行はどんな具合だ?」

「言われた通り事実部分の確認から始めてます。しかし被告は何も言わないし、言葉も通じないし、全くお手上げ状態です……」佟寶駒《トンバオジ》は言った。「でもひとつだけ進展がありました」

「聞かせてくれ」

「凶器は被告が現場に持ち込んだのではない可能性があります。これは被告の殺意が計画的であることを排除でき、俺たちの弁護方針を再構築する余地が生まれます」佟寶駒《トンバオジ》はまた得意のジェスチャーを披露した。「犯罪事実、正面対決!」

「そうなのか。他には何か?」

「ありません」佟寶駒《トンバオジ》は敢えて電話のことを伏せた。まだ事件に関係があるのか不明なので、詳しく説明する必要はないだろう。

「証拠調べ手続きはどうするつもりだ?」

「いま考えてます」

「通話記録は？　調べるつもりなのか？」

佟寶駒《トンバオジ》は興味を示すふりをした。「どうして調べる必要が？」

林鼎紋《リンディンウェン》は少し考えてから頭を振った。「ないな。ただ聞いてみただけだ。わざわざ現場まで行った結果がこれだけか。無駄足だったな」

「現場に行くとは言ってなかったかと？」

「ああ。聞いていない。推測したのだ」林鼎紋《リンディンウェン》は頷いて答えた。

「通話記録も推測ですか？」

佟寶駒《トンバオジ》が自分の考えに気付いたと見たのか、林鼎紋《リンディンウェン》は箸を置き真剣な表情になった。

「雄豊《ションフォン》漁船会社……知ってるだろう？　かつての台湾三大遠洋漁船運行企業のひとつで、去年のクロマグロの漁獲高は台湾で一位、全世界で三位だった。すべての関連企業を含めて数十億の資産がある。一昨日そこの取締役が事務所に来て、法的顧問契約を持ちかけられたんだ。これから彼らとその関係先の企業の案件は全部うちの事務所に任せるとな」

「条件は？」

「お前の協力だ」

「何の協力ですって？」

「前に言ったことは忘れてくれ」林鼎《リンディンウェン》紋が言った。「要するに、この件は成り行きに任せたらいいんだ。事を複雑にする必要はないから証拠調べ手続きも……」

「心神喪失の申立ても必要ない」佟寶駒《トンバオジ》が言葉を継いだ。

林鼎紋《リンディンウェン》は満足げに頷いた。「一審の答弁を繰り返せばいい。誰も何も言わない」

佟寶駒《トンバオジ》は躊躇った。鄭峰群《ジョンフォンチェン》が死の直前にかけた電話は間違いなくこの事件と関係がある。雄豊《ションフォン》漁船会社が提示した条件を見たら、事務所にとってそれは非常に大きな取引だ。理由もなしにこのような好条件での申し出があったということは、明らかにその背後に大きな計算が潜んでいるはずだ。

給仕がドアを叩いて、ふっくらとしたクロマグロの大トロのお造りを手にして現れた。

「こいつはここの目玉だ。あまり醬油を付けず、わさびを少し乗せて食ってくれ」林鼎《リンディン》紋《ウェン》はクロマグロを佟寶駒《トンバオジ》の方に押しやって言った。「寶駒《バオジ》、これは私たちにとって絶好のチャンスだ！」

「それでやつらと今回の事件がどう関係してるんですか？」

「聞いていない。知りたくもない」林鼎紋《リンディンウェン》は答えた。「殺人は命を以て償うべきだ。あの出稼ぎ外国人は台湾には親類も友人もいない。事は簡単だろう」

佟寶駒《トンバオジ》は興奮気味に話す林鼎紋《リンディンウェン》の表情を見て、アブドゥル・アドルの幽霊のように痩せ細った身体と、グラウンドで汗を流して練習する子どもたちの姿と、佟守中《トンショウジョン》の周りにいる顔を知らない同胞たちを思い出した。

「番仔《ファンズ》よ、お前は本当に宝を探し当てたな」林鼎紋《リンディンウェン》は自分の言い分を披露した後、何の躊躇いもなく佟寶駒《トンバオジ》を説得した。「私たちふたりはどんな関係だ？ 大学の入学を目指して点数を上積みするための苦労を覚えているか？ もし私がいなかったら卒業できたと思うか？ 今ようやく私たちに順番が回ってきたんだ。私を信じるんだ」

佟寶駒《トンバオジ》は暫し林鼎紋《リンディンウェン》を見て、僅かに笑った。箸を手に取り、クロマグロの大トロに伸ばした。

林鼎紋《リンディンウェン》が言っていることは間違っていない。確かにツイている。もしこの事件が数年前に発生していたら、このようなチャンスはなかっただろう。既に退任と転職を決めているのだから、それが正しいのだろう。海浜《ハイビン》事件は佟寶駒《トンバオジ》の司法人生において扱った事件のほんの一部に過ぎない。特に固執する理由も手放す理由もない。実際、今回見つかった新たな手掛かりは証拠とは全く呼べないものであり、不当な事例と言っても過言ではないだろう。言うまでもなく、自分は法廷の一員にすぎず、この後三審も控えている。責任を問われるのであれば、それは自分ひとりで負うべきものではないだろう。

佟寶駒《トンバオジ》は林鼎紋《リンディンウェン》の言った通り、僅かばかりの醤油とわさびをクロマグロに付けた。

「海ではより速く泳ぐものが王となり、食物連鎖の頂点に立つ。マグロがどのくらい速く泳ぐか知っていますか？」

林《リンディンウェン》鼎紋は面白そうに佟寶駒《トンバオジ》を見た。

「あいつらの瞬間最高速度は時速百六十キロ。一般的に捕食者と考えられているサメやクジラ、イルカなんかはせいぜい時速六十キロです」佟寶駒《トンバオジ》は箸の先にある大トロをまじまじと見つめて言った。「言うまでもなくクロマグロの成魚は体重百五十キロ以上にもなる。まるで砲弾だ。サメなんかやつらを見たら隠れるんですって」

佟寶駒《トンバオジ》はクロマグロを口に放り込んで、歯応えのあるしっとりとした食感を味わった。

林《リンディンウェン》鼎紋は満足げに佟寶駒《トンバオジ》を見て、頷いて賛同を示した。

「だがあんたはマグロの弱点は何か知っていますか？」佟寶駒《トンバオジ》が聞いた。「一キロ二百五十元の鯖《さば》です」

林《リンディンウェン》鼎紋は不思議そうな顔をした。

「鯖ってやつは特別生臭くて、マグロの大好物で……」佟寶駒《トンバオジ》は次の刺身を口に含んで、少し笑って言った。「鯖をマグロに変える。こういう商売をやらないのはバカの極みだ」

林《リンディンウェン》鼎紋は口を横に広げて、クロマグロを摘まみ上げた。

佟寶駒《トンバオジ》は給仕を呼んだ。「ここにある最高のワインを持ってきてくれ」

林《リンディンウェン》鼎紋は何か言おうとしたが、面子を考えて口を噤んだ。

それを見た佟寶駒《トンバオジ》は笑みを漏らし、さらに給仕に言い付けた。「ひとり一本だ」

林鼎紋《リンディンウェン》は頭を働かせた。佟寶駒《トンバオジ》が同意しているのであれば、ここの費用は事業開発費として計上しても問題ないだろう。

ふたりはグラスを掲げた。臙脂《えんじ》色がグラスの中で輝き、木の香が立ち上がる。

林鼎紋《リンディンウェン》が口を開く。「法律に」

「クロマグロに」佟寶駒《トンバオジ》が口角を上げた。「漁師に」

ふたりは杯を交わした。

16

答弁書を書くために論文を何冊か借り、分厚い資料をコピーした連晉平《リェンジンピン》は、一日中パソコンの前で頭を捻っていた。ここ何日か続けて夜まで残業をしている。林芳語《リンファンユ》はその真剣さに戸惑っていた。

「どうしてこの場所を選んだの？」

「うん？」裁判記録に没頭していた連晉平《リェンジンピン》ははっきりと聞き取れなかった。

「あなたの条件だったら他の場所も選べたんじゃないかって聞いたの」林芳語《リンファンユ》は言った。

「もっと楽なところとか」

連晉平《リェンジンピン》は仕事の手を止めて、何か考えているようであった。確かに配属の際に父親は彼が司法院で奉仕できるように手配しようとした。「司法の最高機関で設備も環境もいい。多くの中心人物と知り合うのは将来の資産になる」というのがその理由だった。

しかし連晉平《リェンジンピン》は父親の提案をやんわりと断って、自分の意思を曲げずに高等法院の公設弁護人室にやって来たのであった。彼は父親にその理由を説明しなかった。とても些細なことだったからだ。一言で言えば、連晉平《リェンジンピン》がここにいるのは佟寶駒《トンバオジ》のせいだった。

「段ボール箱を盗んだ場合……、刑期はどのくらいだ？」連晉平《リェンジンピン》はゆるゆると思い出した。

「中学の夏休みは、父はいつも僕を法院に連れてきてくれました。父が忙しい時は、僕はぶらぶらといろいろな法廷を回って裁判を傍聴していたのです。だから僕は比較的早く、映画の中の事は真実ではないと知りました。手続きはつまらないけど、人は色々で面白かった。……色々な不思議な話も。

ある廃品回収業の老人が、壊れた箱を拾って、持ち主から窃盗で訴えられたことがありました。ポケットにカッターナイフが入っていたため、より罪が重くなって……、裁判官は和解を勧告しました。相手側と和解するよりも罰金を払った方がいい……、だけど彼にはお金がない。ないと言ったらないんだと。それから公設弁護人の最終弁論があって……」

「寶哥《バオゴー》？」林芳語《リンファンユ》が尋ねた。

連晉平《リェンジンピン》は首を縦に振って続けた。「僕はそれまであの人が何を言ったのか覚えていないのですが、でも、最後に裁判官を指さして『判決は被告のためにあるのであって、このクソったれな法院のためじゃない！』と大声で罵って、裁判記録を机に投げつけたんです」

「佟寶駒《トンバオジ》が？　そんなに激しかったの？」

林芳語《リンファンユ》は怪訝に思った。「判決は被告のためにあるってどういう意味かしら？」

「僕はここにその答えを探しに来たのです」

「その後その裁判はどうなったの？」

「不起訴になりました」

「被告が亡くなったの？」

「自殺しました」

「本人に直接尋ねないのはなぜかしら？」

「寶哥《バオゴー》、僕が思っていたのと少し違うんです。あなたの知っている……」連晉平《リェンジンピン》は頭を掻いて佟寶駒《トンバオジ》のひねくれた表情を真似た。

林芳語《リンファンユ》も同じように真似を始めたため、ふたりはどんどん大げさになっていき、最後は堪えきれずに大笑いしたのだった。

17

開廷一週間前に、連晉平《リェンジンピン》は答弁書を書き上げた。恭しくそれを佟寶駒《トンバオジ》のデスクの上に置き、返事や話し合いを期待したが、佟寶駒《トンバオジ》がそのことに触れることなく何日かが過ぎていった。

裁判の期日が迫っているのを見て、連晉平《リェンジンピン》はついに我慢できなくなり質問せずにはいられなくなった。

「寶哥《バオゴー》、次の一手はどうするんですか？」

佟寶駒《トンバオジ》はこの問いから逃げられないことを知っていたので、単刀直入に言った。「新しい証拠について証拠調べ請求はしない。実際一審には特に問題はないようだし……」

「あの電話ですね？　関連があるのではないですか？」

「相手が誰かわかったとしても、通話内容を証明する手立てがないし、裁判にはあまり影響がないよ」

連晉平《リエンジンピン》の表情が曇った。「心神喪失の申立ては？　僕の書いた草稿を読みましたか？」

「良く書けていた……。考えておくよ」佟寶駒《トンバオジ》は言った。

連晉平《リエンジンピン》は声を荒らげた。「これは最後の事実審なんです。あなたが申立てをしないと被告のチャンスが奪われるんです」

連晉平《リエンジンピン》に非難され、佟寶駒《トンバオジ》は頭に血が上った。「台湾大学の修士様はそんなにお偉いのか？　俺に教えを恵んでくださるのか？　出ていけ！」

「約束したじゃないですか」

「俺がお前に何を約束したって？　お坊ちゃま。これは俺の裁判だ。お前のじゃない！」

突然佟寶駒《トンバオジ》が怒鳴り返したので、長年一緒に仕事をしてきた林芳語《リンファンユ》ですら驚きを隠せなかった。話し合いは決裂した。連晉平《リエンジンピン》は酷く失望し、憤慨しながら事務室を出て行った。

実のところ佟寶駒《トンバオジ》は連晉平《リエンジンピン》の書いた答弁書を称賛していた。

弁論の論旨である一審の鑑定書の判断基準が薄弱であることが明確にされている。アブドゥル・アドルは台湾人ではないため、関係者に聞き取りを行うなど間接的な資料の他、直接的な病歴を求める術《すべ》はなく、加えて鑑定時に母語の使用も認められず、その結果精神状態を正確に判断されていない。さらに矯正の可能性などの量刑に関する重要な判断はそれによってより深刻な影響を受けると言わざるを得ない。

連晉平《リェンジンピン》の言葉遣いはまだ少しぎこちないが、ところどころに現在の精神医学的な手続きにおける病巣に対する深い批判が見られる。しかし佟寶駒《トンバオジ》は台湾の司法制度の現実、それは予算であったり、規律の維持に対するコストであったり、また法院の保守的な態度などから、精神鑑定の機能が極めて限定的なものになっていることを知っていた。

それに芝居に協力することを林鼎紋《リンディンウェン》と約束したのだから、あまり波風を立てない方がいい。

葛藤がないわけではない。ここでずっと仕事をしてきて、不当な事案を目にしなかったことがあるだろうか？　自業自得。佟寶駒《トンバオジ》はいつもそんな風に己の無力さを見つめている。公設弁護人は世界の流れを変えられる仕事ではないし、そんな野心も持ち合わせてはいない。人生の転機を迎えている今、望んでも得られないチャンスを手放す理由などあるものか。

佟寶駒《トンバオジ》の決定は父親、或いはその他の何人《なんぴと》とも関係がない。ただ純粋に自分のためだ。崇高ではないが卑賎でもない。これは佟寶駒《トンバオジ》が自分の手で引き寄せたチャンスなのだ。ただ必死に勉強して、必死に試験を受け、必死に仕事をした。だからこのような人生の転機が訪れた。

もとより林鼎紋《リンディンウェン》が言った通りアブドゥル・アドルが人を殺したのは事実なのだ。やつがどんな罰を受けたとしても、死んだ者は生き返らない。ならば、苦痛を長引かせて何になる？

18

佟寶駒《トンバオジ》は再びリーナを訪ねた。満面の笑みで手土産を差し出した。

「ティラミスだ。美味しいぞ」

「それは、食べられません」

「これはベジタリアン用だ」佟寶駒《トンバオジ》は自分の思慮深さに得意顔だ。

「それには、お酒が入っています」

あ！　佟寶駒《トンバオジ》は頭を叩いた。どんな物なら食べられるんだ？　心の中でだけ呟いた。

佟寶駒《トンバオジ》は財布を取り出して、現金をリーナの手にのせた。「これは前回の報酬だ」

リーナは細かく確認してから、それをポケットに納めた。

「次の裁判は九月だ」

「私、行きません」リーナは佟寶駒《トンバオジ》を遮った。

リーナは移民就労者という立場なので、台湾では現在の家庭介護士以外、合法的に仕事をすることはできない。もちろん法廷通訳にもなれず、したがって裁判時の報酬や旅費を受け取れない。佟寶駒《トンバオジ》は彼女に通訳をしてもらうのに、自腹で報酬を、それも個人的に払わなければならなかった。この大変な時に手頃で尚かつ優秀な通訳を他に探すなど無理に決まっている。佟寶駒《トンバオジ》にできることは報酬を引き上げることだけだった。

「時給九十元？　百元？」

リーナは首を振った。

「百十元では？　十分高いと思うんだがなあ」

リーナは口を固く結んで、きっぱりと頭を振った。

さらに値段を釣り上げても、一般的な通訳よりもまだ安価だということを佟寶駒《トンバオジ》は知っていた。「百十五元！」

リーナは俯いた。彼女は報酬を引き上げるために黙っているのではなかった。法廷に立たなければならないこと、アブドゥル・アドルに再び会うことに不安を感じていたのだ。とはいえ、確かにこの多額の臨時収入は魅力的だ。通訳一回の報酬はインドネシアの家族の一週間の生活費に等しい。どうしてダメなの？

「百二十元ならどうだ？」佟寶駒《トンバオジ》はわざと咎めるような視線を送り、リーナが貪欲だと仄めかした。「あいつを助けられるのはあんただけだ。あんたたちは同国人じゃないか」

「交通費も追加して」

「ああ、この出稼ぎめ……」佟寶駒《トンバオジ》は内心で計算した後、無念さを装いながら同意した。どうせ罪を認めるのだから何度も裁判が行われるわけではない。佟寶駒《トンバオジ》は自分のことを商売の天才だと思った。

リーナはこれはアブドゥル・アドルのためだと心の中で自分を納得させていた。このお金は誰にとっても、そしてアッラーにとっても価値のあるものだ。

裁判当日、リーナは早めに法院に到着した。法院に入るのはこれが初めてだったが、陰鬱な雰囲気はすぐさま彼女を後悔させた。

ひとりの書記官が突然大声で誰かの名前を呼んだので、リーナは驚いた。鎖を引きずる音が遠くから聞こえてきて、ふたりの法院刑務官に付き添われた囚人服が彼女の横を通り過ぎて行った。リーナは狭い廊下で身の置き所もなく、ただバックパックを両腕できつく抱えて、近くにあった長椅子に座って呼吸を整えようとしていた。

連晉平《リェンジンピン》がリーナの傍にやってきて、優しく手を握って緊張しないようにと伝えた。それから彼女を連れてある法廷へと入っていった。

「ここに座って」連晉平《リェンジンピン》が言った。

法廷内は薄暗く、誰もいなかった。法院の代替役である連晉平《リェンジンピン》は、いつも他の仲間たちと一緒にこのような閉廷した法廷に残って無駄話をしていた。この日、リーナがやってくることを知っていた連晉平《リェンジンピン》は、予めどこの法廷であれば彼女を休憩させることができるかを調べておいたのだ。

傍聴席に腰を下ろしたリーナから、ようやく笑顔がこぼれた。

「きっととても緊張していると思うけど……、僕も裁判に参加するのは初めてなんだ」連《リェン》晉平《ジンピン》は彼女を労《いたわ》ろうとした。

リーナはいまひとつわかっていないようだった。ふたりの間に気まずい沈黙が流れた。

連晉平《リェンジンピン》は立ち上がると、被告席に向かった。

「アブドゥル・アドルはこの位置に座るから、君は少し待ってから彼の隣に座るんだ。裁判官は台の上に、検察官は向かい側にそれぞれ座る」

「寶哥《バオゴー》は？」

「あの人と君は一緒に座る。どちらかというと裁判官の近くかな……それで寶哥《バオゴー》が話したことを通訳するんだ。彼は英語も少しできるから、おそらく大丈夫だよ」

「寶哥《バオゴー》はどんなことを話すの？」

連晉平《リェンジンピン》は笑みを見せただけで答えなかった。佟寶駒《トンバオジ》が何を話すのか、彼も知らなかった。

佟寶駒《トンバオジ》は執務室の出窓辺りでぼんやりとしていた。既に裁判の準備はできている。或いは特別な準備など何もないというべきか。この一件はごく普通の案件で、ごく一般的な公設弁護人の仕事だ。

しばらくの間佟寶駒《トンバオジ》は考えることを止めて、司法大廈《シファダーシャー》ビルの古いタイルに目を走らせた。その時彼の注意を引いたのは、中庭の鉄柵の向こうの見知った人影だった。まず洪振雄《ホンチェンション》と林鼎紋《リンディンウェン》。それから現れたのは彭正民《パンジョンミン》と佟守中《トンショウジョン》。前者ふたりは意外でも何でもなかったが、父親の姿が佟寶駒《トンバオジ》の心に苦いものを溢れさせた。

彭正民《パンジョンミン》は洪振雄《ホンチェンション》と何か話していて、佟守中《トンショウジョン》を紹介しているようであった。佟守中《トンショウジョン》はお辞儀をして、佟寶駒《トンバオジ》が見たこともないようなしわくちゃの笑顔を向けている。洪振雄《ホンチェンション》が煙草を手にすると、佟守中《トンショウジョン》が慌ててポケットからライターを取り出した。火を点ける前に佟守中《トンショウジョン》は、まるで炎が洗い落とせなかった自分の汗で汚れてしまうのを恐れるかのように、ズボンに手を擦《こす》りつけていた。洪振雄《ホンチェンション》は佟守中《トンショウジョン》の肩を叩き、自分で煙草に火を点けた。洪振雄《ホンチェンション》と彭正民《パンジョンミン》が何か言うたびに、傍に立つ佟守中《トンショウジョン》が頷いている。

佟寶駒《トンバオジ》は父親を目で追う自分に気が付いた。三十年前のあの夜を思い出す。両手を血に染めた佟守中《トンショウジョン》はなんと大きく見えたことか。それ以来、父親の身体は何かが尽きたかのように小さくなり、残りの日々を少しずつ消えていくかのように過ごしている。佟寶駒《トンバオジ》はそれについて悲しむことはなかった。特に自分の存在が取るに足りないものである時、自分の声に応えが返ってこない時。人は誰しも様々に形を変えて生きていかなければならないのだ。

それは父親の問題で、自分の問題ではない。

彼らは選ばなかった。自分は選んだ。だからここにいる。

開廷前、佟寶駒《トンバオジ》は廊下で洪振雄《ホンチェンシヨン》とその取り巻きと鉢合わせした。敢えて控えめに通り過ぎようとした佟寶駒《トンバオジ》に近づいてきた洪振雄《ホンチェンシヨン》は、その肩を叩いた。表情はまるで前回の言葉を繰り返しているようだった。「我々はみな、同じ側に立っている」

洪振雄《ホンチェンシヨン》の振舞いは、誰もが騒ぎ立てることなく内輪で協力し合うという暗黙の了解の、その微かな一線を越えてしまったのだ。おそらくは圧倒的な自信から。或いは一度も歯向かわれたことのない傲慢さから。佟寶駒《トンバオジ》はマグロと鯖の話を思い出した。

彼らは選ばなかった。自分は選んだ。選んだのが漁夫で、選ばなかったのがマグロと鯖だ。佟寶駒《トンバオジ》は自分を見つめる佟守中《トンシヨウジヨン》のあざ笑うような表情を見た。口元はまるで「番仔《ファンズ》」と言っているかのようであった。その時佟寶駒《トンバオジ》は初めて自分が如何に卑しさを憎んでいたかを思い知った。

佟寶駒《トンバオジ》はようやく遠くで連晉平《リェンジンピン》とリーナが自分を見ていることに気が付いた。もっともなことに連晉平《リェンジンピン》は困惑の表情を浮かべていた。佟寶駒《トンバオジ》は顔をそむけた。何かが重くのしかかっているようだった。

開廷時、裁判長は最初にアブドゥル・アドルに罪状認否を行った。佟寶駒《トンバオジ》は否認した。裁判長は驚きの色を隠さず、その理由を尋ねた。佟寶駒《トンバオジ》の答弁は傍聴人を驚かせた。

「被告は心神喪失で当事者能力の欠如のため、刑事訴訟法第二九四条規定において、裁判の中止を請求します」

そう言い終わった佟寶駒《トンバオジ》は、傍聴席の洪振雄《ホンチェンション》、林鼎紋《リンディンウェン》、それから彼らと一緒に座っている彭正民《パンジョンミン》と佟守中《トンショウジョン》の方に向き直った。彼は無表情にゆっくりと一行を見渡した。

洪振雄《ホンチェンション》は酷く不快になった。これはどういうことだ？　なぜ筋書き通りにならないのだ？

「理由を述べるように」裁判長は怒りを抑えて言った。

「被告は自閉……スペクトラム症です」

傍聴席の連晉平《リェンジンピン》は今までにないほど奮い立っていた。

「証拠はありますか？」

「ありません」

傍聴席は騒然となった。

「なので我々は再度の精神鑑定の必要性を主張します」佟寶駒《トンバオジ》は淡々と言った。

連晉平《リェンジンピン》の胸に熱いものが走った。自分の答弁書が佟寶駒《トンバオジ》を変えたのだと思った。一旦心神喪失の申立てを行えば、弁護の範囲が事実認定に制限されないこととなり、量刑に関する議論がより深く行われる。ここから訴訟自体が大きく変わることとなる。

「この他に、我々は新たな証拠として事件当夜の鄭峰群《ジョンフォンチェン》の住まいの市内通話記録を提出します」

洪振雄《ホンチェンション》の顔色が変わった。周囲の傍聴人は空気が重くのしかかるのを感じた。

「どのような根拠において？」裁判長が尋ねた。

「死んだ被害者が被害に遭う前にある人物に電話をかけていたことは十分な理由だと我々は考えます」佟寶駒《トンバオジ》は言った。「その人物なら殺人の背後に隠された真実を我々に教えてくれるかもしれません」

三　交互尋問

1

眩い照明効果に彩られた企業のカクテルパーティー会場では着飾った人々がハイテーブルの間を流れていき、舞台ではシンガーが歌で場を盛り上げている。

ワイングラスを手にした蔣徳仁《ジャンダーレン》は堂々とした人々と談笑していた。ふと気が付くと、遠くから洪振雄《ホンチェンション》が無表情で自分を見ていた。その周りには大勢の取り巻きが立っていた。

心臓がぎりりと痛む。蔣徳仁《ジャンダーレン》は傍の人たちに挨拶をすると、洪振雄《ホンチェンション》の方に向かった。

音楽が止まり、歓声が囁き声をかき消した。人垣の中、洪振雄《ホンチェンション》は蔣徳仁《ジャンダーレン》の肩を掴んで目の前に引き寄せ、酒臭い息を浴びせかけた。

「もうお前には用はないと思っていたんだがな」

「司法のことは簡単にはいかないんです」蔣徳仁《ジャンダーレン》は慎重に答えた。

「そんなことは知らん！　くたばり損ないの外国野郎をどうにかするんだ……。水産業を守らない総統が、台湾にとってどんな価値があるというのだ？」

「司法の事情は……」

洪振雄《ホンチェンション》は蔣徳仁《ジャンダーレン》の胸を強く叩いてその話を遮った。「私はちゃんと払うものは払っている。お前にも。お前にもだよ、蔣《ジャン》先生」

「何をお望みなんですか？」

「クロマグロを英語で何て呼ぶか知っているか？　Bluefin Tunaだ。私も以前は知らなかった。あいつらは黒いからなあ。後から知ったんだが、クロマグロの鰭《ひれ》は生きているときには青いんだよ。ははは。俺は生きてるクロマグロを目にしたことがないからな。ははは」洪振雄《ホンチェンション》の容赦ない目つきは蔣徳仁《ジャンダーレン》の目の前に刀を突き付けているようだった。「台湾人が優れているのはな、価値あるものになるためには死ななければならないと知っているからだよ」

洪振雄《ホンチェンション》は蔣徳仁《ジャンダーレン》の腕を叩いた。「酒は控えるんだな。出先でとんでもないことが起こらんとも限らんからな」

蔣徳仁《ジャンダーレン》はその言葉の意味を知っていた。

2

陳青雪《チェンチンシェ》の目の前にあるのは、凜とした姿で中央に座っている観世音菩薩の絵だった。姿勢は穏やかだが、人々が思わず平伏《ひれふ》すような威圧感がある。最も特徴的なのはその仕草で、右手は自然に垂れ、掌は右膝の上で内側に向けられて、指先が地面についている。左手は掌を外側に伸ばし、指は自然に下がっていた。

この印相は大変に珍しい。右手は釈迦が僧侶になるための修行を積んでいた時、悪魔の妨害を退けるために結んだ触地印《チューディイン》で、指先で地面に触れることで大地の神を呼び出し、魔王を制圧したという。左手の与願印《ユユエンイン》は一見求めているようであるけれど、衆生の願いを聞き届け成就させることを示している。

さらにこの絵で本当に特別なのは釈迦の左手に宝剣があることだ。よく見るとそこには亀裂が絡み合っているのがわかる。宝剣は柄に向かって徐々に薄くなるようになっていて、まるで絵を見ている者がその剣を手にしているかのように描かれている。

陳青雪《チェンチンシェ》はこのような画法を見たことがなかった。初めてこの絵を目の当たりにしたとき、その全体的な意図に引き付けられた。彼女はすぐに正義の女神、片手に剣を持ち、もう片方の手に天秤を持ち、両目を布で隠した無私と正義の象徴であるテミスを思い起こした。

しかし考えてみると、両者には大きな違いがあった。この観世音菩薩には威厳があったが、剣を手にしながら一筋の毛ほどの殺気も持ち合わせてはいなかった。画工は陳青雪《チェンチンシェ》にこの仏画の真の意味は観世音菩薩の傍に書かれた狂草書《コンチャオシュ》を通さないと理解できないと説明した。

「彼の観音力を念ずれば、刀は尋《つ》いで段段に壊れん」

この一節は〈妙法蓮華経観世音菩薩普門品〉のもので、有罪であれ無罪であれ、刑を受けた者が観世音菩薩を信じ、救いを求めて祈りの声を上げれば、観世音菩薩は必ず救いの手を差し伸べるという意味を持つ。

たとえ死刑囚でも？ 陳青雪《チェンチンシェ》の問いに、画工は頷いた。

陳青雪《チェンチンシェ》は仏画を買い求めた後、それを天母《ティエンム》の住まいに持ち帰り、仏壇の前に掛けた。

彼女は夫と暮らしていて、子どもはいなかった。ごく親しい何人かを除いて、彼女が仏教を信仰していることを知る者はいなかった。司法の世界に身を投じたその日から、仏教徒であることを隠してきたからだ。陳青雪《チェンチンシェ》はいつの日か自らが改革のトップに立つ日が来ることを信じているため、公平で合理的だというイメージを損なうようなことは隠しているのだ。

宗教は正にそのひとつだった。

世の中の多くの信仰者がそうであるように、陳青雪《チェンチンシェ》も時として自分の信仰を疑い、また受け入れることがある。彼女は自分を敬虔な信仰者だとは思っていない。ただ仏教のある部分に非常に惹かれているのだ。彼女はしばしば批判的な観点から仏教を見つめることがある。様々な弁証法を通して、その真の意味を体験することで迷信に囚われず、偽善を見抜く目を持つのだ。

台湾最大の大衆信仰は仏教と道教の考え方を組み合わせたもので、庶民には理解しにくい。しかし台湾人は偽善的で、自己主義者で、感情的で迷信深いため、信仰を選ぶ動機は何よりも実益と手軽さとなって、真義を追究したりはしないのだ。宗教について生半可な知識しかない人の大半は、不純な思いで宗教の御旗を掲げていることが多い……謙虚であり敬虔だと主張するが、実際は不従順で高圧的なのだ。

死刑はその最たる例だ。

仏教の五戒のうち、不殺生は最上位に位置する。「因果応報」を解くにしろ、それは「自業自得」なのだ。報いは客観的で公正で、輪廻は他人の手を借りることなく、何物に影響されることなく自然に発生する。したがって、たとえ法を司る者が職責に沿って死刑判決を下したとしても、不殺生の戒律に反したことになり大巷地獄《ダーシャンディユー》に落ちて罰せられなければならないと仏典の中ではっきりと指摘されている。多くの法の執行者は仏教徒であるかのように振舞い、線香やお供えを捧げるが、心中は殺生に占められている。曰く「多大な労力を費やしてもあなたを生かしておく理由が見つからない場合」、「私がやらねば誰がやるのか」。一般民衆が死刑囚に写経を求め、仏の前で悔いることを喜び、刑場への道中に読経を流すのも同じ理由である。

仏はただの言い訳で、彼らが皆信じているのは己だけだ。

これこそが偽善。

陳青雪《チェンチンシェ》は結局のところ宗教は一種の表現にすぎず、世俗的な問題の目的や動機にすべきではないと考えていた。仏法は死刑に反対だが、死刑廃止の正当性を立証できずにいる。それは仏教に限ったことではないが。彼女がこの仏画を掛けたのは、死刑廃止とは無関係だ。陳青雪《チェンチンシェ》が死刑廃止を支持する理由は極純粋で、人間の生命は何よりも優先されるもので、人間の本質はそこから発生すると考えているからだ。殺すことが人間の本性であり、殺さないのが人間性だ。

多くの死刑廃止団体の主張はあまりにも勿体ぶっているか、高尚すぎるかで、普通の人々には受け入れてもらえない。陳青雪《チェンチンシェ》は死刑廃止の究極の意義は、死刑囚に同情することではなく、死刑囚を支援することだと信じている。「殺さず」は手段ではなく、目的なのだ。そのような考え方に宗教的な意味があることを、彼女は理解していた。世俗的な生活の後に仏教を置く陳青雪《チェンチンシェ》の姿勢は、性生活にも反映されていた。仏教は邪淫を戒めているが、彼女はそのような懸念を持っていなかった。結婚生活は穏やかであったが、第三者と関係を持つことはやぶさかではなかった。みだりに多くの相手と交際したり、肉体を利益のために差し出したりしたことはなかったが、自分が良いと感じた相手とは日常生活やキャリアを損なわない範囲でセックスを楽しんでいた。陳青雪《チェンチンシェ》の夫はある銀行の役員で、結婚生活は既に二十年を数える。ふたりとも子どもを持つことを嫌ったわけではないが、ずっと子宝には恵まれなかった。特に検査をしたり、占いに縋ったりせず、自然に任せた結果だった。夫は素直で単純な男で、陳青雪《チェンチンシェ》が理想を追い求めることに決して反対はしなかった。家庭生活は飾らず、穏健だった。

これは政治家が夢にまで見る理想の家庭だ。陳青雪《チェンチンシェ》は蔣徳仁《ジャンダーレン》と身体を交わすとき、そのように思うのだ。

彼女と蔣徳仁《ジャンダーレン》の関係は、彼の言外の注意から始まった。それ以来陳青雪《チェンチンシェ》は蔣徳仁《ジャンダーレン》に率先してアドバイスを求めるようになり、ふたりの距離が近くなった。彼女が一番好きなのは信念を語る時の蔣徳仁《ジャンダーレン》の目と、それから低く温かい声だ。

初めて関係を持ったのは蔣徳仁《ジャンダーレン》の執務室だった。その晩ふたりは仕事について話し合った後、好きな音楽について雑談を始めた。蔣徳仁《ジャンダーレン》は彼女のためにウィスキーを注いで、コレクションのCDを持ち出した。

ブラームスのピアノソナタ第一番ハ長調作品一が流れる中で蔣徳仁《ジャンダーレン》は彼女の中に入った。

二人は大直《ダージ》のどこかの高級ホテルで会うのが常だった。念のためにそれぞれの車でホテルに向かい、別々の部屋を予約し、コインを投げてどちらの部屋を使うか決めるのだ。蔣《ジャン》徳仁《ダーレン》の唯一の悪癖は酒を浴びるように飲むことだった。アルコール臭は決して好ましくなかったが、陳青雪《チェンチンシェ》は何も言わなかった。酔った蔣徳仁《ジャンダーレン》の行為は乱暴だったが、射精は比較的早く、彼女はその状態を最も気持ち良いと感じた。

陳青雪《チェンチンシェ》は自分が上になる体位を好み、蔣徳仁《ジャンダーレン》に跨って彼を迎えた。蔣徳仁《ジャンダーレン》は彼女がこのような身体能力を持っていることに驚き、またその支配欲の強さにも呆れ返ったが、本人にしてみればこの体位が最も強い快感を得ることができるだけのことであった。

ふたりは陳青雪《チェンチンシェ》の自宅の色々な場所で事に及ぶ場合もあった。言うまでもなく、あの観音様の絵の前も例外ではなかった。

3

「邱和順《チョフーシュン》（販売員殺害と男児誘拐事件の首謀者として逮捕、一九八九年に死刑判決を受ける。後に違法捜査や不当裁判が発覚したが、未だに死刑囚として収監されている）の特赦？」下半身を掛け布団に収めた蔣徳仁《ジャンダーレン》はリラックスしているものの、疲労の色は隠せていなかった。

「無理だ」

「〈死刑執行規則〉を修正したいの」陳青雪《チェンチンシェ》はベッドに腰掛け、指輪をはめ直していた。

「死刑囚が一旦恩赦を請求すると、総統の書面による却下がない限り、死刑は執行されない」

「特赦法にそんな規定はない」

「赦免は総統によってのみ決定されるけれど、それを法務部に丸投げして審議させているのが現状よ」陳青雪《チェンチンシェ》は言った。「問題は全く審議基準と手順がないから、法務部は何を決めたらいいのかわからない。結局うやむやになってしまうわ。総統は返事をする必要すらないの」

「恩赦の有無が死刑執行の前提になっているとすれば、司法判断は名ばかりということにならないか？　三権分立に反しているんじゃないか？」

「恩赦を求めたのに何の回答もなくて、ある日突然処刑場に引きずり出されるのは行政の恣意的な行為じゃないの？　あなたはこれを法治国家のあるべき姿だと思う？」

蔣徳仁《ジャンダーレン》は陳青雪《チェンチンシェ》の言い分を認めた。恩赦法の改正が死刑問題の核心に触れるものではないこと、事件とは関係ないこと、そして改革へ前向きな姿勢を示すものであること。どうやら好ましい政策だと判断したうえで、頷いた。「ボスに言っておくよ」

陳青雪《チェンチンシェ》は蔣徳仁《ジャンダーレン》の傍を離れ、敢えて身体を隠さずに、優雅に服を拾い上げて身に着けた。蔣徳仁《ジャンダーレン》はボトルを手に取り、束の間その裸体に見とれ、それから壁の方を向いて観音菩薩を眺めた。

「君が仏教を信仰しているとは知らなかったな」

「誰も知らないわ」陳青雪《チェンチンシェ》が答えた。「信仰なんてものは口に出したら不誠実になってしまう。それに、私は誰かにバイアスを掛けられたくないの。私がやらなきゃいけないことと宗教は関係ないわ」

「死刑廃止について言っているのか？」

陳青雪《チェンチンシェ》は肩をすくめ、それを答えとした。

「ではどうして？」蔣徳仁《ジャンダーレン》はさらに踏み込んだ。

「人権問題について、どんな理由が必要なの？」

「君の人権意識は一般人のそれより高いと思うが」

「私は一般人じゃないもの」

「仏教は衆生の平等を説くものではないのか？」

「劉邦《リウバン》の法三章の『人を殺すものは死し』は二千年以上前のものよ。一般の人たちは法律学を理解できないし、理解しようともしない。だから彼らには私のような、彼らに代わって考えて、決める人間が必要なの。これが現代の国家の運営方針。もし『人を殺すものは死し』なんて安直な論理を支持し続けたら、私は彼らを失望させてしまいかねない」

「優越感は非常に危険な代物だぞ」

「優越感なんてなくても、私はとっても危険なのよ」

陳青雪《チェンチンシェ》は魅惑的に微笑んだ。

蔣徳仁《ジャンダーレン》は一瞬唖然として言葉を失った。陳青雪《チェンチンシェ》の笑顔を見つめ、意を決して話を始める。

「どうして君は『平春十六号《ピンチュンシーリュウハオ》』に興味を持ったんだ？」

陳青雪《チェンチンシェ》は吃驚《きっきょう》を隠そうとして動きが止まった。目立たないように行動しているはずだったが、どうやら一部の人々の神経を逆撫でしてしまったようだ。

蔣徳仁《ジャンダーレン》が続けた。「去年の総統選。総統は台湾の水産業を保護すると宣言している。……君も知っての通り、内密でも何でもない」

「それと海浜《ハイビン》事件は何か関係があるの？」

「利いた風な……」

「知らないのよ。何の手がかりも見つけられなかったから」

「水産業は数百億ドル規模の産業で、非常に繊細な対応が求められる。海浜《ハイビン》事件……青雪《チンシェ》、すべての事件が死刑と関連するわけではない。ふたつのことは切り離して考えるんだ」

陳青雪《チェンチンシェ》は頷いて、結婚指輪を指に戻した。「ええ」

蔣徳仁《ジャンダーレン》は彼女の結婚指輪に視線をやり、顔をそむけてまた酒を口にした。

陳青雪《チェンチンシェ》は手を伸ばして優しく言った。「飲みすぎよ」

蔣徳仁《ジャンダーレン》はボトルを置いてキャップを閉めた。「来週はいつ空いている？」

不文律が破られたかのように、陳青雪《チェンチンシェ》は驚いた。

蔣徳仁《ジャンダーレン》は慌てて言い訳をした。「いや、来週は忙しいので……確認しておきたかったんだ」

陳青雪《チェンチンシェ》は微笑んで、しかし何も言わなかった。

4

陳青雪《チェンチンシェ》は考えた。国際的な相互法的援助や人身売買が絡んでいなければ、法務部は海浜《ハイビン》事件に注力できなかっただろうと。結局はこの事件はまだ判決が出るまで時間があるため、特に何かする必要もなかった。ただ蔣徳仁《ジャンダーレン》の話は、彼女に警戒心を起こさせた。ほとんどの死刑案件は延期が可能だ——法律上、或いは手続き上に余地がある——政治が絡んでいなければの話だが。

死刑制度が政治的な隠れ蓑にされた例は枚挙に暇がない。二〇一〇年のＥＣＦＡ争議、二〇一三年の与党幹部による一連の不正事件、二〇一四年の両岸サービス貿易協定への反発……焦点をずらすために死刑制度が利用されたのではないだろうか？　これは陳青雪《チェンチンシェ》が乗り越えられない問題であり、世論以上に悩みの種である。

海浜《ハイビン》事件の二審で有力な証拠が提出されなければ、一旦は最高裁に進むので、死刑判決をひっくり返すチャンスはますます小さくなるだろう。[*1] その中でキーマンになるのは弁護人の佟寶駒《トンバオジ》だ。蔣徳仁《ジャンダーレン》の善意の助言はともかく、より多くの情報とカードを握っておくために、佟寶駒《トンバオジ》という昔馴染みに会う時期かもしれないと陳青雪《チェンチンシェ》は考えた。

ふたりが知り合ったのは最も血気溢れる時代だった。

一九九〇年の台湾は、現代の政治家とも関係が深い。この年の二月、政争をきっかけとして野百合学生運動が起こり、後に〈反乱鎮定動員時期臨時条項〉の撤廃、終身議員の解消に影響を与え、台湾が権威時代から脱却し、自由民主路線の追求を掲げる幕開けとなったのだ。

学生運動に参加した多くの学生幹部は、その後政治上の要員となっていった。当時台湾大学法学部の三年生だった陳青雪《チェンチンシェ》も、中正《ジョンジョン》記念堂広場で歴史的転換点を迎えたのだった。しかし学生運動の代表団が全学生の同意を得る前に李登輝《リードンフィ》と直接交渉したときに、彼女は裏切られた気持ちになり、広場を後にしたのだった。陳青雪《チェンチンシェ》の中では、この百合は野に咲くものではなく、偽りのものになった。

学生運動は七日間にわたり行われた。最終的に李登輝《リードンフィ》に要求を伝えたのは学生代表団ではなく、学校間組織だった。学生代表団の幹部たちは口では主体性や自由、愛等を唱えていたが、陳青雪《チェンチンシェ》の目には冗談としか映らなかった。彼女は悲しみと怒りのあまり、学生たちがいなくなった後の夜に勉強会の親しい仲間と共に広場に戻り、その場に残されていた学生運動の精神的象徴だった野百合の像を燃やしてしまった。

　それから陳青雪《チェンチンシェ》と勉強会の同志たちは先住民運動に目を向けた。一九九〇年代前半、権威体制が崩れ始めた台湾での政治運動は多岐にわたっており、先住民族の権利と利益の合法化を求める声も最高潮に達していた。先住民たちは街頭で運動を展開し、独立した台湾先住民族委員会の設置だけでなく、先住民族の権利と利益が憲法で保障され、また正式な名前についても議論される「台湾新憲法先住民族自治条例宣言」を政府に求めた。

　大学四年の時に弁論大会で佟寶駒《トンバオジ》と対戦して以来、陳青雪《チェンチンシェ》は彼に対して深い感銘を受けていた。抗議活動が頻繁に行われるようになった頃、組織と人員を拡大するために、陳青《チェンチン》雪《シェ》は佟寶駒《トンバオジ》を運動に参加させることを思いついた。佟寶駒《トンバオジ》は数少ない先住民族の法学部の学生であったし、その多才な気質は街頭運動にぴったりだと考えたからだ。

　陳青雪《チェンチンシェ》はバスを二度乗り換えて輔仁《フーレン》大学を訪問し、経法学院《ジンファシュエユェン》の秘書に連絡を取り、男子学生寮の地下食堂で汁なし麺を啜っている佟寶駒《トンバオジ》を探し出した。

「どうして山胞《シャンバオ》（山地の同胞。先住民の蔑称）が山胞《シャンバオ》の問題を気にしなけりゃいけないんだ？」佟寶駒《トンバオジ》は

＊1　刑事裁判の最高裁裁判は法律審のため、法律の適用に対しての審理が行われ、新証拠の提出や犯罪事実についての審議はできない。

陳青雪《チェンチンシェ》にそう言った。

「あなた個人のことじゃなくて、あなたの民族のことでしょう？」

「あんたは俺のどこを見て山胞《シャンバオ》だと決めたんだ？　血筋か？　生活状態？　それとも心か、外見？」佟寶駒《トンバオジ》は胸に手を当てて、陳青雪《チェンチンシェ》を興味深そうに見た。「それとも訛りか？」

佟寶駒《トンバオジ》の中国語には訛りなど些かもなかった。複雑で意地の悪い質問であったが、佟寶《トンバオ》駒《ジ》が答えを求めていないことを陳青雪《チェンチンシェ》は理解していた。佟寶駒《トンバオジ》はただ難癖をつけているだけなのだ。

「私が言っているのはアイデンティティや受け継がれた文化で、あなたの状態や特徴ではないわ」

「文化？　俺は熟番[*2]だ。文化なんてとっくに断絶している」

「知識人としてこれを問題だと思わないの？　あなたにはこれを変える責任があるんじゃなくて？」

「自分で自己認識も決められないのに、そこにくっつく文化や、生活まで面倒を見られると思うか？」佟寶駒《トンバオジ》は言った。「台湾大学のエリートさんよ、あんたの所謂《いわゆる》民族自決は俺のような存在を許すことはできないのか？」

「聞いていいかしら？　あなたは山胞《シャンバオ》と呼ばれるのが好きなの？」

簡単なようで、答えようのない問いかけだった。「山胞《シャンバオ》」という言葉には侮蔑が含まれる。こうして陳青雪《チェンチンシェ》は佟寶駒《トンバオジ》の詭弁を打ち切った。アイデンティティはひとつの事実で、精神的な志向や現実の状態がどうあろうと、名前という枠組みからは逃れることのできない問題なのだ。

佟寶駒《トンバオジ》は少し逡巡していたが、陳青雪《チェンチンシェ》には彼を苦しめるつもりはなかった。「正しい名前は私たちの主張のひとつよ。山地に住む先住民族の人たちを山胞《シャンバオ》なんて二度と呼ばない」

「何て呼ぶつもりだ？」

「先住民」

「もし俺があんたたちの運動に参加したら、前地主っていう正式名を名乗っても問題ないか？」佟寶駒《トンバオジ》は尋ねた。「土地の補償金が貰えるかもしれないからな」

陳青雪《チェンチンシェ》は口元をほころばせた。「一杯飲みに行きましょう」

＊2　清時代の台湾先住民族の分類様式。「熟番」は納税と労働の義務があり、漢人化教育を受けていない場合は「生番」と呼ばれた。日本統治時代には「蕃」と改称され、先住民たちは自分たちのことを「動物」から「植物」に変わったと揶揄するようになった。

「あんたはいつもこうやって色男と酒を飲むのか？　それとも酒さえあれば先住民が友達になってくれると思ったのか？」

「あなたは確かにいい男だと思う。お酒が私たちの距離を近づけてくれると思ったのよ」

「酒よりも飯を奢ってくれ」佟寶駒《トンバオジ》は魅力的な笑顔を見せた。

ふたりはバスに乗り、萬華《マンホワ》の屋台街に向かった。陳青雪《チェンチンシェ》は炒海瓜子《チャオハイグァズ》（あさりの炒め）、涼拌地瓜葉《リャンバンディグァイェ》（さつまいもの葉の和え物）、炸蚵仔酥《ジャオアソ》（牡蠣のフライ）、滷味《ルーウェイ》（煮込み）を一通り、それから台湾ビールを一本頼んだ。陳青雪《チェンチンシェ》がビールを注ごうとすると、佟寶駒《トンバオジ》はそれを遮った。先住民族は飲酒が好きなはずではと訝しむ陳青雪《チェンチンシェ》に、佟寶駒《トンバオジ》ははっきりと言った。「俺は本当に酒が飲めないんだ」

二人は初対面にもかかわらず、話が弾み大学のことから人生、そして将来の夢まで会話が途切れることはなかった。しかし話題が先住民族と漢民族のことに及んだとき、言い争いになった。

「既に失われたものをどうやって取り戻すんだ？　取り戻したら俺の生活は良くなるのか？」佟寶駒《トンバオジ》は質問した。「俺は現実的な利点を気にしているんだ」

「あなたは先住民に対する優遇制度はいいことだと思う？」

「もし優遇制度がなかったら、俺はあんたの家を建てる大工だったかもしれないし、あん

た は俺に飯なんて奢ってくれなかったかもな」

「それは先住民の漢民族化政策で、その境遇に同情しているわけではないわ」

「だが俺はおかげでチャンスを摑めた。それがそれほど重要なことか？」

「こういう偽りの平等は本当は全く弱者のためにならないわ」

「俺は弱者として不十分なのか？　信じてくれ。俺の周りには努力が足りなかった例がいくつもあるんだ」

「あなたはどうして自分が幸運だったことを認めようとしないの？　それから同胞の苦しみを見ようともしていない」アルコールのせいで陳青雪《チェンチンシェ》は率直な言葉を吐いてしまった。

「それは利己的に見えるわ」

「俺が幸運だって？　ホーリー媽祖《マーズー》！　あんたはどうなんだ？　愛国宝くじでも当てたのか？」佟寶駒《トンバオジ》は言った。「あんたは苦しさなんて知っちゃいない！　ただ知ったような気になっているだけだ」

　ふたりは声もなく、ただ残った料理を睨み続けた。気まずい時間が流れ、しばらく後、佟寶駒《トンバオジ》が腕時計を確認した。既に最終バスは行ってしまった後だった。陳青雪《チェンチンシェ》の顔は意固地になっているためか赤らんで、可愛らしくもあり、また心配でもあった。

「これからどうやって帰るんだ？」佟寶駒《トンバオジ》が聞いた。

「どこに住んでるんだ？」

「歩いて」

「寮」

「どこの？」

「紹興南街《シャオシンナンジェ》」

「送っていく」

「結構よ」

「台湾大学法学部の付近で間違いないな？」

陳青雪《チェンチンシェ》は頷いた。

「台湾大学法学部の建物は綺麗だって聞くからな」

ふたりは桂林路《グイリン》から愛国西路《アイグォシー》に進み、中　正《ジョンジョン》記念堂を通り過ぎた。歩きながら、また話を始めた。今度は無意識のうちに微妙な話題を避けるように話した。やがて紹興南街《シャオシンナンジェ》の小路に入り、台湾大学の第四女子寮の前で歩みを止めた。

「どうやって帰るの？」陳青雪《チェンチンシェ》が聞いた。

「さすがにもう歩けないぞ。法学部の空き教室で少し仮眠しながら始発のバスを待つよ」

「私たちの勉強会が小さなディスカッションルームを持っていて……、私が鍵を預かっているからそこで一晩過ごして」

陳青雪《チェンチンシェ》は台湾大学法学部に佟寶駒《トンバオジ》を案内した。ふたりは中庭の弄春池《ノンチュンチ》の傍に座って、夜風が水面に描く細かな波紋を眺めた。

「アミ語で雪は何ていうの？」陳青雪《チェンチンシェ》が尋ねる。

「soleda……」

その言葉が終わる前に陳青雪《チェンチンシェ》は佟寶駒《トンバオジ》に口づけた。ふたりはしばらく付き合っていた。

しかしやがて、陳青雪《チェンチンシェ》が現在の夫となる相手と知り合うと、突然関係は終わったのだった。陳青雪《チェンチンシェ》は佟寶駒《トンバオジ》に理由を説明したことはなかったが、聡明な彼のことだ。きっと理由を察しているだろうと思っていた。

彼女のような大きくて遠い目標を持った女性には、安定した家庭の支えがなければならない。家業だけでなく血筋の面においても夫を選んだのは正しい選択と言える。佟寶駒《トンバオジ》は何も言わなかったし、その後陳青雪《チェンチンシェ》を煩わせることもなかった。

5

開廷期日を間近に控え、佟寶駒《トンバオジ》は裁判をスムーズに進めるため、連晉平《リエンジンピン》をリーナの家庭教師役に任命し、法律知識を教えるよう言った。

リーナは自分から報酬を要求した。

佟寶駒《トンバオジ》は頷きながら、「このがめつい出稼ぎ外国人め……」と密かに毒づいた。

連晉平《リエンジンピン》は一生懸命になって、リーナが理解しやすい、できるだけ簡単な言葉で説明する方法を研究した。初めの何回か、ふたりはリーナの住んでいる場所の近くのスターバックスコーヒーで会う約束をした。時間はだいたい夕飯の後、リーナの夜の礼拝が終わり、許《シ》おばあちゃんが寝る前の空き時間だった。

連晉平《リエンジンピン》はリーナがコーヒーを注文せずに、持参した水を飲んでいることに気が付いた。彼女は連晉平《リエンジンピン》がコーヒー代を出すことを固辞し、いつも喉が渇いていないと言い張った。そのうちに連晉平《リエンジンピン》は自分だけラテのグランデを飲んでいることをおかしく思い、ふたりは路地の奥にあるコンビニに場所を移した。少し揉めたが、リーナのために三十元のジュースを買ってもお互いに気まずい思いをしなくて済んだ。

何度か会った後、連晉平《リェンジンピン》はリーナがとても優秀で覚えが早いことに気が付いた。連晉平《リェンジンピン》は先に中国語の話し言葉で説明し、それから英語で同じことを繰り返した。法律知識を身に付けるには体系的な学習が必要だが、リーナは理解するのに十分な時間がなくても、簡単な質問や自分にしか読めないようなメモを通して、その概念を結びつけて理解する才能があった。

リーナが海浜《ハイビン》事件の詳細について良く知らないことに気が付いた連晉平《リェンジンピン》は、殺人の方法、証拠の凶器、溺死させられた女児に対する推論などを彼女に詳しく説明した。それを聞き終わったリーナは長い間何も言わなかった。

「あの人が殺したと思う?」

「殺したのは彼だね」

「だったらどうしてあの人を助けるの?」

「僕は死刑に反対なんだ」

「それは信仰なの?」リーナは連晉平《リェンジンピン》の首にかけられた十字架のネックレスを指して聞いた。

「いや。信仰ではないよ」連晉平《リェンジンピン》は答えた。「君は？　死刑を支持している？」

リーナは頷いて、肯定した。「間違いは罰しないと」

「でも判断を間違うことはよくあるだろう？」連晉平《リェンジンピン》はスマートフォンで「誤審」をインドネシア語に訳して見せた。

リーナは微笑みながら首を振った。彼女にとっては想像もつかないことなのだろう。連《リェン》晉平《ジンピン》も微笑みかえし、これ以上この話題に踏み込むのは止めにした。カントやヘーゲルの因果応報の概念、ベンサムの功利主義、ユゴーやカミュのヒューマニズム論や犯罪防止論、社会的連帯論などと同じく、誤審についての脈絡をリーナが理解するのは無理だと考えたのだ。

連晉平《リェンジンピン》にとって「誤審」は死刑を廃止する一番の理由だった。たとえ有罪の確証があっても、誤審の可能性は残る。どんなに完璧な司法制度下においても、裁判官の過失や恣意を完全に排除することはできない。もちろんすべての刑罰にこの問題が生じるが、しかし奪われた命だけは救いようがない。

友人たちとの討論の中では誤審は死刑廃止を正当化するものではない、死刑廃止後の被害者の増加を考慮していないなどと言う者もあった。合理的な観点からすれば、誤審で死刑を宣告される者の数が以前より遥かに少なくなるのであれば、死刑は不当とは言えないとも言われた。

連晉平《リェンジンピン》はこのような考え方を受け入れることはできない。もし死刑の目的が社会からの恒久的な隔離だとしたら、仮釈放のない無期懲役刑でも良いのではないか。死ぬまで監禁されるだけでなく、その間に冤罪を証明する可能性も残されるのだから。

死刑を支持する人々が最も好むのが「もしあなたの家族が殺されたら？」という喩《たと》え話だ。では動詞を「誤審」に置き換えたらどうだろう。さらに不安にならないだろうか。なぜなら冤罪の人々を殺すのは、自らを絶対に正しいと決めつける国家だからだ。

それに、人の命というものを数学の問題のように捉えていいのだろうか？

リーナは悲しげな表情で何か考えているように見えた。彼女は小声で呟いた。「What if...... he was mistreated?（もしあの人が不当な扱いを受けていたら？）」

リーナは口に出すつもりはなかったが、自分の身に起こったことを考えていた。望んでこうなった訳ではない。彼女は正義というものの境界線に戸惑いを隠せなかった。

連晉平《リェンジンピン》はこの問題の背後にある移民就労者の人生について考え始めていた。彼女にはどんな物語があるのだろうか？　この裁判の過程で、リーナは誰よりも「不当に扱われる」ことの意味を知っているに違いない。これは難しい理論を持ち出すまでもなく生じる矛盾だ。しかし連晉平《リェンジンピン》はそれに対してどうしたらいいか、はっきりとした答えを持っていなかった。

「台湾の法律は彼を守ってくれるよ」そう言って、リーナに佟寶駒《トンバオジ》の弁護方針を説明した。すべてが絶望的というわけではないことに彼女が気が付くことを願いながら。

リーナは熱心に耳を傾けながら、時折質問を投げかけた。連晉平《リエンジンピン》はリーナの全身から知識に対する渇望だけでなく優しい気遣いも感じた。

リーナが何度目かの質問をした。「どうして精神鑑定が必要なの？」

「彼に責任能力があるかどうかを確認するためだよ。criminal capacity」連晉平《リエンジンピン》は「責任能力」の概念を説明しようとした。「彼は十八歳以上で、責任能力があるから、間違ったことをしたら罰を受けなければならないんだ。だけどもし精神状態がよくなくて責任能力に影響があれば死刑にはならずに済む」

リーナは頷いて、重要な部分をノートに書き込んでいる。リーナは犯罪も暴力も殺人も好きではなかったが、法律が人々や物事をどのように考え、それがどのような根拠に基づいているのかを知りたいと思った。これはヌルが話していたことと同じだ。彼女は漠然ととてつもなく大きなものが霧の中に隠されているのを感じていたが、自分の経験と認識ではそれを言い表すことができなかった。ちゃんと見て、それが何かをはっきりさせなければ。怖かったり不安だったりするが、リーナは同時に新しいことを見つける喜びも感じていた。

連晉平《リェンジンピン》の説明は徐々に熱を帯びてきた。リーナの真剣な眼差しは、彼をますます盛り立てた。連晉平《リェンジンピン》は思いがけずある種の自惚れを感じた。この類の感覚は権威的な優越感と異性からの崇拝に起因する。特にリーナのように聡明で美しい異性を相手にしたら、様々な年の男性が同じように感じても決して不思議ではないだろう。

リーナが最後に尋ねた。「あの人はどうして殺したの？」

連晉平《リェンジンピン》はいつかこのことを聞かれると覚悟していたので、何でもないかのように答えた。

「僕たちは知らないんだ」

「それは重要なこと？」

「重要だ」

「でもあなたたちは知らないのね？」

連晉平《リェンジンピン》は意図と動機の違いを説明した。前者は犯罪を構成する要件で、後者は量刑の要因だ。もちろん殺人の動機がどうであれ、殺人罪が成立することになんら影響はない。リーナは理解できないようであったが、連晉平《リェンジンピン》は急かすことはしなかった。彼女が飲み込むまで時間が必要なことを承知していた。

連晉平《リェンジンピン》はリーナの頑張りを労《ねぎら》い、何かしたいと考えた。次の約束の日、連晉平《リェンジンピン》はリーナに夕飯を食べすぎないようにとショートメッセージを送った。ハラルレストランでルンダン、ロティ、タピオカ入りココナツミルクを買い、それからふたりで近くの公園に歩いていった。ベンチに座り、ロティをルンダンに浸して食べる。連晉平《リェンジンピン》にとっては初めて食べるインドネシアのハラルフードだった。その味は連晉平《リェンジンピン》にとってあまりにも印象的だった。牛肉に含まれるココナツミルクとターメリックの濃厚な風味とタピオカ入りのココナツミルクは八月の台湾の夏の夜にたっぷりと南国を感じさせた。

リーナはインドネシアの夏はこんなに蒸し暑くないと言った。彼女の家は海から遠くないところにあるので、夜には涼しい海風が通るのだ。笑ったリーナの目はまるで糸のように細くなる。連晉平《リェンジンピン》は突然、彼女が髪を下ろした姿が見たいと痛切に感じた。

それから二、三日おきに、連晉平《リェンジンピン》は同じようにしてリーナとインドネシアの味と雰囲気を分け合った。連晉平《リェンジンピン》の一番のお気に入りはマトンのサテと糯米《もちごめ》をバナナの葉で包んで蒸したスナック。リーナは牛肉麵のミークワが好物だった。

連晉平《リェンジンピン》は誤解されるのを恐れて李怡容《リーイーロン》にはリーナとのことは話していなかった。大したことではないと考えていた。

6

終わりのない家事と法律の勉強の合間のリーナの一番の楽しみはたまのヌルとの音声通話だった。リーナはヌルが生活や活動について話すのを聞くのが好きだった。まるで自分も彼女と一緒に行動しているように感じていた。最近ヌルは仲間の学生たちとともに、「家族建設法案（Family Resilience Bill）」に対する抗議活動を計画していた。

二〇二〇年二月、インドネシア議会は「家族建設法案」を任期中に見直しが必要な五十の優先立法計画のひとつに加えた。この法案は伝統的な道徳観に従って夫婦に家庭内の役割を分担するよう義務付けるだけでなく、ＬＧＢＴＱの人々を更生施設に入院させ、矯正治療を受けさせることも強制していた。

「どうしてそんなことを気にするの？」リーナは尋ねた。

「それが性別だろうと服装のルールだろうと同じことよ。政治家たちは私たちを分類して利用しようとするの」ヌルは答えた。「あなたはどうしてヒジャブを被らなきゃいけないんだろうって考えたことはない？」

「だって私はムスリムだもの」リーナは言った。

リーナは保守的で敬虔なムスリムの家庭に生を受けた。初めて生理が来た時から当たり前にヒジャブを身に着けた。人が羨むような長い髪を持っているにもかかわらず、彼女はヒジャブを制限だと考えたこともなかった。

「それは間違いではないわ。でも、知ってる？　私たちの世代が生まれるほんの少し前まではインドネシアのイスラム教ではヒジャブは一般的ではなかったし、むしろ宗教的に熱心すぎるとさえ思われていたのよ」ヌルは言った。「スハルト政権の後期になって、ヒジャブは批判と抵抗の象徴とされて人々の生活に入り込んだ。そして当時高い教育を受けていた女性のイメージと強く結びついたの。現在急進的な保守派がヒジャブは敬虔さとイコールであり、女性はその伝統に『服従』すべきだと考えているのは何とも皮肉じゃない？」

リーナは少し考えた。「だからあなたはヒジャブを捨てたの？」

「どうしてそうなるの？　ヒジャブは素敵よ」ヌルは笑った。「被りたくなったらいつでも被るわ」

ヌルはいつもこうだ。説得力があって、勇気を与えてくれる。リーナは最近経験したことのすべてを思い出した。平等、正義、人権。それらはもはや遠い概念ではなくなっていた。人生で初めて、自分が本当に何かを変えられるような気がした。

リーナはとうとうヌルに自分が今死刑囚のために通訳をしていることを打ち明けた。ヌルはそれまでのおどけた態度を改め、目の前の戸惑っているような友人を真剣に見つめた。

「それはとても大切なことよ。あなたは今とても大切なことをしているの」ヌルは言った。

「私、わからないの……」

「コーランは言っているわ。徒に誰かを殺めた者は、すべての者を殺めたのと同じである。誰かを救う者は、すべての者を救うのと同じである……」[*3]ヌルはリーナを励ました。「人は死んだらすべてが終わりだわ。だから私たちは生きている人のために頑張らなくちゃ。そうでしょ？　アッラーに祈りなさい。アッラーは私たちを守ってくださるわ」

リーナは頷いて、嬉しそうに笑った。しかし心の中にはまだ疑問が燻《くすぶ》っていた。もしムスリムではない男性を好きになったら？　アッラーはそれでも私を守ってくださるかしら？

＊3　コーラン五章三十二節。

7

跳ねる鯵を左手で俎板《まないた》に押さえつける。右手に持ったワイヤーをその頭に差し込み、脊髄に沿って最深部にまで思い切り押し込む。微かに震えた後、ゆっくりと口を開けて、鯵は動かなくなった。

右手を刺身包丁に持ち替えてエラを割ると、血が流れ出した。

「これは活〆と言ってな、日本のやつらが編み出した最も人道的で、最も魚を旨く保存する方法だ」洪振雄《ホンチェンション》は説明しながら、手際よく魚を刺身へとさばいていく。「やはりこの包丁は使い勝手がいい。阿群《アチェン》にも一式プレゼントしたんだが……まさか人殺しにまで使われるとはな」

林鼎紋《リンディンウェン》は気まずそうに笑った。あの海鮮レストランでの一幕の後、この類の冗談を聞くと陰鬱な気持ちになる。

洪振雄《ホンチェンション》は丁寧に盛り付けた刺身を林鼎紋《リンディンウェン》に差し出した。「鯵。最上級品だぞ」

「洪《ホン》さん、先日は申し訳ありませんでした」

「林《リン》先生、あんたが悪いわけじゃない。番仔《ファンズ》は時々、おかしくなるんだ」

「私にもまだできることが……」

洪振雄《ホンチェンション》は肩をすくめて何も言わずに刺身を味わった。

「修寶駒《トンバオジ》とは長い付き合いだが、やつに何ができるって言うんだ。学校ではずっと落ちこぼれで、私に頼り切りだったのに」林鼎紋《リンディンウェン》は言った。

洪振雄《ホンチェンション》は楽しそうな表情で、大きな音を立てて吸い物を口にした。

反応のない洪振雄《ホンチェンション》を見て林鼎紋《リンディンウェン》はさらに語調を強めた。「やつは被告が凶器を現場に持ち込んだのではないことを証明できると言っていた。もし計画的犯行でないのなら、被告が死刑判決を受ける可能性が大幅に低下する」

洪振雄《ホンチェンション》は興味をひかれたように林鼎紋《リンディンウェン》に目をやった。「やつは新たな精神鑑定も要求していたな」

「確かに矯正の余地ありとされるのは面倒ですね。台湾の裁判官たちは今とても臆病だから……死刑の免除もあるかもしれません」林鼎紋《リンディンウェン》は丁寧に言った。「解決法があるので、あなたの相談役になりましょう」

「よし！」洪振雄《ホンチェンション》は驚くほどためらわなかった。

嬉しそうに笑った林鼎紋《リンディンウェン》は目の前の料理に手を伸ばした。「洪《ホン》さん、伺っていいでしょうか？　どうしてそんなにこの案件に拘《こだわ》るのですか？」

「林《リン》先生、あんたは算数は得意か？　殺人、密漁、魚のロンダリング、人身売買……でどれだけ喰らうんだ？」刺身のカスがこびりついた歯を見せて洪振雄《ホンチェンション》が笑った。「私という人間はね、色々なものに手を下してきたから遅かれ早かれ地獄行きだろう。だがそれは死んだ後のこと。生きてる今ァは、ね。ただ良い毎日を過ごしたいんだよ」

林鼎紋《リンディンウェン》は居心地悪そうに笑った。自分の投網に何が掛かったのか、ようやく理解し始めた。

8

「洪振雄《ホンチェンション》って、あの洪振雄《ホンチェンション》ですか？」

鄭峰群《ジョンフォンチェン》の通話記録の調査結果に連晉平《リエンジンピン》は興奮を隠せなかった。発信先が洪振雄《ホンチェンション》のスマートフォンであるだけでなく、発信時間が殺害時刻と非常に近いことも確認できたからだ。

なのに佟寶駒《トンバオジ》は思いのほか冷静だった。「ホーリーめんどくさ」

「これは重大な突破口になるんじゃないですか？」連晉平《リエンジンピン》は言った。「なぜ電話があったのか。誰が掛けたのか。何を話したのか。すべてがとても疑わしい」

「やつは敵性証人だぞ[*4]」佟寶駒《トンバオジ》は頭を掻いた。

佟寶駒《トンバオジ》の懸念には理由がないわけではなかった。たとえこちら側に有利な証人だとして

＊4　態度や証言がこちらに不利な証人。有利な証人の反対。

も、時には筋書きから外れた証言を行い、敵性証人になってしまうことだって考えられる。彼らの証言内容を把握できない以上、証言が裁判の役に立たなかったり、苦労して積み上げてきた事件に対する弁証を崩したりしかねない。つまるところ洪振雄《ホンチェンション》の証言は諸刃の剣なのだ。

第一回公判期日に三人の証人、アナウ、彭正民《パンジョンミン》、洪振雄《ホンチェンション》の反対尋問が行われる。開廷前、法服を身に着けた佟寶駒《トンバオジ》はため息をついた。「なあ、どうして公設弁護人の法服が緑色なのか知ってるか？」

「いいえ。どうしてですか？」連晉平《リエンジンピン》が答えた。

「知ってたらお前に聞くと思うか？」佟寶駒《トンバオジ》は言った。「みっともないったらありゃしない。これじゃあ書記官の方がまだマシだ。毎回これで出廷の気力が半分削がれるんだ」

「環境保護の象徴なのではないでしょうか」連晉平《リエンジンピン》が言った。

「スライムの象徴なんじゃない？」林芳語《リンファンユ》が言った。

「環護師《かんごし》の象徴だな」佟寶駒《トンバオジ》はくだらないギャグには自信があったが、誰にも理解してもらえなかった。

法廷に入った佟寶駒《トンバオジ》は傍聴席の方を向いた。そこにはもう彭正民《パンジョンミン》と洪振雄《ホンチェンション》が座っていて、林鼎紋《リンディンウェン》が傍にいた。佟寶駒《トンバオジ》は林鼎紋《リンディンウェン》を眼中に入れていなかったので、そこにいることも心配していなかった。

佟寶駒《トンバオジ》が驚いたのは佟守中《トンショウジョン》が来ていたことだ。しかし父親は洪振雄《ホンチェンション》たちとは離れて座っていた。彼らと言葉を交わすつもりのない佟寶駒《トンバオジ》は、被告席に向かって歩いて行った。

連晉平《リェンジンピン》が声をかけた。「寶哥《バオゴー》、がんばってください」

「がんばっちゃうよ」佟寶駒《トンバオジ》はウインクした。

法院刑務官に連れられてアブドゥル・アドルが入廷した。佟寶駒《トンバオジ》はリーナに教えてもらった通り言葉をかけた。

「Assalam ualaikum.（あなたに平安あれ）」

アブドゥル・アドルは頷いた。佟寶駒《トンバオジ》は少し躊躇《ためら》いがちにゆっくりと手を伸ばした。

アブドゥル・アドルの小さな手はざらざらしていて冷たかった。その手を突然握った佟《トン》寶駒《バオジ》は短くなっている指を見て、リーナに通訳するように言った。

「どうしてこんな風になったんだ？」

無表情のアブドゥル・アドルには、答える意思はないようであった。

9

交互尋問は主尋問と反対尋問に分けられる。まず証人を召喚した当事者が主尋問を行い、次に相手方が反対尋問を行う。この流れを二回続ける。

ひとり目の証人はアナウだった。アナウは正浜《ジョンビン》派出所の警察官であると同時に海浜《ハイビン》国営住宅に暮らすアミ族のひとりだった。

検察側の主尋問は淡々と進んだ。アナウは予想通り、事件当日の早朝に地区の入口で被告人を二度目撃したこと、被告人の手提げ袋に新聞紙に包まれた刃物の柄のような長いものが入っていたことを証言した。

検察側は写真の提示を要求し、アナウに目撃した凶器の柄の部分であるか確認するよう求めた。

「異議あり。誘導尋問です」佟寶駒《トンバオジ》が声を上げた。「証人に写真を見せることは認められません」

「異議を認めます」裁判官は言った。

検察側は質問を変えた。「証人、あなたが見た柄はどのような様子でしたか？」

アナウは少し戸惑い、曖昧に答えた。「金属みたいな物で……、丸くて鋭くはなかった。刃物のようで……。細かいところは写真を見たらはっきりする」

佟寶駒《トンバオジ》は肩をすくめて脱力した。

続いて反対尋問になると佟寶駒《トンバオジ》はアナウに向かって歩いていき、親切そうに微笑んだ。ふたりは幼いころからの知り合いで、佟寶駒《トンバオジ》の方が五歳上であったが、八尺門《バーチムン》では問題にならないくらいの差だった。ふたりは海岸の泥の上を一緒に転がり、幾多の人々が共用する肥溜《こえだ》めに一緒に落ちて育った。

佟寶駒《トンバオジ》はアナウのことが嫌いではなかった。しかしやらなければならないことがある。

佟寶駒《トンバオジ》は尋ねた。「その時あなたは勤務中でしたか？」

「はい」

「その時あなたは酒を飲んでいましたか？」

「いいえ」

「あなたは今日酒を飲んでいますか？」

「いいえ」

「あなたは具結《ジュジエ》をしたのだから、偽証罪に問われます」

「朝早くに飲みました。今は……酔っているとは思いません。問題ありません」

「それは素晴らしい」

傍聴席から忍び笑いが聞こえてきた。実のところ佟寶駒《トンバオジ》はこの質問を反対尋問の主軸と考えていた。アナウがどう答えようと、その後の戦略に影響はしない。佟寶駒《トンバオジ》はこの場の主導権を握っているのは自分だから、無意味なことを言うなとアナウに警告しているだけなのだ。

佟寶駒《トンバオジ》は優雅に身を返し、凶器の写真を提示した。「凶器の包丁の柄は象牙質ですが、あなたは先程金属だと答えましたね。どうしてですか？」

アナウは少し考えた。「ずいぶん前のことなので、はっきりと覚えていなくても仕方ないでしょう」

佟寶駒《トンバオジ》は凶器のナイフの長さと手提げ袋の深さの違い、目撃した距離と角度の違いなどについてアナウを質した。アナウは落ち着きがなくなり、答えを避け、最後には暗然として退廷した。

「この証人は計画的犯行だとする検察側の主張を裏付ける唯一の証拠です。……問題は彼が手提げ袋の中に何が入っていたかわかっていなかったことです。検察側は明らかに独断的で軽率であると言わざるを得ません」佟寶駒《トンバオジ》はそう結論付けた。

ふたり目の証人は彭正民《パンジョンミン》だった。身に着けたスーツは明らかに新品で、安物ではあったが、その身体によく合っていて、苦労が滲み出た彼の風貌にはそぐわなかったものの、重厚さを増して見せていた。彭正民《パンジョンミン》はこのような格好は不慣れなようで、多少ぎくしゃくとしながら証人席に向かった。敢えてアブドゥル・アドルに視線を向けないようにして、中立的な立場を装ってはいたが、あまりにも強い敵意は第三者であるリーナですら不安を覚えるほどだった。

彭正民《パンジョンミン》は被告のアブドゥル・アドルが船に乗ったその日のことから話を始めた。被告が如何に指導を受け入れなかったか。仮病で仕事をさぼったり他人の持ち物を盗んだりなど如何に悪事を働いたかを含め、アブドゥル・アドルと船長の衝突と対立の数々を証言した。

「海の上の仕事は非常に危険なので、船員同士互いに助け合うことが大切です。しかしやつは他の船員が危ない時でも協力しなかった。船長が給料を差っ引くのも当然です。他にどうすりゃいいんです？　他のやつらにだって示しが付かない……」彭正民《パンジョンミン》は付け足した。

「長いこと船に乗っているが、あんなに悪質なやつは見たことがない」

彭正民《パンジョンミン》の証言で、検察側は海上の危険な図式を描き出してみせた。船長の鄭峰群《ジョンフォンチェン》は船を守るために海と戦う舵取り役で、アブドゥル・アドルは海に利する怪物だ。

反対尋問が始まるやいなや、佟寶駒《トンバオジ》はアブドゥル・アドルの手を取り、切断された指を頭の上に上げて法廷のすべての人々に指し示した。「証人、あなたは彼の指がこのような状態であると知っていましたか？」

彭正民《パンジョンミン》はアブドゥル・アドルの指を見て、感情のない声で答えた。「知りません」

それは佟寶駒《トンバオジ》が予想していた通りの答えだったが、それでよかった。これはウォーミングアップなのだから。

「あなたが先程話した船上での状況を証明できる人はいますか？」

「船に乗っていたやつなら誰でも全員」

「全員？　あなたと船長が台湾人だった以外は、全員外国籍の漁船員ですよね？」

「ああ」

「彼らは今どこにいるかあなたはご存じですか？」

「なんで俺が知ってなきゃならない。仕事が終わって契約も切れた。みんな国に帰ったよ」

「あなたは船に乗ってどのくらいですか？」

「だいたい二十年以上になる」

「あなたの経験上、航海が終わってすぐにすべての外国籍漁船員が解散して国に戻ったという状況は何回ありましたか？」

それが前代未聞の状況だということを佟寶駒《トンバオジ》ははっきりと知っていた。一般的に契約の開始時期と満了時期は各漁船員によって異なるため、全員が同時に契約満了になるなどということはあり得ない。さらに船が港に戻ってからも海上での作業と同じくらい忙しい。船のメンテナンス、道具の修繕、物資の補充、停泊中の警備……どれも人手が必要だ。その後の人員の補充が見込めたとしても、一度に全員を帰国させるなど不可能だ。

佟寶駒《トンバオジ》のこの質問の重点は証人の答えではない。答えがどうであれ、この質問をすることが弁護側にとって有利になるからだ。もし彭正民《パンジョンミン》がそんなことはなかったと言うのであれば、それは何か隠したいことがあるのではないかと疑われ、船上でのことも信憑性《しんぴょう》を失う。……一方であったと言いながら具体的な証拠を提示できないのであれば、彭正民《パンジョンミン》のこれまでの証言の信憑性を損なうことになる。

彭正民《パンジョンミン》はしばらく考え、その質問の逆説性に気が付いた。当然他の選択肢はなかった。

「一度もありません」

「二十年来、『一度も』なかったのですか？」

「はい」

勘の良い者ならその答えから合理的な疑いを抱くのに十分な異質さを感じ取るだろう。

佟寶駒《トンバオジ》は矛を収めた。「裁判長、私の質問は以上です」

傍聴席にいた連晋平《リェンジンピン》は、佟寶駒《トンバオジ》が反対尋問で敵性証人ふたりの証言の信憑性を揺るがしたことに内心拍手喝采した。

裁判官は両者に異議がないことを確認し、彭正民《パンジョンミン》に退廷を促した。「証人の退廷を認める」

彭正民《パンジョンミン》はすぐには立ち上がらず、突然手を挙げた。「裁判官、凶器の写真を見せてもらえますか?」

佟寶駒《トンバオジ》は驚き、警察官もその行動に動揺したようであった。

佟寶駒《トンバオジ》はすぐに反応した。「証人尋問は既に終了しています。証人の発言は認められません」

裁判官は彭正民《パンジョンミン》に尋ねた。「どうしてですか?」

「そのナイフに見覚えがあるような気がします」

佟寶駒《トンバオジ》は反対を続けた。「裁判官、証人の証言は事実とは……」

「なぜ今になってそのようなことを?」

「さっきは……思い出せなかったんです」

三人の裁判官は額を集めて相談を始めた。彼らは彭正民《パンジョンミン》が証言を続けることは事件と大いに関係があるため、何も問題ないと結論付けた。弁護側に意見があるのであれば、さらなる反対尋問の機会を与える。訴訟経済にも合致し、被告の権利も侵害しない。

佟寶駒《トンバオジ》は再度反対の声を上げたが、どうすることもできなかった。

裁判官の許可の下、彭正民《パンジョンミン》は証言を始めた。「その凶器のナイフを見たことがあります。船長が持ってました。限定品でフチが欠けているところから、同じやつだとわかります。船長が何年も使っていたのを見ています。だから間違いないです。船長は海に出るときはいつもそのナイフを持っていて、船の上で魚を捌《さば》いてました。あるときそれがなくなって、後から被告の荷物の中から見つかったんです。さっきまで忘れていたのは、そいつはたくさんの物を盗んでいたからで……。港に戻った時に、船長がまたなくなったんだと言っていたのを思い出したんだ。まさかそいつが持っていたなんて……。多分船を下りる前にまた盗んだんだと思います」

劉家恆《リウジャハン》が付け加えた。「あなたは被告がそのナイフをずっと所持していて、後になりそれを持って被害者の所に行ったとお考えですか？」

佟寶駒《トンバオジ》が声を上げげた。「異議あり。証人に憶測を求めています」

「異議を認めます。証人はこの質問に答えなくて構いません」

劉家恆《リウジャハン》は笑みを浮かべながら言った。「問題ありません」それから振り返って腰を下ろした。異議は認められたが、佟寶駒《トンバオジ》は劉家恆《リウジャハン》の目的は証人に答えを求めることではなく、証人が仄めかしたことを具体的に裁判官に印象付けたかっただけだということをわかっていた。

佟寶駒《トンバオジ》にできることはただ再尋問することだけだ。「あなたの言ったことを証明できる人はいますか？」

彭正民《パンジョンミン》の口調は蔑むかのようだった。「さっき言った通り、船に乗っていたやつなら誰でもできる」

これ以上質問を重ねても意味がないとみた佟寶駒《トンバオジ》は、反対尋問を終わらせた。

裁判長は十分間の休廷を宣言した。

彭正民《パンジョンミン》の行動が林鼎紋《リンディンウェン》に指示されたものかどうか、佟寶駒《トンバオジ》には確信が持てなかった。しかし有利に進むはずの状況は確実に変わりつつあった。少し前に信憑性を問題視したアナウの証言が、思いがけず彭正民《パンジョンミン》の証言で生き返ってしまった。佟寶駒《トンバオジ》は鼻を触りながら一息ついて、次の証人の洪振雄《ホンチェンション》に注力することにした。

トイレから戻る途中、佟寶駒《トンバオジ》はリーナが何人かの人々に囲まれているのを見かけた。それが記者であることに気が付いた佟寶駒《トンバオジ》は、彼らが何を求めているのかを察してリーナを連れ出そうとした。先の尋問での攻防は話題性十分であったが、「美貌と抜群のスタイルを持つ謎の通訳」から何かを引き出せたら、記事はさらに盛り上がると考えたのだろう。

「誰に何を聞かれても決して答えないように」佟寶駒《トンバオジ》はリーナに注意した。

リーナは首を縦に振って、わかっていることを知らせた。もともと誰であろうと相手にするつもりはなかった。彼女は間違いを恐れて、常に緊張しており、先程目の当たりにした場面に心底疲れ果てていた。

佟寶駒《トンバオジ》は今になって、今日のリーナの通訳が全く違和感のないものだったことに気が付いた。リーナは予想以上の成長を見せていた。

「大丈夫か？」

リーナは頷いたが、言葉はないままだった。通訳では、彼女は本当にベストを尽くしたと言っていい。リーナを最も不安にさせているのはアブドゥル・アドルの沈黙だった。

リーナは空いた時間にアブドゥル・アドルと何か話してみようとしたのだが、アブドゥル・アドルからは答えどころか表情も感情も何ひとつ返ってこなかった。リーナは思った。アブドゥル・アドルと世界の間には目に見えない壁があるのだと。もし人々がアブドゥル・アドルが黙っているのは言葉が通じないからだと考えるのなら、それは大間違いだ。

佟寶駒《トンバオジ》の目にはリーナが疲れているように見えた。佟寶駒《トンバオジ》の心配は、法廷の再開を告げる法廷事務員の大声にかき消された。

10

洪振雄《ホンチェンション》は無造作に証人席に向かい、席に着いた。その動作には些かの無理もなく、まるで自分のオフィスにいるようであった。さすがに巨大な船舶を抱えるグループのトップに立つ者は裁判にも慣れているのだろうと佟寶駒《トンバオジ》は思った。

準備万端で警戒心が強く、そのうえ攻撃性も備えている、彼のような証人を佟寶駒《トンバオジ》は大勢目にしてきた。この手の人間は怒らせないようにして、冷静に対応するのが一番だ。

検察側が証人尋問を始めた。「証人、今年一月二十五日夜七時くらいに、携帯電話に被害者鄭《ジョン》峰《フォン》群《チェン》から着信がありましたか？」

劉家恆《リウジャハン》が尋ねた。

「はい。ありました」

「誰からでしたか？」

「鄭峰群《ジョンフォンチェン》本人からでした」

「彼は何を話しましたか？」

「逃げた漁船員がやってきて逃亡費用を要求している。払わなければ一家全員殺すと言っていると」洪振雄《ホンチェンション》の口調は毅然としており、短い言葉でアブドゥル・アドルの殺人が計画的であったことや動機が金銭であったことを指摘していた。

これらはすべてが新しい情報で、傍聴席にどよめきが起こった。

「どうしてあなたに電話したのですか？」

「どうして？　私は会社の経営者だよ。漁船員が逃げたうえに面倒事を引き起こしたのなら、会社が解決に乗り出すのは当然じゃないか」

「どうしてその時に通報しなかったのですか」

「私は通報しろと言ったよ。それから会社の者に連絡して現場に行ってもらった。このことを証言できる社員もいる」

劉家恆《リウジャハン》は軽く礼をした。「質問は以上です」

もちろん一部は事実で、一部はそうではないかもしれない。正確な描写がない故に、嘘と本当の間の亀裂を見つけるのは困難だ。洪振雄《ホンチェンション》の証言はこの事件の全体像を最も明確に物語っていると言えるだろう。権力と責任を持つ者は追及の輪の中にはいない。コップの縁を軽く触っただけで、中では大きな渦が生まれるのだ。

反対尋問が始まった。佟寶駒《トンバオジ》は尋ねた。「あなたは電話の相手が鄭峰群《ジョンフォンチェン》本人だとどのように確かめたのですか？」

洪振雄《ホンチェンション》は自然に微笑んだ。「私と彼は十数年の長い付き合いです。聞き間違えることはありません」

「したがって先程の話はすべて鄭峰群《ジョンフォンチェン》が話したことだと？」

「異議あり！」劉家恆《リウジャハン》が叫んだ。「重複質問です」

裁判官は異議を認めた。

佟寶駒《トンバオジ》は目的を達したのでこれ以上の質問は不要だと考え、穏やかに言った。「裁判官、証人の証言はすべて伝聞に基づくもので証拠能力[*5]はないと考えます。質問は以上です」

連晉平《リエンジンピン》は驚いたが、すぐにその理由を理解した。証人が第三者から聞いたことを法廷で証言するのは伝聞に当たる。二次情報となるため反対尋問で検証することはできず、したがって証拠能力はなく、証拠とはならない。

＊5　犯罪の事実を立証する目的で法廷において証拠を提出できる能力のこと。証拠能力を欠く証拠は裁判所によって排除されるべきであり、判決の参考資料として使用されるべきではない。証拠能力の有無の認定は裁判結果に直接影響するため、常に検察側と弁護側双方の攻防の重点になっている。

佟寶駒《トンバオジ》の最初の質問は意味不明に思えたが、実際は洪振雄《ホンチェンション》の言うことはすべて「鄭《ジョン》峰群《フォンチェン》から聞いたこと」の確認であり、その証言は役に立たない伝聞ということになってしまった。それは大学で学んだことではなく、長年に及ぶ現場での経験からしか得られない一連の流れだった。

劉家恆《リウジャハン》は唇を固く結んで何も言わなかった。

突然、洪振雄《ホンチェンション》が尋ねた。「何が伝聞証拠だと？」

理屈の上では証人は発言の権利を持たない。しかし劉家恆《リウジャハン》は直感に従って裁判官の前に進み出て説明した「あなたは別の人が言ったことを話したのであって、自分で聞いたわけではない」

佟寶駒《トンバオジ》が即時に反応した。「異議あり！　誘導です」

劉家恆《リウジャハン》は皮肉を込めて言った。「私は法律の条文を説明しているに過ぎない。何が誘導なんだ？」

裁判官はどうするべきか考えているようであった。洪振雄《ホンチェンション》が言った。「伝聞証拠ではありません。私は被告が話すのを聞いたのです」

佟寶駒《トンバオジ》は先の一手が悪手だったことに気が付いた。今何が起こったのか、完全に理解していた。相手のことを見くびりすぎていた。洪振雄《ホンチェンション》は肝心なことを証言せず責任逃れをしようとしたわけではなく、もっと恐ろしいことを望んでいたのだ。

それはアブドゥル・アドルの死。

「電話をしているときに、傍で被告が騒いでいるのが聞こえました。船に乗って長いので、たまたま被告の方言を知っていて、いくつかの単語が聞き取れたのです」

「何と言っていましたか？」裁判官が尋ねた。

「Aku njalo dhuwit.Ta bunuh kon.」洪振雄《ホンチェンション》は流暢に答えた。

裁判官が尋ねる。「どんな意味ですか？」

「金を出せ。殺してやる。それをずっと繰り返していました」洪振雄《ホンチェンション》は故意に間を開けて、暗い表情を作った。「とても恐ろしかった」

「あんたはその何文字かを知っているだけだろう？」佟寶駒《トンバオジ》は思わず叫んだ。「それはジャワ語だ！　ホーリー媽祖《マーズー》、この嘘つき野郎！」

「公設弁護人は法廷の秩序を乱さないように！」裁判長が叱責した。

「大嘘つきめ！」佟寶駒《トンバオジ》は机を叩いた。

「公設弁護人、もう一度言います。次に同じことをしたら退廷を命じます！」裁判長は我慢の限界に達したように告げた。

俯いたリーナの表情は痛ましかった。

傍聴席の佟守中《トンショウジョン》は佟寶駒《トンバオジ》の失態を見つめながら、内心では悲しみに暮れていた。閉廷後、連晉平《リェンジンピン》はリーナを法院の出入口まで送っていった。リーナのためにタクシーを停め、先に代金を支払う。

リーナは何も言わなかった。さよならの挨拶でさえ。

走り去るタクシーを見送る連晉平《リェンジンピン》は、そんな彼女の態度も仕方がないと考えていた。今日は誰もがみな疲れ果てていた。執務室に戻ると、佟寶駒《トンバオジ》がバタバタと帰宅の準備をしていた。

「寶哥《バオゴー》、次はどうしますか？」

「やるべきことをやるまでだ」

「あいつは明らかに嘘をついています。被告の方言がわかるって？　あんなにピンポイントの単語がわかるなんて、予め仕組まれていたことに違いありません」

佟寶駒《トンバオジ》は苛ついてうんざりした声で言った。「お前は自分を神だとでも思ってるのか？　あいつらの話が全部本当だったらどうする？　三人も殺しておいてしれっとした顔をしているアブドゥル・アドルはクソったれじゃないか？」

「全く信じられません」

「それはお前個人の問題だ」佟寶駒《トンバオジ》は話を打ち切り、振り返りもせず執務室を出ていった。

連晉平《リェンジンピン》は項垂《うなだ》れた。帰り際のリーナの気持ちが痛いほどわかる。
今日は本当に疲れる一日だった。

11

陳青雪《チェンチンシェ》は佟寶駒《トンバオジ》が約束の場所に現れるか確信が持てないままであった。約束の場所は弄《ノン》春池《チュンチ》なのだ。

佟寶駒《トンバオジ》は自分がなぜ約束の場所に出向いたのかわからなかった。約束の場所は弄春池《ノンチュンチ》なのだ。

陳青雪《チェンチンシェ》がこの場所を選んだのは単に人の目を避けるためであったが、その中には思い出を利用して佟寶駒《トンバオジ》の警戒心を和らげたいという多少の希望も含まれていた。

まるであの日から時が移ろっていないかのような夜の色の中、佇む陳青雪《チェンチンシェ》は佟寶駒《トンバオジ》が歩いてくるのに気が付いた。そこにはあのころのような弾ける熱意はなかったが、意固地さはまだ健在だった。それは陳青雪《チェンチンシェ》にとって良いことだった。

「この期に及んでまだ先住民への加点制度で揉めてるなんて、あんたは信じられるか?」

これが佟寶駒《トンバオジ》の久しぶりの再会の挨拶だった。

修寶駒《トンバオジ》が言っているのはネットで大論争となった魏馮《ウェイフォン》事件[*6]や、数日前に起こった台湾科技大学の刊行物争議[*7]のことだと陳青雪《チェンチンシェ》はわかっていた。

「それでもあのころと今では大きく違うわ」

「そうだなあ。あのころあんたは漢人じゃあ物足りなくて、今のあんたは先住民じゃあ物足りないんだよな」

陳青雪《チェンチンシェ》は初めて修寶駒《トンバオジ》に会った時の諍いを思い出した。今思い返すとばかばかしいほど隔世の感がある。

「あなた様も海浜《ハイビン》事件のためにいらしたのでしょう？　このレベルの人間まで動かせるなんて、本当に迷惑だな」修寶駒《トンバオジ》は言った。

「私が望むのは公平な裁判よ。あなたは被告は死刑に処されるべきだと思う？」

＊6　二〇一九年に発生したネット討論事件。三人の大学生からスタートした、先住民が入試で加点されて大学に入学することが公平か否かをめぐる論争。
＊7　台湾科技大学の刊行物『台科校園誌』第十三期に掲載された「難関学部で学ぶ者は何を思う？」という文章で、加点制度で大学に合格した先住民学生のレベルが各課程の基準に達していないと暗示された。

「あんたはどの立場の俺に答えてほしいんだ？」

「友人」

「分からない」佟寶駒《トンバオジ》は真面目に答えた。

陳青雪《チェンチンシェ》にはこの答えで十分だった。「この後どのように弁護をしていくの？　私にできることがあるのなら言ってほしい」

「何のために？」

「死刑に反対なのよ」

「それで、どうして俺があんたの助けを必要としていると思うんだ？」

「今のところあなたは不利だわ」陳青雪《チェンチンシェ》は言った。「あなたに残された手段は心神喪失の中立てだけ」

「十分だ。待っていろよ！」佟寶駒《トンバオジ》はきっぱりと言った。「それに、あんたをもう一度信じるほど俺は間抜けじゃないんでね」

陳青雪《チェンチンシェ》は頷いた。彼女には分かっていた。過去の裏切りによって、彼女が信用に値しないことは証明されている。過去においても現在においても佟寶駒《トンバオジ》が陳青雪《チェンチンシェ》を信じる理由は全くない。

陳青雪《チェンチンシェ》はそれ以上何も言わず、ただ佟寶駒《トンバオジ》が去っていくのを見ていた。彼女はこの事件が長引くこと、そして佟寶駒《トンバオジ》が自分の力を必要とする時が来ると信じていた。

12

この夜、連正儀《リエンジョンイー》はツキがなかった。掛金は既に五万元以上マイナスで、大した金額を賭けているわけでもない対局で、始まって以来の悲惨な状況だった。

麻雀は計算や記憶力だけでなく、性格まで問われる高度なゲームだ。連正儀《リエンジョンイー》が老推事《ラオツイシー》たちの中でトップに上り詰めることができたのはその特異な性格があってこそだ。連正《リエンジョン》儀《イー》は「和《あが》り」の可能性よりも「放銃《ほうじゅう》」の危険を重視していた。麻雀の一局の敗者はひとりだけ。負けなければ勝ちなのだ。

ある「先輩」は連正儀《リエンジョンイー》の打ち方を保守的だと笑ったが、彼は堅実と呼んだ。「守りを知る者は誰よりも遠くへ行ける」からだ。

連正儀《リエンジョンイー》はこのような人生哲学を国民政府の高官だった父親から受け継いだ。良い家庭に生まれ、人より多くのチャンスに恵まれていたにもかかわらず、彼はそこで満足しなかった。家業を継ぐことは長男にとって当然だ。幼いころから「家をあてにしない」「賭けはしない」と心に決めて、一歩一歩上り詰めた結果、今の地位にいる。

自分の人生における最大の功績は、第一に父親が残した家業に相応しい立場になったこと、次に家族が恵まれた状況を長く維持できるようにしたことだと連正儀《リェンジョンイー》は考えていた。それ故、未だかつてないほど負けが込んでいても、今夜の集まりで一番大切なことを忘れていなかった。

「朱《チュ》、晉平《ジンピン》は君に何か迷惑をかけていないかね？」連正儀《リェンジョンイー》は尋ねた。

朱《チュ》は随分以前からの台北地方法院の同僚で、今は高等法院の行政長官で人事業務を統率している。当然代替役男の差配も彼の業務に含まれていた。

「何が面倒なものか。彼はよくやっているよ」今晩の朱《チュ》はかなり勝っているうえに、酒も進んでいて紅い顔をしていた。「あの公設弁護人は面倒ばかり起こすがな」

「公設弁護人？」

「最近ニュースを賑わせているあいつだよ」いい牌を積もった朱《チュ》は興奮気味に言った。

連正儀《リェンジョンイー》は顔色ひとつ変えずに尋ねた。「知らないな。誰のことだ？」

「佟寶駒《トンバオジ》。海浜《ハイビン》事件の公設弁護人だよ」朱《チュ》は麻雀牌を注視しながら答えた。「頭痛の種だ。また何かやらかすだろうが……、代替役は事務的なことをするだけだから、先輩は心配無用だよ」

連正儀《リエンジョンイー》はそれ以上何も言わなかったが、しっかりと覚えておくことにした。連晉平《リエンジンピン》の服役に問題があるとは思っていなかったし、今夜朱《チュ》を訪ねたのも単なる思いつきだった。しかし僅かながら不安が芽生えた。

何局か麻雀を打った後、連正義は何気ない風に佟寶駒《トンバオジ》について尋ねた。

朱《チュ》は平然と答えた。「あの佟《トン》というやつは感情の起伏が激しくて、多くの同僚が不適切な物言いについて訴えてきている。まあ、先住民はそういうものだから、私たちにはどうすることもできないな。好色な冗談を言うのが大好きだが、それはマシな方だな。とにかく厄介なのは同じ法院所属なのに裁判中に余計な小細工を仕込んでくることだ」

この答えは連正儀《リエンジョンイー》の繊細な神経を逆撫でした。日常が多忙なうえに、連晉平《リエンジンピン》が成長して様々なことに自分自身の考えを持つようになったので、ふたりで人生について話すことが少なくなった。しかし連正儀《リエンジョンイー》の目にはこの時期の子どもは何かを少し知っているだけで、世界を変える力があると勘違いしているように映るのだ。

流されやすいのは、とても危険なことだ。

日曜の夜、連正儀《リエンジョンイー》は息子が出かけるのを見計らって、声をかけた。

「どこに行く？」

「李怡容《リーイーロン》と食事に行きます」

「最近仕事の方はどうだ？」

「順調です。何も問題ありません」

「どこか勉強しに行きたい部署はないか？　口を利いてやるぞ」

「公設弁護人室がいいので大丈夫です」

「どんなことをやっているんだ？」

「使い走りや、公文書の配達……でも最近は公設弁護人の訴訟を手伝っています」

「公設弁護人はどんな感じだ？」

「とても興味深い人です。僕は彼から多くのことを学べてとてもラッキーです」

「今どんな案件に関わっているんだ？」

「海浜《ハイビン》事件……インドネシア籍の漁船員の案件です」答えた後に連晉平《リェンジンピン》は突然申し訳なくなった。こんな重要なことをどうして今まで父親に相談しなかったのだろうか。

「そうか……。何かを学ぶのはとても大切だ」

連晉平《リェンジンピン》はバックパックを摑んで出かけようとしたが、突然何かを思いついたように尋ねた。「父さん、蔡宗洋《ツァイゾンヤン》って裁判官をご存じですか？」

「うん？　以前少しの間だけ一緒だったことがあるな。どうかしたのか？」

「海浜《ハイビン》事件の裁判の裁判長で……何でもないです。ただどのような法律的見解を持っているのか知りたかっただけです」

「それは不正に当たるぞ」

「そうじゃないと思います。裁判官の過去の見解をまとめて戦略を練るのも、弁護人の仕事ですよ」

「弁護人？」

「僕は今公設弁護人室にいるんですよ。だから……」

「お前は司法官になるべき人間だ」連正儀《リエンジョンイー》は息子を諭した。

「司法官になるなら、弁護人が何を考えているのか知っておくべきだと思います。……騙されないためにも。そうでしょう？」連晉平《リエンジンピン》は巧みに言い訳をした。

連正儀《リエンジョンイー》は頷いて、冷淡に言った。「彼は何の取柄も特徴もない平凡な人間で、何年も最高法院への就任を目指していると聞いている。つまり、最高裁の規範に従えば何の問題もないのだよ」

「呉燦《ウーチャン》基準ですか？」

連正儀《リエンジョンイー》はまた頷いた。

「ありがとうございます」連晉平《リエンジンピン》は父親の意図を察して、ドアを出て行った。

居間に戻りソファーに腰を下ろした連正儀《リェンジョンイー》は、息子との対話について考えた。大したことではないように思えるが、もう少し注意した方がいいだろう。今あの子は司法人生の入口に立っている。ただひとつの間違いも許されない。あれこれと思考を巡らせて方針を決めた。連正儀《リェンジョンイー》が立ち上がろうとした時、電話が鳴った。

連正儀《リェンジョンイー》は礼儀正しく電話を受けた。「もしもし？」

「連《リェン》おじ様、李怡容《リーイーロン》です。晋平《ジンピン》はいますか？」

「君に会いに行ったと思ったのだが……」

「私に？　約束してないのだけど、ちょっと用事があって。でも、彼のスマートフォンに繋がらなくて……」

連正儀《リェンジョンイー》は平静を装って答えた。「そうなのか。ああ、あいつは外出中で……図書館にでも行ったんじゃないかな。後でまたかけ直すといいよ」

通話を終えた後、連正儀《リェンジョンイー》は再び不安が湧き上がってくるのを感じた。

13

両公約が採択されたことにより、台湾の死刑制度は大きく制限された。中でも「最も重大な犯罪」と「精神障害者の死刑免除」は最重要とされている。

前回の証人尋問では証言の証拠能力を削ぐことができなかったばかりか、計画殺人が事実であるとほぼ立証されてしまったと言える。このような状況からすると、アブドゥル・アドルが抵抗能力のない幼い子どもを含めた一家三人を殺害したことは、明らかに「最も重大」な犯罪に当たる。

したがって弁護側の次の重点は「精神的な障害」の認定になる。一審での鑑定結果はアブドゥル・アドルに不利なものなので、もし二審で新たに鑑定を要求するのであれば一審での鑑定に瑕疵《かし》があったことを裁判官に認めさせなければならない。そのために重要なのは専門家の反対尋問だ。

次の公判に備えて、佟寶駒《トンバオジ》の公設弁護人室での残業は深夜にまで及んだ。

林芳語《リンファンユ》は退勤前にこう言うのだった。「長居は無用、覚えておきなさい。ここは銃声響く刑場よ！」

怒って林芳語《リンファンユ》を追い出した後、佟寶駒《トンバオジ》は一審の判決の中でアブドゥル・アドルの精神的状況がどう判断されたかを調べた。

「……本法院が入手した監視カメラの映像、目撃者の証言、現場の証拠などから被告人アブドゥル・アドルが公共交通機関を利用したこと、周囲の目を避けるために凶器をカバンに入れて持ち歩いたこと、コンビニエンスストアで食料品を買ったこと、被害者が帰宅するまで被害者宅の近所で待っていたこと、その後被害者の後を付けて被害者宅で凶行に及んだこと、犯行後に逮捕を逃れるため現場から逃亡したことなどの事実が確認できる。当時の思考、反応、行動、言動及び環境等の一切の状況を考慮すると、被告の外界を認識し、感受し、反応し、理解する認知能力は通常の人間と同等だと考えられ、精神鑑定書に認定された状況に沿うものであり、被告は本件の犯行当時精神障害を有しておらず、違法性や自己の判断に基づく行為能力を欠くと認定することはできない。したがって被告は殺人行為に対して全責任を負う……」

連晉平《リェンジンピン》はアブドゥル・アドルには自閉スペクトラム症の特徴が見られ、人に誤解されやすいのだと主張していた。しかし一審判決の見解は不合理とは言えず、特に鑑定書という傍証を踏まえると、それを突き破るのは簡単ではない。

再鑑定の目的は「精神的な障害」があることを証明するのではなく、「矯正の可能性」をできるだけ多く示すことだと佟寶駒《トンバオジ》は考えていた。

一審判決の中で「矯正の可能性」について触れているのは……。

「……被告人アブドゥル・アドルは民国一〇九年（二〇二〇年）六月二十二日、本院における最終公判で裁判長から『被害者とその家族が法廷にいる今、何か言うことはないか？』と尋ねられたが、無関心な表情で一言も発しなかったことから、被告人アブドゥル・アドルは被害者やその家族の心情に無関心であったことが窺われる。このことは被告人アブドゥル・アドルは他人の気持ちに寄り添うことが困難であり、自己中心的な性格であるとした先の精神鑑定報告書の内容と同一と見做すことができ、被告人アブドゥル・アドルが自らの犯行について真摯に反省し、残虐に殺害した三人の命がかけがえのない尊いものであったと認識しているとは言い難い……。

……法律が社会正義、良心、人間性の普遍的価値を実現すべきだという我が国の一般国民の期待と認識を考慮すれば、被告人アブドゥル・アドルが本件の犯行を計画したのは仕事と金銭を巡る争いからにすぎず、何かに唆《そそのか》されたわけでもなく、人道的感覚を欠いた凶暴かつ冷酷な反抗であり、しかもふたりを続けて殺した後、犯行の発覚を恐れて二歳の子どもを溺死させたという事実は凶悪で救い難い犯罪であり、惨状から見ても最も重大で残虐な犯罪のひとつであると考えられる……。

被告人アブドゥル・アドルの凶行は実況見分調書の通りであり、犯行手段、状況、被害状況、犯行後の態度等を勘案すると、極めて悪質で反省の余地もなく、矯正も困難であり、他の教育や指導によってもその思想や行動を正すことは出来かねると考え、よって被告人アブドゥル・アドルと社会を永久に隔離するべきであり、その罪に対する刑罰は同等の重さをもって……」

「矯正の可能性」を死刑回避の根拠とした最初の判例は二〇〇八年の最高裁判決である。その概念的な内容は変化してきたが、最高裁判事の呉燦《ウーチャン》はその後、張鶴齢《チャンハーリン》の家庭内暴力殺人事件において、日本の「永山基準」を参考に、より具体的な死刑の基準を設けた。法曹界ではこれを「呉燦《ウーチャン》基準」と呼んでいる。

呉燦《ウーチャン》基準は量刑の決定が「比例の原則」に従うことができるよう、被告の人格を形成したすべての要因を調査したうえで「矯正の可能性」を考慮しなければならないとしている。簡単に言えば、人格を形成した要因をただひとつでも考慮しないのであれば、その判決は違法とすることが可能なのだ。

とはいえ呉燦《ウーチャン》基準ができて以降、法院の判断はばらばらで、鑑定方法や手順も統一されていない。矯正の可能性の判断も常に国民から「恣意的」だと批判される。

佟寶駒《トンバオジ》はこのことについてよく嘲っていた。最高法院は量刑をより正確にするために両条約にも含まれない「矯正の可能性」という要件を加えた。結果、本来は立法府が基準を作り行政府が主張すべき死刑廃止政策を自ら提示し、結局それがどのようなものであるか説明できなくなった。そうして自ら責任を負わざるを得なくなったのだ。

いずれにしろ更生して社会に復帰できる可能性が僅かにでもあるのなら死刑を逃れることができ、心神喪失の申立てよりは戦術の立てようがある。死刑囚の裁判における最後の砦だと言っていい。意味不明であるにもかかわらず「矯正の可能性」が台湾の司法史上最も強力な弁護側の最終兵器となっているのは何とも皮肉な話である。

次の審問で一審の法医学鑑定人が証人として召喚される。佟寶駒《トンバオジ》は鑑定書の瑕疵を全面的に攻撃し、再度の鑑定を認めさせなければならない。

再鑑定がより綿密に行えるのであれば、「矯正の可能性」に加え「呉燦《ウーチャン》基準」を利用して死刑判決を取り消させることができるかもしれない。

14

またバスケットボールクラブの活動日が来た。

佟寶駒《トンバオジ》はやる気に満ちていたが、更衣室に着いたとたん地方検事局の若い法院刑務官が駆け寄って今日のチームには空きがないと言った。

法院刑務官にはそれがどういうことかわからないようであったが、佟寶駒《トンバオジ》は文句を言ったりはしなかった。今までだってずっと大人気だったわけじゃない。

連晉平《リェンジンピン》がエビ釣りに行こうと提案した。

「エビ釣り？」どうして、突然？　佟寶駒《トンバオジ》は怪訝そうな顔をする。

「釣り、できないんですか？」連晉平《リェンジンピン》は挑発的に答えた。

「そんなことは言っていない。釣りなんて簡単だろう？」佟寶駒《トンバオジ》はぼそっと言った。

ところが佟寶駒《トンバオジ》は針に餌を付けることもできず、しばらく格闘した挙句、連晉平《リェンジンピン》に頭を下げる羽目になった。針を釣り堀に投げ入れた佟寶駒《トンバオジ》はすぐに釣れるだろうと簡単に考えていたが、ただただ延々と釣竿を持ち続ける時間が待っていた。

連晉平《リエンジンピン》は釣り堀の水流や水面の屈折を観察してエビの位置を判断し、エビの習性に合った竿の持ち方をレクチャーしたが、佟寶駒《トンバオジ》はただ鬱陶しいとしか感じなかった。ふたりは互いにあれこれ口を出し合って、結果ただの一匹も釣り上げることができなかった。

連晉平《リエンジンピン》は缶ビールを注文し、佟寶駒《トンバオジ》は彼が楽しそうなのを見て呆れたように言った。

「お前が俺に酒を奢る男気がないのは、俺が先住民だからか？」

「何を言ってるんですか？」連晉平《リエンジンピン》はビールを追加で頼んだ。

もともとふたりの生活や嗜好はあまり共通点がなく、しばらくしてバスケの話をし終えてしまうと話題はいつしか海浜《ハイビン》事件のことに移った。

「矯正の可能性は責任能力よりもどうにかしやすい」ようやく佟寶駒《トンバオジ》は心に秘めていたことを口にした。

「どうしてですか？」

「精神状態ってやつはごまかすのが難しいが、悔い改めた姿を見せるのはそうでもない」佟寶駒《トンバオジ》は己の洞察力を誇示した。「謝罪したり、写経したり……そういうことをやってみせたらいい！　そうだ！　一緒にコーランを買いに行こう。中文版のな！　それを真摯に書き写そう」

「あなたのような人がいるから、心神喪失の申立てが安っぽくなるんですよ」連晉平《リェンジンピン》は言った。「そもそもあなたはどうして死刑に反対なのですか？」

「俺は死刑には反対してるんじゃなくて、法院が俺の被告人に死刑判決を出すことに反対しているんだ」佟寶駒《トンバオジ》は真顔で言った。「それじゃあ聞くが、お前はどうして死刑に反対なんだ？」

「誤審の可能性を排除できないからです」

「誤審はどんな状況下でも発生する可能性がある。だったらすべての刑法を排除するべきなのか？」

「死刑とその他の刑罰は同じではありません。死刑は取り返しがつかないのです」

「そうか？　青春だって取り返しがつかないぞ。であれば有期懲役刑もすべて排除するべきじゃないか？」佟寶駒《トンバオジ》は言った。

「でも青春と命を天秤にかけたら、誰だって命を選択するでしょう？　命は何者にも侵されない絶対の価値があるのです」

「じゃあ殺されたやつはどうするんだ？　ピーピー鳴らす機会すらないんだぞ」

「何がピーピーなんですか？」

「知ってるくせに。あれだよ……音がピーって……」佟寶駒《トンバオジ》は卑猥な動作をしてみせた。

「犯罪は所属階級や教育レベル、経済状況……そういう色々な社会的要因に大きく影響されます。誰もがみな同じように困難を克服するチャンスや能力を持っているわけではありません」

「おお、ついに最終奥義が！」

「さらに実際のデータによると、死刑の犯罪抑止力は考えられているほど高くはないのです」

「どういう意味だ？」

「死刑を廃止した国家の多くで、犯罪率が目に見えて上昇しているというわけではないのですよ」

「だが、目に見えて下がっているわけでもないんだろう？　それに死刑があるから殺人をやめたって人間の数は誰にもわからんよ。死刑の犯罪抑止力が高くなれば、死刑に正当性が生まれるのか？」

「それは死刑を支持する人の言い分じゃないですか？　制度が機能しないのなら存在すべきではありません。それにその存在を正当化するのは反対派の仕事じゃありません」

連晋平《リェンジンピン》は釣竿を上げて、掛かったエビを針から丁寧に外して簍《たけかご》に入れた。

「現状を変えるよう主張する側こそ立証責任を負うべきじゃないのか？」佟寶駒《トンバオジ》は反論し

た。

「もし死刑が廃止されたら、あなたは人を殺しに行くのですか？　死刑の犯罪抑止力なんて幻想ですよ。ほとんどの人間は人殺しなんてしません。その事実と死刑制度の存在は全く関係ありません」

「また刑罰無用論に戻ったぞ！」佟寶駒《トンバオジ》は軽蔑気味に言った。

連晉平《リェンジンピン》は今まで、佟寶駒《トンバオジ》ほど流れるように受け答えをする人物に会ったことがなかった。彼が非常に聡明で巧みな論客でなければ、よほどこの議論に対して言いたいことがあるとしか考えられない。連晉平《リェンジンピン》はますます佟寶駒《トンバオジ》に興味を掻き立てられた。もし佟寶駒《トンバオジ》の死刑に対する理論がこれほど明確なものであるなら、彼の本当の立ち位置はいったいどのようなものなのだろうか？

「フーコーの『狂気の歴史』を読んだことがありますか？　かつては狂気は体内の黒胆汁の過剰分泌によって引き起こされると考えられていました……。我々の狂気に対する理解と対応は文明の進展に左右されるのです。僕たちは異常者を隔離することで自分が正気であることを証明できるわけではないのです。死刑は現代において異常者を排除するやり方なのです」

佟寶駒《トンバオジ》は手の中の釣竿を揺らしながら、今の話の道理を考えていた。フーコー？　そうかもな。「正常」は本来想像上の境界線だ。納得したようなふりをして、くるりと振り返って好奇心に満ちた表情を装った。

「フーコーは中国人か？」

「フランス人です」

「それで外国の月は丸いんだな」

「月のことがそんなに気にかかるなら、ハロー効果について聞いたことがあるはずですよね？」連晋平《リエンジンピン》の頑固さもなかなかに常人離れしている。

連晋平《リエンジンピン》が口にした「ハロー効果」とは、人は第一印象で相手の全体的な特性を推し量ろうとすることを指す心理学用語だ。他者に対する人々の認識は、限られた情報と一般論に基づいていることが多い。最初の印象が良ければその人物は通常肯定的な光に包まれて、何をしようと前向きに捉えてもらえるようになる。逆もまた然り。

連晋平《リエンジンピン》は付け加えた。「人は理性的ではないので、偏見によって誰かを簡単に憎んだり、或いは許したりするようになります。死刑であれば、それは生と死の境になるのです」

修寶駒《トンバオジ》がどう言い返そうか考えていた時、突然釣竿が震えた。力いっぱい引っ張ると、テナガエビが水面から顔を出した。「ああああああああ！」

「うるさいですよ！」

佟寶駒《トンバオジ》は釣り糸を指で捻りながら、時折跳ねるエビを見つめた。「どうしたらいいんだ？」

「エビを針から外すんです」

「しかし、こいつはかなり深く針を飲み込んでいるぞ」

「引き抜くんです」

「痛くないか？」

「頭の後ろの方を持つんです。そうすればはさまれることもありません」

「俺が聞いてるのは、こいつが痛くないかってことだ！」

連晉平《リエンジンピン》は目を丸くして釣竿を手に取り、佟寶駒《トンバオジ》の代わりにエビを針から外そうとして、不注意にもその棘を指に刺してしまった。エビは指の間をすり抜けて釣り堀の中に落ちていった。

連晉平《リエンジンピン》は照れ隠しに笑った。「あいつには矯正の可能性があるみたいです」

「医者に行かないと」

「何のために？」

「手。指だ」

「大げさですよ」連晉平《リエンジンピン》はこともなげに言うと、佟寶駒《トンバオジ》の釣り針に餌を付けた。「たくさん釣って食べましょう」

佟寶駒《トンバオジ》は再び釣り糸を釣り堀に垂らした。腰を下ろして連晉平《リェンジンピン》の言ったことを静かに考える。ハロー効果という言葉は聞いたことがなかったが、意味は大体理解できた。偏見？

偏見は今に始まったことではない。だからそれに対処するための方法が存在する。死刑廃止にとって偏見はそれほどクソったれな理由だとは考えられない。

15

ふたりは餌がなくなるまで釣ったエビを焼いて、ビールも追加で注文した。

連晉平《リェンジンピン》は得意顔で自分が調べたことを披露した。「僕の父によると、呉燦《ウーチャン》基準を適用できるということです！」

「だから？」

「僕たちにとって有利ですよ！　あの一審の精神鑑定報告書のヤバさを見たでしょう？　何も調べてませんよ」

「理想ばっかり語ってるんじゃないよ……。これは現実問題だ。台湾には被告の親も兄弟もいないから、過去の所在も不明、病歴も成長記録もなし。親しい者との面談もできなかった。本来なら鑑定機関が十分な参考資料を見つけるのに手を焼いたはずだ」佟寶駒《トンバオジ》は続けた。

「もしそうだとしたら、鑑定機関は鑑定を断るべきでした」

「そういう言い方は俺たちにとって何の役にも立たないぞ。……鑑定が断られるのであれば、再鑑定だって同じように扱われるぞ」佟寶駒《トンバオジ》は言った。「裁判長に再鑑定を納得させるには、俺たちはもっと大きなミスを見つけなければならない」

「通訳と利害の対立というのは？　鑑定の過程で誤訳があったとしたら、それは重大なミスになりませんか？　どうでしょうか？」

「陳奕傳《チェンイーチャン》か？　証拠がないよ。やつは具結《ジュジエ》をしているし、法院もそう簡単には……」

佟寶駒《トンバオジ》の話を連晉平《リエンジンピン》が遮った。「待ってください。……精神鑑定の際に通訳は具結《ジュジエ》を行うのですか？」

連晉平《リエンジンピン》はすぐさまバックパックから六法全書を取り出すと、大層な勢いで現行法を確認し、通訳は精神鑑定の際に具結《ジュジエ》を求められないことを突き止めた。

佟寶駒《トンバオジ》はすぐに連晉平《リエンジンピン》の考えに気が付いた。精神鑑定における通訳は通訳とは呼ばれないが、実情は通訳だ。通訳は証人に等しく、具結《ジュジエ》を行っていなければ通訳した内容を証拠とすることはできない。法院がこのような鑑定報告書を証拠として採用すれば、伝聞証拠禁止の原則に反することになる。すなわち判決を下すことが違法となるのだ！

これは明らかに通訳制度がないよりましとされる台湾で、長い間軽視されてきた問題だ。法律の抜け穴を見つけることほど愉快なことはない。佟寶駒《トンバオジ》は満面の笑みを浮かべた。

「笑うと卑猥ですね」

「わかってるよ。でもどうしようもないんだ」

「ナルシシズムも一種の反社会的人格だってこと、ご存じですか？」連晋平《リェンジンピン》も同じように笑みを浮かべた。火花を散らす議論の中でも、自分がこんな風に海浜《ハイビン》事件に関われたことに充実感を感じていた。

連晋平《リェンジンピン》はVサインを出した。「勝った！」

「本当にお前は医者に行った方がいい」と佟寶駒《トンバオジ》が答えた。

「それはあなたの方でしょう」

「そうじゃない。俺が言っているのは指のことだ」

連晋平《リェンジンピン》はそれ以上佟寶駒《トンバオジ》の執念深さに耐えきれず、箸を投げつけた。「いい加減にしてください！」

16

数日後の夜、連晉平《リェンジンピン》は公園の東屋《あずまや》でリーナと食事を楽しみながら、この新発見を興奮気味に話した。リーナはあまり理解できなかったが、嬉しそうな連晉平《リェンジンピン》を見て、沈んでいた気持ちが軽くなったように感じた。

ふたりはこの夜、楽しく過ごそうと決めて、裁判のことはそれきり話題にしないことにした。

「君の名前はどういう意味？」連晉平《リェンジンピン》が聞いた。

「樹。成長すると実が生《な》って、食べられるの。あなたと一緒」

「僕と？」

「蓮霧《リェンウー》……」リーナは佟寶駒《トンバオジ》の口調を真似た。「リェン、ウー」

「それは寶哥《バオゴー》のでたらめだよ。僕は晉平《ジンピン》って言うんだ」

リーナは真面目に繰り返した。「晉《ジン》……平《ピン》……」

「そう。晋平《ジンピン》」連晋平《リエンジンピン》は笑った。

仲睦まじげなふたりは道行く人たちの目を引いた。確かに端正で明るい台湾人男性とヒジャブを被った美しいインドネシア人女性の組み合わせは珍しく、人々の注意を引くのも頷ける。

話に熱中した連晋平《リエンジンピン》は誤って飲み物をこぼしてズボンと靴を汚してしまった。リーナは慌ててウェットティッシュを取り出すと、しゃがんで汚れた靴を拭いた。

それを見ていた小父さんが台湾語で話しかけた。「お兄さん、そン娘さんはいい子だねェ。気ィ利いていて別嬪だ。どこン人だェ？」

横にいた小母さんが口を挟んだ。「よくわかンねェけど、きっとよそン国から働きに来てるンよな？」

「こン頃はよそン国から嫁いできた娘さんも多いからなァ」

「こンなに立派に育ったに、よそン国からお嫁さんを貰わンきゃならないなんてなァ」

「お前は何を言ってるンだ。この娘さんは頭巾を被っていても別嬪さんじゃァないか」

ふたりの会話は徐々に熱を帯び、言い争いじみてきた。連晋平《リエンジンピン》は作り笑いで、ふたりをやり過ごそうとした。

リーナは自身のヒジャブが話題になっているのだと思い、興味津々で尋ねた。「ふたりは何を話しているの？」

「特に何も」

「ヒジャブのこと？」

「いや。ふたりは君が綺麗だって……。台湾語は、実は僕もよくわからないんだ」

連晉平《リェンジンピン》の笑顔の不自然さに、リーナは彼が本当のことを口にしていないと知った。

リーナは通りすがりの小父さんと小母さんの方に視線を戻した。ふたりの笑顔に悪意はないが、何とはなしによそよそしさを感じる。

「私のヒジャブ、変だと思う？」リーナが連晉平《リェンジンピン》に尋ねた。

「思わないよ。全然思わない」

「でも、あの人たちは……」

連晉平《リェンジンピン》ははっきりと言った。「君は、君らしさを大切にするべきだ」

その温かな言葉にリーナは頷いた。ふとヌルの話を思い出す。彼女が憧れていた自由と自分に正直な世界。リーナはゆっくりとヒジャブを外し、豊かに流れる髪を解放した。

そんなリーナの姿を目にして、連晉平《リェンジンピン》は言葉を失った。彼女の瑞々しい美しさは彼の心を激しく突き動かした。

リーナは自分の心の内側を覗かれることを恐れずに、連晉平《リェンジンピン》を見つめた。これまでの人生の様々な経験を経て、彼女は外見上の違いがどんなに大きくても、人の心は通じ合うことができること、そして悪意は様々な表情を持っているけれど、善意の顔はひとつしかないことに気付き始めていた。ヒジャブを脱ぐことは何かに別れを告げることではなく、自分が何者なのかを見つけることとなのだ。

もし海浜《ハイビン》事件がリーナに何かをもたらしたとしたら、それは大きな望みだろう。まだ手探りとはいえ、彼女はそれを追い続ける。人生に対して情熱を抱えている者を止める術はないのだ。ヌルと同じように、彼女もまた新しい何かになるためには変化は避けられないものだと考えるようになっていた。そのためであれば大きく抗うことすら辞さない。簡単に言えば、リーナは自分がどのように変化するかを見たかったのだ。

この奇跡的な瞬間を、修寶駒《トンバオジ》は遠くからすべて見ていた。その手には少し前に市場で買ったムスリム用のスカーフが握られていた。リーナの労をねぎらうために選んだプレゼントだった。

修寶駒《トンバオジ》は言葉を失い、近くの樹の後ろに姿を隠してふたりをまじまじと見つめた。彼はヒジャブを脱いだリーナを見て、中年男独特の奇妙な感情が心の中に湧き上がるのを感じた。もともと何か期待していたわけではないが、どうしたってロマンティックな空想をしてしまうものだ。

佟寶駒《トンバオジ》は樹の陰から出て、何も見ていないふりを装い颯爽と歩き出そうとしたけれど、脇の下にまだリーナへのプレゼントを抱えたままだったことに気付いて、憮然としてその場を立ち去った。

17

ようやく鑑定人を尋問する日が訪れた。連晉平《リェンジンピン》は早々と法廷で待ち構え、裁判の様子が一番よく見える傍聴席に陣取った。

すぐに連正儀《リェンジョンイー》が法廷に姿を現して、息子の隣に座った。連晉平《リェンジンピン》は驚いて父親を見たが、連正儀《リェンジョンイー》は軽く微笑んだだけで何も語らなかった。

鑑定人は謝衡玉《シェホンユー》という四十歳くらいの女性で、縁なしの眼鏡と肩に届くほどの髪が大学教授のような、人を寄せ付けない雰囲気を醸し出していた。

反対尋問は驚くほどスムーズに進んだ。

開始直後、佟寶駒《トンバオジ》は鑑定書が伝聞証拠禁止の原則に反する疑いがあることを指摘した。

「鑑定を始める前に、あなたは通訳が具結《ジュジェ》を行ったことを確認しましたか？」「あなたの鑑定手順において、どのような専門資格を求めていますか？」「あなたの採用している鑑定方法には、翻訳された内容をチェックする仕組みはありますか？」

当然すべての答えは「いいえ」だった。

「通訳は私たちが手配したわけではなく、法院から派遣されてきたのです。私たちに何か言うことができたでしょうか？」謝衡玉《シェホンユー》は答えた。

修寶駒《トンバオジ》はこれらの質問で手続き上のミスを訴え、その後の謝衡玉《シェホンユー》の証言は誤訳の疑いを含んだものであることを印象付けた。

さらに寶哥《バオゴー》は謝衡玉《シェホンユー》の法律家としての能力にも疑問を呈した。

「あなたは被告の訴訟能力を考慮しましたか？」

「訴訟能力？　責任能力のことですか？」

「では事理弁識能力は？　あなたはこの三つの違いをご存じですか？」

謝衡玉《シェホンユー》は逡巡した。「いいえ」

「あなたは被告に刑事裁判のプロセスとその意義を理解する能力があるかどうかを判断しましたか？」

「それは法院に依頼された鑑定の範囲外なので、私には意見を述べる権限がありません」

「あなたは被告に自閉スペクトラム症の特徴がないか、その行動を調べませんでしたか？」

「調べました。しかし被告には当てはまりませんでした」

「私たちにこの障害の診断方法を説明してもらえますか？」

「アメリカの精神医学界の精神疾患の診断・統計マニュアルＤＳＭ－５の診断基準によると、自閉スペクトラム症の生活行動にはふたつの特徴があるとされています。ひとつは社会とのコミュニケーションが不得手であること。もうひとつは同じ行動を繰り返したり、限られたことにこだわることです。様々な状況や環境における患者の状態を観察し、解明することによってのみ診断が可能となります」

「あなたの職業的経験からこの障害の有無を診断するのに、どのくらいの時間が必要か教えてください」

「情報収集や周囲の家族や友人たちへの聞き取り調査が必要であれば、およそ二～三週間ってところかしら」

「本件の鑑定において、被告が自閉スペクトラム症ではないと診断するのにあなたはどのくらいの時間を使ったのか教えてください」

「面談と心理テストで、大体四時間くらい。ですがこの障害は日常生活に深刻な影響を及ぼさない限りは、精神疾患というより性格的特徴と捉えるべきだということは説明しておきます。私が見る限り、被告にはこの種の障害は認められません。彼は事件を起こす前に車に乗ることもできたし、買い物もできた。それに身を隠す方法だって……」

「あなたが話したことはすべて起訴状に書かれていますね」

「すべて事実ですから」

修寶駒《トンバオジ》は満足したように頷いた。謝衡玉《シェホンユー》は単なる正直者なのか、それとも司法実務を理解していないのか、判断が付きかねた。起訴状に書かれている犯罪の詳述は事実ではなく、厳密な審議を受けなければならない「見解」だ。謝衡玉《シェホンユー》の答えは鑑定結果が偏っていることを端的に表している。

「あなたは普段どのようにニュースや情報を得ていますか？」

「ごく普通のテレビニュース、新聞や雑誌、ネットニュース……そんなところからですかね」

「あなたは毎日ニュースをチェックしますか？」

「はい」

「ということは、あなたはこの案件の鑑定依頼を受ける前……少なくとも三カ月以上前に、既にこの事件に関するニュースを、積極的であれ消極的であれ、受け取っていたわけですね」

「おそらく……」

「だとすると、あなたは海浜《ハイビン》事件のこと、それから被告のことも良く知っていたんじゃないのかなあ？」

寶哥《バオゴー》が何を指し示しているのか理解した謝衡玉《シェホンユー》は反論した。「すべてのニュースを遮断することは不可能です。鑑定人の誰にもできません。私は専門家としての良心に従って鑑定を行い、証拠書類を参照して診断をしました。そのプロセスは間違いなく学術倫理の要件を満たすものです」

「あなたは被告をちゃんと見たことがありますか？」

「どういうことですか？」

「あなたは彼を見たことがありますか？　ひとりの人間としての彼を」

謝衡玉《シェホンユー》は被告席に視線を移し、訝しげに答えた。「もちろんあります」

「ではあなたは彼の手を見たことがありますか？」

「なぜ手を見なければならないのでしょうか？」

寶哥《バオゴー》は目でリーナに合図した。リーナはすぐにアブドゥル・アドルに話しかけた。

アブドゥル・アドルはゆっくりと右手を挙げた。その手は傷跡とタコに埋め尽くされ、さらには人差し指が第二関節からかけていた。

「あなたはどうして彼の人差し指が欠けているのか、考えたことはありますか？」修寶駒《トンバオジ》は最後の質問を投げかけた。「或いは、あなたは起訴状と報道で彼について十分な見識が得られたと考えていますか？」

言葉に詰まった謝衡玉《シェホンユー》に、佟寶駒《トンバオジ》はそれ以上、質すことはしなかった。

この尋問の一幕に連晉平《リェンジンピン》は血が沸き立つような興奮を覚えていた。もともと佟寶駒《トンバオジ》の戦略を知っていたとはいえ、彼の長年の経験で培われた老獪《ろうかい》さと落ち着きがなければここまでの説得力はなかったと思えた。


それから、裁判長が謝衡玉《シェホンユー》に質問を始めた。

佟寶駒《トンバオジ》も劉家恆《リウジャハン》も耳を欹《そばだ》てる。裁判官の問いかけを通して、彼らがどのように考えているのかを推測するためだ。とはいえ、反対尋問のように介入することができなくなったため、当事者どちらにとっても不確実な状況であることに変わりはない。

「あなたは矯正の可能性を量る際に、どのような点を考慮するべきだと思いますか？」裁判長が尋ねた。

「心理学用語でないのであまりはっきりとは言えませんが、私が今のところ最も近いと思うのは、台湾大学の心理学科の趙儀珊《チャオイーシャン》助教授が呉敏誠《ウーミンチャン》事件で用いた三つの変数……矯正、再社会化、再犯の可能性です。これは私が鑑定報告書の中で採用したものと同じ方向性を持っています」

「このような鑑定方法は心理学界で広く認められているものなのですか？」

「そうとは言えないかもしれません」

「ということは違う鑑定人が違う鑑定方法を用いた場合、結果は違うものになる可能性が高いということですか？」

「そうなる可能性はあります」

裁判長が機械的に頷いて、尋問は終了した。

18

退廷する謝衡玉《シェホンユー》を見送りながら、再鑑定について僅かな希望を手繰り寄せた佟寶駒《トンバオジ》はため息をついた。この交互尋問で一審での鑑定報告書の不備を十分指摘することができた。最終的に謝衡玉《シェホンユー》は違う鑑定人が違う鑑定方法を用いたら鑑定結果が同じではなくなる可能性があることを認めたのだ。であれば、より詳細な方法で再鑑定を行う必要があるはずだ。

証人尋問終了後、裁判長が問いかけた。「検察側、弁護側、双方他に必要な手続きはありますか？」

「被告側は再度の精神鑑定を要求します」佟寶駒《トンバオジ》が答えた。

「理由は？」裁判長が尋ねた。

「一審の鑑定書は伝聞法則に違反しており、被告人の精神状態や矯正の可能性を正しく提示するための判断材料が不足していると考えるからです」

「通訳に具結《ジュジェ》を行う法的義務はなく、再鑑定も同様です」劉家恆《リウジャハン》が反論した。「これは鑑定報告書の問題ではありません。本案件の被告の鑑定資料を揃えるのは事実上困難で、鑑定人はベストを尽くしたと言っていいでしょう。万が一参照すべき新しい証拠の提出がない場合、再鑑定は徒《いたずら》に矛盾を増やすだけで、司法の威信にも影響を及ぼしかねません」

「両条約の規定では精神障害者には死刑判決を下してはならないとなっている。しかしこれは被告人の生存権に関わることなのだから、より高い基準を求めるべきではないでしょうか？」

「申し訳ないが、法院に誤った情報を伝えないでください。両条約には精神障害者には死刑を科してはならないと明文化された規定はありません。民国一〇三年（二〇一四年）度、最高裁での第三〇六二号彭建源《パンジェンユェン》事件の判決によれば、国連人権委員会決議は『勧告』という言葉を使って各国に精神障害者に死刑を科さないことを求めたが、実際のところ『促す』だけで、強制力は何ひとつありません」

「最高法院は既に認識を変えている。民国一〇四年（二〇一五年）度第二二六八号蔡京京《ツァイジンジン》事件の判決で、我が国の死刑制度は人権委員会決議の制限を受けると認めてます」

「それはただ精神障害者に死刑を科さないことに関する根拠の出所について論議があると示しているにすぎません。さらに精神鑑定は究極の問題に答えを出すことはできないのです」*8 劉家恆《リウジャハン》は胸を張って反論した。「最高法院は湯姆熊《タンムション》殺人事件の判決文の中で、法院は鑑定結果を根拠にして、事実を判断する責任を回避することはできないと明確に言っているのです。精神鑑定は回数を行えばよくなるというものでもないし、瑕疵がないことが即ち被告の利益に繋がると結論付けられるわけでもありません」

劉家恆《リウジャハン》の言葉は理論的には飛躍が見られるものの、それなりの説得力があった。

佟寶駒《トンバオジ》は即座に相手の誤りを指摘した。「偏見に基づいた精神鑑定が導き出すのは誤った事実だ。ましてや量刑に関する……」

突然裁判長が弁論を遮った。「量刑、矯正の可能性について、検察側と弁護側双方はどのように考えていますか？」

劉家恆《リウジャハン》は待ち構えていたかのように答えた。「本案件の経緯は非常に深刻であり、死刑をもってしか正義を遂行できないと考えます。死刑の目的は処罰と一般社会への防止力であり、被告の矯正ではありません。故に被告の矯正の可能性は考慮する必要を認めません。最高法院は鄭捷《ジョンジィ》事件において、このような見解を示しております」

佟寶駒《トンバオジ》も即座に反論した。「判決は少数意見にすぎません。呉燦《ウーチャン》基準に照らし合わせたら被告人が死刑に相当する罪を犯したとしても、更生して社会復帰する可能性を考慮しなければなりません。そのためには十分な情報をもって行われる公平で客観的な鑑定が不可欠なのです」

「ではあなたたちは矯正の可能性を科学だと思いますか？」裁判長はついに本質的な質問を投げかけた。「それとも偽りの科学ですか？」

この意外な視点に、検察側も弁護側も怯んだ。

裁判長は続けた。「所謂実証的な調査は議論や状況の説明ではなく、科学的な観点から評価されるべきであります。さらに言えば、矯正や社会復帰、再犯の可能性は法的な議論ではありません。その概念を推し進めることは未来の人生を予測することに等しいのですが、それは本当に可能なのでしょうか？」

唐突に佟寶駒《トンバオジ》は鑑定人についての裁判長の補足質問の意味を理解した。そして自分が完全に思い違いをしていたことを知った。裁判長が逡巡しているのは矯正の可能性をどのように確認するべきかではなく、確認することが可能かどうかなのだ。

両者の結論は大きく異なる。

「これは科学ですか？」裁判長は真剣な口調でもう一度尋ねた。「査読を通過して、虚偽

＊8　犯罪の構成要素、証拠の確かさ、犯罪の抑止効果、量刑要素など犯罪の事実に対する法の提要（例えば矯正の可能性）。究極の問題に関する精神医学的意見は事実を判断する裁判官の権限を侵害するものであり、証拠として認められない。

性と再現性を証明できますか？　そうでなければ、それは紛い物の科学ではないでしょうか？」

　裁判長は明らかにこの問題について深い知見を持っていた。佟寶駒《トンバオジ》がずっと信じていた矯正の可能性は、疑似科学かどうかを問われる質問の下では根本的に否定されることになる。彼が裁判長の質問に答えられなかったのは準備不足のためではなく、その質問自体が矯正の可能性を根本から否定するものだったからだ。

　人々に高く評価されている「呉燦《ウーチャン》基準」は、あまりにも脆《もろ》かった。

　連晉平《リエンジンピン》は隣にいる父親の方を向いた。その姿はいつもと変わらず冷静で威厳を湛えている。連晉平《リエンジンピン》には父親が話していたことと何が違うのか、よくわからなかった。

　連正儀《リエンジョンイー》は息子の視線に気が付くと、その肩を軽く叩いた。言葉はないが、それですべてが説明されたようであった。

　法律は単なる視点に過ぎない。違いはただ誰の視点なのかということだ。

　裁判長とふたりの裁判官が僅かに話し合い、結果が言い渡された。「他に調べるべき証拠がなければ、次回の法廷で口頭弁論を行う」

　口頭弁論。それは判決前の最後の過程だ。

　そしてそれは再度の精神鑑定の可能性が潰《つい》えたことを意味した。

四　目撃者

1

佟寶駒《トンバオジ》はリーナへの報酬を紅包《ホンバオ》に入れた。この二回の裁判は休憩時間も含めて十時間ほどかかった。時給百二十元なので、合計で千二百元。書店で選んだ可愛い紙袋に、これまた心を込めて選んだムスリムのスカーフを入れて、リーナに一緒に渡す準備をした。

他に果物の詰め合わせ。もう間違いはないだろう。

今回の訪問は許《シ》おばあちゃんが出迎えてくれた。

佟寶駒《トンバオジ》は果物の籠をテーブルに置き、ドライヤーの音に耳を傾けた。ドアが開いて、湿ったヒジャブを被ったリーナが姿を現した。

「急がないから先に乾かすといい」

「大丈夫です」

佟寶《トンバオ》駒《ジ》は紅包《ホンバオ》をリーナに手渡した。リーナは頷いて、袋を開けて金額を確認した。佟寶《トンバオ》駒《ジ》はそれを見るのが申し訳ない気分になって、リーナの部屋に目をやり、その光景にショックを受けた。

それは部屋と呼ぶよりも、納戸と言った方が相応しい場所だった。二坪ほどの空間を紙箱やごちゃごちゃしたものが埋め尽くし、シングルベッドの上以外は何かできる隙間もなく、扇風機すらベッドの上に置かれていた。枕の横にはリーナが普段使っているバックパックと、私物が積まれている。窓はあるけれど、ベランダに面しているためほんの僅かしか開かないようだ。室内は蒸し暑く、シャンプーの香りがぬめりと漂っている。

「百二十元足りません」リーナが口にした。

戸惑う佟寶駒《トンバオジ》に、リーナは言った。「渋滞」

佟寶駒《トンバオジ》は慌ててリーナに不足分を渡した。

ベランダからごみ収集車の流す「乙女の祈り」が聞こえてきた。「寶哥《バオゴー》、一緒にごみを出しに行ってくれますか？」リーナが聞いた。

佟寶駒《トンバオジ》は少し驚いたが、否とは言わなかった。台所のごみ袋を手にしたリーナは玄関に向かい、佟寶駒《トンバオジ》がそのあとに続いた。

ふたりがエレベーターに乗り込むと、中にはヒジャブを被ったインドネシア人の移民就労者が立っていた。その手にもやはりごみ袋が握られている。リーナは親し気にその女性と挨拶を交わした。佟寶駒《トンバオジ》は突然思い立って、リーナの持っているごみ袋に手を伸ばした。リーナはそれを断ったが、佟寶駒《トンバオジ》はどうしてもと言い張った。ふたりが互いに譲らなかったので、居合わせたリーナの友人は身の置き所がないようであった。

エレベーターが一階に着くと、リーナは同胞たちに駆け寄り、また挨拶を交わした。彼女は笑みを浮かべ、時折何か話しているようだ。佟寶駒《トンバオジ》は摑んだままの可愛い紙袋を見つめ、やがて恥ずかしさを覚えた。

リーナは友人たちと別れたのち、佟寶駒《トンバオジ》を公園に誘った。「おばあちゃんはテレビを見るから、その間に少し寄り道しましょう」

ふたりは公園の遊歩道に沿って歩いた。ようやく佟寶駒《トンバオジ》がプレゼントを渡そうと決心した時、リーナは眉をひそめて言った。「寶哥《バオゴー》、私には無理です」

「どうしたんだ？　金が安すぎるのか？」

リーナは首を振った。「怖いんです」

「なぜ？」

「アブドゥル・アドルはとても変です。私には理解できません」リーナは続けた。「あの人が何を言っているのかわからないんです。ジャワ語なのに、とても変なんです」

「やつは何を言っているんだ?」

「サッカーのこと。漁の仕事について。それからいつも救命胴衣はどこにあるかって聞いてます」

「放っておけばいいじゃないか」

「捕まってしまいます」

「捕まる?」

「通訳をしなければ、捕まってしまいます」

「事件と関係ないことは気にするな」

「蓮霧《リェンウー》があなたたちはあの人を死刑にしたくないって言ってました」

修寶駒《トンバオジ》はため息をついた。「俺たちのことは考えなくていい。君はアブドが何を言ったかを通訳すればいいんだ」

「でも、私もあの人を死刑にしたくありません」

「あいつは人を……、それも幼い子どもまで殺したんだ。死刑になっても仕方がないよ」

リーナは足を止めた。その目には明らかに不満の色が浮かんでいた。「あの人は悪い人ではありません」

「でも人を殺したんだ」修寶駒《トンバオジ》は呟いた。

リーナは俯《うつむ》いて、もう一度きっぱりと言った。「あの人は悪い人ではありません」

「これが法律なんだ……」佟寶駒《トンバオジ》はリーナの罪悪感を少しでも減らしたかったが、どうしたらいいのかわからなくて、ただぎこちなく言った。「あいつが死刑判決を受けても、それは君の責任じゃない」唇をぎゅっと噛んだリーナは、言いようのない寂しさを感じた。彼女は訳もわからないままこの裁判に巻き込まれ、日常とかけ離れた立場に置かれている。さらによくわからない冷酷なシステムの中で、ただ自分の無力さを突き付けられ、台湾という土地で彼女だけが自分に助けを求める者の声を聞いている。

リーナは別れの挨拶もせずに振り向くと、ひとりで家に向かって歩き出した。

その場に取り残された佟寶駒《トンバオジ》は、リーナを取り巻く三重苦にようやく気が付いた。通訳として真実を語る義務を負うが、それは死刑判決という結果に加担していることになる。同じ移民就労者として感情移入してしまうが、客観的であり続けなければならない。残酷な犯罪に対峙して内なる正義と道徳を問われ続け、最後には共犯者のような後ろめたさを感じることになる。

佟寶駒《トンバオジ》はリーナへのプレゼントを握ったまま立ち尽くした。

就寝前、リーナは英語のショートメッセージを連晉平《リェンジンピン》に送った。「アブドゥル・アドルは死んでしまうの?」。「現在、状況は楽観視できない。でも佟寶駒《トンバオジ》とふたりでできる限りのことをする」と返事が送られてきた。

連晉平《リェンジンピン》はすぐに電話をかけて、彼女を安心させようとした。しかしリーナは電話に出なかった。

宿舎のラウンジで連晉平《リェンジンピン》は夜中までずっとテレビニュースを見ていた。すべてのコメンテーターはみな矯正の可能性は偽りの科学であるという新説について論議し、裁判官の勇気を一方的に称賛していた。彼は自宅の書棚に飾ってある立派な装丁を施した修士論文を思い浮かべ、どうしようもなくばかばかしいと感じた。混乱の中で考える。法律は単なる言語だ。自分たちはこの言語を作り出し、人生を説明するためにこの言語に頼り、この言語がすべての問題を解決してくれると信じている。誰もが好き勝手なことを口にするこの世界では、自分の言論などただのノイズでしかないのだ。

寝室に戻っても連晉平《リェンジンピン》は寝付けなかった。二十四時間不断なく働き続けるエアコンの空気は冷たく乾いていた。布団の中に潜り込んで、リーナにいくつかショートメッセージを送って返事を待つ。

リーナはベッドの上にいたが、眠ってはいなかった。向かいの窓の明かりが消えるのを待って、窓を開ける。しかし今晩は風もなく、部屋の中は蒸し暑いままであった。リーナはヒジャブを脱いで、長い髪を巻き上げた。
その晩彼女は返信をしなかった。

2

公設弁護人室にやってくるなり連晉平《リェンジンピン》が佟寶駒《トンバオジ》に訴えた。「メディアを頼りましょう」

佟寶駒《トンバオジ》は三十分も並んで手に入れた「阜杭豆漿《フーハンドウジャン》」の朝食から頭を上げた。「ついにカミングアウトするのか？」

「ふざけないでください。海浜《ハイビン》事件のことです」

「お前こそバカなこと考えるんじゃないよ。人権団体の常套手段を使ってどうする？」

「どうしてダメなのですか？　弁護人が主張を伝えるのは違法ではありません。むしろ普通です」

「子どもじゃないんだから。お前は裁判官の考え方を変えられるとでも思っているのか？」

「これは海浜《ハイビン》事件だけの問題ではなく、もっと重要なものを含んでいます。改革は国民に背を向けてはなりません」

「結局は死刑廃止についてか」

「僕が言いたいのは、つまり……、少なくとも社会にはバランスの取れた声があるべきだということです。僕にはメディアで働いている先輩たちがたくさんいます。みんな喜んで手を貸してくれるでしょう。もしインタビューが嫌なら、オブザーバーの立場で意見を述べることだってできますよ」

「俺のことは放っておけ」佟寶駒《トンバオジ》が沈んだ声で言った。「お前みたいなやつは口を閉じることを学ぶべきだ」

「僕みたいなやつ？」

「お前は裁判官になりたいんだろう？　裁判官は語らず[1]って聞いたことがないか？」

「先程言いましたけど、それとこれとは別です」

「あいつらにとってはどうでもいいことだ」佟寶駒《トンバオジ》は尋ねた。「お前はまだフェイスブックを使っているのか？　だったらアカウントを削除して、ついでにブログやなんかも全部閉鎖することを勧めるね」

連晉平《リェンジンピン》は呆れて頭を振った。

＊1　裁判官は公正を守るために判決以外個人的な意見を言わないという意味。

「いつか否定することになるのなら、最初から口を噤んでおいた方がいいんじゃないか？」佟寶駒《トンバオジ》は連晋平《リエンジンピン》を見つめた。「お前が口にしたどんな言葉も、結局最後は全部お前に返ってくるんだ。この仕組みの中で快適に生きていくには、隠れることを学ばないとな」

「いつから裁判官を目指すのは快適に暮らすためだってことになったんですか？」

佟寶駒《トンバオジ》は連晋平《リエンジンピン》のことがよくわからなくなり、いつしか大声を上げていた。「俺やこの事件と関わっているってことを口外するな。俺はお前が何か言うのを止めたりはしないが、期限が来たらさっさといなくなってくれ」

佟寶駒《トンバオジ》は朝食に向き直り、冷たく言った。「今日はここにいなくていい。俺はお前の顔を見たくない。どこにでも行ってくれ」それから連晋平《リエンジンピン》の指にガーゼが巻かれているのに気が付いた。「医者に行けと言っただろう？　何をしてた？　時間はもっと有意義なことに使うんだ。いいな？　連《リエン》青年！」

3

高等法院を出て、辺りをあてもなく歩き回った連晉平《リェンジンピン》は、最後には東呉《トンウー》大学の図書館に辿り着き、クーラーに吹かれながら机で居眠りをすることとなった。目が覚めた時は既にお昼時だったため、裏門の近くにある「樺林乾麵《ホワリンガンミェン》」で汁なし麵を大もりで注文し、醬油、酢、胡椒、それに辣椒渣《ラージャオジャ》をたっぷりかけて、怒りに任せてかき込んだ。

その夜、連晉平《リェンジンピン》はスクーターで司法官学院に向かい、李怡容《リーイーロン》が授業を終えて出てくるのを待ち構えた。李怡容《リーイーロン》は驚いたが、とても喜んでくれた。ふたりは士林夜市《シーリンイェシー》で夕飯を取ることに決めて、大腸包小腸《ダーチャンバオシャオチャン》（ソーセージのホットドック風）、伝統的な豚の血を使った餅、羊肉の薬膳スープ、香港式のアイスレモンティーを楽しんだ。

満足すると連晉平《リェンジンピン》は李怡容《リーイーロン》に宿舎に戻らなくても構わないかと尋ねた。李怡容《リーイーロン》は家に帰らないつもりなのかと聞き返した。李怡容《リーイーロン》が父親のことを言っているのだと連晉平《リェンジンピン》は知っていた。司法界の先達にはうんざりしていた。

ふたりはスクーターで陽明山《ヤンミンシャン》に向かい、文化《ウェンホワ》大学の裏山から夜景を眺めた。それからふたりで選んだ温泉旅館で一夜を過ごした。

初めての外泊だった。今夜連晉平《リェンジンピン》の口数が少ないのは照れているのだろうと李怡容《リーイーロン》は考えた。だから部屋に通された後、彼女の方から抱きしめた。他人の目も司法の未来も関係なく、ふたりは初めてのやり方でキスをした。

李怡容《リーイーロン》の手を摑みベッドに誘おうとした連晉平《リェンジンピン》は、指先に奇妙な感じを覚えた。李怡容《リーイーロン》の手首の長い傷跡に気がつく。連晉平《リェンジンピン》が李怡容《リーイーロン》を見つめた。李怡容《リーイーロン》は視線を受け止めた。

連晉平《リェンジンピン》は傷跡を優しく撫でた。醜いが、現実だった。寡黙で雄弁だった。

李怡容《リーイーロン》の声は優しかったが、その目は真剣だった。「もし裏切ったら、法律になんて頼らないから」

連晉平《リェンジンピン》の呼吸が荒くなり、乱暴な手つきで李怡容《リーイーロン》の白いブラウスのボタンを外してキスをした。

喘ぎながら李怡容《リーイーロン》が言った。「大腸包小腸《ダーチャンバオシャオチャン》ににんにくを乗せすぎたわ」

大笑いしたふたりは身体を離して、きちんとシャワーを浴び、歯を磨いて、それから愛しあった。

終わった後、暗闇の中で連晉平《リェンジンピン》は李怡容《リーイーロン》を抱きしめ、今朝起きた佟寶駒《トンバオジ》との言い争いを漏らした。

「彼の言うことにも一理あるわ」李怡容《リーイーロン》は目を閉じたまま言った。「裁判官になればいいの。私たちは判決を通して自分の理想を実践できるでしょ？」

連晉平《リエンジンピン》は頷いたが、李怡容《リーイーロン》がそれに気が付いたかはわからなかった。

突然連晉平《リエンジンピン》のスマートフォンが震えて、ショートメッセージの受信を知らせた。

「見なくていいの？」李怡容《リーイーロン》が尋ねた。

連晉平《リエンジンピン》は軽く答えた。「父さんに決まってる」

李怡容《リーイーロン》はもう何も言わず、眠りに落ちていった。

連晉平《リエンジンピン》は今夜はリーナとの約束があったことを思い出した。

4

用具室の私物を片付けた佟守中《トンショウジョン》は、野球部のコーチに鍵を返した。

「ルオ、ありがとう」

佟守中《トンショウジョン》はまだ何かコーチが口にしようとするのを手を振って止めた。自分はもともと組織の一員ではないので、大した理由が必要なわけではない。

解雇通知は、佟寶駒《トンバオジ》が精神鑑定人を尋問したその日の夜、学校の名もわからぬ職員の一人からもたらされた。書面もなく、挨拶もない。法廷での佟寶駒《トンバオジ》の行動を目にしてから、この問題が解決するはずがないと考えていた佟守中《トンショウジョン》にとっては、意外なことではなかった。

これまでの人生において、佟守中《トンショウジョン》は常に駒であり、最初に犠牲にされてきた。そんな扱いには慣れているはずだったが、今回だけは違った。何しろ原因は自分の息子なのだ。不思議なことに、法廷で佟寶駒《トンバオジ》の自由奔放な姿を見ているうちに、奇妙な気持ちに襲われたのだ。

前回の裁判の最後、佟守中《トンショウジョン》は検事側と弁護側が何を争っているのか理解できなかった。空っぽの頭の中に、何年も前に死んだ従兄弟の顔が浮かんでいたが、久しぶりに見るその顔はとても澄んでいた。突然右手に振動が走った。それはあっと言う間に消えてしまったが、佟守中《トンショウジョン》にとっては決して忘れられないものだった。それは恨みの刃が柔らかい首と胸を切り裂く鈍い痛みの記憶であり、血と肉が飛び散った声なき正義の早すぎる死だった。

佟守中《トンショウジョン》はどうしようもないほど震えていた。自分の気持ちをコントロールできなくなるのを恐れ、震えが止まらなくなるのが怖かった。ほとんど走るように法院を後にして、コンビニで米酒《ミージョウ》を一瓶手に入れ、一気に飲み干した。心臓の高鳴りは収まるどころかさらに激しくなり、息ができなくなった。

解雇通知の電話を受けてようやく、佟守中《トンショウジョン》の世界は静かになった。

そうして、いとも簡単に、佟守中《トンショウジョン》は名もなき恐怖から解放された。この時ですらその恐怖はうまく表現することができなかったが、それはもう問題ではなかった。今、佟守中《トンショウジョン》は無敵なのだ。

佟守中《トンショウジョン》はいつものように酒を飲んで、いつものように麻雀を打った。今日はツキがある。時々身体が痛んだが、気にもかけなかった。

佟守中《トンショウジョン》と佟寶駒《トンバオジ》は再び顔を合わせた。あれから数日、扶養費請求の法廷だった。

「あなたの息子の佟寶駒《トンバオジ》は、当法廷に扶養義務の免除を求めています」裁判官は佟守中《トンショウジョン》に尋ねた。「あなたは船に乗っていて、家にはほとんど帰らなかった、稼いだお金はすべて酒とギャンブルにつぎ込んだと彼は言っています。それから長い間収監されていて、家庭を顧みることが全くなかった。出所後も全く原告を養育しようとしなかったと。何か言うことはありますか？」

「ありません」

「あなたは彼の答弁書を受け取っていますか？」

「はい」

裁判官は佟寶駒《トンバオジ》の方を向いて、その顔が自分と同じように疑問で一杯なのを確認し、佟《トン》守中《ショウジョン》に再度尋ねた。「あなたはこれらが事実だと認めるのですね？」

「はい」

「もしそうであれば、法院は佟寶駒《トンバオジ》の扶養義務の免除を認めて……」裁判官は最後に通告した。「彼はもうあなたにお金をあげなくなりますよ」

「俺はもうこの男とは関わりたくないんだ」佟守中《トンショウジョン》が言った。

佟寶駒《トンバオジ》には父親が何を考えているかわからなかった。彼は理性を弄《もてあそ》ぶことで、自分の粗暴さを楽しんでいるのかもしれない。佟守中《トンショウジョン》が洪振雄《ホンチェンション》に見せた卑屈さと対照的な、その無関心さは耐えがたい侮辱となっている。佟寶駒《トンバオジ》は怒りを感じるより大きく傷ついていた。

基隆《ジーロン》に強い雨が降り始めた。

閉廷後、車の運転席に座った佟寶駒《トンバオジ》は、行き先を見失っていた。とても疲れていたけれど、眠りたくなかった。家に帰ろうと思ったが、台北は遥か遠く、帰ったところで自分を待つ人もいない。ふと八尺門《バーチムン》が建て替えられる前のことを思い出した。雨が降ると、舟板を使っている家のベッドからひとしきり黴臭いにおいが立ち上ってきたものだ。雨が降ると、母親に連れられて浜辺に行き、巻貝や海藻を拾い集めた。雨が降ると、窓から見える和平島《フーピン》が雲の中に浮かぶウミガメのように見えた。

佟寶駒《トンバオジ》は雨の海を見に行こうと思った。しかし路の途中で雨は上がってしまった。彼は和平《フーピン》カトリック教会に行き先を変えて、その周りをぶらぶらと歩いた。教会から讃美歌を練習する声が聞こえてきた。アミ語だ。

雨が通り過ぎた空はまだ晴れ間が見えなかった。基隆《ジーロン》に関する佟寶駒《トンバオジ》の知識で言えば、この後は小糠雨になるはずだ。日曜日ではないので、教会堂に知った顔はいないだろう。

しかし修寶駒《トンバオジ》は中には入らないことを選んだ。彼はただ外壁のひび割れを見つめ、副教区司祭が自分の名前を呼ぶまで、微かな讃美歌とともに心の中で長い時を彷徨《さまよ》わせていた。

「こっちに来て座りなさい」副教区司祭が声をかけた。

「もう行かなくては」

「誰もいないから」

「俺は神を信じていない」

「いいんだ。ご加護を与えてくれない神なんて、信じるに値しない」

「あんたはいつもそんなことを口にしてるのか？」

「まさか。お前だから話したに過ぎない」

修寶駒《トンバオジ》は少し、力を抜いた。「子どもたちは変わりないか？」

「ああ。みんな元気だ。心配ない」

「俺はもう行かないと」

「私は死刑に反対だ。教皇も同じだ*2」副教区司祭が唐突に言った。

修寶駒《トンバオジ》はいつも副教区司祭が人を慰めるのが上手なことを知っていたので、言い返さずに頷いた。「そうなのか？」

「だが、私の友人たちは誰も私の話を聞いてくれない」副教区司祭は自嘲気味に言った。

「彼らが何が起きているか理解するには時間が必要だ。お前もな」

佟寶駒《トンバオジ》はため息をついた。副教区司祭の話は温かかったが、空の色は依然として暗いままだった。彼は頷いて立ち去ろうとした。

「ルオの問題は私たちも協力するよ」副教区司祭は佟寶駒《トンバオジ》の後ろ姿に向かって言った。

「問題？」

副教区司祭は少し躊躇《ため》らった後、答えた。「やつらはルオから野球部の仕事を取り上げた」

父親が仕事を失った？ なのに騒ぎ立てなかったのか？ 扶養費用は要らないのか？ 確かに今日の法廷での佟守中《トンショウジョン》はいつもと違っていた。憎まれ口を叩くわけでもなく、威圧的でもなかった。そして反吐《へど》が出そうなほど傲慢で頑固な表情をしていた。

「ホーリー媽祖《マーズー》」佟寶駒《トンバオジ》が吐き捨てた。「クソったれ！ 何様のつもりなんだ！」

副教区司祭は微笑んで頷いた。今回ばかりは神を許そう。

＊2　カトリック教皇フランシスコは二〇一八年八月に『カトリック教会のカテキズム』死刑に関する二二六七番で、明確に「人間の不可侵性と尊厳を残酷に傷つけるため、死刑は許容できない」とし、「全世界で死刑が廃止されるために努力する」とした。

5

佟寶駒《トンバオジ》が海浜《ハイビン》国営住宅にある家に戻った時、佟守中《トンショウジョン》は食卓についてひとりで昼食をとっていた。前回訪れたのは思い出せないくらい前のことだ。前回訪れてからどのくらいの時間が過ぎたのか覚えていないが、家具も細々した物もすべてがあの時から少しも変わっていない。佟寶駒《トンバオジ》が物心ついてから、この家はずっとこんな感じだった。

お碗と箸を手にとった佟寶駒《トンバオジ》は電鍋《ディエングウォ》から芋粥をよそうと、佟守中《トンショウジョン》の前に座った。

食卓には半分蓋の開いた鶏肉のトマト煮の缶づめ、ヤリイカのラー油和え、麩の漬物、他に唐辛子と柔らかく炒めた空心菜、大根と排骨《パイグー》のスープ。それから半分残った米酒《ミージョウ》が並んでいた。

「あんたは裁判で負けたんだよ」

「それがどうした？　お前が俺の面倒を見ないのなら、その仏頂面に頭を下げずに生活保護を頼るまでだ」

佟寶駒《トンバオジ》は父親がそこまで計算しているとは考えていなかった。目の前の男は、出色の人物なのではないだろうか。

佟守中《トンシヨウジヨン》は食事を続け、佟寶駒《トンバオジ》も遠慮せず、箸で怒りを運んでいるかのように次々に口に食べ物を放り込んでいった。食卓の上が空になるまで、ふたりの間を埋めるのは咀嚼《そしゃく》と嚥下《えんげ》の音だけだった。

箸を置くと、佟守中《トンシヨウジヨン》は佟寶駒《トンバオジ》に米酒《ミージョウ》を勧めた。

「酒は飲まないんだ」。佟寶駒《トンバオジ》は首を振った。

佟守中《トンシヨウジヨン》は右手を上にあげて、佟寶駒《トンバオジ》の顔の前で掌を開いてみせた。五本の指はそれぞれ違った曲がり方をしている。灰色がかった角質がつっぱった黄色い掌を覆い、掌紋はほとんど見えない。佟寶駒《トンバオジ》は自分が今まで父親の手をちゃんと見たことがなかったことに気が付いた。

名前のわからないある種の海洋生物のようだ、と思った。

佟守中《トンシヨウジヨン》が手を握りこむと、半分だけの人差し指が残った。酒を口にしながら言葉を紡ぐ。「そいつは阿中《アジョン》という船長で、子どもで……、船主の跡取り息子だったたな。福州人だよ。最初の出漁が上手くいったんで、自分はすごいって思っちまったんだろうな。でっかいホホジロザメが寄ってきたときに、あれこれ指図したがった。ホホジロザメだぞ。メスで、腹に子どもが詰まっていた。やつは死ぬまで戦う。尾びれの一撃で阿中《アジョン》が倒れた。俺は大急ぎで阿中《アジョン》を引き寄せたんだが、その時にホホジロのでっかい口に指を持ってかれちまった。運がよかったから、たったの半分で済んだ。どいつもこいつも俺は運がよかったと言った。クソ野郎は、油断していた俺が悪いと言った。それから指を縛って、港に戻るまで半日以上働いた。さらにクソったれなことに、やつらは保険に入っていなかった。……給料の前借りはどんどん膨らんで、まだ借りたままだ！　最悪だ！　これで運がいいだと？」

げらげら笑いだした佟守中《トンショウジョン》は米酒《ミージョウ》を一口飲み下すと話を続けた。「阿中《アジョン》はホホジロの鰭《ひれ》を切り落として、形が変わるまで腹を蹴った。それから海に投げ落とした。なあ、あのホホジロのガキどもは生き残ると思うか？　あいつらが俺の指を飲み込んで生き延びて、ホホジロザメになって仇討ちに来る夢を見たことがあるんだ。あいつらは俺のことを忘れない。もし戻ったら、俺は殺される。海は決して忘れないんだ……」

佟守中《トンショウジョン》は涙を流していたが、泣き声をあげてはいなかった。欠けた指を上げた。「これも、それからあの出稼ぎも、陸《おか》の上の話に過ぎない。どうやって欠けたのかが重要なのか？　お前は話を聞いただけだ。実際にその目で見たわけじゃないから、わからないだろうよ」

佟守中《トンショウジョン》は立ち上がり、不明瞭に呟きながらふらふらと部屋に向かっていった。「金を稼ぐのはそう簡単なことじゃない。お前は海を知らない、そこでの仕事もわかっちゃいない。……俺たちは命がけなんだ。お前が敵《かな》うものか。勉強が何の役に立つって言うんだ」

独り言のように呟きながら、佟守中《トンショウジョン》はあの棺桶のようなベッドに這い上がった。「そいつのことを知りたかったら、寝床を見てみるといい……」両手でベッドの縁に突き出た仕切り板を引っ張り、両足を踏みつけてベッドの脚に当て、少しずつ落ち着いていった。

「陸《おか》に上がってようやく、揺れているのは自分だと知るんだ……」

佟守中《トンショウジョン》の身体が風変わりなベッドに収まるのを見ていた佟寶駒《トンバオジ》は、まるで標本のようだと思った。父親が長い間こんな風に寝ていた理由をようやく理解した。指を失った話や、子どものころから聞いていたその他の本当か嘘かわからないような話と同じように、それは父親の父親としてのあり方だった。そして彼はそれを誰かに理解してもらおうとは思っていなかったのだ。

佟寶駒《トンバオジ》は理解した。伝聞証拠禁止の原則であれ、矯正の可能性であれ、それは自分を体裁よく見せるための手段に過ぎない。

アブドゥル・アドルを救いたいのであれば、船上で何が起こったかを探り出さなければ。

6

陳青雪《チェンチンシェ》と佟寶駒《トンバオジ》は真夜中にいつもの場所で待ち合わせをしていた。

佟寶駒《トンバオジ》から電話がかかってきたことを陳青雪《チェンチンシェ》は意外だと思わなかった。現状に照らし合わせると、弁護側が不利な状況であることは明らかだった。そして佟寶駒《トンバオジ》は万策尽きていた。

それにはふたつの理由があった。まず雄豊《ションフォン》漁船会社が複雑な株式保有と投資によって会社の所有者に支配されていること。陳青雪《チェンチンシェ》の調査によれば雄豊《ションフォン》漁船会社と同じ住所を有する会社の数は数十を下らないという。それぞれの会社の株主は異なるが、詳細に調べると互いに関係があり、より大きな集団によって所有されていることは明らかである。つまり雄豊《ションフォン》漁船会社は果てしなく大きな組織に組み込まれたただの末端機関で、単なる合法的な防火壁に過ぎないのだ。加えて「平春十六号《ピンチュンシーリュウハオ》」はバヌアツ船籍の便宜置籍船で、移民就労者の仲介はシンガポールの中国資本企業が行っている。このような相互法的支援の取り決めがない条件下で関連資料を調べるのは至難の業と言えるだろう。

もちろん雄豊《ションフォン》漁船会社、或いはその背後にある巨大組織が全台湾の漁業を代表するわけではないが、しかし漁業について語る際に、その国際的な問題の本質を無視することはできない。ひとたび国家を基準にすれば、その規模にかかわらず船団は運命共同体となる。マグロ延縄《はえなわ》漁業は台湾の沖合漁業の稼ぎ頭で、その年間漁獲高は数百億ドルにも達する。台湾はかつてEUに三年九カ月もの間、違法操業への対策が不十分だとするイエローカード警告を受けてきた。この警告をなかなか解除できなかった台湾は、再度警告の対象となることだけは絶対に避けたいはずだ。

これがふたつ目の理由だ。

そして海浜《ハイビン》事件において最も厄介な部分でもある。アブドゥル・アドルの殺人は独立した事件に過ぎないものの、台湾漁業、つまり世界最大の遠洋船団である台湾漁業全体の敏感な部分を逆撫でする公算が高いのだ。*3

このこと以外に台湾の漁業は巨大すぎて手を出せないため、執政者にとっても矛盾した

---

*3　台湾の遠洋漁業の登記船は全世界の三五・七三％を占め、年間生産高は約四百億台湾元。周辺産業への影響は千億元を超える。（資料：外行部緑色和平組織）

三重苦のような問題になっている。台湾の国際情勢によれば、国際漁業協会との交渉材料は持ち合わせていない。しかし国際条約を遵守するためには厳罰を科さなければならない。だが、漁業界は重罰化に強く反発し、票と資金という民意を重んじる政治の一番の弱点を突いてきた。

電話で佟寶駒《トンバオジ》は単刀直入に陳青雪《チェンチンシェ》に要求した。「船で何が起こったのか知りたいんだ」

陳青雪《チェンチンシェ》はようやく佟寶駒《トンバオジ》が自分の狙い通りに動き始めたことに興奮を隠しきれなかった。海浜《ハイビン》事件の鍵は使われた凶器でも被害者の人数でもなく、金と権力とビジネスが複雑に絡まり合っていることにこそあるのだ。陳青雪《チェンチンシェ》自身も未だに全貌を把握できていないが、総統の関心の高さと蔣徳仁《ジャンダーレン》の善意がすべてを物語っている。法務大臣といえど、この事件の意味するところと無関係ではいられない。

人の少ない深夜とはいえ、陳青雪《チェンチンシェ》は人に見つからぬよう注意深く行動した。ボディーガードと別れ、敢えて杭州南路《ハンジョンナン》に面した門からキャンパスに入った。ヤシ並木の影の下から躑躅《つつじ》の小道を通り過ぎ、正面のアーチ形のポーチの前でわざと立ち止まって不審者がいないことを確認した。

既に池の畔《ほとり》で待っていた佟寶駒《トンバオジ》は、せわし気に何度も徐州路《シージョン》側に目をやっていて、後ろから現れた陳青雪《チェンチンシェ》に気が付かなかった。

「あんたがまた来なかったら、俺は詩を詠もうと思ってたところだ」驚いた佟寶駒《トンバオジ》は言った。

陳青雪《チェンチンシェ》は煙草を取り出して、佟寶駒《トンバオジ》に勧めた。佟寶駒《トンバオジ》は首を振った。

「あなたが吸わないのを忘れてたわ」そう言って陳青雪《チェンチンシェ》は煙草に火を点けた。別に忘れていたわけではない。ただ試したかっただけだ。

「何かわかったか？」

「何の資料もないわ」陳青雪《チェンチンシェ》は一通の牛皮紙の封筒を取り出し、佟寶駒《トンバオジ》に渡した。「ついてきて」

佟寶駒《トンバオジ》の答えを待たずに、陳青雪《チェンチンシェ》は歩き出した。佟寶駒《トンバオジ》は彼女の後について、暗闇の中に並んでいる教室のポーチに向かって歩いた。

「あなただけが彼らの尻尾を摑もうとしているわけじゃないし、その尻尾を摑めなかったのはあなただけじゃないわ」陳青雪《チェンチンシェ》は言った。「ケニー・ドーソンという人のことを聞いたことはない？」

佟寶駒《トンバオジ》は首を振った。

「彼はアメリカ国籍の漁業監視員で、主にインド洋沖の遠洋漁業船に派遣されていた。去年の三月十日、仕事中に海に落ちて、行方不明のまま。彼が船上に残したはずのすべての記録もみんな消えてしまった」陳青雪《チェンチンシェ》が続ける。「ケニー・ドーソンが乗っていたのはどの船だと思う？」

佟寶駒《トンバオジ》は陳青雪《チェンチンシェ》の言いたいことを察した。

監視員は漁業組織から依頼を受け、不定期に漁船に派遣され、海洋の科学的資料を収集し、また違法操業が行われていないことを確認するために漁獲作業を記録する。職務には高度な監督作業も含まれており、広大な海の上で単身巨大な漁業権益と戦わなければならない非常に危険な仕事である。

「彼が海に落ちた日は海は穏やかだったと言われている。国際規定では乗組員が海に落ちても、漁船はたったの三日間その場に留まって捜索すればいいことになっているの。つまり遥か彼方の洋上で何かが起こったとしても、みんな海が隠してくれる」陳青雪《チェンチンシェ》が言った。

「さらに言えば、台湾には管轄権すらないわ」

「メディアはこの件に関して報道しなかったのか？　俺は全く覚えがないんだが……」佟《トン》寶駒《バオジ》は記憶を手繰りながら尋ねた。

「すべてがメディアの責任ってわけじゃない。そもそも台湾人はこういうことには興味を示さない」

「この件と海浜《ハイビン》事件はどう繋がっているんだ？」

「国外のNPO団体……〈通信者〉が長期にわたって台湾の遠洋漁業を追いかけているんだけど、彼らは『平春十六号《ピンチュンシーリュウハオ》』は乱獲、フィッシュロンダリング、乗組員の虐待や密輸にも関与していると認定しているの。ケニー・ドーソンのことも単純な事故ではないと思う」

佟寶駒《トンバオジ》は手がかりを組み合わせ始めた。「だから台湾に戻るなりすべての船員を解雇して……」

「その言い方は正確ではないわね。その船に乗っていた外国籍漁船員はすべて外国で雇用されていて、そのうちの何人かはシンガポールで仲介業者に連れられてきた可能性もある」陳青雪《チェンチンシェ》は言った。「私たちは信頼できる漁船員リストすら手に入れられていない」

「唯一逃げ出したのがアブドゥル・アドル」佟寶駒《トンバオジ》は言った。「もしやつが確実に何かを目撃していたのなら、鄭峰群《ジョンフォンチェン》は必死で探していただろうな」

「それから海浜《ハイビン》事件にはもうひとつの鍵がある」陳青雪《チェンチンシェ》が言った。

「船員の虐待」佟寶駒《トンバオジ》は即座に判断した。「もしあいつが虐待されていたなら、それは殺人の動機になる。だが振り出しに戻っただけじゃないのか？　俺たちには船上で何が起こったかを証明する手段がないんだから」

「寶哥《バオゴー》」煙草の最後の一口を吸い込んだ陳青雪《チェンチンシェ》は、地面に擦りつけてその火を消した。

「あなた、自分がいまどんなことに直面しているのかわかっている？　本当に大丈夫なの？」

佟寶駒《トンバオジ》はつまらなそうに言った。「ただの弁護人にしてみたら、何とも贅沢な話だなあ」

陳青雪《チェンチンシェ》は以前、どうしてこの先住民の男に惹かれたのかを思い出していた。

彼女は淡々と言った。「私の調査によると、はじめに逃げたのはアブドゥル・アドルではないわ。他のインドネシア国籍の船員が海に落ちて行方不明になってる。彼を探しだせたら、或いは」

「名前は？」

陳青雪《チェンチンシェ》は新しい煙草を口に咥えてから、ポケットから一枚の写真を取り出して佟寶駒《トンバオジ》に手渡した。「スプリアント。私たちの推測が正しければ、彼の身も危ないわ」

7

海浜《ハイビン》事件について陳青雪《チェンチンシェ》の見通しは非常に簡単なものだった。多くの情報を手に入れて主導権を握る。まさか政治と関わりのない問題が持ち上がるとは予想していなかった。

陳青雪《チェンチンシェ》と佟寶駒《トンバオジ》が密かに顔を合わせた数日後、思いがけず蔣徳仁《ジャンダーレン》が陳青雪《チェンチンシェ》の執務室を訪れた。彼は秘書に邪魔しないよう手で合図しながら、反対側の手でドアを叩いた。

陳青雪《チェンチンシェ》はその訪問に驚いたが、特に止めることもせず蔣徳仁《ジャンダーレン》の入室を許した。

蔣徳仁《ジャンダーレン》は小さな包みを差し出した。

「誕生日おめでとう」

陳青雪《チェンチンシェ》は少し訝しんだが、プレゼントを受け取った。「どうしてウィキペディアが誕生日を載せるのか、理解できないわ」

「ウィキペディアがなくても調べはつくんだよ」

陳青雪《チェンチンシェ》は包みを開いた。甘い香りが立ち上り、一連の数珠が姿を現した。

「白檀《バイタン》だ。チベットの高僧が加持をしている」

「ありがとう」

「どうするんだ？」

「何が？」

「誕生日だよ」

陳青雪《チェンチンシェ》はボトルのキャップを外して、ウィスキーをふたつのグラスに注いだ。「何も。他の人には何かあるみたいだけど」

「今日じゃなくても構わないから、旨い飯を食いに行こう」蔣徳仁《ジャンダーレン》は言った。「プライベートで」

陳青雪《チェンチンシェ》はウィスキーのグラスを蔣徳仁《ジャンダーレン》に差し出したが、彼は手を挙げて断った。「いや、結構。最近、飲むのを控えていてね。……ほら、ボトルをひとつも持っていない」

蔣徳仁《ジャンダーレン》はコートの前を開いて得意げに笑った。この一週間酒を口にしていない。それがどんなに大変なことだったか。

陳青雪《チェンチンシェ》は蔣徳仁《ジャンダーレン》のこのような笑顔を初めて目にして些《いささ》か感動した。彼の飲酒問題は誰もが知っていて、前妻と娘が交通事故で命を落としてから始まったと言われていた。他にアルコール依存症が離婚の原因だったという説もある。アルコール、それは権力闘争の中で自分を麻痺させる唯一の薬なのだ。

陳青雪《チェンチンシェ》はそれらがすべて正しいことを認めていた。彼女の観察によると、蔣徳仁《ジャンダーレン》のアルコール依存は自分の繊細さや不安に対する恐怖が原因で、アイデンティティにおいて許されない感情を避けているのだという。

だから、陳青雪《チェンチンシェ》は蔣徳仁《ジャンダーレン》のアルコール依存症よりも禁酒を心配するのだ。

「あなたは自分自身をコントロールできるタイプじゃないわ」

「もうコントロールできているじゃないか」

「十分とは言えないわ。食事のことは……またにしましょう」

張り付いた笑顔で頷いた蔣徳仁《ジャンダーレン》は、陳青雪《チェンチンシェ》のデスクの上に一冊のファイルがあることに気が付いた。それは「平春十六号《ピンチュンシーリュウハオ》」の調査記録だった。

「どうしてだ？　私はふたつの案件を一緒にするなと忠告したはずだ」

「手を貸してくれないなら、足を引っ張らないで」

蔣徳仁《ジャンダーレン》の語気が強くなった。「俺は君に協力しているだろう！」

陳青雪《チェンチンシェ》は蔣徳仁《ジャンダーレン》を見つめた。この男は一線を越えてしまった。思いとどまらせなければ。

「どうして私があなたと一緒にいると思うの？」

「何を言っているんだ？」

「修寶駒《トンバオジ》を知ってる？　海浜《ハイビン》事件の弁護人の」陳青雪《チェンチンシェ》は言った。「彼もあの絵が好きなんですって。とってもね」

「君たち……君はそいつも家に連れ込んだのか？」

「必要な時に必要な物を選ぶのよ」

「何を言ってるんだ？」蔣徳仁《ジャンダーレン》は怒りのあまり、目の前のデスクの上に載っていたものを薙《な》ぎ払った。「そいつに何を教えたんだ？」

外から心配した秘書がドアを叩く音が聞こえた。

陳青雪《チェンチンシェ》は床に落ちたものを見ながら冷静に言った。「秘書長、向こうへ行きなさい」

「すまない。俺は……」息を切らせた蔣徳仁《ジャンダーレン》は狼狽えているように見えた。

「出て行って」

酸素が足りないかのように目を見開いた蔣徳仁《ジャンダーレン》は、数歩よろめいた後、テーブルの上のグラスを摑んでウィスキーを一気に飲み干してから、早足で出て行った。

陳青雪《チェンチンシェ》は去っていくその背中を見つめながら、修寶駒《トンバオジ》を持ち出すのは賢明ではなかったと気が付いた。

8

アブドゥル・アドルからより多くの情報を引き出すために、佟寶駒《トンバオジ》は拘置所を再訪することにした。

高等法院の入口で佟寶駒《トンバオジ》は公用車を待っていた。傍らには連晉平《リエンジンピン》とリーナ。誰も口を開かなかったが、佟寶駒《トンバオジ》ですらその場の気まずさを感じていた。

公用車が到着し、連晉平《リエンジンピン》とリーナが乗り込もうとするところを佟寶駒《トンバオジ》が一歩先んじた。

「ほらほらほら、分かれて分かれて」佟寶駒《トンバオジ》は大声で叫んだ。「腰に良いから、俺が真ん中だ」

アブドゥル・アドルに接見した連晉平《リエンジンピン》は通訳のリーナを通して「船の上の仕事と休憩はどんな感じだったか」「食事は十分だったか」「肉体的暴力を受けたことはないか」などいくつか質問を投げかけた。しかしアブドゥル・アドルは依然黙ったままであった。

修寶駒《トンバオジ》はケニー・ドーソンの写真を取り出し、この男を知っているか尋ねた。アブドゥル・アドルは頷いた。修寶駒《トンバオジ》はさらに尋ねた。「あんたはこの男に何が起こったのか知っているのか？」アブドゥル・アドルはまた虚ろな表情を見せた。

次に修寶駒《トンバオジ》はスプリアントの写真を取り出し、この男を知っているか再び質問した。アブドゥル・アドルは無表情なまま答えた。「Garuda」

「Garuda？」

「Garuda」

リーナは眉をひそめて説明した。「Garuda は鳥です。インドネシアの象徴。神話の中の鳥」

「インドネシアの国章？ 金翅鳥《こんじちょう》？」連晉平《リェンジンピン》が口を挟んだ。

連晉平《リェンジンピン》が指しているのはインドネシアの国章のガルーダ・パンチャシラだ。その形象はヒンドゥー教の神の鳥ガルーダに由来し、パンチャシラという言葉はサンスクリット語の「五」と「戒律」に源を持ち、インドネシアの建国の五原則である。唯一神への信仰、人道主義、国家統一、民主主義と社会正義を表している。ガルーダの脚が摑む綬帯にはインドネシアの標語の「多様性の中の統一（Bhinneka Tunggal Ika）」が古いジャワ語で書かれていて、様々な民族と宗教間で共存するという建国精神を示している。

アブドゥル・アドルがまた口を開いた。「Tegakkan kepalamu garuda.」

リーナは躊躇《ためら》いながら訳した。「ガルーダの頭を上げろ……そう言ってます」

「どういう意味だ？」佟寶駒《トンバオジ》がリーナに尋ねた。

「まるでサッカーを応援しているみたい」

アブドゥル・アドルは再度口にした。「Garuda」

これでは埒《らち》が明かない。佟寶駒《トンバオジ》は頭を低くしてため息をついた。

突然アブドゥル・アドルが言った。「Omah nang endi?」

リーナが言った。「家がどこにあるか聞いてます」

「どういうことだ？」佟寶駒《トンバオジ》が聞いた。

「インドネシア？」リーナは方向を示そうと手を上げかけたが、自分もよくわかっていないことに気が付いた。「インドネシア？　南の方……」

アブドゥル・アドルが急に立ち上がり、一番近くの窓に駆け寄った。警備員が慌てて彼を引き留める。

「Matahari, matahari nang endi?」

佟寶駒《トンバオジ》たち三人は椅子から立ち上がり、乱心したアブドゥル・アドルが警備員に連れられて行くのを見ていた。

リーナは俯いてゆっくりと言った。「あの人、太陽はどこにある？　って……」

拘置所を出た三人は、街角で迎えの公用車を待った。

木陰の下でリーナは、眩しく輝く太陽を見ていた。今日の空は殊の外青く、雲ひとつなかった。リーナはなぜアブドゥル・アドルが太陽の方向を尋ねたのか考えていた。なぜ他に何も言わないのだろう？　なぜ……。

リーナは佟寶駒《トンバオジ》に尋ねた。「私に、他にできることはありますか？」

連晉平《リェンジンピン》が言った。「おそらく以前の調書の翻訳に問題があると思うんだ。もし君に時間があれば……」

リーナはお金は要らないと言って、佟寶駒《トンバオジ》を驚かせた。

連晉平《リェンジンピン》は頷き、佟寶駒《トンバオジ》はそれ以上考えるのを止めた。今は僅かな手掛かりにすらしがみつくしかないのだ。

9

法院に戻る公用車の中で、佟寶駒《トンバオジ》は依然真ん中の席に陣取っていたが、その両側に座る連晉平《リェンジンピン》とリーナは頭を下げてスマートフォンでショートメッセージを送り合っていた。

連晉平《リェンジンピン》「Tonight?（今夜は？）」

リーナ「OK（大丈夫）」

リーナは本心では連晉平《リェンジンピン》にどうしてあの晩自分との約束をすっぽかしたのか尋ねたかったが、気にしているように思われたくない気持ちもあり、どう伝えたらいいのか考えあぐねていた。連晉平《リェンジンピン》のメッセージが届いた。

「I was busy the other night. Sorry I didn't get to contact you.（あの晩、忙しくて、君に連絡できなかったんだ。ごめんね）」

どう返事をしていいかわからないままのリーナの横で、佟寶駒《トンバオジ》が突然大声で怒鳴った。

「今の若者はスマートフォンばかり使ってやがる。コミュニケーションをなんだと思ってるんだ。悲しいったらありゃしない」

その晩連晉平《リェンジンピン》は魚のフライを手にリーナを訪ねた。さらにインドネシアでは魚のフライにはＡＢＣホットソースを付けるものだと聞いて、特別にそれも買ってきていた。彼女への償いのつもりだった。

ふたりはコンビニのイートインコーナーで待ち合わせて、何とか座る場所を確保した。それから連晉平《リェンジンピン》は飲み物を二缶注文しにレジに向かった。リーナは慌てて駆け寄って、百元札を差し出した。

連晉平《リェンジンピン》は微笑んで、手を振った。リーナは百元を引っ込めて、消沈して席に戻った。連晉平《リェンジンピン》が席に戻ると、ふたりは魚のフライを食べ始めた。今朝のアブドゥル・アドルの奇妙な行動の影響を受けて、リーナの心情は穏やかではなく、それが食欲にも現れていた。さほど食べていないのに、リーナの手が止まった。

連晉平《リェンジンピン》はリーナの様子に気が付いて慰めるように言葉をかけた。「調書の翻訳は、アブドゥル・アドルの力になると思う。僕も手伝うから、心配しなくていいよ」

リーナは頷いた。「インドネシアに帰って、もし勉強できるなら、私は法律を学びたいと思います」

「帰る？　いつ頃？」連晉平《リェンジンピン》は的外れなことを聞いた。

「誰かを助けたいんです。助けを必要としている人を」

「最近インドネシアでは刑法修正問題の抗議行動が多発してるって……本当？」

リーナは故郷のニュースを連晉平《リェンジンピン》が気にかけていることを不思議に思いながらも頷いた。

「ニュースで見たんだ。あんな法律は良くないよ……。もし君が法律を学びたいなら、台湾に残るべきだ」

「お金がありません」

「僕が協力するよ。いろんな人が知り合いにいるし、奨学金を申請してもいい」連晉平《リェンジンピン》は続けた。「台湾の法律は進んでいる方だし、人権だって大切にしている」

「台湾の法律はアブドゥル・アドルを殺そうとしています」リーナは不満そうに言った。

「イスラムは許すことを大切にします。必ずしも殺す必要はありません」

コーランは赦しを呼びかけており、敬虔なムスリムであるリーナの最も深いところに刻み込まれているのは「ひとつの傷害に対する報いはそれと相当の傷害である。だが寛容して和解する者にはアッラーは贈り物をくださる。アッラーは道に外れた者をお好みにならない」*4という一節だ。いま、法律や文化の違いによって生まれる衝撃を、リーナは誰よりも感じていた。

連晉平《リエンジンピン》がインドネシアの法律にも、イスラムの信仰にも通じていないのは当然だ。彼は異なる文化を断片的に理解しており、自分の潜在的な偏見に気付いたとき、何も言えなくなってしまった。しかし、本当に耐えられなかったのは、自分を救世主と見做すような優越感だ。

連晉平《リエンジンピン》は自分の言葉の底に偏見を感じて、慌てて言い添えた。「君はここでも移民就労者を助けることができるよ」

台湾人のインドネシアに対する典型的なイメージに慣れ切っていたリーナは、それ以上何も言わなかった。彼女は連晉平《リエンジンピン》のことを好きな自分が恨めしかった。どんなに頑張っても、自分は永遠に部外者なのだ。

リーナは黙って百元札を取り出して、テーブルの上に置いた。

説明するつもりはなかった。それは何日か前に、許《シ》がリーナのズボンのポケットに押し込んだ百元札だった。

＊4　コーラン四十二章四十節。

10

書類整理をしていた連晋平《リェンジンピン》は、廊下から響いてくる唸り声に気が付いた。遠くからではわからなかったが、徐々に近づいてくるそれは佟寶駒《トンバオジ》の声だった。佟寶駒《トンバオジ》がドアを開けて押し入ってくる直前、ようやく連晋平《リェンジンピン》は彼が「ガルーダ——」と喚《わめ》いているのだと理解した。

赤いサッカージャージを身に着けて執務室に突撃してきた佟寶駒《トンバオジ》は、腕を振り上げると、再び大声で叫んだ。「さあ、みんなで一緒に！　Tegakkan kepalamu garuda! Tegakkan kepalamu garuda!」

林芳語《リンファンユ》は慌ててドアを閉めた。「いつか誰かがごみの回収に来ればいいのに」

連晋平《リェンジンピン》は冷たい目で佟寶駒《トンバオジ》を見つめた。「あなたの人生になにか新展開があったんですね？」

腰を捻って椅子に座った佟寶駒《トンバオジ》は、脚をデスクの上にのせた。「俺じゃないよ。海浜《ハイビン》事件だ」

「ってことは、ガルーダの意味がわかったんですか？」

「金翅鳥だよ。インドネシアの国章」

「それ、僕が言いましたよね」

「ちょっと俺を見てみろって」

「サッカー選手に鞍替えしたんですか？」

「どこかで見たことないか？」

佟寶駒《トンバオジ》の悪ふざけに巻き込まれないよう、しばらく連晉平《リェンジンピン》は間を置いた。

「ファイルを捲《めく》ってみろ！」佟寶駒《トンバオジ》は悠然と自分の爪を見ている。

連晉平《リェンジンピン》は急に何かに思い至ったように、慌てて裁判記録を取り出して、頭の中の手掛かりを徐々に繫ぎ合わせていった。彼は和平島《フーピン》の観光漁港市場に設置されていた監視カメラの殺人当夜の映像のキャプチャ画像を見つけだし、自分の推測を確信していった。……アブドゥル・アドルは事件当時、赤いサッカージャージを着ていた。

事件発生後、連晉平《リェンジンピン》は報道で何度もこの画像を目にしていたのを覚えている。ビデオの中のアブドゥル・アドルはふらふらしていて、手の中のナイフがアブドゥル・アドルの赤い手に冷たい光を反射させていた。スクリーン越しにも不気味さが漂ってくる。

連晉平《リェンジンピン》は質問した。「これとガルーダにどんな繋がりがあるんですか？」

「インドネシアのサッカーのナショナルチームの愛称がガルーダなんだ」

「ああ、それはアブドゥル・アドルが熱狂的サッカーファンの殺人犯ということしか証明できませんね」

「よく見てみろ」

連晉平《リェンジンピン》はキャプチャ画像を注意深く見てみた。和平《フーピン》島観光漁港市場に設置された監視カメラの画面の右上の隅から姿を現し、スクリーンの上に沿って移動しカメラに背を向けてフレームアウトしていった。連晉平《リェンジンピン》はこの見慣れた画面から何の手掛かりも摑めなかった。

「ジャージの上の方にある名前は？」

ぼやけた画面の中から、連晉平《リェンジンピン》はゆっくりと文字を確認した。「ス……プ……リ……アント！」

連晉平《リェンジンピン》ははっとした。「サッカーのインドネシア代表選手の!?」

佟寶駒《トンバオジ》は頭を振った。「ホーリー媽祖《マーズー》。蓮霧《リェンウー》、Where is your 論理？」

「要点を言ってください」

「鍵はここだ」佟寶駒《トンバオジ》は監視カメラのキャプチャ画像を指して言った。「ジャージの上の略語はＴＩＦＬ。これはTaiwan Immigrants Football League。つまり台湾外国籍移民サッカー連盟だ」佟寶駒《トンバオジ》は自分のぎこちない英語の発音に胸を張った。「聞いたことはあるか？」

連晉平《リエンジンピン》は首を振った。

「問題ない。俺も知らなかった。簡単に言えば、台湾外国籍工作者（労働者の意）発展協会が主催するサッカー大会で、毎年たくさんの国のやつらや移民がチームを組んで参加する」*5

佟寶駒《トンバオジ》はサッカージャージの中央にあるサッカーボールのシルエットに囲まれた翼を広げた鷹を指さした。「これが、ＴＩＦＬのインドネシアチームのシンボル、ガルーダだ」

連晉平《リエンジンピン》はインドネシアの国章を変形させたその図案を見つめた。ついに手掛かりが繋がった。「スプリアントはサッカーチームの選手で、アブドゥル・アドルにサッカージャージを贈ったんだ！」

佟寶駒《トンバオジ》は笑顔を見せた。この発見にはふたつの意味がある。ひとつは事件の前からアブドゥル・アドルはスプリアントと繋がっていたこと。もうひとつはスプリアントの行方は、明確な手掛かりになるということだ。

「どうやって見つけたんですか？」

「Tegakkan kepalamu garuda!」佟寶駒《トンバオジ》は両手で羽ばたく真似をした。「神の鳥のご加護だ！」

「Tegakkan kepalamu garuda!」連晉平《リェンジンピン》も佟寶駒《トンバオジ》の真似をして、大げさに両手を動かした。ふたりは執務室でガルーダになりきって追いかけっこを始めた。林芳語《リンファンユ》はその姿を白い目で見ていた。

突然ノックの音がして、ドアが開いた。そこにいたのは連正儀《リェンジョンイー》であった。ふたりは気まずそうに動きを止めた。

「父さん？」

この情景を目にしても、連正儀《リェンジョンイー》は顔色ひとつ変えなかった。「ちょっと様子を見に寄っただけだ」

体裁を気にしない佟寶駒《トンバオジ》も、さすがに気まずさを覚え、赤いサッカージャージの上着で手を擦って差し出した。「裁判長、ご高名はかねがね伺っております」

連正儀《リェンジョンイー》は差し出した手を無視して、ただ慇懃《いんぎん》に答えた。「こんにちは」

連正儀《リェンジョンイー》が顔を出したのはたまたまというわけではなく、何日か前に麻雀を打った際、佟寶駒《トンバオジ》の話題を耳にしたからだった。どうにも佟寶駒《トンバオジ》のことが頭から離れなくなったため、

＊5　台湾外国籍移民サッカー連盟の二〇二〇年のトーナメントは、参加チーム二十四、参加人数八百人。

一度会っておこうと考えたのだ。

「寶駒《バオジ》か？」連正儀《リェンジョンイー》は招かれるのを待たず、執務室の中に進んだ。「晋平《ジンピン》は指導官はいい人だと言っている。たくさんのことを学んだようだ。心遣いに感謝する」

連正儀《リェンジョンイー》は紙袋から赤ワインのボトルを取り出し、敢えてフランスのボルドー産のものであることがわかるようラベルを見せた。

「ああ、俺は飲まないので」

「そうなのか？　珍しいな」連正儀《リェンジョンイー》は言葉を濁した。「いつか一緒に飲もうと言うつもりだったのだが」

「俺は煙草もやらないので」佟寶駒《トンバオジ》は冗談めかした。「こんな扱いにくい先住民は初めてですか？」

「君は何かを信仰しているかね？」

「いえ」

「そうか。私は先住民はみな信仰があるのだと思っていたよ」

「だから俺は扱いにくいんです」

連晋平《リェンジンピン》はふたりが何を話しているのか理解できず、居心地悪そうに傍に立ってただ作り笑いを浮かべていた。

「信仰を持つのはいいことだ。迷いが生じた時に行く先が見える」連正儀《リエンジョンイー》は含みを持たせた言い方で頷いた。「海浜《ハイビン》事件のようなケースは、君の御父上のことを思い出させるな」

佟寶駒《トンバオジ》は一瞬呆気にとられた。佟守中《トンショウジョン》は何に関わっている？ こいつは何を知っているんだ？ どうしてこんなことを俺に聞かせるんだ？ 佟寶駒《トンバオジ》は内心湧き上がる疑問を隠して、満面に笑みを作った。「完全無欠のパパなんていないんですよ」

連晉平《リエンジンピン》と林芳語《リンファンユ》は困惑していたが、とても口を出せる雰囲気ではない。ふたりはその場に固まるしかなかった。

連正儀《リエンジョンイー》は赤ワインをデスクの上に置き、コートのほこりを払うと、全員に向かって言った。「まあ、これ以上仕事の邪魔をするのはやめましょう」

連正儀《リエンジョンイー》は事務室から立ち去る際、既に佟寶駒《トンバオジ》について心を決めていた。裁判官としての年月を経て、連正儀《リエンジョンイー》は己の人を見分ける能力に自信を持つようになっていた。彼は固く信じていた。血の中に潜むものは決して変えられないと。

11

佟寶駒《トンバオジ》の中の一番古い基隆中元祭《ジーロンジョンユァンジー》（福建省と泉州市からの移民が争いをおさめるために始めた祭り）の記憶は、佟守中《トンショウジョン》が投獄された後のことだった。

すべては色とりどりのプラスチックの風車から始まった。

八月のある夜、佟寶駒《トンバオジ》は母親の馬潔《マジィ》が帰ってくるのをベッドの上で待ちながら眠ってしまった。物音に気付いて目を開けると、ベッドの横にはラムネと麥根沙士《マイゲンシャシ》（ルートビア）の箱がいくつも積まれていた。馬潔《マジィ》はそっと彼の顔を撫でて、様々な色のプラスチック片が入ったビニール袋を差し出した。「これを全部組み立てたら、ソーダを一本あげる」

佟寶駒《トンバオジ》は眠くてたまらなかったが、馬潔《マジィ》に倣ってベッドの上で黙々と色とりどりの風車を組み立てた。馬潔《マジィ》は最初に組み立てた風車を佟寶駒《トンバオジ》にくれた。彼女は窓際で、夜風が吹くのを待っていた。

夜は更け、佟寶駒《トンバオジ》の小さな頭はどんどん重くなっていった。窓辺の風車は回る時に規則的にカラカラと音を立てた。袋の中にはまだ手を付けていない風車が残っていて、それを見た佟寶駒《トンバオジ》はソーダが欲しいと泣き出した。

馬潔《マジィ》はソーダを一瓶佟寶駒《トンバオジ》に渡した後、自分も一瓶取って栓を開けた。ふたりはベッドの上に座って、窓辺の風車が速くなったり遅くなったりしながら回るのを見ていた。馬潔《マジィ》は佟寶駒《トンバオジ》に尋ねた。「風車は嫌い？」佟寶駒《トンバオジ》は首を振った。

次の日の朝、佟寶駒《トンバオジ》は彩りに溢れた光の中で目を覚ました。馬潔《マジィ》が窓の外で自分を呼んでいる。窓辺によじ登ると、馬潔《マジィ》が飲み物でいっぱいのカートの横に立っていた。その上には様々な風車が風を受けて馬鹿みたいに回っていた。

馬潔《マジィ》はその眩いばかりの光の中で大声で言った。「幽霊を見に連れて行ってあげる」

その夜の基隆《ジーロン》の町は朝の風車よりもっと眩しかった。初めて目にする人の多さに興奮して、佟寶駒《トンバオジ》はカートの周りを飛び跳ねた。彼の目にはすべてのものが輝いて見えた。

すべての幟に「李」の文字が書かれているのを見た佟寶駒《トンバオジ》は、自分の順番が気になって母親に尋ねた。馬《マ》の番はいつ回ってくるの？

「馬《マ》？　佟《トン》も馬《マ》もないよ」

佟寶駒《トンバオジ》は不思議なほどがっかりした。

「あれだって私たちの苗字じゃないんだから、気にしないの。もともとアミ族には苗字なんてないんだから」

「あるよぉ。僕の苗字は佟《トン》じゃないか」

「お父さんのおじいちゃんがつけたんだよ」馬潔《マジィ》は適当に答えた。背中が痛んでいたが、露店を出すのに適当な場所が見つからない。

実は馬潔《マジィ》もその背景についてはよくわかっていなかった。もちろん当時の、日本が戦争に負け、国民政府に台湾が接収された時、彼女はまだ生まれる前だった。日本名から中国名への改名の政策も理解していなかった。馬潔《マジィ》の中国姓が「馬《マ》」なのは、祖父のアミ族名が「マヤウ」だったため、戸籍係が音に漢字を当てはめて登記したからだ。佟守中《トンショウジョン》の漢姓に至っては、登記申請の際にどのような姓を名乗ればいいかわからなかったため、役所の係が自分の姓を使って登記した結果、村中の住民が「佟《トン》」という姓になってしまった。

佟寶駒《トンバオジ》はそれ以上質問しなかったが、非常に疑わしいと感じていた。都市部に暮らす先住民として、彼は曖昧な世界との交流にかなり早い時から慣れていた。不明瞭なことを説明するのに時間を使う人はいなかった。彼らの言葉、彼らの信仰、彼らの名前。それらは一月の基隆《ジーロン》の雨よりまだあやふやだ。

馬潔《マジィ》は辛うじて基隆《ジーロン》医院の向かいの路地に落ち着く場所を見つけた。それから佟寶駒《トンバオジ》にソーダを飲ませ、山に食べるものがあるから、行きなさいと言った。鍾馗《ジョンクェイ》さんを見たら、帰ってくるようにと。

佟寶駒《トンバオジ》は人の流れについて、山に向かった。祭りの最も重要な祭場である主普壇《ジュプータン》の方向から絶え間なく爆竹や太鼓の音が聞こえてくる。薄暗い中、中正《ジョンジョン》公園の右の階段を上っていった。周囲の人がどんな様子なのかもわからなかった。佟寶駒《トンバオジ》は方言や訛りやその他様々な言葉を耳にした。金髪碧眼の外国人の水兵の笑い声は不思議なリズムをしていた。

佟寶駒《トンバオジ》は人混みをかき分けて、主普壇《ジュプータン》に辿り着いた。最初に目に飛び込んできたのは赤い布で飾られた肌色のレリーフを持つ巨大な木の板だった。佟寶駒《トンバオジ》は近づいて長い間それを見ていた。やがてそれが腹から切り裂かれ、人間よりも大きく熨《の》されたお供え物の豚だと気がついた。佟寶駒《トンバオジ》はその吊り上がった目を見て恐怖のあまり叫び声をあげて、主普壇《ジュプータン》を取り巻く電飾の下をがむしゃらに走った。しかしそれはさらにいくつもの死んだ目に晒されるだけだった。

一陣の風が和平島《フーピン》から基隆港《ジーロン》へと渡り、主普壇《ジュプータン》の前に線香の灰と炎が舞い上がった。明星花露水《ミンシンホワルーシュイ》と白檀《バイタン》の香りが混じり合い、数えきれないお供え物や飾り物にまとわりついている。目に涙を浮かべながらも佟寶駒《トンバオジ》は、中元《ジョンユアンジー》祭に欠かせないお菓子……蓮の葉の形を模した摩訶粿《モホークィ》と桃の実を模した必桃《ビータオ》を貰う列に並んだ。それから麻油鶏《マーヨウジー》と八寶飯《バーバオファン》を何杯か食べた。満腹になれば佟寶駒《トンバオジ》は、もう何も怖くなかった。空腹は自分を魂の入れ物というより幽霊に近づける。

数年後、彼はようやく中元祭《ジョンユァンジー》の歴史的意義を理解するようになった。この海辺の街のあらゆる片隅には、死の記憶が溢れている。漳泉《ジャンチェン》の争いで戦った人々の魂、海に飲み込まれていった孤独な魂、あらゆる死の彷徨える魂は、語り継がれ、そして鎮められなければならない。様々な移民社会の対立を道教の儀式の喧騒と、豊かさを固辞する快楽の中で和解させるのだ。

佟寶駒《トンバオジ》には自分が死んでもお迎えが来ないのではないかと不安で仕方がない時期があった。他の土地からやって来た人々にとって、自分は移民ではないからだ。でも、と彼は考えた。幸いなことに漢名を持っているので、上手くごまかすことができるかもしれない。どのみち、この世にいない者たちがお供え物を食べ尽くすことはないだろう。

佟寶駒《トンバオジ》と馬潔《マジィ》が八尺門《バーチムン》の我が家に戻ってきたのは、もう真夜中近くだった。暗闇の中、疲れた身体をベッドに横たえながら、馬潔《マジィ》は風車にお札を張ればもっと売れるんじゃないかと言った。佟寶駒《トンバオジ》は、死んだ後でもお腹いっぱい食べられるのは最高だと言った。

「アミ族の幽霊は食べるものがなくても少しも心配要らない。神様が迎えに来て、先祖の元に帰るのだから」話し終わると馬潔《マジィ》は大きな鼾《いびき》をかき始めた。

佟寶駒《トンバオジ》は神様の食べ物は美味しいのかなと、そのことが気がかりでしょうがなかった。

12

三十年後、佟寶駒《トンバオジ》は八尺門《バーチムン》の幽霊から台北の人になった。満天の花火と喧騒の中、基隆《ジーロン》の中元《ジョンユァンジー》祭は百六十六年目を迎えた。

中元《ジョンユァンジー》祭を利用して基隆《ジーロン》に戻るのが、佟寶駒《トンバオジ》の長年の習慣だった。彼は無縁仏が十分に食べているか気にかけないし、民間伝承儀式にも興味がなかった。ただ摩訶粿《モホークィ》と必桃《ビータオ》の味を懐かしみ、様々な軽食を味わえればそれでよかった。それから長年抱えている風車の思い出に浸りたかった。

海浜《ハイビン》事件の新たな手掛かりを得て、佟寶駒《トンバオジ》は安堵していた。ふと事件のことで暗い顔をしていたリーナを思い出した。そういえばまだスカーフも渡せていない。佟寶駒《トンバオジ》は彼女を外の空気を吸いに行こうと誘い出すことにした。台湾で最も盛大な民俗行事に連れて行って、彼女を労うのだ。

リーナはいつもの服装に、ヒジャブを被らずに現れた。緩やかな黒髪が自然に下がり、彼女をスマートに見せていた。佟寶駒《トンバオジ》は遠くからは見ていたが、改めて近くで彼女の輝きを目にして感嘆した。

佟寶駒《トンバオジ》は恭しく車のドアを開けた。「デートモード、オン」

「どういう意味ですか？」リーナが質問した。

「出発進行！　って意味だ」

エンジンをかけた佟寶駒《トンバオジ》は、得意の笑顔を見せた。

佟寶駒《トンバオジ》はまず前菜を御馳走するために、リーナを基隆《ジーロン》のインドネシア街の食堂に連れていった。中正路《ジョンジョン》と孝三路《シャオサン》の周辺にはここ何年かの間で、多くの東南アジア系の商店と飲食店が店を構えていた。佟寶駒《トンバオジ》は以前のこの辺りの路地を良く知っていたので、当時のことを思い出すと些《いささ》か奇妙な気分になるのだった。

民国五〇～六〇年代（一九六一～一九八〇年）の基隆《ジーロン》の港町は、バーやレコードショップ、輸入業者が立ち並び、観光客や船員たちで賑わっていた。目には眩いネオン、耳にはジャズ、世界の最先端のファッションに身を包み、基隆《ジーロン》は世界の中心のようだった。エキゾチックな風情は今でも変わらないが、その顔ぶれが変わり、流れる音楽はインドネシアで流行りのダンドゥットやポップ・ダエラ*6になり、立ち込める蒸し暑い空気には香辛料の香りが含まれるようになった。建物は古くなり、通りは小さくなったが、人々のエネルギーは健在だ。

佟寶駒《トンバオジ》はリーナのためにシーフード入りの酸辣湯《サンラータン》を注文し、自分は牛肉団子《バクソ》のスープを頼んだ。それからふたりはゆっくり祖廟に向かって歩きながら、祭りの雰囲気を楽しんだ。

「インドネシア語で、お腹いっぱいですかって何て言うんだ？」

「何のことですか？」

「これは台湾人の伝統で、『元気ですか？』と聞くんじゃなくて、『お腹いっぱいですか？』って聞くんだ』佟寶駒《トンバオジ》は説明した。「台湾人は空腹を嫌がるんだ」

「Sudah makan kenyang belum?」リーナが答えた。「インドネシア人にとっては変な質問です」

「大丈夫。俺は変だと思わないよ」

佟寶駒《トンバオジ》は祖廟前の夜市の屋台で刺身と寿司の盛り合わせを注文した。

「こいつは活きがいいぞ」

「ここ、基隆《ジーロン》ですよね？」

既に料理に箸をつけ始めていた佟寶駒《トンバオジ》は、無言で頷いた。

＊6　台湾のインドネシア人就労者が好んで聞いたり歌ったりするインドネシアの流行音楽の種類。

「アブドゥル・アドル……」

「ああ……。この漁港にいた」

リーナは刺身を見つめるだけで、手を出そうとしなかった。佟寶駒《トンバオジ》の口の中の刺身が、徐々に味を失っていった。

佟守中《トンショウジョン》が突然姿を現した。

「あ」佟寶駒《トンバオジ》は声をかけることもできずに、固まってしまった。

「クソガキめ、俺抜きで旨いものを食いやがって」佟守中《トンショウジョン》は腰を下ろし、刺身を注文するとリーナに向かって言った。「金があるなら東欧人を選べばよかったのに」

「ホーリー媽祖《マーズー》」佟寶駒《トンバオジ》は顔を顰《しか》めた。「食いたきゃ食え。要らん口を挟むな」佟寶駒《トンバオジ》はしぶしぶリーナに紹介した。「俺の親父だ」

リーナはアミ語を真似て、不思議そうに尋ねた。「クソガキ？」

「こいつはハローって言ったんだよ」佟寶駒《トンバオジ》は適当にごまかした。

リーナは佟守中《トンショウジョン》に向かって微笑んで言った。「クソガキめ。リーナです」

佟守中《トンショウジョン》の沈んだ表情が一気に明るくなった。「よく見ると別嬪《べっぴん》じゃないか」

「ホーリー媽祖《マーズー》……」佟寶駒《トンバオジ》が呟いた。

リーナは佟守中《トンショウジョン》に身振りで寿司を勧めた。

佟寶駒《トンバオジ》が文句を言った。「これは俺の分だ」

「一緒に食べましょう」リーナは柔らかく微笑んだ。

激しく頷いた佟守中《トンショウジョン》の口には、既に寿司が放り込まれていた。

三人はそれから、鰻のかば焼き、カマ焼き、味噌汁などを追加で注文した。満腹になると佟寶駒《トンバオジ》は立ち上がり、腹を叩いて支払いをした。

「佟《トン》さん、それじゃあな」佟寶駒《トンバオジ》は思わせぶりに言った。

「どこに行くのですか?」リーナが聞いた。

「主普壇《ジュプータン》だ」

「佟《トン》さん、一緒に行きますか?」

佟守中《トンショウジョン》は面白がって答えた。「いいね。おかみさん」

佟寶駒《トンバオジ》は目を丸くした。こいつは何を言っているんだ?

佟寶駒《トンバオジ》の肩を叩きながら、佟守中《トンショウジョン》は囁いた。「今度は出稼ぎ外国人か。お前にぴったりだな。なあに、言い訳なんぞしなくていいぞ」

リーナは不思議そうに繰り返した。「おかみさん?」

とっさに佟寶駒《トンバオジ》が口を出した。「お海産……物は美味しいなあ」

リーナは微笑みながら頷いて、佟守中《トンショウジョン》に向かって言った「お海産物は美味しいですね！」

佟守中《トンショウジョン》は軽蔑の色を目に浮かべたまま歩き出した。

そのあとを仕方なく追いかけた佟寶駒《トンバオジ》は、危うくプレゼントを屋台に置き忘れそうになってしまった。一体いつになったらこいつを渡せるのだろうか。

三人は主普壇《ジュプータン》で行われる普度《プド》（無縁仏を中心とした死者への振舞い宴）に向かって道を登っていった。途中、色紙や幟に囲まれながら、線香と煙の立ち込める中を通り過ぎたリーナは、なんだか街全体が燃えているように感じた。

カラフルな電飾の虹はＳＦ映画のようだ。リーナが一番驚いたのは三つのテーブルに山と積まれたお供え物の数々だった。様々なあの世の人々のために三つのテーブルは、肉料理と菜食料理、そしてフランス料理に分けられていた。佟寶駒《トンバオジ》はリーナにこれはあらゆる受難に対する台湾人の人道的な感情の表れだと説明した。

「中元《ジョンユァン》にはフランス墓地でも儀式が行われるんだ」[*7] 佟寶駒《トンバオジ》は冗談めかして言った。「もしかしたらいつか、ハラルフードのテーブルが誕生するかもしれないな」

「イスラムに幽霊はいません」リーナは不機嫌そうに答えた。

「台湾人は気にしないよ。神様でも幽霊でも、みんな腹いっぱいになればいいんだ」

「生きている時に自分を大切にできなかったら、死んだ後にたくさん食べたって何になるのですか?」

リーナの見識に佟寶駒《トンバオジ》は言葉を呑んだ。人の想像力は人間に対してより、幽霊に対する方がより豊かになるものだ。思い返してみると、これが三十年前の子どものころの恐怖の根っこだったように思う。人は案外簡単に色々な幽霊になれるものだ。だからこそ生きている者は年に一度の死者を迎える中元《ジョンユアンジー》祭をきちんと執り行わなければならない。

リーナは歓喜と熱気に溢れる祭りに心を動かされたように言った。「基隆《ジーロン》は……私の想像と違います」

佟寶駒《トンバオジ》は得意げに言った。「ここは素晴らしいところだろう?」そして彼女の気持ちを推し量って、慌てて付け足した。「新しい手掛かりを見つけたんだ。心配要らない」

リーナは少し安心したように頷いた。佟寶駒《トンバオジ》はこのチャンスにスマートフォンを佟守中《トンショウジョン》に渡して言った。

「佟《トン》さん、写真を撮ってくれないか?」

＊7　基隆市中正区にもともと清仏戦争で死んだフランス兵を埋葬していたが、後に清朝の国民的英雄陵と合併し、清仏戦争記念園区となった。

「牛の糞の上の花だな」佟守中《トンショウジョン》はスマートフォンの画面を見ながら、しみじみ言った。

さらに撮影後、自分の写真も撮るよう要求した。

佟寶駒《トンバオジ》はいやいや佟守中《トンショウジョン》と交代した。「墓の上の花だな」

撮影後、リーナが佟寶駒《トンバオジ》を佟守中《トンショウジョン》の方に押しやって言った。「今度はふたりの番ですよ。チーズ——」

佟《トン》父子は今まで見たこともないような酷い笑みを浮かべた。それを面白そうに見ていたリーナは、突然ふたりの後ろに良く知った顔を見つけて、凍り付いた。

連晉平《リェンジンピン》が李怡容《リーイーロン》と手を繋いで歩いていた。

佟寶駒《トンバオジ》もそれを目にした。

連晉平《リェンジンピン》は驚きを隠して、彼らの方へ向かい、堅苦しく挨拶した。

李怡容《リーイーロン》を見たリーナは、自分の気持ちが表情に出てしまうのではないかと怯え、顔をそむけた。

三人の関係にようやく思い至った佟寶駒《トンバオジ》は、口ごもった。「彼女と……付き合ってるのか？」

「あ……、はい。彼女は李怡容《リーイーロン》。怡容《イーロン》……寶哥《バオゴー》だよ」連晉平《リェンジンピン》は簡単に紹介した。

李怡容《リーイーロン》はその場にいる人たちの表情が強張っていることに気がついていたが、礼儀正しく微笑んでリーナを指さした。「こちらの方は？」

佟寶駒《トンバオジ》が慌てて答えた。「彼女はリーナ。俺たちの通訳だ」

李怡容《リーイーロン》はリーナを知っていた。連晉平《リェンジンピン》が一度ならず彼女のことを口にしていたからだ。それはいつも軽い調子だった。いま、実際にリーナを目の前にして、李怡容《リーイーロン》は彼女がとても美しい女性であることに気が付いた。女性の直感なのだろうか。彼女は嫌なものを感じた。

連晉平《リェンジンピン》はいつになく無口だった。リーナを見て、彼の思考は混乱していた。なぜリーナと佟寶駒《トンバオジ》が一緒にいるのだろうか。しかもヒジャブを脱いだ姿で。ふたりはどんな関係なのだろうか。そのとき連晉平《リェンジンピン》はリーナに李怡容《リーイーロン》について話したことがないことに気が付いた。この様な出会い方をして、何とも言えない気恥ずかしさでいっぱいだった。

四人の微妙な雰囲気に気付かない佟守中《トンショウジョン》が大声を上げた。「来い来い、ここで出会ったのも何かの縁だ。全員で写真を撮ろうじゃないか」

みなが声の方に顔を向けると、既に佟守中《トンショウジョン》はスマートフォンを構えていた。誰もどうしていいかわからなかった。ただ長すぎるこの一瞬が早く過ぎ去ってくれたらいいと祈っていた。

突然主普壇《ジュブータン》の方から銅鑼《どら》や太鼓の音が空に響き渡った。

道教の神、鍾馗《ジョンクェイ》が北斗七星を模した七星式の足運びでゆっくりと舞台に姿を現した。手に携えた宝剣で空中に護符を認め、何かを呟いた。それから鶏の鶏冠《とさか》を嚙み、霊符を束ねた蓆《むしろ》の両端に火を点け、激しく舞いながら邪気を振りはらい、彷徨う無縁仏たちを説き伏せる。

死せる者と生ける者は道が違うのだ。留まることは罷《まか》りならぬ。すべての死せる者はここから立ち去るがよい。

13

連晉平《リエンジンピン》は佟寶駒《トンバオジ》の指示に従い「台湾外国籍工作者発展協会」に足を運んだ。前年のインドネシアサッカーチームの名簿を調べると、果たしてそこにスプリアントの名前があった。資料の中に顔写真も確認できた。しかしファイル内にはチームリーダーのバユの連絡先しか記載がなかったため、まずは彼に連絡を取る必要があった。

資料によるとバユは台湾に来て既に六年目で、目下のところ台中の工業区で、平日は機械操作の仕事をしているという。佟寶駒《トンバオジ》は連晉平《リエンジンピン》とリーナを連れて、バユに会いに台中に行くことにした。

中元祭《ジョンユァンジー》の出来事から数日の時が過ぎ、リーナが受けた心の傷も少しずつ癒えてきていた。リーナは連晉平《リエンジンピン》に説明してほしかったが、あれ以来ショートメッセージのやり取りは途絶えていた。もともと何もなかったのだとリーナは考えた。自分が夢を見ていただけだったのだと、そう思った。

リーナが車の傍に現れた。ポニーテールにまとめた髪はさわやかだったが、よそよそしさを纏《まと》っていた。

連晉平《リェンジンピン》はいつも通りに挨拶をしようとしたが、リーナは明らかに投げやりな態度を見せた。連晉平《リェンジンピン》が話のきっかけに今回の目的を説明しようとすると、彼女は冷たく答えた。

「寶哥《バオゴー》に聞いてます」

リーナは手振りで連晉平《リェンジンピン》に前の席に座るよう伝えた。後ろの席は女性のものだからと。

佟寶駒《トンバオジ》は大いに満足して、連晉平《リェンジンピン》に鼻を鳴らしてみせた。お前の出番はないんだよ。

晴れた空の下、車は高速道路を進んでいた。リーナは窓を開けて、暫《しば》しの自由を満喫している。連晉平《リェンジンピン》はバックミラーに映るその姿に、何やら気恥ずかしさを覚えていた。佟寶《トンバオ》駒《ジ》は音楽に合わせて楽し気にリズムをとっている。

目撃者を探す道すがら、三人は不協和音を奏でていた。

台中の工業区の道はまっすぐで静かだった。三人は労せずバユの働く工場を探し当てたが、訪ねてみるとその日バユはシフト休だという話だった。受付係は三人が法院から来たと聞くと緊張した面持ちで、即座に人事主任を呼び出した。佟寶駒《トンバオジ》が簡単に来意を説明すると、主任はようやく肩の力を抜いた。

「東協広場《ドンシェゴンチャン》に行くといいですよ。やつは休みの時はいつもそこにいますから」主任は続けた。「すぐにわかりますよ。赤いユニフォームで、傍に女の子たちが群れていたら、そいつです」

佟寶駒《トンバオジ》は以前東協広場《ドンシェゴンチャン》を訪れたことがあるかどうか、もう覚えていなかった。たとえあったとしても、この場所も大きく変わってしまっていた。

東協広場《ドンシェゴンチャン》は元の名を第一広場《ディイーゴンチャン》というショッピングモールで、民国八〇年代（一九九一～二〇〇〇年）には台中の若者たちの憩いの場所だった。しかしウェルカムレストランの火災の後、広場の上空に白い幽霊船が現れたという噂が広まり、次第に人々が離れていった。民国九〇年代（二〇〇一～二〇一〇年）に入った後、第一広場《ディイーゴンチャン》は台湾の経済と生活様式の変化を反映して、東南アジアの様々なレストランや、ディスコ、商店などが軒を並べるようになり、移民就労者たちが集まる場所に変わった。民国一〇四年（二〇一五年）、台中市長はこのショッピングモールを東協広場《ドンシェゴンチャン》と改名し、移民就労者に友好的な環境を作るという公式な立場を表明した。

休日の東協広場《ドンシェゴンチャン》は活気に溢れていた。佟寶駒《トンバオジ》一行が到着した時、一階入口右側にある財《チャイ》福《フーディ》殿《エン》では官《グァン》大帝の生誕祭と盂蘭盆会《うらぼんえ》が執り行われていた。

「この廟はこの地の思いを残して死んだ怨霊を鎮めるために建てられたと言われている」

「どうしてここに怨霊がいるのですか？」

「ウェルカムレストランの火災を聞いたことがあるだろう？　このショッピングモールの上に白い幽霊船が現れて、百人積み込んで出発したってやつだ」

「でも、ここは財産の神様の廟ですよね」

「貧乏は幽霊より恐ろしいんだよ」佟寶駒《トンバオジ》はそう言い添えた。

三人は東協広場《ドンシェゴンチャン》の一軒の洋服店の前でバユを見つけた。無駄な贅肉のないがっしりとした身体のバユは、ユーモアに溢れた物腰で、自分を取り囲む女性たちとじゃれ合っていた。彼女たちはみなバユに話しかけ、笑いかけた。

リーナが声をかけた。バユはリーナを見ると目を輝かせた。視線をリーナに向けたまま、バユは佟寶駒《トンバオジ》と連晉平《リェンジンピン》の方へ近づいた。

佟寶駒《トンバオジ》はスプリアントの写真を取り出し、バユにこの男を知っているかと尋ねた。

「知らないって言ってます」リーナが通訳した。

「こいつに伝えてくれ。俺たちはスプリアントを捕まえに来たんじゃない。ただちょっと力を貸してほしいだけなんだって」佟寶駒《トンバオジ》が言った。

リーナが通訳する。バユの答えにリーナが笑った。佟寶駒《トンバオジ》は意味もわからぬまま、隣で一緒に笑顔を見せた。一方で連晉平《リェンジンピン》は緊張した面持ちを崩さなかった。

リーナは振り向いて佟寶駒《トンバオジ》に言った。「私に電話番号を教えてほしいそうです」

「なんだって？」

「私が彼に電話を教えたら、私に話すって言ってます」

「或いはフェイスブック」バユが中国語で言った。

佟寶駒《トンバオジ》は無造作に頷いた。「教えてあげな」

「ダメです」連晉平《リェンジンピン》が慌てて口を挟んだ。

「電話番号を教えたらなんだって言うんだ。友達が増えるのはいいことだぞ。そんな前時代的な考え方をするんじゃない」

「じゃあ、あなたの電話番号でもいいじゃないですか」

佟寶駒《トンバオジ》は連晉平《リェンジンピン》の考え方が理解できないままリーナに言った。「まず電話番号を教えて、それからフェイスブックを教えてやったらいい」

リーナは黙ってバユと電話番号を交換した。連晉平《リェンジンピン》は黙ってそれを見ているしかなかった。

約束通りバユはスプリアントについて話した。スプリアントとはサッカーを通じて知り合った。スプリアントは自分のことを北の方から逃げてきた出稼ぎだと言った。船上での仕事について愚痴をこぼしているのを耳にしたことがあるけれど、出稼ぎ労働者の世界ではありふれた話なので詳しくは聞かなかった。スプリアントは生活のために建設現場で下働きをしていて、定期的に北部に住む恋人とその子どもに会いに行っている。

「やつは台湾に子どもがいるのか？」修寶駒《トンバオジ》は怪訝な顔をした。

バユは頷いた。「そう言っていた。見たことはない」

「スプリアントがどこにいるか、あんたは知っているのか？」

バユは首を振った。「姿も見ていない。電話も通じない」

修寶駒《トンバオジ》はアブドゥル・アドルの写真を取り出した。「あんたはこいつを知っているか？」

「見たことはある。スプリアントの友人だ。だが、よくは知らない。彼は話をしないから」バユの答えには警戒心が滲んでいた。

「どうやってスプリアントを見つけたらいい？」

バユは肩をすくめた。それから質問が続かないのをみて、スマートフォンを振ってリーナにフェイスブックでフレンドになるよう促した。

修寶駒《トンバオジ》はリーナのスマートフォンを押さえて言った。「スプリアントともフレンドになりたいんだが」

一瞬バユが狼狽えた。リーナが通訳する。「スプリアントとは繋がっていないって言ってます。でも彼の恋人とならフレンドだって」

「この青二才が！　フェイスブックじゃ女の子とばかりフレンドになっているのか？」佟《トン》寶駒《バオジ》はバユを冷やかした。「よしよし、俺もフレンドになってやろう」

バユは眉をひそめたが、断ることはできなかった。三人は輪になって、それぞれをフェイスブックのフレンドに加えた。連晉平《リェンジンピン》は止める術《すべ》もなく、無駄にその辺を歩き回っていた。

「最後の質問だ」佟寶駒《トンバオジ》がバユに向かって言った。「東協広場《ドンシェゴンチャン》で一番旨いインドネシアレストランを教えてくれ！」

14

三人は東協広場《ドンシェゴンチャン》の二階にあるバユお勧めのインドネシア料理屋に席をとった。佟寶駒《トンバオジ》はリーナに教えてもらって「ガド・ガド・サラダ」*8を注文し、連晉平《リェンジンピン》は牛肉団子《バクソ》の入ったスープ麺を選んだ。

「ピーナッツソースをABCチリソースに変えると、台湾で売られているインドネシア料理に近い味になるな」佟寶駒《トンバオジ》は「ガド・ガド」の味をそう評した。

「それはサテ味です」リーナが言った。「台湾料理とインドネシア料理、どちらが食べたいのですか？」

佟寶駒《トンバオジ》は破顔一笑した。「随分中国語が上達したな。この調子なら裁判が終わったら、中国語でジョークが言えるようになるかもしれないぞ」

「あなたより面白いジョークをね」リーナが言い返したので、佟寶駒《トンバオジ》は声を上げて笑った。

ふたりの掛け合いを聞いていた連晉平《リェンジンピン》は、その中に参加することもできず、ただひたすら麺を口に詰め込んでいた。

佟寶駒《トンバオジ》とリーナはスマートフォンでスプリアントの恋人のフェイスブックのページを調べ始めた。連晉平《リエンジンピン》は先程のフェイスブックのフレンド申請の輪に参加しなかったため、佟《トン》寶駒《バオジ》のスマートフォンを覗き込むことしかできなかった。佟寶駒《トンバオジ》がわざとスマートフォンを遠ざけてからかうと、連晉平《リエンジンピン》はそれを引き戻すのだった。

スプリアントの恋人はフェイスブックで「インダ」と名乗っていた。スタジオで撮影されたと思しきホームページのプロフィール画像から、バイタリティ溢れる女性であることが窺われる。アップロードされている写真は遊びに出掛けた際の自撮りが中心で、スプリアントと子どもの姿は確認できなかった。その中に一枚だけ台湾人男性と親密そうにしている写真があった。逞《たくま》しい身体つきで、腕には羅漢や悪鬼の刺青が入っているその男は、冷酷そうな顔に似合わない幸せそうな笑顔を見せていた。

「いずれにせよ、恋愛は誰かが傷つくようにできているんだ」佟寶駒《トンバオジ》は嘯《うそぶ》いた。

「彼女はスプリアントがどこにいるか知ってるんですか？」連晉平《リエンジンピン》が尋ねた。

＊8　インドネシアのジャワ料理。生野菜にインゲン、揚げ豆腐、エビ煎、茹で卵などにサテソースをかける。

「メッセージを送ってみますか？」リーナが聞いた。

「警戒されるんじゃないかな」

「でも、彼女がどこにいるかわからなければ探せませんよ」

「基隆《ジーロン》だ」佟寶駒《トンバオジ》はスマートフォンの画面をふたりに向けた。そこには「八斗子《バードウズ》漁港」と表示された路地裏のクレーンゲーム店をバックにしたインダの自撮り写真が表示されていた。フェイスブックの自動翻訳機能が「私に会いに来てね」とコメントを表示している。

「すべての偉大な道のりと等しく、原点に戻る必要がある」佟寶駒《トンバオジ》は言った。「八斗子《バードウズ》では『春興水餃《チュンシンシュイジャオ》』を食べないとな」

リーナのスマートフォンがショートメッセージの着信を知らせた。

「バユから？」連晉平《リエンジンピン》が尋ねた。

メッセージを確認してリーナは頷いた。

「君が迷惑だと思うならブロックするといい」

「あの人は私に、あなたたちに気を付けるように伝えてと言ってます」

「気を付けるように？」

頭を上げたリーナは不安げな表情をしていた。「あの人は、スプリアントを探しているのは私たちだけじゃないと言ってます」

15

佟寶駒《トンバオジ》たち三人は八斗子《バードウズ》漁港の周辺で人に尋ねた結果、さほど労せずして写真に写っているクレーンゲーム店を見つけ出した。

「八斗妖《バードウヤオ》」という名のその店はLEDで文字が流れるタイプの看板を設置し、途切れることなくあらゆるサービスの情報を流している。ナイトクラブを模した照明に、大小様々なゲーム機が放つ眩い光とテンポのいい音楽は、八斗子《バードウズ》の人々が昼間から娯楽文化に親しんでいる印象を与える。

まず連晉平《リエンジンピン》が店内に足を踏み入れた。そこは予想以上に広く、奥にはゲーム機がたくさん並んでいる一角があった。しかしインダどころか、他の移民就労者の姿も、インドネシアとの繋がりも何も見つからなかった。連晉平《リエンジンピン》は車に戻り尋ねた。「どうしますか？」

「待とう！」佟寶駒《トンバオジ》は窓を開けて、エンジンを止めた。それからずっと用意していたジョークを披露した。「八斗妖《バードウヤオ》は『春興水餃《チュンシンシンシュイジャオ》』を食べているに違いない」

「どれだけ食べたいんですか？」連晋平《リェンジンピン》はそろそろ我慢の限界だった。

三人は午後中ずっと、店を見張っていた。店は繁盛していて、若者や老人、他に移民就労者も数多く訪れていた。しかしインダは現れなかった。

夕方近くになり、八斗子《バードウズ》漁港の潮風が鮮やかな夕陽を撫でつける。光と闇が混ざり合う幻想的なこの時間、灰色で単調な路地にある「八斗妖《バードウヤオ》」が一層妖艶になる。

「おかしいと思いませんか？　移民就労者はそんなにクレーンゲームが好きなのでしょうか？」連晋平《リェンジンピン》が疑問を口にした。

「ああ。そもそも中に入ったやつらが出てこない」佟寶駒《トンバオジ》が答えた。「中で水餃子を売っているに違いない」

「Toko Indo」はっとしてリーナが叫んだ。「中にToko Indo……インドネシア・ショップがあるんだわ！」

インドネシア・ショップとはインドネシア人を主な顧客とする食料品店や、軽食店、カラオケ店などのことだ。これらの場所は商売だけでなく、台湾在住のインドネシア人のために宗教や、集会、社交などのための機能も有している。これらの店の経営者のほとんどはインドネシア華僑や新規の移住者だ。その大多数は一般的なビジネスを営んでいるが、リーナが聞いたところによると中にはダンスホールのような形態で違法営業を行っているケースもあり、そこに入るためには関係者の紹介が必要になるという。

「八斗妖《バードゥヤオ》」に入った三人は、奥の一角に壁と同じ色で、何の目印もないドアを発見した。まるで普通の物置の入口のようだったが、耳を澄ますと、そのドアの隙間から何やら音楽が聞こえてくる。店内放送や、ゲーム機の効果音にごまかされて、先程は連晉平《リエンジンピン》も気が付かなかったのだろう。

「インドネシア人が台湾人並みに賢いとはびっくりだ」佟寶駒《トンバオジ》は減らず口を忘れなかった。

「口を閉じてもらっていいですか？」連晉平《リエンジンピン》が言った。「どうやって入りますか？」

「私がやります」

リーナは連晉平《リエンジンピン》の手を引いて、ドアを叩き始めた。すぐにドアが半分ほど開き、トランプのジャックのような小太りのインドネシア人が顔を出した。リーナはインドネシア語で何やら熱心にその男と言葉を交わし、佟寶駒《トンバオジ》と連晉平《リエンジンピン》を紹介した。どのような会話が行われているのかさっぱり理解できないふたりは、ただ笑顔で応えることしかできなかった。

警戒していたジャックの表情が徐々に柔らかくなり、ドアを開けて三人を中に招き入れた。

リーナは連晉平《リエンジンピン》の腕をとったままその前を歩き、佟寶駒《トンバオジ》はふたりの後について狭くて薄暗い廊下を進んだ。ジャックは三人が通り過ぎると素早くドアを閉めた。暗闇に目が慣れてくると、音楽と人の声がはっきりと聞こえるようになった。三人が辿り着いたスペースは煙が立ち込め、簡素なステージのネオンで何とか周りが見渡せるような状態だった。

スペースの中央にはダンスフロアがあり、多くのインドネシア人がステージ上のバンドの演奏に合わせて身体を揺らしている。ダンスフロアの周辺には簡易なイスとテーブルがいくつか置かれていて、人々が談笑しながら親交を深めていた。ビールの空き缶と紙コップがそこら中に置かれている。三人は空いているテーブルを見つけて、座った。バンドの演奏は最高潮を迎え、辺りは一層盛り上がった。

「さっき何て言ったんだ？」佟寶駒《トンバオジ》がリーナに尋ねた。

「蓮霧《リェンウー》は私の恋人で、あなたはその父親だって言いました」連晉平《リェンジンピン》の手を離してリーナが言った。「それからインダが私たちを招待してくれたって」

「おい！　どうしてそんな重要なことをひとりで勝手に決めちまったんだ？」佟寶駒《トンバオジ》は不機嫌さを隠さなかった。「俺が恋人で、こいつが俺の息子だって言ってもよかったのに！」

連晉平《リェンジンピン》は口を噤んでいた。思いもかけずリーナが自分の身体に残していった感触と温かさを感じていた。

客とは明らかに異なる服装をした男が、何かのドリンクが半分ほど入ったピッチャーを持って近づいてきた。ウェストバッグから紙コップを三つ取り出すと、それぞれをドリンクでいっぱいにして離れていった。

佟寶駒《トンバオジ》はそれを一気に飲み干した。甘酸っぱくスパイシーな味だった。アップルサイダーにウォッカ、クランベリージュースも入っているかもしれない。佟寶駒《トンバオジ》が無事なことを見届けて、連晉平《リエンジンピン》も紙コップに口を付けた。

ムスリムのリーナは戒律を破るつもりはなく、手の中のドリンクを持て余していた。連《リエン》晉平《ジンピン》は空になった自分の紙コップと彼女の紙コップを交換すると、それを喉に流し込んだ。

そこへ店のスタッフが近づいてきて、インドネシア語で他に何か要るものはないかと声をかけた。

「インダがいるか聞いてくれ」佟寶駒《トンバオジ》が言った。

傍のテーブルの上にのっているのがほとんど台湾金牌《タイワンジンパイ》ビールの缶であることに気が付いたリーナは、同じものを三缶注文し、ついでを装いインダのことを尋ねた。スタッフは知らないと首を振り、早足でその場を離れた。

三人組のバンドは新しい曲を奏で始めた。耳馴染みのある前奏は張震獄《チャンチェンユェ》の〈自由〉だったが、片面太鼓のクンダンと竹笛のスリンのパートが追加されダンドゥット風の楽曲にアレンジされていて、歌詞もまたインドネシア語になっていた。その場にいた人々が踊るだけではなく一緒に歌を口ずさむ程度にポピュラーな曲のようだ。

修寶駒《トンバオジ》はビールのプルトップを開け、同じことをするよう連晉平《リェンジンピン》に促すと、立ち上がって体をゆすり始めた。「仲間に入れ。お前はどこからどう見ても台湾人だぞ」

音楽はますます激しくなる。人々は波のように踊り、漂うアルコールと煙草の匂いをかき混ぜた。ネオンが見慣れない異国の表情をちらつかせ、台湾ではない場所にいるような雰囲気を醸し出していた。

修寶駒《トンバオジ》と連晉平《リェンジンピン》は意識が朦朧としてきた。先程の酒が思った以上に強かったのだろう。

霞む光の中、リーナは見覚えのある顔が現れ、一瞬のうちに壁の向こうに消えていったのを見た。急いで後を追った彼女は、そこにもうひとつの隠し扉を発見した。どこからそんな勇気が湧いてきたのかリーナにもわからなかったが、ドアを開けて中に入る。そこは漆黒の通路になっていた。どこからか伸びてきた手が戸惑うリーナの首を掴んで、壁に押し付けた。

リーナはドアが音を立てて閉まるのを聞いた。

「インダはお前なんて知らないと言っている。お前は何者だ?」低い声は台湾訛りのインドネシア語で尋ねた。

リーナはその腕に羅漢と悪鬼の刺青があるのを見て、相手はインダと一緒に写真に写っていた台湾人だと知った。リーナは震えながら答えた。「友人の紹介で来ました」

「誰の？」

「スプリアント」

「嘘をつくな」刺青の男はリーナを通路の奥へと引きずり込んだ。リーナの悲鳴は大音量の音楽にかき消された。

突然誰かが入口のドアを蹴破って入ってきた。

連晉平《リェンジンピン》だった。

連晉平《リェンジンピン》は考える間もなく、そのまま刺青男に向かって突進したが、顔に激しい一撃を喰らいその場に倒れ込んだ。

通路の反対側から聞き取れない言葉を叫びながら、加勢が走り寄ってきた。連晉平《リェンジンピン》の世界は回り始め、立ち上がれなくなった。

やや遅れて佟寶駒《トンバオジ》がアミ語で罵りながら駆け込んできた。勇ましく相手に向かって突き進んだが、足を滑らせて転倒し、結果その場にいた男たちに床に押さえつけられる羽目になった。

刺青男が佟寶駒《トンバオジ》に尋ねた。「一体お前らはなんなんだ？」

佟寶駒《トンバオジ》は床の上で喘ぎながら答えた。「スプリアントを探している。教えてもらえば出ていく」

インダが刺青男の後ろから姿を現した。「あの人がどこにいるかなんて知らない」

「やつは命を狙われているんだ。助けられるのは俺たちだけなんだ」佟寶駒《トンバオジ》が言った。

連晉平《リェンジンピン》は不審そうに佟寶駒《トンバオジ》を見た。「命を狙われている」とはどういうことだ？

「あの人の居場所なんて知らない」インダは繰り返した。

「あんたたちの子どもは？」

「私の子じゃない。あの人の彼女はもう死んでる」インダの声は虚ろで、何の感情も含まれていなかった。

「最近、誰かがやつのことを尋ねなかったか？」佟寶駒《トンバオジ》の呼吸は落ち着き始め、その声には疑う余地のない毅然としたものがあった。「俺の推測が間違っていなければ、その子どももも危ないんだ」

平静を装っていたインダが動揺を見せた。事実をすべてわかっているわけではないが、佟寶駒《トンバオジ》は正しいと彼女は感じた。

16

八斗子《バードウズ》の夜は静まり返っていた。車に戻った三人は、まだインドネシア・ショップで受けた衝撃から立ち直っていなかった。

ティッシュで腫れ上がった鼻と口を拭った連晉平《リエンジンピン》は、こらえきれずに佟寶駒《トンバオジ》に尋ねた。

「先程あなたが言っていた命を狙われているとはどういうことですか？」

佟寶駒《トンバオジ》は彼らには隠すべきではないと考え、監視員が海に落ちたこと、その背後に巨大な利権が絡んでいるという陳青雪《チェンチンシェ》が提供した情報を洗いざらい話した。

「つまり『平春十六号《ピンチュンシーリュウハオ》』上で……殺人が行われて、スプリアントとアブドゥル・アドルはその目撃者かもしれないってことですね」連晉平《リエンジンピン》は俄《にわ》かには信じられないようであった。

「どうして先に教えてくれなかったんですか？」

「ことがこんなに複雑になるとは思ってなかったんだ」佟寶駒《トンバオジ》は自分が間違っていたこと、それから彼らを巻き込むべきではないことを承知していた。「とにかく……、俺が自分で何とかするさ」連晉平《リェンジンピン》は窓の外を眺めながら冷たく言った。「あなたが？　弁護は三流で転倒は一流なのに？」

「ホーリー媽祖《マーズー》！」リーナが沈黙を破った。「私なしでどうやってスプリアントと話をするんですか？」

リーナを見た連晉平《リェンジンピン》は、その目に不敵なものを感じた。

「あなたはリーナの報酬を倍にするべきですね」連晉平《リェンジンピン》が言った。

「はい。二倍ですね」リーナが付け加えた。

「蓮霧《リェンウー》、笑い事じゃないぞ。お前はただの代替役じゃないか」

「ただの代替役？　あなたは僕をただの代替役だと思っているんですか？」

もちろんそんな風に思ってはいなかったが、どう答えていいか佟寶駒《トンバオジ》は考え込んでしまった。

「ただひとつだけ、正直に答えてください」連晉平《リェンジンピン》は真面目な顔で問いかけた。「『春興《チュンシン》水餃《シュイジャオ》』は何時に開店するんですか？」

佟寶駒《トンバオジ》はがくりと頭を下げた。まあ、誰かと一緒に飯を食うのは悪くない。

17

台北市文山区《タイペイシーウェイシャンチー》の興隆路《シンロン》にある古いアパートの一階に、ケアホーム〈關愛之家《グワンアイチージャー》〉はひっそりと存在していた。ベランダいっぱいのハンガーにかけられた色とりどりの子ども服は、いつも太陽の下で風にはためいていた。

佟寶駒《トンバオジ》たち三人を出迎えたのは楊《ヤン》という主任だった。ゆったりとしたワンピースに身を包んだ彼女は、笑みを浮かべ柔らかな声でドアを開けた。

〈關愛之家《グワンアイチージャー》〉に入ると、まず開放的な集会場兼オフィススペースがあった。左側には育児書が詰め込まれた本棚があり、右側にはいくつかの机が壁に面して並べられていた。壁や柱は子どもたちの写真で埋め尽くされている。

楊《ヤン》主任はスプリアントの写真を確認した後、ゆっくりと頷いた。「確かに彼の子どもは私たちの所にいます。もう三歳になるかしら」

「何て名前ですか？」佟寶駒《トンバオジ》が尋ねた。

「あの子には国籍も、正式な名前もありません。でもあの子の父親はレザと呼んでます。私たちはあの子に中国語で粽子《ちまき》というあだ名をつけて呼んでます」楊《ヤン》主任は続けた。「あの子の身分に関する状況は最悪と言ってもいいでしょう。両親はどちらもインドネシア国籍なので、台湾の法律では一方的に外国人と見做されます。でも母国では必ずしもそうではないのです。このような矛盾した国籍の状況下では養子に出すわけにもいかないし、かといって帰化もできない。言ってしまえば、あの子は見捨てられた子どもなのよ」

「母親は？」

「私たちは知らないわ。父親は時々彼に会いに来て、幾許《いくばく》かのお金を置いていくけれど、私たちから連絡する方法はないのです」楊《ヤン》主任は言った。「こういう子どもたちの両親はだいたい逃げ出した移民就労者だから、どうにもできないわ。強制送還なんてされてみなさい。子どもと一緒の生活は今よりもっと酷くなるかもしれませんよ」

「父親はどのような時にやってきますか？」

「わからないわ」楊《ヤン》主任がそう答えた時、佟寶駒《トンバオジ》は彼女がちらりと壁の時計に目をやったのを見逃さなかった。

「この件には人命がかかっているのです。私たちは彼に危害を加えるつもりはありませんし、もちろん強制送還もさせないと保証します」佟寶駒《トンバオジ》は名刺を差し出した。「もし彼に会ったら、連絡してください。本当に急を要するのです」

楊《ヤン》主任は名刺を受け取ると、笑顔で頷いた。「そろそろお昼寝が終わる時間だわ。子どもたちを起こさないと。そういうわけでお見送りできないけど、ごめんなさいね」

三人は丁寧に礼を言い、外に出た。リーナが突然足を止めて楊《ヤン》主任の後ろ姿を見つめた。それから彼女の後を追いかけた。

佟寶駒《トンバオジ》と連晉平《リエンジンピン》は止める術もなく、慌ててリーナの後を追いかけていく。

楊《ヤン》主任は薄暗い寝室に入っていった。中は暗くて何も見えなかったが、すぐに楊《ヤン》主任がカーテンを開けたので、午後の日差しが部屋の中を照らした。三人の目には思いがけないものが飛び込んできた。

十坪ほどのスペースの板張りの床に見渡す限り小さな布団が敷き詰められていて、どこにも隙間はなかった。子どもたちの半数は既に目を覚ましていて、座ったり横になったりしている。中には毛布をゆっくりたたんでいる子どもの姿もあった。

楊《ヤン》主任はすべてのカーテンを開けた。三人はシャーレの中のもやしのように、少しずつ目を覚まし、小さな力で太陽の光を浴びようともがく子どもたちを見た。彼らは整然と布団を片付け、互いに何か囁き合い、柔らかい足音を立てた。

子どもたちは見知らぬ訪問者に興味津々で、何人かは布団を放り出してリーナに近寄ってきた。

「ここにはどのくらい子どもがいるんですか？」リーナが尋ねた。

「三十人以上。一番多い時で六十人以上だったかしら」楊《ヤン》主任が答えた。「この子たちは幸運なのよ」

リーナは跪《ひざまず》いて近付いてきた子どもたちを受け入れた。子どもたちは臆することなくリーナに抱きついた。さらに子どもたちの数が増え、三人を取り囲んだ。

連晉平《リェンジンピン》は暗い色の肌と自分たちとは違うプロポーションを持った子どもを見つめて、掠れた声で尋ねた。「こういう子どもたちはどのくらいいるんですか？」

「少なくとも千人以上と言われているけど、誰がわかるって言うの？」楊《ヤン》主任が答えた。

「この子たちには身分がないの。親と一緒に逃げたら、死んだって誰にも気付かれないでしょう」*9

リーナは子どもたちの澄んだ目を見て、自分のことをまるで干からびた虫みたいだと思った。風に飛ばされて、どこか遠いところに音もなく落ちていく。

「この子たちは成長したらどうなるんですか？」リーナは尋ねた。

「子どもたちには自分の運命があるの」楊《ヤン》主任はそう答えるしかなかった。それは彼女自身にもわからない。

「粽子はどの子だ？」佟寶駒《トンバオジ》が口を挟んだ。

「あなたに知る権利はありません」楊《ヤン》主任は申し訳なさそうに言った。「あの子の両親がどのような人でも、あの子には何の関係もないのですから」

＊9　移民署の二〇〇七年から二〇一九年三月末までの統計資料によると、移民の母親が出産後、病院から失踪したり、新生児の届け出を虚偽の身分で行ったため行方不明になっているのは七百二十四人になるという。ソーシャルワーカーは当初、自宅で生まれた届け出のない赤ん坊を含め、国内に約二千人の無国籍児がいると推定している。二〇一九年六月までに〈關愛之家〉では百三十二人の子どもを引き取り、政府は四十一人の子どもを収容している。残りの子どもたちは両親と共に逃亡生活を送っていると見られる。

18

佟寶駒《トンバオジ》は人目に付かず、かつ〈關愛之家《グワンアイチージャー》〉の人の出入りを観察できる位置に車を停めた。

「どうして彼が来ると思うのですか？」連晉平《リェンジンピン》が尋ねた。

佟寶駒《トンバオジ》は楊《ヤン》主任が時計を盗み見た時の表情を思い出して答えた。「俺が一流なのは転ぶことだけじゃないんだよ。予知能力も一流なんだ」

連晉平《リェンジンピン》は何も言わず、ただシートにもたれてスマートフォンを操作し始めたが、五分も経たずにバッテリーが切れてしまった。スマートフォンをバックパックに放り込みながら、饒舌《じょうぜつ》な佟寶駒《トンバオジ》に目をやって、この生まれて初めての張り込みがいつまで続くのか不安を覚え始めた。

夕方、スプリアントが姿を現した。とび色のバックパックを背負い、写真よりもさらに細い身体と白髪の頭は彼を実際の年齢より十歳も老けているように見せていた。佟寶駒《トンバオジ》たち三人は、彼が〈關愛之家《グワンアイチージャー》〉から出てくるのを待って、呼び止めた。

「スプリアント」リーナの声は懇願しているようだった。「アブドゥル・アドルがあなたを必要としてるの」

バックパックを握るスプリアントの手が徐々に緩み、タコが擦れて音を立てた。警戒感に満ちた口調に恐怖が滲む。「あいつは大丈夫なのか？」

佟寶駒《トンバオジ》はリーナが以前教えてくれたインドネシア語を、覚束《おぼつか》ない発音で口にした。

「Sudah makan kenyang belum?（お腹が空いてないか？）」

佟寶駒《トンバオジ》は近くの興隆市場でハラルの牛肉麵店を見つけ、テイクアウトした。車の後部座席で膝の上にバックパックを置いて、スプリアントは萎縮していたが、牛肉麵を受け取るとスープが熱いのをものともせず、丼の入ったビニール袋の持ち手を折っただけで口を付けた。それから呼吸を忘れたのではとみなに思わせるほど長く一気に飲み干して、丼を置いて大きく息をついた。

三人はスプリアントが食べ終わるのを静かに待った。食事が終わって呼吸が落ち着くと、スプリアントはアブドゥル・アドルと船上で経験したことをゆっくりと話し始めた。

「あいつはシンガポールから船にきた。あいつの髪は長すぎた。船に乗ってすぐに船長が切った。全部だ。全部切った。俺はよく覚えている。それから腹が出ていた。盲腸を切ったばかりだということも知っている。あいつは素人で、経験なんて全くなかった。そうだ。船に乗るには船員証が必要だ。でもインドネシアのエージェントは偽物を用意する。偽の船員証。エージェントは金儲けが目的だから、気にしない。

アブドゥル・アドルは変なやつだった。魚は捕らない。話はしない。仕事はみんな辛くて、船長はあいつを怒鳴った。殴った。ナイフで魚を殺すように言っていた。あいつはいつも泣いていた……。何もできなかった。血を怖がって、変なことばかりした。いつも仕事が終わらなくて、ぼうっとしていて、それから祈っていた。本当に変なやつだった。

船上の仕事は辛い。時間も長くて、眠ることもできない。台湾に戻ってから、俺は家族に電話した。家族は誰も金を受け取っていなかった。俺は船長に船を移りたいと言った。船長はパスポートを返さなかった。このままだったらおかしくなって、死んでしまう。俺とアブドゥル・アドルは一緒に逃げたんだ」

「あいつの指は何があったんだ？」修寶駒《トンバオジ》が尋ねた。

「釣り糸で切られた。折れて、腐って、熱を出して、起き上がれなくて、死んでしまう。船長は港に寄らない。ただナイフで切っただけ。それから海に捨てた」

「ナイフで切る？」

「ナイフで切り落とす」

「船の上で？」

「飯を食べるテーブルの上で」

連晉平《リェンジンピン》が佟寶駒《トンバオジ》に言った。「一審の精神鑑定では心的外傷後ストレス障害は考慮されていません……今の証言は我々に有利なものになります」

佟寶駒《トンバオジ》も同意した。「しかし動機はなんだ？」

「彼はどうして船長に会いに行ったんですか？」連晉平《リェンジンピン》が尋ねた。

「家に帰りたかった。パスポートが必要だった。あと、金がなかった……」

「彼はナイフを持って行ったのですか？」

「船長のものだ。盗んだ」

「盗んだ？」

「あれは船長のものだ。魚を殺して食べる。あいつが盗んだ」

「どうしてナイフが必要なのですか？」

「船長がくれない。あいつは殺すつもり」

彭正民《パンジョンミン》の証言は真実だった。アブドゥル・アドルは確かに殺人を計画していたのだ。

誰もが押し黙った。スプリアントの証言はすべてがアブドゥル・アドルに有利なわけではなく、法廷でどのように扱われるのか想像もできなかった。

修寶駒《トンバオジ》はケニー・ドーソンの写真を見せて尋ねた。「この男を知っているか？」

スプリアントは怯えて写真を押しのけた。「あの人たちが海に落とした」

「あんたは見たのか？」

スプリアントは頷いた。

「誰だ？」

スプリアントは俯いて縮こまった。

リーナが声をかける。「怯えなくていいの。この人たちは法院の人で、いい人よ。あなたを守ってくれる」

スプリアントは気持ちを落ち着かせると、ゆっくりと言った。「船長と航海士……」

「どうして落としたんだ？」

スプリアントは話した。「あの人は写真を撮った。……殺しちゃいけない魚、それから良くないこと。全部撮った」

推測通りだ、と修寶駒《トンバオジ》は考えた。察するに、雄豊《ションフォン》漁船会社と洪振雄《ホンチェンション》が必死に隠匿しようとしたのはそのためだったのだろう。事の重大さを考えれば船会社が知らないはずはなく、むしろ彼らの命令だったとも考えられる。これはもはや罰金や、EUからのイエローカード、赤字決済などの問題ではない。これは密輸、ライセンスの偽造、人身売買、殺人によって築きあげられた巨大な犯罪計画なのだ。

「あいつは船長の娘を殺した」スプリアントが突然言った。「どうしてか、俺は知ってる」

三人は息を呑んだ。

この件については検察も法院もアブドゥル・アドルの動機は殺人の発覚を恐れたためと認識している。大人をふたり殺した後で、なぜ無抵抗の子どもを殺したのか。このことが論点にならなかったのは、それがあまりにも合理的だからだ。またこのような残忍な犯行を弁護することは非常に冷酷な印象を与え、被告に不利な状況を作りかねないからだ。

佟寶駒《トンバオジ》は力なく尋ねた。「どうしてだ?」

「アブドゥル・アドルはずっとボートが迎えに来ると思ってた。一度ライフジャケットを着ようとした。船長と航海士はとても怒った。あの人たちは言った。バッド・ラック。ライフジャケットはバッド・ラック。だから俺たちは着なかった。でもアブドゥル・アドルは知らなかった。誰も教えなかった。船長と航海士はアブドゥル・アドルを殴った。蹴った。アブドゥル・アドルは泣いた。船長は怒った。アブドの頭、押さえて、水のバケツにつけた。時計見て、二分間。それからようやく放した。

それから、アブドゥル・アドルが泣くと、あの人たちは水のバケツに押さえつけた。泣くのをやめるまで。交代で。押さえた。二分間」

リーナはこの証言の重さを感じて、佟寶駒《トンバオジ》に尋ねた。「殺意はあったのでしょうか？」

誰も答えなかった。彼らの沈黙は疑いからでなく、事件全体の背後にある底知れぬ虚無への恐れからであった。自分たちはどれだけのことを知らないのだろうか？ 当然のこととして考え、疑問すら持たないことがどのくらい潜んでいるのだろうか？

死刑を逃れるには、どれだけの幸運が必要なのだろうか？

連晉平《リエンジンピン》がぽつりと呟いた。「だからアブドゥル・アドルは二分では溺死しないと思ったのでしょうか？ 殺意はなかった？」

佟寶駒《トンバオジ》はスプリアントの目を見ながら言った。「あんたが証言してくれたら、アブドゥル・アドルは死刑にならないだろう」

スプリアントは激しく反発した。「捕まる。帰される。金をたくさん借りている。帰れない」

「あいつらもあんたを探している」佟寶駒《トンバオジ》が言った。

スプリアントの表情が、再び恐怖に歪む。

「あんたは人身売買の被害者だ。法廷に出て証言してくれるだけでいい。証人保護法が使えるだろう。国に戻らなくてもいいし、台湾で合法的に仕事ができるようになる」佟寶駒《トンバオジ》が説明した。「俺があんたの力になる」

スプリアントの目は疑いに満ちていた。

「あんたの子どもは台湾国籍を貰える。台湾人になって、一生ここで暮らしていける」

連晉平《リェンジンピン》は佟寶駒《トンバオジ》の言いぶりに疑念を抱いた。楊《ヤン》主任の話によると、レザが台湾での「身分」を手に入れることは不可能に近いという。佟寶駒《トンバオジ》はどうして自信をもってそれを保証できるのだろうか？　連晉平《リェンジンピン》は納得できなかったが、今は議論をするべき時ではないことも知っていた。

「あなたは保証する？」スプリアントが尋ねた。

「俺が保証する。だけどひとつ条件がある……」佟寶駒《トンバオジ》の言葉が変化した。「あんたはアブドゥル・アドルがナイフを盗んだとは言わない。見ていないと言えばいい。ナイフで船長を殺したいと言っていたのも聞いていない。何ひとつ口にしない」

連晉平《リェンジンピン》がたまらず口を挟んだ。「彼に偽証しろと言っているのですか？」

「訴訟というものはそれぞれに言い分があるんだ。記憶に間違いがないとは言えないから、偽証は立証し難いんだよ」

「でも、彼の記憶には間違いはありません」

「どうしてそう言えるんだ？　今はアブドゥル・アドルに非常に不利な状況なんだ。お前はあいつらの証言はすべて仕組まれたものだと言ったが、俺たちだってこの手の機会をみすみす逃すわけにはいかないんだよ」

「これは偽証の教唆です」

「お前のご立派な自尊心とアブドゥル・アドルの命と、どっちが大事なんだ？」

「もし我々がそんなことをしたら、彼らと同じになってしまうじゃないですか」

「同じじゃない。俺たちは人を殺すんじゃない。救うんだ！」佟寶駒《トンバオジ》は言った。「徹頭徹尾、この訴訟はフェアじゃなかった」

連晉平《リェンジンピン》は項垂れて、口を噤んだ。

黙ってリーナが通訳するのを聞いていたスプリアントは、頷いて同意を示した。しばらくの間、重苦しい雰囲気に包まれて、誰も何も言わなかった。

スプリアントが突然声を上げた。「アブドゥル・アドルの物を持っている。あいつは要るか？　コーランなんだ」

藁にも縋りたい佟寶駒《トンバオジ》は、慌てて言った。「どこにあるんだ？　俺たちが今から取りに行く」

意気込んだ佟寶駒《トンバオジ》を見て、スプリアントの気持ちは一歩引いてしまった。「次に。俺と、それから子どもを保護して、それから渡す」

強引に事を進めるのは逆効果だと考えた佟寶駒《トンバオジ》は、それ以上追及しなかった。次の裁判の時間と場所で会うことを約束した後、スプリアントは車を降りて、路地の陰の中に消えていった。

車内に取り残された三人は、黙ったままそれぞれの思いに沈んでいた。捜査はようやく終わりを迎えつつあるが、真実は想像以上に重苦しいものだった。

佟寶駒《トンバオジ》がふたりを送るために、エンジンをかけた。三人は後方の角に車が一台停まっているのに気が付いていなかった。車の中には男がひとり座っていた。

その車はずっと前から、佟寶駒《トンバオジ》たちの後をつけていた。台中に行った時も、それから台北に戻って〈關愛之家《グワンアイチージャー》〉を訪れた時も、ずっと彼らを見張っていた。スプリアントが現れた時も。

車の中にいたのは彭正民《パンジョンミン》だった。

彭正民《パンジョンミン》はスプリアントを追い始めた。

五　口頭弁論

1

彭正民《パンジョンミン》が海浜《ハイビン》国営住宅の自宅に戻った時は、既に朝六時に近い時刻だった。音を立てないように家に入ると買ってきたばかりの朝食をテーブルの上に置き、それから居間のソファーに座って放心していた。疲れていたけれど、いくらも経たないうちに妻の陳嬌《チェンジャオ》と三人の娘を起こさねばならない。それから子どもたちを学校に送っていくのだ。まだ眠るわけにはいかない。

彭正民《パンジョンミン》は疲れていて、瞼がほとんど閉じそうになっていた。彭正民《パンジョンミン》が再び目を開けたとき、そこには陳嬌《チェンジャオ》が立っていた。

「薬は飲んだ？」陳嬌《チェンジャオ》が尋ねた。

「朝の分はまだだ」彭正民《パンジョンミン》は立ち上がろうとしたが、その気力がなかった。ただ瞼を閉じることしかできない。「持ってきてくれ」

陳嬌《チェンジャオ》はため息をついただけで何も言わず、彭正民《パンジョンミン》の薬を探しに行った。

子どもたちが起きだした音が彭正民《パンジョンミン》の耳に届いた。何やらふたりの子どもが揉めているようだが、彭正民《パンジョンミン》はどうするつもりもなかった。この時彼が望んでいたのはかしましい娘たちが姿を現す前に症状がよくなることだけだった。彭正民《パンジョンミン》は時間通りに薬を飲まなかったことを妻が責めないことを願った。自分が正常でいるためにどれだけ大きな努力をしているか、神様は知っている。

彭正民《パンジョンミン》が子どもたちを学校に送り届けて自宅に戻ると、清掃作業員の制服を着た陳嬌《チェンジャオ》が丁度出かけるところだった。「あなた、昨夜はどこに行ってたの?」

彭正民《パンジョンミン》は答えなかった。元から多く話す質ではなかったが、鄭峰群《ジョンフォンチェン》が死んでからますます口数が少なくなっていた。既に夫の沈黙を気にかけなくなっていた陳嬌《チェンジャオ》は、ドアを閉め、後に空虚だけを残した。

部屋の中は彭正民《パンジョンミン》ひとりだけになった。息苦しさを感じ、新鮮な空気を求めてベランダに向かった彭正民《パンジョンミン》の目に、その一角に置かれた山積みのものがちらりと映った。自分が留守の間に陳嬌《チェンジャオ》が片付けたのかもしれない。近づいてみると、それは彭正民《パンジョンミン》の釣り道具だった。

もうどのくらい釣りに行っていないのだろうか。船を下りた休日でも、彭正民《パンジョンミン》が一番好きなのは、海辺の暗く湿った岩礁で鄭 峰 群《ジョンフォンチエン》と共に釣り糸を垂れることだった。いくつもある北側の海岸の磯釣り場は、ふたりにとって裏庭のようなものだった。

鄭 峰 群《ジョンフォンチエン》が殺される前の日、ふたりは南の方の入り江に新しい釣り場を見つけに行こうと約束していた。いまはアイゴが旬だから。それから鄭 峰 群《ジョンフォンチエン》はこう付け加えた。あと何年かしたら子どもたちがクーラーボックスを運べるようになるぞ、と。なのにあの晩、彭正民《パンジョンミン》は身元確認のために遺体安置室に来てほしいという連絡を受けたのだった。

「あとですね……彭《パン》さん、すみませんが、まだ奥さんと子どもがいまして……」警察の声には非常に申し訳なさそうな響きがあった。

警察が彭正民《パンジョンミン》に身元確認を頼んだのは、鄭 峰 群《ジョンフォンチエン》には身内がいなかったからだ。ふたりの両親は何年も前に世を去っていたが、ふたりはずっと支え合って生きてきたので、孤独だと思ったことはない。八尺門《バーチムン》にまだ海浜《ハイビン》国営住宅がなかったころ、基隆《ジーロン》がまだ世界の中心だったころ、ずっとそうだったように。

保管庫に安置されていた鄭 峰 群《ジョンフォンチエン》は青白い顔をしていた。「身体も確認したい」彭正《パンジョン》民《ミン》は法医に向かって言った。法医は渋ったが、彭正民《パンジョンミン》は引かなかった。「傷の場所を確認したい」

身元確認を担当する検察官が言った。「彭《パン》さん、それは身元確認には必要ありません」彭正民《パンジョンミン》は保管台の縁《へり》を摑んで検察官に向かって叫んだ。「俺は見なきゃならないんだ！」

数名の警察官が彭正民《パンジョンミン》に近づき、半ば強制的に死体安置室から連れ出した。彭正民《パンジョンミン》は意味不明なことを喚きながら泣き叫んだ。保管庫の扉が、彭正民《パンジョンミン》の後ろで重い音を立てて閉じられた。

「ガタッ！」陳嬌《チェンジャオ》がドアを開けた音で、彭正民《パンジョンミン》は我に返った。気が付くとまだベランダにいて、全身がぐっしょりと汗に濡れていた。

「何か食べた？」

「いま何時だ？」

「お昼よ」陳嬌《チェンジャオ》は夫の様子がおかしいことに気が付いた。「少しは眠ったの？」

彭正民《パンジョンミン》は何かが自分の手の上に滴り落ちているのを感じた。触れてみると、それは自分が流している涙だった。彭正民《パンジョンミン》はパニックを起こした。陳嬌《チェンジャオ》を摑んで、無理やり部屋に連れ込んだ。陳嬌《チェンジャオ》は抗った。恐怖よりも怒りの方が強かった。陳嬌《チェンジャオ》は夫の沈黙には何も言わなかったが、だからと言ってその不快な気持ちを受け入れたわけではなかった。

「レカル、あなた正気なの？」陳嬌《チェンジャオ》が大声を上げた。

彭正民《パンジョンミン》は陳嬌《チェンジャオ》のズボンを剝ぎ取り、乱暴に彼女の中に押し入った。陳嬌《チェンジャオ》が痛みに泣き声を上げたが、彭正民《パンジョンミン》は容赦しなかった。それはまるで頭の中で大声を上げる悲しみを覆い隠すために、わざと妻を泣き叫ばせているかのようだった。この世界は苦痛すらも不公平なのだ。

陳嬌《チェンジャオ》は泣くのを止めて、彭正民《パンジョンミン》の背中に爪を立て、一筋の痕を残した。射精の直前、彭正民《パンジョンミン》は既に自分の涙が乾いていることに気が付いた。

2

陳青雪《チェンチンシェ》が佟寶駒《トンバオジ》と密かに会った僅か数日後、立法院の第二審議会で国民裁判官法が審議され、死刑に対する多数決採択を変更する意見が大勢を占めた。陳青雪《チェンチンシェ》はこのニュースを耳にして、もう間違うことは許されないと理解した。感情的で子どもじみた蔣徳仁《ジャンダーレン》を向こうに、もっと賢く立ち回らなければと考えた。

蔣徳仁《ジャンダーレン》は陳青雪《チェンチンシェ》の訪問を意外には思わなかった。頭を上げて一瞥し、また手元の仕事に視線を戻した。陳青雪《チェンチンシェ》が口を開くのを待たず、蔣徳仁《ジャンダーレン》は言った。「現在の意思決定手段は多数決だ。君が好むと好まざるとにかかわらず、法案のプロセスはそうなっている。これが民主主義と呼ばれるものだ。君ひとりの問題じゃない。その場にいる全員がそれぞれの利益を代表して、有権者からの圧力を受けているのだから、君もそれを尊重しなければならない……」

陳青雪《チェンチンシェ》は静かに腰を下ろして優しく言った。「私がここに来た理由を聞いてくれないの？」

蔣徳仁《ジャンダーレン》はその言葉に戸惑いながら言った。「どういうつもりだ？」

「あなたが私のメッセージに返事をくれないから」

「それが君の希望だと思っていたんだが」

「ごめんなさい。あの日、感情的になりすぎたわ」

「それだけじゃないんじゃないか？」

陳青雪《チェンチンシェ》は蔣徳仁《ジャンダーレン》から贈られた数珠を着けた手を伸ばして、目の前の男の手に重ねた。

「それだけだわ」

蔣徳仁《ジャンダーレン》は数珠を見つめた。「君は他人に知られるのが怖くないのか？」

「私、思ったのだけど、自分が欲しいものがわかっているなら、怖いものなんてないんじゃないかしら」

こういった曖昧な態度が陳青雪《チェンチンシェ》の謀略だということを蔣徳仁《ジャンダーレン》はよく知っていた。彼は努めて冷静な態度を保ち続けた。「大臣、現在議論されている死刑判決の全員一致は本当に難しいんだ。私は委員会側で尽力した」

「ありがとう。良く知っているわ」

陳青雪《チェンチンシェ》は立ち上がり、蔣徳仁《ジャンダーレン》に近づくと、そのコートから酒のボトルを取り出した。元居た場所に戻り、キャップを捻る。

「第二審議会はいつ？」

「いま、正に」蔣徳仁《ジャンダーレン》は酒を味わう陳青雪《チェンチンシェ》を見ながら、態度を崩さないよう努めた。「大臣、日本の裁判員制度は十年以上続いており、過半数の同意で死刑判決が下されるが、ここ数年死刑判決の数は増えておらず……むしろそれぞれの案件の背後にある様々な人生の物語を反映して、判決結果が多様化している。……これが君の求めていることではないのか？　どうして君は自分を死地に追い込む意味のない言葉の形に拘《こだわ》るんだ？」

「もし私たちにチャンスがあったら、注力するでしょう？」

「本当に俺たちにはチャンスがあるのか？」

蔣徳仁《ジャンダーレン》は想像以上に手強かった。陳青雪《チェンチンシェ》がさてどうしようかと決めかねているところにスマートフォンの着信音が響いた。

画面に佟寶駒《トンバオジ》の名前が表示されていた。

陳青雪《チェンチンシェ》は微笑んだ。まだツキには見放されていない。

「やつを見つけた」電話から佟寶駒《トンバオジ》の声が聞こえてきた。「外国籍労働者のスプリアントだ」

陳青雪《チェンチンシェ》はスマートフォンのスピーカーボタンを押して蔣徳仁《ジャンダーレン》に向けた。「何て言ったの？　よく聞こえないわ」

佟寶駒《トンバオジ》は声を張り上げた。「俺たちはやつを見つけたんだ。逃げた外国籍労働者を」

「本当？」

「やつは船上で起こったすべてのことを証言できる。雄豊《ションフォン》漁船会社の再調査を再開できるぞ」佟寶駒《トンバオジ》は続けた。「法務部には証人保護を頼みたいんだが、問題ないよな？」

蔣徳仁《ジャンダーレン》の不安そうな目は、陳青雪《チェンチンシエ》にとって勝利の味だった。彼女はゆっくりと言った。

「問題ないわ」

陳青雪《チェンチンシエ》は通話を終了し、優しいまなざしで蔣徳仁《ジャンダーレン》を見つめ酒のボトルを返した。それから数珠を着けたままの手で蔣徳仁《ジャンダーレン》の肩を叩いた。「まだチャンスはあるのよ。……すべてのことはひっくり返る余地があるの。そうじゃなくて？」

3

連晉平《リェンジンピン》が八斗子《バードウズ》で危険に足を踏み入れていたその晩、李怡容《リーイーロン》は彼の部屋で数枚の自撮り写真を見つけていた。撮影日時から推測するに、リーナと連晉平《リェンジンピン》が並んだその写真はみな彼が自宅か寄宿舎にいると言っていた日に撮られたものだった。

連晉平《リェンジンピン》のスマートフォンが通じないことと、中元祭《ジョンユァンジー》でリーナに会った際に生じた第六感が李怡容《リーイーロン》を連晉平《リェンジンピン》の家に向かわせた。彼女は自分の疑念を自ら確かめることにしたのだ。

連正儀《リェンジョンイー》は李怡容《リーイーロン》の訪問に少し驚いたようであったが、断るわけにもいかず、ドアを開けて彼女を家の中に招き入れた。李怡容《リーイーロン》は家族の生活を邪魔したくないので、連晉平《リェンジンピン》の部屋で待つと丁寧に答えた。

連正儀《リェンジョンイー》は彼女のためにお茶を淹れてきたが、少し話しただけで話題が尽きてしまった。不要なストレスを与えたくなくて、連正儀《リェンジョンイー》はその場を離れた。李怡容《リーイーロン》はこの機会に連晉《リェンジン》平《ピン》の部屋を調べることにした。周囲を見回してみる。どこにもおかしいところはなかった。

本棚には法律書と有名な小説が何冊かだけで、他には何もない。隙間にはたくさんのバスケットボールのスター選手のポスターとグッズ。それから非常に思考力を要求されるボードゲームがいくつか収まっていた。

李怡容《リーイーロン》は最後にデスクの上で視線を止めた。海浜《ハイビン》事件の裁判記録の資料が目を引く形で散乱していた。そのほとんどは調書や法律的見解などをまとめたものだったが、中でも李《リー》怡容《イーロン》の興味を引いたのは洪《ホン》振《チェン》雄《シヨン》に関するメモや新聞の切り抜きだった。内容は大半が推論であったが、連晉平《リェンジンピン》が海浜《ハイビン》事件の絡まった糸を如何に慎重にほどいていったかがわかるようになっていた。洪《ホン》振《チェン》雄《シヨン》の写真の横には、大きく「事件の黒幕？」とメモ書きされている。

李怡容《リーイーロン》は自分に言い訳をして、連晉平《リェンジンピン》のパソコンにログインを試みた。彼女は慎重に部屋の外の様子を窺って、それから手早くパスワードを打ち込んだ。ふたつ目の推測で、パソコンはログインを許してくれた。パスワードはふたりの誕生日を組み合わせたものだった。彼女の誕生日はもうすぐやってくる。

そのパスワードは彼女の心を動かしたが、そのあとに目にしたものは彼女の心をさらに大きく動かした。それは連晉平《リェンジンピン》とリーナが親密と言えるほど仲良く並んでいる自撮り写真だった。傍から見たら大したことではないのかもしれない。しかし李怡容《リーイーロン》にとっては裏切り行為に等しかった。彼女は手首の傷跡に触れた。連晉平《リェンジンピン》はこの傷を知っていたのに！

数日後の週末、連晉平《リェンジンピン》と李怡容《リーイーロン》は北投《ベイトウ》のあるホテルで夜を過ごした。連晉平《リェンジンピン》が李怡容《リーイーロン》の上でゆっくりと身体を揺らしている最中に、彼女は突然質問を投げかけてきた。

「洪振雄《ホンチェンション》って誰？」

「何？」連晉平《リェンジンピン》は上の空で尋ねた。

「あなたが口にしていた洪振雄《ホンチェンション》」

連晉平《リェンジンピン》は曖昧に答えた。「その人は……船会社の経営者で、僕たちは海浜《ハイビン》事件が海上での違法行為に関連しているんじゃないかと考えているんだ」

「まさかそのために人を殺すなんて……」

「やつは何でもするよ……」

「あなたのスマートフォンを見てもいいかしら？」

連晉平《リェンジンピン》は動きを止めた。

「どうしたの？」

「リーナの写真。ある？」

連晉平《リェンジンピン》はようやく状況を理解して、ぎこちなく答えた。「あるよ」

李怡容《リーイーロン》は連晉平《リェンジンピン》を押し退け、毛布で自分の身体を包んだ。連晉平《リェンジンピン》は急に身体の熱が冷めていくのを感じたが、どうしていいかわからず困惑していた。

「事件について検討していただけだよ……。リーナとは何でもない」

「何回も一緒に出掛けているんでしょう？」

「何回か。仕事でだよ。だから……」

「彼女に連絡を取るのを止めてもらってもいいかしら？」

「まだ僕は海浜《ハイビン》事件に関わっているんだ」連晉平《リェンジンピン》は怒りを覚えた。彼にとってこの事件はあまりにも重要で、諦めるわけにはいかなかった。

「あなたはただの代替役でしょう？」

羞恥と怒りが心の中で硬い塊に変わっていき、連晉平《リェンジンピン》は口を噤んだ。口を開いた瞬間、何かが破裂しそうになるのを恐れた。

「もしどちらかしか選べないとしたら、私と海浜《ハイビン》事件、どちらを選ぶ？」それはめちゃくちゃな言い分に聞こえた。しかし李怡容《リーイーロン》は笑っていなかった。

連晉平《リェンジンピン》はややあってから冷たく言った。「それは公平な質問じゃないね。僕は君が追求したいと思うことを止めるつもりはないよ」

李怡容《リーイーロン》は寝返りを打ち、毛布の下で身体を丸め枕に頭を深く沈めて、それ以上何も言わなかった。

4

連正儀《リェンジョンイー》のデスクは広く重厚で、その上にはたくさんの本とファイルが整然と並べられていた。最高法院で任に就いて七年近く、当然のことながら執務室には様々な私物が持ち込まれている。多くの骨董品に交じって、一番目を引くのは連正儀《リェンジョンイー》の席の後ろの壁にかけられている書であった。

「政厳刑緩《ジョンイェンシンホワン》」

この四文字は唐の時代に白居易が書いた詩に由来するもので、原文はこのようになっている。「政不可寛、寛則人慢。刑不可急、急則人殘……」つまり、政《まつりごと》は厳しく明瞭でなければならず、それにより民は政を恐れ敬うが、罰は民が敬服するものでなければならず、厳しすぎるのもまたよろしくない、という意味だ。

この書は連正儀《リェンジョンイー》が最高法院所属に昇進した際に、かつての同僚たちが贈ってくれたものだ。高名な書家の作品で、大胆なようで繊細、力強さの中に柔らかさが潜む、筆運びのバランスが美しい。この四文字の下に座った李怡容《リーイーロン》は、裁判官の職務に対する理解が深くなったような気がした。

連正儀《リェンジョンイー》がゆっくり傾けた茶壺《ちゃふう》から流れ出た澄んだ黄金の液体が、白い肌の茶杯《ちゃはい》を満たして清々しい香りが立ち上る。

「写真……？　一般的な友人との外出だろう。心配しすぎだと思うがね」

「私に隠してたんですよ。何もなければ、そんなことする必要ないはずです」

「少し調べてみよう。でも晉平《ジンピン》は道を外すようなタイプではないよ。それは私が知っている。あの子は自分が気にかけていることに対しては非常に熱心で、今回は特に積極的だ。それはわかっているね？」

「連《リェン》おじ様、写真は公務の際のものじゃないんです」

「君はどうやってその写真を見たんだい？」

そう問いかけた連正儀《リェンジョンイー》だったが、既に答えは推測できていた。長年にわたる職業経験が、彼の物事に対する感覚を一般の人よりも鋭いものにしていた。あの晩李怡容《リーイーロン》が突然自宅を訪ねてきたときに、何かあったのだと嗅ぎつけていた。連正儀《リェンジョンイー》が問いかけたのは、他人のパソコンに理由もなく侵入することは刑法上の問題だと李怡容《リーイーロン》に仄めかすためだった。

「男子が志を持つことは素晴らしいし、女性もそれを応援するべきだ。聖書には妻はすべてのことにおいて夫に従順でなければならないと書かれている。……年若い君たちはそれに同意しないかもしれないが、聖書には夫は自分自身を愛するように、また教会を愛するように妻を愛しなさいとも書かれている。それは聡明なことだ。お互いを支え合うのは……お互いの責任であり義務なんだよ」

「裏切られたとしてもですか？」

「もちろんそれはよくないよ。男性も女性もやはり限度は必要だ。連《リェン》おじさんもそれはよくわかってる。……ふたりの関係が長く続いてほしいと私は思っている。それは互いの仕事にも役に立つだろうからね」連正儀《リェンジョンイー》は諭すように続けた。「審判するという仕事は神聖で厳粛なものだ。気持ちが落ち着いていないと当事者の権利に影響を与えて、非常によくないのだ……」

李怡容《リーイーロン》はただ頷いた。

連正儀《リェンジョンイー》は茶杯を李怡容《リーイーロン》に渡した。彼女は手首の傷跡が見えないように注意深く両手でそれを受け取った。

「その手は？　李《リー》はどうして話してくれなかったんだ？」連正儀《リェンジョンイー》は眉を顰《ひそ》めた。「君は……ああ、ちょっと気になっただけだ。人は気持ちを偽ることはできないのだよ」

李怡容《リーイーロン》は表情を変えず、無意識に手首を庇《かば》った。

「私はプロフェッショナルなカウンセラーをたくさん知っている。時には適切なタイミングで助けを求めることも必要だよ」連正儀《リエンジョンイー》の声は冷たく変わっていた。「君は晉平《ジンピン》に影響を与えないように自分で気を付けないとね」

連正儀《リエンジョンイー》の言葉は穏やかだったが、そこには旧態依然とした父親としての権利の主張と、子どもを護らねばならないという焦りが見え隠れしていた。李怡容《リーイーロン》に対して連正儀《リエンジョンイー》は年長者としての体面を失っていた。

連正儀《リエンジョンイー》と向かい合う李怡容《リーイーロン》は言葉こそ変わらず丁寧であったが、その目は完全に違う色を帯びていた。「連《リエン》おじ様、私が晉平《ジンピン》を探してご自宅に電話をしたときに、君に会いに行ったと思ったって言いましたよね。そのあとで図書館にでも行ったんじゃないかって言いましたよね。その時にはもう知ってたんですね。……晉平《ジンピン》が私に隠れて他の誰かと会っているってことを。そうですよね？」

連正儀《リエンジョンイー》は茶杯を持ち上げた手を空中で止めた。李怡容《リーイーロン》の言っていることは完全に正しくはなかったが、ほとんど間違ってはいなかった。

5

佟守中《トンショウジョン》は家に料理する材料がなくなると、缶ビールを二缶ビニール袋に入れて、地区の東南の角にある傾斜地に足を運ぶ。そこはもともとは公園で地域の公共的な広場だったが、長年放置されたのち、一族の手で少しずつ家庭菜園として整備されてきた場所だった。彼らは冗談めかして「ハッピー農場」と呼んでいる。

このような習慣は八尺門《バーチムン》が取り壊され、再建される以前からあった。当時中国の華東《ホワドン》地区から移ってきた一族の人々は、まだ植林の知識と技術を持っていて、周辺の公共区域に自分たちの境界線を引いて、食べられる山菜を栽培していた。これは伝統的な生存方法であるだけでなく、実際のところ植物の識別と選択を通して、人と環境の相互作用を作り上げていた。

アミ族は分かち合うことが大好きで、それは集合住宅の正門での集会でも、菜園でも同じであった。こういう菜園は持ち主がいるにもかかわらず、誰もが収穫を分け合っている。

これらの場所は地域社会の物質的な繋がりを維持するだけでなく、佟守中《トンショウジョン》のような孤立した人間を受け入れる役目を担っていた。

佟守中《トンショウジョン》が一番好きなのはアナウの菜園を訪れることだった。彼はアナウがいつ菜園に現れて、何を収穫するのかまでしっかりと把握していた。

「ルオ、何を持っていく？　茄子が食べごろだぞ」佟守中《トンショウジョン》が近づくと、アナウは頭を上げて、近くにあるものから名前を挙げた。「唐辛子、サツマイモの葉、籐心、台湾バジル……、それからさっき誰かがあそこでオオタニワタリを摘んでいたから、後で行ってまだあるか確かめてくるよ」

佟守中《トンショウジョン》は頷いてビールを取り出し、一缶はアナウに差し出してもう一缶は自分でプルトップを開けた。ふたりは黙って何口かビールを喉に流し込んだ。

「この前は、俺の息子が、すまなかった」佟守中《トンショウジョン》が口を開いた。

「何がだ？」

「裁判で……」

「気にするな。仕事だ」

「仕事の何がいいんだ？」

アナウはビールを口に運ぶ手を止め、少しだけ感傷的になった。「寶駒《バオジ》と阿民《アミン》は昔は仲が良かったじゃないか……ああ」

「昔？」

「あんたがいなかった何年か、俺たちはいつも一緒に遊んでたんだ。ある時までは……。俺は会館の裏山で漢人のガキとケンカをしたのを覚えてるよ。なんとそいつらの何人かはまだあの下で暮らしているんだぜ。レカルに聞いてみろよ。あいつもまだ覚えているよ。俺たちは勝ったんだ。レカルは言った……」アナウはそこで続けるかどうか躊躇した。

佟守中《トンショウジョン》は急かすことなく静かに待った。

「レカルは言ったんだ。漢人を殺す。ルオみたいに一族の英雄になりたいって。タカラはやつを笑い、バカだと言った。大人になったらあいつらみたいにしみったれたやつになるんだって言った。……ふたりはケンカになった。激しく取っ組み合って、坂を転がり落ちた。はは……。それ以来ふたりは口を利かなくなった。俺たちはみんな、そんなでたらめを言う寶駒《バオジ》を憎んでいた」アナウはビールを飲み干して、缶を捻り潰すと傍にあるバケツに投げ込んだ。「だけど後から考えると、多分、きっと……俺たちは寶駒《バオジ》が言ったことが本当のことになるのを恐れてたんだ」

佟守中《トンショウジョン》は静かに言った。「やつはただ運が良かっただけだ」

アナウは笑ってそれ以上何も言わず、しゃがんで土を掘り返し始めた。佟守中《トンショウジョン》はビールの最後の一口を飲み込むと、ビニール袋を掴んで茄子が植えられている一角に向かった。

6

彭正民《パンジョンミン》が雄《ション》豊漁船会社《フォン》の本社に到着した時、港に雨が降り始めた。

雄《ション》豊漁船会社《フォン》の本社は基隆《ジーロン》市政府の後ろに建つビルの中にあった。古めかしいビルの外観からは、数十隻のマグロ延縄《はえなわ》漁船を管理する国際企業であることはわからないだろう。

会議室に通された彭正民《パンジョンミン》は窓から朧気《おぼろげ》に見える基隆《ジーロン》港を眺めながら、束の間自分は海に帰ってきたのだと錯覚した。意識を失う前に、彭正民《パンジョンミン》は受付の女性に水を一杯頼み、倍量の薬を飲み込んだ。

彭正民《パンジョンミン》は病状の悪化をカルテに残す危険を冒すわけにはいかなかったので、医者には何も言わないつもりだった。海に戻らなければならない。今までだって船の上ではすべてが上手くいっていたじゃないか。

陸に巣くう亡霊は海には出られない。海の者もまた、稀にしか岸に近づけない。これは彭正民《パンジョンミン》が初めて海に出た時に学んだことだった。

「スプリアントを見つけました」

「何の薬を飲んでいるんだ？」突然洪振雄《ホンチェンション》が姿を現した。

彭正民《パンジョンミン》は薬の包装シートをポケットに突っ込んだ。「やつは絶対に出廷できない。わかるな？」

「そうか。よくやった」洪振雄《ホンチェンション》は言った。

お前も逃げることはできないぞ」

「俺は海に出たい」

「私は言ったはずだ。このことが片付いたら、お前を海に出してやると」

「やつを連れていく」

洪振雄《ホンチェンション》は彭正民《パンジョンミン》の言葉を理解して頷いた。「船を手配しよう」

彭正民《パンジョンミン》は無表情のままゆっくりと立ち上がり、ズボンで手を拭いてその場を離れようとした。

洪振雄《ホンチェンション》は煙草に火を点けると、厳しい目つきで彭正民《パンジョンミン》を睨んだ。「どのくらい健康診断に行っていないんだ？　規則は知っているだろう？　海に出るには健康診断を受けなきゃならない。会社で手配してやるからな」

彭正民《パンジョンミン》に否はなかった。海に戻らなければ、いつまで正気でいられるかわからない。

7

蔣徳仁《ジャンダーレン》は突然、総統が呼んでいると知らされた。総統とはつい先程電話で話したばかりなので、申し訳ない気持ちに駆られた。この連絡は蔣徳仁《ジャンダーレン》が個人的に対処しなければならない事態が発生したことを意味していた。

蔣徳仁《ジャンダーレン》は速足で総統の執務室に向かった。そこでは総統の宋承武《ソンチャンウー》が座ったまま、洪振雄《ホンチェンション》と向かい合っていた。会談は一区切りついたようで、口を噤んだままのふたりの間には重苦しい沈黙が漂っていた。

蔣徳仁《ジャンダーレン》は慎重に声をかけた。「社長?」

「蔣《ジャン》、丁度あんたのことを話していたところだ」

「はい?」

「私は子どものころ、伍佰《ウーバイ》という名の犬を飼っていたんだ。歌手の伍佰《ウーバイ》のように歌は歌わなかったが、父親が渡した五百元を持って、市場に魚を買いに行っていた。知っているか？　犬はそれほど賢いんだよ」

蔣徳仁《ジャンダーレン》は洪振雄《ホンチェンション》がここにいるのは陳青雪《チェンチンシェ》が原因でほぼ間違いないと考えていた。洪振《ホンチェン》雄《ション》がどこまで知っているかは不明だが、目の前の状況から今回陳青雪《チェンチンシェ》に肩入れした代償を払わざるを得ないだろうと覚悟していた。

「洪《ホン》理事……説明させてください」

洪振雄《ホンチェンション》は手を伸ばして制止すると、話を続けた。「やつが買ってくる魚は、毎日量が違った。魚はな、日によって値段が違うから、父親は気にもかけなかった。それに犬には飯も食わせなきゃならなかった。あんたは犬と同じか？　同じか？　同じなのか？」

「違います」

「だが父親は後に伍佰《ウーバイ》を殺した。ハンマーでここを……」洪振雄《ホンチェンション》は指を眉間に向けた。

「叩き潰した。どうしてかわかるか？」

「……魚を……買い間違えたから……」

洪振雄《ホンチェンション》は大声で笑った。「宋《ソン》、あんたの犬はバカじゃないな」それから蔣徳仁《ジャンダーレン》に向き直って言った。「伍佰《ウーバイ》は買い物を間違えたりしなかった。それに魚を盗み食いしたりもしなかった。……やつは隣の猫に分け与えていたんだよ。伍佰《ウーバイ》が死ぬ前、父親にそんなに深刻な問題なのか尋ねた。親父は言ったよ。そんなことはない。お前が豚に食わせてやったところで気にしない。だがな……」洪振雄《ホンチェンション》の表情は一変し、口調が激しくなった。「あの猫は食べるのに夢中になって、毎日俺の家にしょんべんをしたんだ。しょんべんだぞ！そのうえ盃を持った鼠まで捕まえて……！」

宋承武《ソンチャンウー》がゆっくりと蔣徳仁《ジャンダーレン》の方を向いた。「犬と猫、一緒にいられると思うか？」

「思いません」蔣徳仁《ジャンダーレン》はこの質問にはこう答えるしかないとわかっていた。

「ならば犬がすべきことをするんだな」宋承武《ソンチャンウー》が言った。

洪振雄《ホンチェンション》は微笑んで、宋承武《ソンチャンウー》に向かって丁寧に頭を下げた。

8

洪振雄《ホンチェンション》にコンタクトを取るのは難しいことではなかった。李怡容《リーイーロン》は敢えて留守電に「海浜《ハイビン》事件の重要な情報を握っている」と強調したメッセージを残した。程なく人を介して連絡があった。

約束の場所は洪振雄《ホンチェンション》のシーフードレストランだった。李怡容《リーイーロン》が約束通り店を訪れると、入口の見張り役は舌なめずりをして声をかけたが、彼女は動じることなく、後悔するようなことはするなと警告した。

見張り役は真顔に戻って貧乏ゆすりを止め、棚の間を抜けて李怡容《リーイーロン》を洪振雄《ホンチェンション》の前まで案内した。

丁度フカヒレスープを堪能していた洪振雄《ホンチェンション》は、手振りで李怡容《リーイーロン》に着席するよう促すと、厨房に彼女の分のスープを持ってくるよう言い付けた。

「最高級のフカヒレですよ……李《リー》お嬢さん。私がお役に立つことがあるのですか？」

「あなたが海浜《ハイビン》事件をとても気にしていると聞いています。取引したいものがあるのです」

「取引？　我々の手の中にあるものはみな、命がけで摑んだものですが」

李怡容《リーイーロン》はフカヒレスープの器を見つめながら言った。「これも？　あなたが命懸けで手に入れたものですか？」

「はははははは。あなたがどんなことを考えているかわかるが、残念ながら私はそういう人間じゃない。あなたは台湾の遠洋漁船がどのくらいサメを捕っているか知っていますか？全世界のたった二％に過ぎないんですよ。二％！　台湾の遠洋漁業船の数と規模は世界一なのに。これが何ン意味するのか、わかりますかァ？」

李怡容《リーイーロン》は無表情のままレンゲを持ち上げ、フカヒレを口に入れた。

洪《ホン》振《チェン》雄《ション》は李怡容《リーイーロン》がスープを飲み込むのを見つめた。バラ色にうるんだ唇から僅かに下へ向かいうねる喉へ。そしてまたゆっくりと上っていき、最後に彼女の繊細な頰で視線が止まった。欲望が頭を擡《もた》げる。

「あなたの肌は本当に滑らかだな。私のフカヒレより滑らかだ。どんな保湿剤で手入れをしているんですか？」

李怡容《リーイーロン》は洪《ホン》振《チェン》雄《ション》の軽口には反応せず、優雅にフカヒレを口に運び続けた。

冷静なままの李怡容《リーイーロン》を見て、さらに興味を掻き立てられた洪振雄《ホンチェンション》は大声を上げた。

「フカヒレを食うのは残酷だが、魚のつみれや竹輪を食うのは残酷ではないのか？　あなたは世界で一番サメを消費しているのが誰なのか知っていますか？　スクアレンというのを聞いたことがありますか？　サメの肝臓にある物質で……阿豆仔《アドウズ》のやつらが保湿剤として使っている。顔に塗ればつやつやだ。残酷なのは誰だ？　阿豆仔《アドウズ》のやつらが禁止しているというと、わしらン政府も同調する。わしらンどうやって魚ン捕まえているンかあいつらは本当に知っているンかァ？　俺たちゃァは好きで命ン懸けているンじゃァない！」

「じゃあ、人も殺せないのかしら？」李怡容《リーイーロン》は言った。

洪振雄《ホンチェンション》は不機嫌そうに李怡容《リーイーロン》を見つめると、一転満面の笑顔を浮かべた。「例えばだよ！　李《リー》お嬢さん、私ン誰も殺さンよォ。はははは。あんたンいいねェ。見どころンある。さて、話を聞こう。あんたが命ン懸けて私ンところに来たンは何のためだァ？」

李怡容《リーイーロン》はお碗を手に取りスープを飲み干してから、ゆっくりと言った。「あの公設弁護人がスプリアントっていう名前の証人を見つけ出した。その人は船で起こったことを証言できるみたい」

洪振雄《ホンチェンション》は大声で笑った。「誰だってみんな知ってるんじゃないかな？」

李怡容《リーイーロン》は努めて冷静を装った。

これは連晉平《リェンジンピン》が彼女に話したことだった。連晉平《リェンジンピン》はスマートフォンがバッテリー切れになった夜の顚末を説明しながら、彼らが摑んだ事件の糸口を興奮気味に李怡容《リーイーロン》に話したのだ。リーナとの自撮り写真が頭を離れない李怡容《リーイーロン》は、その熱意にうんざりし、また裏切られたことに苦い思いを抱いていた。彼女は今夜、この時に聞いた話を基に、連晉平《リェンジンピン》が夢中になっている海浜《ハイビン》事件を滅茶苦茶にしたいと考えてここに来たのだ。

洪振雄《ホンチェンション》は既に知っていた。

李怡容《リーイーロン》に残されたのは最後の一手だけだった。

スマートフォンを取り出して、指で画面をタップする。

「インドネシアの通訳よ。公設弁護人室の助手の代替役と関係してる」李怡容《リーイーロン》は淡々と言った。「公設弁護人も、おそらく……」

連晉平《リェンジンピン》とリーナの親密な自撮り写真を李怡容《リーイーロン》は一枚、また一枚と画面を滑らせていく。

洪振雄《ホンチェンション》は口を閉じて、李怡容《リーイーロン》をまじまじと見つめた。

「望みン何だァ？」

「あなたがどうするつもりなのか知りたい」

洪振雄《ホンチェンション》はもう一度冷たく笑った。「あんたン食べるだけでいい。ごみは私ン始末する」

9

ベランダで洗濯物を干している最中にリーナは眩暈《めまい》を感じた。手を止め、その場で眩暈が治まるのを待つ。何でもないわ、きっと疲れているだけ……、そう彼女は考えた。お昼の休憩時に録音テープを聞く時間を少しでも作れたら夜はその分早く眠れるのだけれど、そうすると少し不安になってしまう。次回の裁判まで残り一週間もない。翻訳作業が間に合わないかもしれない。

そのため、リーナは一日中、空いた時間を作業に充てていた。その日、夕食の後片付けをしているときにも、彼女は眩暈に襲われた。

夕食後、突然許《シ》が果物を持って家に帰ってきた。彼は居間でテレビを見ている母親と一緒に座り、リーナに一緒に食べるよう声をかけた。

「母さん、来月ここに引っ越してこようと思うんだけど、どうかな？　子どもたちも大きくなったことだし、ここは自宅からそんなに遠くないし」許《シ》は果物を口に入れながら、目はテレビから離さなかった。「そっちにはまだ貯えがあるんだろう？　最近不景気で、実は仕事を休んでいるんだ」

許《シ》おばあちゃんはいつものように黙っていた。一方リーナは一言も耳に入らないまま、ただ疲れに耐えて、今日が早く終わらないかとそれだけを願っていた。

「俺がリーナを手伝うこともできるしさ。彼女も大変なんだろう？」許《シ》は自分勝手に話し続けた。「俺も彼女が作ったものを食べれば、面倒もないし」

許《シ》がいなくなってから、リーナは許《シ》おばあちゃんをベッドまで連れて行った。さらに一時間ほどを掃除や家事に費やし、一日の仕事を終えた。また眩暈を感じたリーナは壁を伝いながら部屋に戻ろうとして、途中急にヌルと話したい衝動に駆られた。ヌルとはしばらく連絡を取っていなかった。インドネシアでの抗議運動は日に日に激しさを増していた。リーナは何回かヌルに電話をかけてみたが、全く繋がらなかった。

リーナは眩暈が治まるのを待ってから、フェイスブックにアクセスし、ヌルのページが彼女への追悼の言葉で埋め尽くされているのを見つけた。驚いたリーナが検索すると、インドネシアのローカルニュースの中にヌルの訃報が見つかった。詳細まではわからなかったが、ヌルは警察に追われている最中に歩道橋から落ちたようだ。

リーナはスマートフォンを閉じると、ベッドに突っ伏して声を立てずに泣いた。だがそれも長くは続かなかった。リーナの意識は暗闇に飲み込まれ、眠りに落ちていった。

翌日、連晉平《リエンジンピン》がリーナを訪れた。ふたりはいつも通りコンビニのイートインコーナーに席をとった。連晉平《リエンジンピン》が持ってきたタイ式のタピオカミルクティーやインドネシアのエビ煎を見ても、リーナは少しも食べたいという気持ちになれなかった。

「ごめんなさい。まだ翻訳が終わっていません」

「まだ時間はあるから気にしなくていいよ。次回の裁判はただスプリアントが証人だと伝えるだけだから、最後の一回じゃないんだ」

リーナは隣のテーブルに座っている赤ん坊を抱いた年若い母親を見つめていた。性別もわからないその赤ん坊は母親に向かって柔らかい声を立て、その丸い目は世界で一番美しいものを探すかのように、母親の顔の上を移ろっていた。

リーナは〈關愛之家《グワンアイチージャー》〉の子どもたちと、それからアブドゥル・アドルの鼠のような目を思い浮かべた。

「昔はあんな風な赤ちゃんだったのよね」

「誰が?」

「アブドゥル・アドル」リーナは付け加えた。「それから私たちも」

連晉平《リェンジンピン》は隣のテーブルに視線を向けた。どこから見てもありふれた母子だった。連晉平《リェンジンピン》にはリーナの気持ちがよくわかった。七千日以上も生きてきたアブドゥル・アドルが無邪気な赤ん坊から殺人鬼へと変貌を遂げるまで、一体どのような旅路を経てきたのだろうか。インドネシアから台湾までの三千七百キロメートルを超える道のりで語りつくせる物語ではない。

連晉平《リェンジンピン》は突然気が付いた。アブドゥル・アドルは一匹の魚ではない。一艘の船でもない。彼はひとつの大海なのだ。その深みには起伏があり、喧騒の中に静寂が埋もれている。理解することはできるのだろうか？

考え込んでいる連晉平《リェンジンピン》の肩に、リーナが突然もたれかかってきた。その身体が呼吸に合わせてゆっくりと上下するのを感じた連晉平《リェンジンピン》は、そのまま動けなくなってしまった。一面の窓の外の通りは静まり返り、赤ん坊の声だけが聞こえた。タイ式ミルクティーのプラスチックカップの上を水滴がひとつ滑ってテーブルに落ちた。

「アブドゥル・アドルは死なせないよ」連晉平《リェンジンピン》は小声で言った。

リーナはヌルが話したことを思い出して、寝ぼけ声で応えた。「人は死んだらすべてが終わりだわ。だから私たちは生きている人のために頑張らなくちゃ……」

その言葉の意味はわからなかったが、連晉平《リェンジンピン》はもう尋ねなかった。リーナを抱きかかえると、髪の香りが鼻を擽《くすぐ》った。穏やかな時間だったが、腕の中のリーナの身体が沸騰しているかのように熱いことを、連晉平《リェンジンピン》は心配していた。

10

佟寶駒《トンバオジ》がバスケの試合中継を見ていると玄関チャイムが来訪者を告げた。玄関ドアを開けると、そこには許《シ》おばあちゃんがいた。傍にリーナの姿が見えないので、彼女はどうやら自分の足で訪ねてきたようであった。

佟寶駒《トンバオジ》は許《シ》家に駆け付けると、リーナの部屋に向かい、ベッドの隅で震えている彼女を見つけた。床の上には翻訳のメモと参考資料が散乱している。

佟寶駒《トンバオジ》を見たリーナは朦朧《もうろう》とした意識の中で呟いた。「ごめんなさい。まだ翻訳が終わらなくて……」

佟寶駒《トンバオジ》はどきりとしてリーナの額に手を当てた。……病院に行かなくては。佟寶駒《トンバオジ》はそっとリーナを抱き起こした。「大丈夫だ。俺が抱えていくから」

リーナを抱きかかえた佟寶駒《トンバオジ》は、路地の入口でタクシーを止め、ゆっくりと彼女を乗せると運転手に向かって言った。「待っててくれ。もうひとりばあさんがいるんだ」

救急外来の医者はリーナを簡単に診察した後、過労に風邪が重なったと診断した。急変するような状態ではないが、それでも点滴を打って、しばらく病院で様子を見るようにと告げた。佟寶駒《トンバオジ》は病院のベッドの上で眠るリーナを見て、軽口のひとつでも叩こうと考えたが、頭の中に浮かぶのはリーナの暗くて狭い部屋と、そのベッドの上で翻訳作業に勤《いそ》しむ彼女の姿だけだった。

二坪に満たないその場所にあるものが、仕事を除くリーナのすべてだった。

救急外来室の外にある椅子に佟寶駒《トンバオジ》と許《シ》おばあちゃんは肩を並べて座っていた。既に夜の十一時を過ぎている。許《シ》おばあちゃんをどうしようかと悩んでいた佟寶駒《トンバオジ》の目に、息子の許《シ》が慌ただしくやってくるのが見えた。

「佟《トン》さん、これはどういうことですか？」許《シ》はリーナの翻訳メモを振り上げながら、横柄に言った。「あんたはどういうつもりであいつにこんなことをさせているんだ。どうしてうちの使用人を連れて行くんだ？」

「少しは口を慎んだらどうだ？」

許《シ》はリーナのメモを引きちぎり、力いっぱい丸めた。「あいつは俺が金を払って雇っているんだ。あいつにこんなことをさせる権利はあんたにはない。俺の母親に何かあったら、弁償できるのか？」

「あんたが彼女を雇っていようと、自由な時間を彼女が好きに使っていけないことはないはずだ」

「あいつは二十四時間俺の母親の面倒を見なきゃならないんだよ。そのために雇っているんだ！　週休二日に、さらに三日間のボーナス休暇を与えろとでも言うのか[*1]？」

「彼女に休みは必要ないのか？」

「そもそも出稼ぎの介護人を休ませろなんて法はないんだ。しかもあの女は空いた時間にずっとこれにかかりきりだったんだ。それで今日の有様なんだよ！」

　許《シ》はリーナのメモを投げ捨てた。許《シ》おばあちゃんは頭を下げてメモにびっしりと書かれた小さな文字を見た。インドネシア語と英語。さらに簡単な中国語の文字がいくつかあった。それは歪んでいてまるで小さな子どもが書いた文字のようだった。

「さて、あいつは過労で倒れたわけだが、どうやって弁償するんだ？」

「金か？　払うよ」

「ニュースで見ているから俺はあんたが法院で仕事をしていることを知っているぞ。俺に

＊1　台湾の外国籍家庭介護士は労働法の保障を受けられないので、労働時間の上限や休暇制度も適用されない。

だって弁護士の知り合いがたくさんいるんだ。今度また俺の使用人に迷惑をかけたら通報してやるからな！」

佟寶駒《トンバオジ》は法律がこの男には何の役にも立たないことをわかっていた。さらに自分が口出しできる立場ではないことも知っていた。ただ茫然とその場を離れることしかできなかった。

許《シ》は佟寶駒《トンバオジ》の後ろ姿に向かって容赦なく叫んだ。「失せろ！　あの女は俺のものだ！次に姿を見かけたら容赦しないぞ！」

11

陳青雪《チェンチンシェ》は執務室のデスクに座ってニュース速報を見ていた。

「本日、与党の強権的な主導の下、国家裁判官法が第三審議会で可決されましたが、その中で最も注目されるのは死刑判決が多数決で決められる制度が維持されたことです。このことからも死刑制度に関する与党の姿勢が保守的になっていることが窺われます。しかし死刑廃止派はこの決定は汚職の醜聞を隠すための煙幕に過ぎないと表明しており……」

蔣徳仁《ジャンダーレン》が執務室に姿を現し、陳青雪《チェンチンシェ》の前に座った。「言ったはずだ」

陳青雪《チェンチンシェ》は手首の数珠を見せつけながら前髪を掻き上げた。

「洪振雄《ホンチェンション》に対する調査をやめて、二度と海浜《ハイビン》事件に手を突っ込むな。君がこの先もその椅子に座っていたいと思うのなら」蔣徳仁《ジャンダーレン》の態度は冷然としていた。

「私に法律を無視しろと言うの？」

「法律だけだったら事は簡単なんだがな」

「このままでは、いつまで経っても終わらないわ」

「佟寶駒《トンバオジ》にももう会うな」

「それは向こうの条件？　それともあなたの条件？」

「俺はもう君を守れない」

陳青雪《チェンチンシェ》は椅子に戻り、手首から数珠を外し、肩からどのくらいの重さの荷物が降りたのか確かめるかのように掌の上にのせた。それは何かを握ろうと決心したかのようにも見えた。「お釈迦様でもどうにもできないことがある。そうでしょう？」

蔣徳仁《ジャンダーレン》は数珠から目を逸らし、立ち上がると出て行った。

毅然とした蔣徳仁《ジャンダーレン》の後ろ姿を見つめながら、陳青雪《チェンチンシェ》はこれでよかったのだと考えた。最も重要視していた目標の実現が困難になった今、事情は非常に単純になった。法務大臣の罷免はそれほど簡単なことではないので、蔣徳仁《ジャンダーレン》の脅しが深刻であってもしばらくの間は彼女の職位は変わらないだろう。であれば、手元に残ったカードは使えるうちに使うのが得策だ。

陳青雪《チェンチンシェ》はスプリアントの資料を取り出し、秘書に指示を出した。「証人保護手続きを開始して」

12

その晩、連晉平《リェンジンピン》は友人たちとバスケットボールを楽しみ、それから夜食を食べに行った。家に戻ると父親が居間のテレビでトークショーを見ているところだった。いつもであればこの時間は書斎で書物に目を通している父親が、煽情的で低俗だと腐しているゴシップ番組を見ているのが連晉平《リェンジンピン》には意外に感じられた。

「父さん」

連正儀《リェンジョンイー》は応えず、無表情のままモニターを見ている。奇妙に思った連晉平《リェンジンピン》はモニターに視線を移した。

ニュース画面には連晉平《リェンジンピン》がよく知っている人物の姿があった。目の部分にモザイクがかけられてはいるものの、ひとりは間違いなく佟寶駒《トンバオジ》で、それからリーナ。さらには自分の姿。

ニュースタイトルは。「法廷内の恋？　事件の外の事件？　海浜《ハイビン》事件の通訳が二股疑惑」だった。

キャスターは大げさな口調で次々と映し出される盗撮写真を指し示していく。……ルームウェア姿の佟寶駒《トンバオジ》がリーナと一緒にごみ収集車を待っている場面、佟寶駒《トンバオジ》がリーナを抱きかかえてタクシーに乗せている場面、リーナと連晉平《リエンジンピン》が公園で食事を楽しんでいる場面……中でも最も印象的なのはリーナが連晉平《リエンジンピン》の腕の中に倒れ込んでいる場面だった。

番組のゲストはこれらの写真を基に、生々しいストーリーを語ってみせた。曰く、佟寶《トンバオ》駒《ジ》と同棲しているリーナが、連晉平《リエンジンピン》と知り合い恋に落ちた、と。最終的にリーナは台湾の身分を手に入れるために、仕事をしているふりをして男と関係を持ち、玉の輿に乗ろうとしているとされた。またもうひとりのベテラン司法記者は佟寶駒《トンバオジ》と連晉平《リエンジンピン》の職業倫理、さらにこのスキャンダルが海浜《ハイビン》事件の裁判に与える影響について論じた。

番組は最後に再びこのゴシップを話題に取り上げた。「この代替役はイケメンだし、台湾大学法学部を卒業しているから将来は司法官で決まりだな。これはお買い得だ」

連晉平《リエンジンピン》の聡明な頭は一瞬真っ白になった。一体いつからつけ狙われていたのだろうか？

「もう怡容《イーロン》の両親には連絡済みだ。彼らは若者がどういうものか知っているので、気にすることはないだろう」連正儀《リエンジョンイー》はテレビのボリュームを落とし、ゆっくりと言った。

音を失ったテレビを見ながら、連晉平《リエンジンピン》は世界のすべてが止まり、ただ自分の心臓だけが動いているように感じた。

「晉平《ジンピン》、裁判に個人的感情を持ち込むのは最も危険なことだ。佟寶駒《トンバオジ》の父親は……教えてくれなかったのかね？」連正儀《リエンジョンイー》は脱力したかのように言った。「佟寶駒《トンバオジ》という人物について、私はずうっと気にかかることがあったのだ。後になって、ようやく思い出したんだが、私が担当した事件のことだ。八尺門《バーチムン》、アミ族、漁師、殺人……それから佟《トン》という苗字。佟守中《トンショウジョン》。佟寶駒《トンバオジ》の父親だ」

連正儀《リエンジョンイー》は暗い顔でため息をついた。「私は彼の父親には非常に同情していた。なんの教育も受けていないので、ただ簡単な仕事しかできず、都市に出てきたものの環境に順応することもできなくてアルコールと暴力の悪循環に陥った。私は比較的軽い判決を下した。……彼はお前には何も言っていないのか？　お前のことをパートナーだと思うのなら、どうして隠していたんだろうな？」

連晉平《リエンジンピン》は頭を下げたまま混乱の中にいた。

「お前は明日、法院の司法行政局に配置換えになる」連正儀《リエンジョンイー》は簡潔に言い渡した。

自室に戻った連晉平《リエンジンピン》はスマートフォンを取り出し、通知が数えきれないほど届いているのを見た。素早く画面をスクロールする。李怡容《リーイーロン》なし。リーナなし。佟寶駒《トンバオジ》からは電話が何度かとショートメッセージが一件届いていた。「蓮霧《リエンウー》、すぐに連絡してくれ」

連晉平《リェンジンピン》は掛布団の中に潜り込んだ。混乱した思考は徐々に収まり、ただひとつの疑問だけが頭の中に渦巻いていた。

僕はまだ裁判官になれるのだろうか？

13

翌日もゴシップの影響は広がり続けていた。佟寶駒《トンバオジ》と彭正民《パンジョンミン》が以前殴り合いをした際の動画も再度拡散され、佟寶駒《トンバオジ》のモラルに対する批判が噴出した。理性を失った世論のもと、佟寶駒《トンバオジ》のこれまでの弁護戦略についても、たとえそれが合理的な方法であったとしても批判や怨嗟の的となってしまった。

またリーナは常にメディアに注目されていた。そのほとんどは彼女の美しさが原因で、数枚の写真と刺激的な見出しさえあれば、視聴率が稼げるのだ。リーナの身元が明らかになるにつれ、彼女への批判はさらに執拗なものとなった。彼女の男あしらいを嘲笑《あざわら》うだけでなく、ある人々はヒジャブを脱いだ外見の変化を論《あげつら》い、信仰を捨てたふしだらな女とまで言い出した。

さる番組のゲストはこうも評した。「みなさんご存じの通り、ムスリムの女性にとってヒジャブは貞節の証です。彼女の決意は固いようですね」

許《シ》はニュースを知るやいなや、荷物をもって許《シ》おばあちゃんの家に引っ越してきた。許《シ》はエージェントに翻訳を頼み、リーナに厳正な警告を発した。

「再び家を離れたり、外の仕事を引き受けたり、あいつらと関係を持つようなことがあったりした場合、契約を解除してインドネシアに送り返す」

翻訳を終えると、エージェントはリーナに忠告した。「解約された場合、違約金がどのくらいかかるか知ってるのか？　借金は全部返したのか？　台湾でしたことがインドネシアに伝わらないと思うなよ。イスラム教徒の名誉を傷つけるな！」

許《シ》はエージェントに言った。「こいつに言ってくれ。もし俺の母に何かあったら、解約するだけじゃないぞ。刑事責任も追及してやると」

「中国語はわかります」リーナは淡々と言った。

許《シ》は憤慨した。「このクソアマ！　インドネシアに帰って弁護士にでもなるつもりか？」

「おばあちゃんの面倒を見る以外のことは私の仕事ではないので、お金を払ってください」リーナの口から自分でも信じられない言葉が飛び出した。

許《シ》はぽかんとして仲介者の方を見たが、エージェントは特に反論せず、高圧的な態度を崩さないままだった。「そんな風に考えるのなら……許《シ》さんに解約されたらいい。考えを変えない限り次はないよ。そうしたらインドネシアに帰るんだな」

リーナは頭を下げて、口を噤んだ。しかしその頑《かたく》なな姿は許《シ》の怒りをさらに掻き立てた。

「ヒジャブを被って仕事に戻れ、見苦しい！　お前は仕事に来ているんだ！　男をあさりに来ているわけじゃない！」

リーナは黙って自室に戻り、ヒジャブを身に着けた。それから一日の仕事を始めた。

14

連晉平《リェンジンピン》は頭を下げながら高等法院に入っていった。周りに目をやらなくても注目されていることがわかる。昨夜のニュース番組では彼のフルネームは公表されなかったが、彼をよく知る友人や法院の同僚にとってはそれで十分だった。

幼いころから同世代の手本であり、家族の誇りでもあった。品行方正で成績優秀なだけでなく、気持ちの面でも他の人に負けてはいなかった。それ故、このようなかつて経験したことのない事態に見舞われて、強い羞恥心《しゅうちしん》に押し潰されそうになっている。いくつもの理想や希望を抱いているのに、今や汚点を残す恐怖に囚われてしまったのだ。

一刻も早く嵐の中心から逃れ、被害が最小限で済むよう父親が手配してくれたことに連《リェン》晉平《ジンピン》は感謝していた。人々が言うようにすべては嘘で、恙《つつが》なく退役することだけが真実なのだ。残り半年足らずの兵役ですべてを失う必要はない。

連晉平《リェンジンピン》は李怡容《リーイーロン》に対して申し訳なく思っていた。彼女には全く罪はないのに、一緒に苦しむことを余儀なくされた。共通の友人たちは彼女のことをどう思うのだろうか？　連晋《リエンジン》平《ピン》はあのときリーナは疲れていた、自分は精一杯断ったのだと説明した。

「彼女が倒れるのを恐れて寄り添っただけで、そのあと彼女はひとりで家に帰ったんだ」

このような言い方は中立で問題ないだろう。連晋平《リエンジンピン》の気持ちがリーナに向かっていることは偽りのない真実だ。しかしもうそれも過去のこと。状況を正すチャンスはまだ残っている。連晋平《リエンジンピン》は自分の嘘が真実だと、行動で証明しなければならない。

李怡容《リーイーロン》は最後には連晋平《リエンジンピン》の謝罪を受け入れた。連晋平《リエンジンピン》の背中を擦って、気持ちを落ち着かせる。「私にも良くないところがあったわ。あの時はまるで子どもみたいだった」

彼女も嘘はついていなかった。

連晋平《リエンジンピン》は頭を下げながら公設弁護人室に入り、黙って自分の席に置いてあるものを拾い集めた。

佟寶駒《トンバオジ》は足を組みながら新聞に目を通していた。ギャグでも、温かい励ましでも何でもよかった。気持ちの上では何かを言いたかったのだが、言葉は出てこなかった。

連晋平《リエンジンピン》がデスクを片付けるのを手伝っていた林芳語《リンファンユ》は、ドアまで彼を送ると目で気を付けてねと伝えた。

ドアの前で足を止めた連晋平《リエンジンピン》は振り返って佟寶駒《トンバオジ》に話しかけた。「判決は被告のためにある……この言葉はどういう意味ですか？」

「言ったやつに聞いてくれ」

「あなたが。裁判で言ったのですよ」

「記憶違いだろう」

連晉平《リエンジンピン》は失望の色を隠せなかった。「父上のこと、どうして話してくれなかったのですか？」

「あいつのことが俺と関係あるのか？　お前と関係あるのか？」

「あなたは個人的な感情を持ち込んで、あなたの周りの人間を危険に晒した」連晉平《リエンジンピン》は非難の言葉を口にした。「あなたはスプリアントに偽証するよう言いましたよね。それについては構いません。だけどリーナを巻き込まないでください。それは犯罪です」

「俺にどうしろって言うんだ？」

「彼女を通訳から外してください」

「そんなに彼女が心配なら、自分で話せばいいじゃないか」

「僕たちはもう連絡を取り合っていないんです」

この事件が、今ほど佟寶駒《トンバオジ》の心を抉《えぐ》ったことはない。

こいつの思いを断ち切ってやらないと。

「リーナが必要としていたのは金だ。あいつらは金さえ払えばなんだってやるから、俺も結構な額をリーナに払ってたんだよ」佟寶駒《トンバオジ》は淡々と言った。「俺たちはただ利害が一致したに過ぎないんだ。それともお前は彼女を養ってやれるのか？　嫁に貰ってやれるのか？」

連晉平《リェンジンピン》は殴られたような衝撃を受けた。連晉平《リェンジンピン》がゴシップにどれほど傷ついたか知っていながら、佟寶駒《トンバオジ》はこの話題を持ち出したのだ。この男はおかしい。危険だ。父親の話を思い出した連晉平《リェンジンピン》は、ここから立ち去らなければならないのだと悟った。

「もう行け」佟寶駒《トンバオジ》はデスクの上にある連正儀《リェンジョンイー》から贈られた赤ワインを指さした。「これを持っていってくれ」

連晉平《リェンジンピン》は最後に赤ワインに目をやって、毅然として公設弁護人室を出ていった。

15

彭正民《パンジョンミン》は黒いバッグを手にして、コミュニティ広場の南西の端に向かっていた。疎《まば》らな林の中に隠れるように歩道があり、丘を越えて基隆《ジーロン》先住民文化会館へと続いていた。彭正《パンジョン》民《ミン》は階段を降りて平地に差し掛かったところで立ち止まり、この道を選ばなければよかったと後悔した。

歩道の終わりからそう遠くない、色とりどりの光と羊歯《しだ》が生い茂る一角に放置された石段があった。そこは昔の八尺門《バーチムン》集落への入口だった。ここで転んでなけなしの金と引き換えた米酒《ミージョウ》の瓶と左の前歯を失ったことや、海に出た父の帰りを座って待っていた退屈な日々のことを彭正民《パンジョンミン》は覚えていた。もし鄭峰群《ジョンフォンチェン》が生きていたら、ここで力を合わせて漢人の子どもとケンカしたことを覚えているだろう。

彭正民《パンジョンミン》は深く息を吸い込んで、歩道を外れた。

文化会館の祭典広場を横切る時、知った顔が何人か舞台の陰にいるのが見えた。

「レカル、来いよ！」アナウが遠くから彭正民《パンジョンミン》を呼んだ。

彭正民《パンジョンミン》は頷いた。佟寶駒《トンバオジ》に倣うかのように、一族と交流するのは久しぶりだった。これからやらなければならないことを考えると、平常心を保たなければならないし、やつらの所に行けば酒にありつけるかもしれない。

舞台の上には数人が座っていて、その中には佟守中《トンショウジョン》の姿もあった。ノイズ交じりのラジオからは聞き取れもしない英語の歌が流れ、人々の周りにはスナックと飲み物があった。酒はなかったが、保力達《パオリタ》とルートビアがあった。彭正民《パンジョンミン》はふたつをカクテルにして一杯飲み下した。食べ物には手を出さなかった。

その場のみなはとりとめもなく話をした。観光客の一団が彼らの傍を通り過ぎ、阿根納《アガンナー》造船工場跡地の方へ向かっていった。観光客が増える一方だから、焼ソーセージや寒天ゼリーを売る屋台を出すべきだなとアナウはため息をついた。それからみなでこの話題について話をした。

「あれだろう？　キャプテン・アメリカさんがあそこでCMの撮影をしたから、みんなに知られるようになったんだよな[*2]」

「そのCM見たことあるのか？」

「いいや」

「廃墟の何がいいんだろうな？」

「どんどんゴミになるだけなのに」

「この前、あそこでスプレーで落書きしている学生たちを捕まえたぞ」

「コミュニティで管理すべきなのかな？」

「あそこは俺たちのエリアじゃないだろう」

知らぬ間に彭正民《パンジョンミン》は長居をしていた。人々は話を止め、ラジオから流れる正時《しょうじ》のニュースに静かに耳を傾けている。

「……最近、海浜《ハイビン》事件が話題です。今日また別の市民から新たな情報が提供されました。公設弁護人の佟寶駒《トンバオジ》の父親、佟守中《トンショウジョン》もまた殺人で服役していたということです。さらに驚くべきことにその原因は、船員だった佟守中《トンショウジョン》と、その雇い主との間で起こった賃金に関する揉め事とのこと。ネットでは佟寶駒《トンバオジ》の動機に疑問の声が上がっており、死刑廃止支持者からも佟寶駒《トンバオジ》は弁護人として相応しくないのではとの意見が出ていて……」

黙って聞いている佟守中《トンショウジョン》は何の反応も示さなかった。誰かがぶつぶつ言った。「こんな必要はあるか？　名前まで言いやがって。もうずっと前のことなのに」

以前船に乗っていた別の男が言った。「あいつらはなんでもできるんだよ」

「雄豊《ションフォン》漁船会社か？」

「野球部とこの地域はどうだ、今はこれっぽっちも助けちゃくれない」別の男が付け加えた。「聞いた話によると港の仕事も随分減らされてるとさ」

アナウは彭正民《パンジョンミン》が気にしていることに気付き、さらに話が広がりそうなところで話題を変えた。「あの出稼ぎの殺人事件、タカラは犯人を助けるつもりだ」

「ルオに言うことじゃない。聞いていて不快になる」

「まったくだ。タカラのクソガキは俺たちのことなんて気にもかけていないんだ」

彭正民《パンジョンミン》が口を開き、憎々しげに言った。「人を殺したら命で償うんだ。もしタカラがいなかったら、こんな風にはなっていない」

「どういう理屈で無関係な人間まで酷い目にあわせるんだ？」

「そうだ。酷いじゃないか」

「もともと俺たちには関係のないことだ」

「ふざけるな！」彭正民《パンジョンミン》は紙コップを地面に叩きつけた。「ゴキブリどもめ！　死ね！　お前ら全員地獄に落ちろ！　死んじまえ！」

＊2　ハリウッドのスーパーヒーローシネマ『キャプテン・アメリカ』で知られるクリス・エヴァンスが二〇一四年十一月に阿根納造船工場跡地でCMの撮影をした。

彭正民《パンジョンミン》は周囲を唖然とさせたまま、荒い息で罵る言葉を吐き続けながら去っていった。

誰も自分の境遇を理解してくれないことに彭正民《パンジョンミン》は憤っていた。親友を失った悲しみ。船の上で起こったことに手を貸したことで、好むと好まざるとにかかわらず、雄豊《ションフォン》漁船会社とは運命共同体になってしまったこと。その他に海の仕事に戻るチャンスを洪振雄《ホンチェンション》に握られていること。彼には妻も子もいるのだ。どうして一族の一員のままでいられよう。問題は何を選ぶか、ではない。彭正民《パンジョンミン》にはもう選択の余地はなかった。

今夜、すべての問題を片付ける。

16

佟守中《トンショウジョン》は立ち去る彭正民《パンジョンミン》の後ろ姿を、四十年前の血気盛んだった自分のように見つめていた。佟守中《トンショウジョン》はアナウから聞いた話を思い出し、ばかばかしいと感じた。元から自分のことを英雄だなどと思ったことはないし、誰かにそう思われているなどと考えたこともなかった。数日前にショッピングモールで彭正民《パンジョンミン》と出会って、佟守中《トンショウジョン》は言いようのない不安を感じていた。

その時生鮮食料品売り場で安い排骨《パイグー》を選んでいた佟守中《トンショウジョン》は、彭正民《パンジョンミン》が遠くの陳列棚から向かってくるのを目にした。顔を合わせることを覚悟した佟守中《トンショウジョン》は順路に従い進んだが、カートの傍に彭正民《パンジョンミン》の姿はなかった。何の気なしに覗いたカートの中身は、とても奇妙だった。

数束のロープ、ガムテープ、鋸《のこぎり》、洗剤、漂白剤、大型の黒いゴミ袋……佟守中《トンショウジョン》は静かにその場を離れた。振り返ると彭正民《パンジョンミン》は、今度はスーツケース売り場をうろうろしていた。スーツケース？　佟守中《トンショウジョン》は衝動的に佟寶駒《トンバオジ》に電話をかけた。しかし息子の声を聞いたとたん、話そうと思っていたことはすべて喉に引っかかってしまった。

「その……なんだ……、生活費。今月は、まだ貰っていない」

「生活保護を受けるんじゃなかったのか？」

「黙りやがれ！」

その晩、廟の門前の屋台で麵を啜っているときに、突然佟寶駒《トンバオジ》が姿を現した。

「どうしてここにいることがわかったんだ？」佟守中《トンショウジョン》中が尋ねた。

「金がない時はこの店が一番だからな」佟寶駒《トンバオジ》は腰を下ろし、生活費を入れた封筒を父親に渡した。「ここはあんたの奢りだ」

店主が注文した品を持ってくると、佟寶駒《トンバオジ》は箸を取り大口を開けて食べ始めた。佟寶駒《トンバオジ》の人目も憚らぬ食いっぷりに、佟守中《トンショウジョン》は何か言いかけて口を噤んだ。箸を置いてはまた持ち上げる。最後はとうとう麵が半分残った碗を押しやった。

「あの事件は片が付いたのか？」佟守中《トンショウジョン》が尋ねた。

「まだ戦いは終わっていない」

佟守中《トンショウジョン》は長いこと思案して、ようやく言葉を捻り出した。「気を付けろよ」

「なんだって？」

「気を付けろ」

「気を付けろ？　何に気を付けるんだ？」

「手を引くわけにはいかないのか？　みんな大変なんだ……」

父親が話を蒸し返しに来たのだと考えた佟寶駒《トンバオジ》は、苛立ちを顕《あらわ》にした。「その口を閉じることはできるか？」

「お前は自分のことしか考えないから、誰もお前を愛してくれないんだ」

「あんたみたいに他人のケツを舐めろって言うのか？」佟寶駒《トンバオジ》は大声で父親の話を遮った。「俺は自分のことだけ考えたから、ここから出ていけた。俺は自分のことだけ考えたから、あんたみたいな負け犬にならなかった！」

佟守中《トンショウジョン》は唇を尖らせて、頑なな表情を浮かべた。

「あんたを見ていると消化に悪い」そう言い捨てると、佟寶駒《トンバオジ》は箸を置き立ち上がった。

「生活費は次から振込にする」

佟守中《トンショウジョン》は自分の碗を見つめた。麺は冷めてしまっていた。

17

新店《シンディエン》の第一公共墓地の街灯の光が届かない一角に車を停めた彭正民《パンジョンミン》は、陳奕傳《チェンイーチャン》に車を降りるよう促した。

窓の向こうには暗闇が広がっていた。「それでここはどこなんだ？」

基隆《ジーロン》を出発してから彭正民《パンジョンミン》は無表情のままで一言も言葉を発していなかった。陳奕傳《チェンイーチャン》はこのような奇妙な彭正民《パンジョンミン》の行動に不安を覚えた。後部座席に置かれていた黒いバッグから不気味な雰囲気が漂っている。陳奕《チェンイーチャン》傳は無意識に煙草を取り出したが、箱の中には一本しか残っていなかった。

「ちょっと煙草を買いに行ってくる」

彭正民《パンジョンミン》は黒いバッグを持ち出して車のドアを施錠すると、傍の小路を歩き出した。陳奕《チェンイー》傳《チャン》はその後を追うしかなかった。ふたりは公共墓地の周囲に沿って歩き、老朽化した伝統工業地区を通り過ぎてから国道三号の高架下の暗闇に紛れ込んだ。

彭正民《パンジョンミン》と陳《チェン》奕傳《イーチャン》はほとんど廃墟と化したアパートが立ち並ぶ前でようやく立ち止まった。

「お前が何をするか知らんが、私はここで帰らせてもらう」陳《チェン》奕傳《イーチャン》が口を開いた。

彭正民《パンジョンミン》は陳《チェン》奕傳《イーチャン》の襟首を摑むと、そのままアパートの入口のひとつに押し込んだ。陳《チェン》奕傳《イーチャン》は饐《す》えたような臭いと焦げたような臭いが混じる暗闇の隅に、街灯が反射している濁った目がいくつかあることに気が付いた。

「あいつらに、俺たちはスプリアントを探している、邪魔したら通報すると言ってくれ」

彭正民《パンジョンミン》は陳《チェン》奕傳《イーチャン》を暗闇に向けて突き出した。

よく見てみると彼らは東南アジア人の移民就労者で、そこには敵意はなく、むしろ煩わしさと恐怖が入り混じった表情をしていた。彭正民《パンジョンミン》の言った通りに陳《チェン》奕傳《イーチャン》が訳すと、移民就労者たちは道を開けた。彭正民《パンジョンミン》は陳《チェン》奕傳《イーチャン》を押しながら、朽ちた木のドアを潜り、暗く陰気な空間に足を踏み入れた。

暗さに目が慣れると、陳《チェン》奕傳《イーチャン》は呆気にとられた。そこは東南アジアからの移民就労者で埋め尽くされていた。彼らはまるで猿のように二段ベッドに群がり、座ったり寝転んだりしている。さらに床の上には段ボールとシーツでできたベッドがあり、そこも人――もし彼らが「人」と呼べるのであれば――で埋まっていた。空間を満たす饐えたような焦げ臭《くさ》さはさらに強くなり、生き物が腐ったような臭いも混じり始めた。

その場所は静まり返っていた。彭正民《パンジョンミン》が何かに躓《つまず》いて、小さな破裂音が聞こえた。

「私たちはスプリアントを探している」まるで発音練習をしているかのように、陳奕傳《チェンイーチャン》は声量を上げ同じ言葉を繰り返した。「私たちはスプリアントを探している。インドネシア人だ。彼に頼みたい仕事があるんだ」

隅で微かに動いた人影があった。彭正民《パンジョンミン》は即座にそれをスプリアントだと判断した。

「Assalam ualaikum.」（神の祝福がありますように）彭正民《パンジョンミン》はスプリアントに近づいた。

「外で話そう。いいな？」

街灯の下で彭正民《パンジョンミン》は黒いバッグをスプリアントに差し出した。

「この中に現金で五十万元入っている」彭正民《パンジョンミン》は陳奕傳《チェンイーチャン》に通訳するよう言った。「裁判に現れなければこの金はお前のものだ。それからこれも」

彭正民《パンジョンミン》はポケットから何かを取り出し、スプリアントに渡した。

それはスプリアントのパスポートだった。

「まず俺たちと来てもらい、インドネシアに向かう。船は用意してある。インドネシアに戻ったらこの金は自由に使っていい。それからお前の子どもも連れていって構わない」

陳奕傳《チェンイーチャン》は忠実に訳した。

彭正民《パンジョンミン》が子どもについて触れると、スプリアントの目に警戒の色が走った。

「金を持ってついてこい。俺はただ問題を終わらせたいだけなんだ」

スプリアントはパスポートをポケットに押し込むと、黒いバッグを確かめた。中から札の匂いが立ち上ってきた。それから真贋《しんがん》を見分けるかのように札の表面を撫でた。

「アブドゥル・アドルは既に捕まっている。お前が助けることはできないだろう。お前は台湾の法律を知っているのか？　あいつらはお前の話なんて聞き取れない。お前は誰を信じるんだ？　あの弁護士か？　あいつのことをどれだけ知っているんだ？」彭正民《パンジョンミン》の口調は気持ち悪いほど柔らかかった。「俺たちはお前の子どもの居場所を摑んでいるんだ。手間をかけさせるな」

スプリアントは黒いバッグの口を堅く閉めて肩にかけた。「持っていきたいものがある」

彭正民《パンジョンミン》はスプリアントが出入口に向かい、暗闇に姿を消すのを見ると、突然陳奕傳《チェンイーチャン》に告げた。「帰っていい」

「なんだと？　どうやって帰れというんだ？」

「知るか。物事は知らない方がいいこともあるんだ」

アパートに戻ったスプリアントはとび色のバックパックを手に取ると、手早く荷物をまとめた。気付かぬうちにアブドゥル・アドルから預かった日用品とコーランが交ざっていたので、それらも一緒に持っていくことにした。

スプリアントは割れた窓に近づくと、頭を出して辺りを見回した。

人影はない。

スプリアントは窓枠を乗り越えようとした。

18

洪振雄《ホンチエンション》はひとりで取調室に座っていた。陳青雪《チエンチンシエ》はマジックミラーを通してその姿を観察していた。

法務部調査局の基隆《ジーロン》市の調査施設。陳青雪《チエンチンシエ》は「平春十六号《ピンチユンシーリユウハオ》」の調査名目で洪振雄《ホンチエンション》に事情聴取を行った。それは形式的には調査に協力するための「任意」にあたり、強制的なものではなく、洪振雄《ホンチエンション》はいつでもその場から立ち去ることができた。

陳青雪《チエンチンシエ》の本当の目的はスプリアントだった。

彼女は既に証人保護手続きを行うために調査官を派遣していた。彼らは約束の時間と場所でスプリアントと落ち合い、調査局に連れ帰る。陳青雪《チエンチンシエ》は時間をうまく調整して、すぐにスプリアントを尋問して証言を引き出し、その場で洪振雄《ホンチエンション》を逮捕、正式な捜査に着手できると計算していた。

調査員がドアをノックして入ってきて、陳青雪《チエンチンシエ》に頷いた。

「証人についてはどこまで進んでる？」陳青雪《チェンチンシェ》は尋ねた。

「既に出発しました」

陳青雪《チェンチンシェ》は頷くとドアに向かった。「洪振雄《ホンチェンション》とお喋りしてくるわ」

「大臣？」

「私たちはそんなに長く彼を引き留めておけない。……常に進行状況を知らせるように」

陳青雪《チェンチンシェ》は取調室に入り、デスクの上のボイスレコーダーのスイッチを切った。

洪振雄《ホンチェンション》は口を開いた。「面白いな」

「洪《ホン》代表、EUは我々に強い圧力をかけています。説明さえしていただけたら、それで結構です」

「彼を見つけたのか？」

「誰をですか？」

「そういうのは良くないぞ。私たちは互いに正直になるべきだ。こうしよう。私の問題に答えることができたらすべて教えてあげよう」

「どのような問題ですか？」

「一隻のマグロ延縄《はえなわ》漁船が捕まえた一匹のホホジロザメの肚《はら》に十六匹の子どもが入っていた。船長はこいつを海に戻すべきか、或いは陸に連れ帰って一斤五十元のつみれにするべきか?」

「台湾はサメの捕獲を禁じています。どんな捕獲もするべきではありません」

「ははははは。私はマグロを捕獲する延縄漁船について聞いているのだよ。……非常に長い幹縄を何十キロも投げ入れる……サメだって餌を食べにくるし、餌を食べているマグロを食べたりもする。こうして意図せず混獲になる。どうする? どうしたらいい?」

「海に戻します」

「ははははは。大臣、あんたは人さまと一緒になって何を騒いでいるんだ? 阿豆仔《アドウズ》どもが調査しろと言えばその通りにするが、全く何もわかっちゃいない」

「私は海のことはわからないけれど、法律のことはわかります。密輸、フィッシュロンダリング、船員の虐待、それから殺人。これらは全部犯罪です」

「海がわからなければ、何もわからん。これは戦争だ。大臣、戦争なんだよ」

「戦争?」

「阿豆仔《アドウズ》どもは血眼になって俺たちのトウモロコシや小麦、牛肉を欲しがった……。それから俺たちは魚を捕るようになって、やつらにあれこれ言われるようになった。これは現代の経済戦争、食糧戦争だよ、大臣。燃料費が上がり、人件費が上がり、漁獲資源は枯渇した。……これは大きな環境問題で、台湾でどのくらいの人間がこのことに頼って飯を食っていることか……。自分たちのことで手一杯なのに、出稼ぎ外国人のことまで気を遣っていられるわけがない」

「だから彼らを虐待してもいいと？」

「俺たちは国家ではないし、阿豆仔《アドゥズ》どもには漁業実体と呼ばれている。Fishing Entity だと！　わかるか？　助けてくれる人もいない、交渉の材料もない。関係ないことにまで口出しされて、何もかも禁じられている。台湾の漁民は実に哀れじゃないか」

調査員がドアをノックして、顔を覗かせた。「大臣、彼の弁護士が到着しました」

林鼎紋《リンディンウェン》は取調室に入ると、洪振雄《ホンチェンション》の横に並んだ。

洪振雄《ホンチェンション》は笑いながら肩をすくめ、泰然と立ち上がった。「大臣、私たちの商売が繁盛しているのは私たちのせいではない。私たちに金を払って漁をさせているやつらのせいだ。……血を流すこともなく魚を食って、あまつさえ顔に油を塗っているやつらのな」

洪振雄《ホンチェンション》は陳青雪《チェンチンシェ》の横を通り過ぎる際、その肩を軽く叩いて小声で言った。「大臣、サメを捕まえたらな、まず電気ショックを与えて、それから刺す。死ぬまで。腹の中に何匹子どもがいようと同じだ。人命第一だろう？　それから陸まで持って帰るがつみれにはしない。研究に使うために漁業署に渡す。全部法律で決まっているんだ。あんたは法律も知らないんじゃないか？」

洪振雄《ホンチェンション》が大笑いしながら取調室を出ていくのと同時に、陳青雪《チェンチンシェ》のスマートフォンの着信音が響いた。

「大臣、悪いが三日以内に辞表を提出してくれ」現実味のない蔣徳仁《ジャンダーレン》の声が遠くから聞こえてきた。

「私を更迭する理由が見つからなかったのね」

蔣徳仁《ジャンダーレン》の微かな鼻息はまるで噴き出したかのようだった。「大臣、君にその価値があるのか？」

陳青雪《チェンチンシェ》は何も答えなかった。通話が切れた。

調査員が陳青雪《チェンチンシェ》に近づいて、耳打ちをした。「大臣、現場から連絡です。証人は現れなかったそうです」

陳青雪《チェンチンシェ》は気付かれないほど小さく頷いた。

19

エレベーターを降りたリーナは、自分を呼ぶ声を耳にした。

修寶駒《トンバオジ》が階段から顔を覗かせ、近くに来るよう言った後、リーナに一通の紅包《ホンバオ》を差し出した。「この中にあるのは全部あんたへの報酬だ」

リーナはその厚さに驚いた。「こんなにたくさん？」

「これが本来の通訳の報酬なんだ。俺はあんたに嘘をついていた」修寶駒《トンバオジ》は低い声で、できるだけ簡潔に説明した。「次の裁判には来なくていい」

リーナは手の中に紅包《ホンバオ》を納めたまま、何も言わなかった。言われなくても行くことができないとわかっている。

修寶駒《トンバオジ》は一枚のメモ用紙を取り出した。「これを訳してくれないか？」

修寶駒《トンバオジ》が台北拘置所に到着したとき、一台の護送車が正門から入ってきた。門衛は修寶《トンバオ》駒《ジ》にその場に立ち止まって護送車が通過するのを待つように告げた。まるで秘密の巨大な鉄の箱のように暗い窓を鉄網に覆われた護送車は、強烈な日差しの下をゆっくりと音もなく、高く聳《そび》えた柵門の向こうに消えていった。

佟寶駒《トンバオジ》が手続きをしている際に、顔馴染みの係官が今日はひとりなのかと声をかけてきた。

「ああ、ひとりだ」

「あんたインドネシア語ができるのか？」

「全部中国語で話すよ」佟寶駒《トンバオジ》はいつもと違い、お喋りに付き合う気はないようだった。

すぐに管理員がアブドゥル・アドルを連れてきて、所定の位置につかせた。佟寶駒《トンバオジ》は立ち上がって話しかけた。「Assalam ualaikum.」（神の祝福がありますように）

アブドゥル・アドルが反応しなかったので、佟寶駒《トンバオジ》はさらにジャワ語で付け加えた。

「Wes warek?」（お腹いっぱいですか？）

もしアブドゥル・アドルがゆっくり頷かなければ、もう佟寶駒《トンバオジ》には次の言葉を口にする勇気がなかっただろう。ポケットからしわくちゃの紙を取り出すと、つばを飲み込んで、佟寶駒《トンバオジ》はメモを頼りにジャワ語で話し始めた。「私たちはスプリアントを見つけました。彼はあなたによろしく伝えてくれと言っていました。今年のトーナメントで、彼のチームが優勝したそうです。彼も、彼の子どもも元気です。台湾人が面倒をみています……」

佟寶駒《トンバオジ》はとてもゆっくりメモを読んだ。通じていないと感じた部分は、繰り返して読み上げた。

「スプリアントはあなたのために船の上で何が起きたかを証言すると言っています。あのウジ虫どもに償わせるんだ。あいつらに思い知らせてやれ。あいつらは間違っている」最後の一文を読み終わると、佟寶駒《トンバオジ》はメモをアブドゥル・アドルの手に渡した。「メッカは少し南寄りの西の方向にあります。太陽が沈む場所です」

アブドゥル・アドルは頭を下げてメモを見た。そこには佟寶駒《トンバオジ》が描いた台湾とインドネシアとメッカの位置図があった。

アブドゥル・アドルの目が潤んだ。しかし佟寶駒《トンバオジ》はアブドゥル・アドルが何かを話すとは期待していなかった。

20

佟守中《トンショウジョン》は夜中に目を覚ました。また同じ夢だった。自分が部屋のベッドの上にいることを確認してゆっくり息をついた。ベッドの縁に押し付けていた手足が痛んで力が入らなかった。

暗闇の中を手探りで台所に向かうと、ビールの瓶を摑んだ。バルコニーを車のヘッドライトの光が通り過ぎ、続いてエンジンが止まる音がした。音の方向に目をやると、自分の住むアパートの前で、彭正民《パンジョンミン》が車のトランクに頭を突っ込んで何かを片付けているのが見えた。

角度が悪くてトランクの中に何があるのか佟守中《トンショウジョン》には見えなかった。

それがなんであれ、見に行かなければならないと佟守中《トンショウジョン》は考えた。

佟守中《トンショウジョン》の姿を見るなり彭正民《パンジョンミン》はトランクを閉めた。素早い動きではあったが、佟守《トンショウ》中《ジョン》がトランクの中身を確認するには十分だった。そこにあったのは真新しい大きなスーツケースだった。

「どこに行くんだ？」

「海に」

「あいつらが許可したのか。よかったな」

「あんたは何をしてるんだ？」

「眠れなくてな」佟守中《トンショウジョン》は手の中のビールを見せながら、彭正民《パンジョンミン》に近づいた。「もうずっと教会に来ていないな」

「やることがあってな」

「まだ神様を信じているか？ 前回の副教区司祭の説教は死刑反対についてだった」佟守《トンショウ》中《ジョン》は言った。「以前はアミ族には死刑はなかったと神父は言っていた。犯罪はすべての人に関わることだから、祭祀の時に豚を神様に捧げたら良かったんだと。人殺しを命で償う必要はなかった。素晴らしいと思わないか？[*3]」

「何が望みだ？」

「何でもする。手を貸すから金をくれ」佟守中《トンショウジョン》はふざけた態度を引っ込めた。「洪振《ホンチェン》雄《ション》はお前に何をさせたんだ？」

彭正民《パンジョンミン》は怒って佟守中《トンショウジョン》を押し退けた。「ルオ、余計な口を挟むな」

「人を殺したのか？」

呼吸が重くなり、彭正民《パンジョンミン》はまたあの疲労感が襲ってきたのを感じた。ポケットに手を伸ばして薬があるのを確かめる。

「覚えているだろう？　俺は殺したぞ。みんな俺のことを正義の味方だと言った。ははは……。金のためだったのにな！　金を払って船の持ち主を殺せと言ったやつがいたんだ。そういうやつは死んで当然だから、理由も聞かなかった」佟守中《トンショウジョン》の濁声《だみごえ》は邪気を孕《はら》んでいた。「洪振雄《ホンチェンション》に伝えろ。金さえ払えば、俺は何でもやってやる」

彭正民《パンジョンミン》は顔を背けて車に乗り込むと、音を立ててドアを閉めた。震える手でキーを回すがエンジンはかからなかった。もう一度回すと、エンジンが回転を始めた。アクセルを踏み込む。

＊3　アミ族は一族内で犯罪が起きると神様や祖先の霊が怒ると信じており、その際一族の誰にでも怒りが向けられる可能性があるという。そのため一族の指導者たちは神様の怒りを鎮め一族の平穏を祈念するために豚を生贄としなければならない。この宗教的信念がアミ族の不文律となった。この決め事ではいかなる犯罪も豚か牛一頭で償わなければならず、もし罪人が償えない場合はその一族が一緒になって共同責任を負うと定められていた。

エンジン音が静寂を破る。
佟守中《トンショウジョン》は遠ざかる車を見ながら、ビールの最後の一口を飲み込んだ。

21

甲板の下にスーツケースを下ろした彭正民《パンジョンミン》は壁に寄りかかって喘いでいた。呼吸が落ち着くのを待って、それから冷蔵庫の扉を開ける。ゆるゆると寒気が滲み出し、冷蔵庫の前に立っている彭正民《パンジョンミン》に一瞬の涼しさを感じさせ、すぐに寒気に取って代わった。彭正民《パンジョンミン》は壁にかけられていた防寒着を取りに行き、上着と手袋を身に着けた。

彭正民《パンジョンミン》は冷蔵庫までスーツケースを引っ張っていった。何度か床板の凹凸に邪魔をされたが力ずくで引っ張り、ついには冷蔵庫の隅にスーツケースを置いた。それから何かを忘れたかのように罵声を浴びせた。冷蔵庫から出て、防寒着を脱いだ。

暗闇の中で佟守中《トンショウジョン》は見ていた。彭正民《パンジョンミン》が船を離れるのを待って、舷側をよじ登る。佟《トン》守中《ショウジョン》の経験がこの船は奇妙だと告げていた。通常この種のトン数を持つ遠洋漁船は必ず出稼ぎの警備係か、或いは船の面倒を見る「パパさん」がいるものだが、この船には誰の気配もなかった。

舷側から微かな振動が手に伝わってくる。発電機が動いているようだが、停泊中の船に何のための電力が必要なのだろうか？

冷蔵庫だ。

慣れた足取りで甲板を進む佟守中《トンシヨウジヨン》は、足元に脱ぎ捨てられていた防寒着に気が付いた。冷蔵庫のドアを開け、中に飛び込んだ。

帆布を持って船に戻った彭正民《パンジヨンミン》は、冷蔵庫のドアが半開きになっているのに気が付いた。出ていくときに確かに閉めたはずだった。

辺りを見回したが、怪しい形跡は見つからない。再び防寒着を身に着け、冷蔵庫の中に入ろうとした時、上の甲板で何かの音がした。

彭正民《パンジヨンミン》は冷蔵庫のドアを閉めて防寒着を脱いだ。上の甲板に視線をやり、魚扠《やす》を摑んだ。

今夜すべてを終わらせるのだ。

22

リーナは早朝五時半に目を覚ました。服を整え、ヒジャブを被り、辞書とノートをバックパックに入れた。それから脱衣籠がいっぱいなのを思い出し、ベランダに出て洗濯物を洗濯機に入れた。

開廷まであと四時間半。リーナは行くことを決めていた。

許《シ》が引っ越してきて以来、リーナの仕事は倍増し、加えて日夜その不埒な行いを必死に防がなければならなくなった。

昨夜はシャワーを終えたリーナが自室になっている納戸に戻るとベッドの上には許《シ》が座っていて、ここは蒸し暑すぎるからクーラーをつけるべきだと怒鳴った。リーナが部屋の入口でどうしていいかわからず固まっていると、許《シ》は立ち上がってゆっくりとリーナに近づいてきた。彼女の横を通り過ぎる際に許《シ》は突然申し訳なさそうに言った。前回は言い過ぎた。それから家ではヒジャブを被らなくてもいいと。

「まだ金が欲しいのか？」許《シ》はリーナの手を掴んで自分の方へ引き寄せた。「俺が助けてやる」

リーナは許《シ》を押し退けようとしたが、酒に酔った許《シ》の力には敵わず彼の部屋に引きずり込まれてしまった。恐怖に固まるリーナは声を上げることもできなかった。

「やめンさい」許《シ》おばあちゃんの弱々しい声が居間から聞こえてきた。

許《シ》は手を緩めた。リーナは自室に駆け戻り、鍵のついていない部屋のドアを力いっぱい閉めた。顔にはまだ許《シ》の酒臭い鼻息が残っているような気がする。リーナは泣かなかった。ただ怒っていた。

自分を救ってくれる人が誰もいないことを、リーナはよく知っていた。台湾の法律を理解すればするほど、自分が何者でもないことを知った。佟寶駒《トンバオジ》と連晉平《リエンジンピン》を信じれば信じるほど、状況は彼らが口にすることと違っていく。アブドゥル・アドルがそうであるように、リーナもまたそうでなければならない。

リーナはヌルの朗らかな笑い声と、彼女が追い求めていた理想を思い出し、世界にそんな価値はないと思い始めた。海浜《ハイビン》事件に関わってから初めて、リーナが感じる怒りだった。恐れでもなく、困惑でもなく、そして悲哀でもない。怒りだった。迷いなく人を殺すにはどんな経験をしなければならないのだろうか？　正義の代価にはあとどのくらいの苦しみが必要なのだろうか？

リーナにとって唯一確かなのは、アブドゥル・アドルには彼女しかおらず、彼女にもアブドゥル・アドルしか残っていないということだ。

彼女は行くことに決めた。

洗濯機をスタートさせると、リーナは部屋に戻った。バックパックを摑んで時計に目をやる。まだ大丈夫。先に朝食の用意をした方がいいかもしれない。彼女はキッチンに向かうと冷蔵庫から食材を取り出した。

リーナはお粥を温め、青菜を茹でて、蒸した卵料理も用意した。それから許《シ》おばあちゃんがお気に入りの漬物が切れていることに気が付いた。コンビニエンスストアで小さなサイズのものを買ってきた方がいいかしら？　許《シ》は自分の母親がどの味が一番好きか知っているだろうか？　きっと代わりの介護士を見つけるのに何日もかかるわ。インドネシアに帰ったら、借りているお金をどうやって返せばいいのだろう？　それから家族に何て説明しよう……？

その時リーナは許《シ》が起きだした音を聞いた。どうしてこんなに早く？

間に合わなかった。

開廷まであと三時間。

23

その日、連晉平《リェンジンピン》は病気休暇を取得していた。

もちろんそれは連正儀《リェンジョンイー》の指示だった。最高法院に移されたとはいえ、高等法院は目と鼻の先である。海浜《ハイビン》事件の審理の日、連晉平《リェンジンピン》をあらゆる関わりから遠ざけなければならない。

連晉平《リェンジンピン》はがらんとした寮にひとり、どうしていいかわからずにいた。バスケットコートに出て、何本かシュートを打ったが、すべてリングを外れた。ジャンプの姿勢は固すぎたうえに、手首は上手く動かせなかった。ついに諦めた連晉平《リェンジンピン》はラウンジに戻ってテレビニュースを点けた。

寮には誰の姿もないので、問題ないだろうと、そう思った。

開廷まであと二時間。

24

公設弁護人室で佟寶駒《トンバオジ》は法衣を纏い、それから林芳語《リンファンユ》に笑い話を聞かせてやろうと持ち掛けた。

「ある裁判で被告が遅れて、待ちくたびれた裁判官が検察官と弁護士に冗談大会を提案した。ふたりが同意すると、まず裁判官が話し始めた。『推定無罪』。全員が笑った。続いて検察官が言った。『審査は非公開』全員声を上げて笑った。それから弁護士が言った。『弁護士の倫理』三人は爆笑しそうになった。互いの冗談を聞き分けるのが難しくなってきたころ、ようやく被告人が法廷に駆け込んできて裁判官に向かって叫んだ。『裁判長、私は無実です！』」

「最後の一言は笑えないわ。自分を弁護するのは被告人の権利よ」

「笑いの中にも涙ありじゃダメなのか？」

「それが公設弁護人のジョークなのですか？」

「公設弁護人は法院で一番真面目な職員だから、冗談は言わないんだ」

林芳語《リンファンユ》は公設弁護人室を出ていく佟寶駒《トンバオジ》を見送りながら、彼はとても焦っているのだと思った。冗談が笑えなかったからではない。佟寶駒《トンバオジ》は三十分も早く法廷に向かう弁護人ではないのだ。

25

リーナは許《シ》がベッドに戻る音を聞いた。おそらくトイレに起きただけなのだろう。

キッチンの床に座り込んで、リーナは声も立てずに泣いた。まだ逃げるチャンスがあることにではなく、自分が逃げるチャンスを失ったと思い安堵のため息をついたからだ。見ないふりをしていた感情がついに爆発した。

この仕事を失ったら、この先どうしたらいいのだろうか？　許《シ》おばあちゃんはリーナを必要としてくれる。故郷の母親も同じだ。我儘《わがまま》なのは間違いではない。どんな状況でもベストを尽くすのであればなおさらだ。

アブドゥル・アドルはそれを理解できる。そうでしょう？

リーナは許《シ》おばあちゃんが部屋の中から呼ぶ声を聞き、慌てて涙を拭いた。

ごめんなさい、アブドゥル・アドル。本当に行けなくなってしまったわ。

リーナは許《シ》おばあちゃんをベッドから抱き起こし、肩や腕を摑んで自分から立ち上がるように促した。しかし許《シ》おばあちゃんはいつものように協力せず、枕に手を伸ばし何かを摑もうとした。リーナがもう一度抱き上げようとすると、許《シ》おばあちゃんは両手を振って抵抗し、さらに枕に触れようとした。

リーナが枕を動かすと、シーツの下に何かが隠されているのが見えた。シーツを捲《めく》ると、許《シ》おばあちゃんが何をしたかったのかがわかった。そこに許《シ》の手で引き裂かれ、丸められたメモが隠されていた。破れてくしゃくしゃになってはいたが、丁寧に並べるとまだ文字を読むことができた。

許《シ》がベッドの上で寝返りを打つ音が聞こえた。

許《シ》おばあちゃんが手を伸ばしてリーナの涙を拭った。

26

傍聴を希望する人々は、既に法廷の外に到着していた。佟寶駒《トンバオジ》は廊下を進む途中でアナウやその他の何人かの一族を見かけたが、その中には彭正民《パンジョンミン》の姿も佟守中《トンショウジョン》の姿もなかった。何かがおかしいような気がする。

スプリアントの名前を呼ぶ法廷事務員の声が、佟寶駒《トンバオジ》の思考を乱した。まだスプリアントは現れていなかった。

書記官が佟寶駒《トンバオジ》に駆け寄った。「公設弁護人、開廷時間です。入廷してください」

「もう少し待ってくれ」

「裁判官が待って……」

「わかっている」

「裁判官はもう……」

「俺の証人がまだ来ていないんだ！」

書記官は憮然として法廷に戻っていった。

その時アナウが佟寶駒《トンバオジ》の方に向かってきた。その表情は些《いささ》か動揺しているように見えた。

「ええと、誰かから聞いているかもしれないが、タカラ。ルオが……今朝、海に落ちているところを発見された。いま三軍《サンジン》総医院で応急手当てを受けているが、意識がない……」

佟寶駒《トンバオジ》の頭は真っ白になった。

その時ようやくスマートフォンに一件のボイスメッセージが届いていたことを思い出した。スマホを取り出してメッセージを再生する。時間は昨日の夜遅く。佟守中《トンショウジョン》は外にいるようだったが、周りは静かで、ただ耳馴染みのある波と風の音だけが聞こえた。「どこにいるんだ？　電話に出ろ、バカ野郎！」

どういうことだ？

アブドゥル・アドルを連れた二名の法廷警察官が佟寶駒《トンバオジ》の横を通り過ぎ、法廷に入っていった。

法廷事務員が最後の点呼を行う。

スプリアントはまだ姿を現していない。

「裁判官、被告側は裁判の延期を要求します」佟寶駒《トンバオジ》は法廷に入るやいなや、手を挙げて発言した。「重要な証人がまだ到着していません」

劉家恆《リウジャハン》が反論した。「そのような人物がいるのかどうかも判明しません。幽霊の申立て[*4]ではありませんか?」

「弁護人、その他に調べるべき証拠はありますか?」裁判長が佟寶駒《トンパオジ》に尋ねた。

「被告側は二回目の精神鑑定を要求します」

「その件については既に話したはずだ。新しい証拠や資料がないのであれば、改めて精神鑑定をする必要はないと」

「今日の証人が新しい証拠です。彼は被告と長期にわたって船上で一緒だったので、被告の心理状態と犯行の動機について証言できます」

「しかし証人は現れていない」

「もう一度だけ待ってもらえませんか? たかが裁判の期日じゃないか。これは命に関わる問題なんだ!」

「法廷はずっと弁護人の要求に寛容でした。しかし公設弁護人のあなたには法廷内でも法廷外でも非常に失望させられています。通訳も法院がその場しのぎの代役を探す羽目にな

---

*4　被告が犯罪後に亡くなった人や、その存在を証明できない人物に罪をなすりつけようとすることを「幽霊の申立て」と呼ぶ。

りました。あなたは本当に被告人の権利を考えていますか？」裁判長は明らかに不機嫌になっていた。「その人物の存在をどのように証明するのですか？　出入国情報も年齢も不明なのに、我々はどのように判断すればいいのですか？」

「私が証明します！」

人々は声のする方に顔を向けた。そこにリーナの姿があった。

リーナはずっと走って来たのか、荒い息をしていた。手で額の汗を拭うと、決然とした声をあげた。「私はスプリアントを見ました。その人は、本当にいるんです」佟寶駒《トンバオジ》はリーナの毅然とした顔を、喜びの欠片もなく見つめていた。佟寶駒《トンバオジ》にはわかっていた。リーナがこの場所に来るために、どれほどのものを犠牲にしたのか。

「通訳、あなたは法律を知らないのだろう」裁判長はゆっくりと言った。

「偽証罪。私は嘘は言っていないので、偽証罪には当たりません」

「あなたの行いは通訳の倫理に反しています。私はあなたを法廷から締め出すこともできるのですよ」裁判長は揺るがなかった。「証人スプリアントの証拠調べの請求を棄却します。証拠調べは以上で終わります。これから口頭弁論に移ります」

リーナは頭を垂れた。役に立てなかった。すべては徒労に終わってしまった。

27

口頭弁論は刑事裁判の最終段階である。検察側と弁護側は、まず事件事実と法律について弁論し、それから量刑について意見を述べる。

事実と法律について、双方の主張はぶつかり合った。劉家恆《リウジャハン》は現場での証拠と証言を示し、アブドゥル・アドルの殺人が計画的で残忍なものであったと推論した。一方佟寶駒《トンバオジ》は手続き上の問題から話をはじめ、アブドゥル・アドルの心理状態は裁判を理解することが難しく、訴訟は延期されるべきであると主張し、最後に検察側は疑いを晴らす合理的な証拠を提出できていないと強調した。

量刑について劉家恆《リウジャハン》は、アブドゥル・アドルは精神鑑定の結果正常な精神状態だと認められ、にもかかわらず幼い娘まで含めた三人を手にかけ、犯行後も全く後悔の色を見せず、供述も謝罪もしていない点を挙げ、死刑を科すべきだと主張した。劉家恆《リウジャハン》はスクリーンに事件に関わる写真を投影した。血痕、凶器、死体の様子、検死証拠。最後に鄭峰群《ジョンフォンチエン》の家族三人の睦まじい姿。

劉家恆《リウジャハン》の表情は厳粛で、言葉は丁寧だが揺るぎない。「この手続きの最後において、私たちはただ三つの簡単な質問に答えるだけで良いのです。殺したのは誰ですか？　どうして殺したのですか？　どのように罰しますか？　……最初のふたつは既に確かな証拠が積み上げられている。……では、最後の質問はどうでしょうか？　みなさん、あそこにいる被告を見てください」

指さされたアブドゥル・アドルは些かの反応も見せず、ただ淡々と劉家恆《リウジャハン》を見ていた。

「もし命を以て人命を奪った罪を償うことが正義でないのであれば、悔い改めない者を許すことも正義ではありません。決して死刑も解決策ではありませんが、ひとつの可能性です。この事件では、私はふたつ目の可能性は考えられません」話し終わると劉家恆《リウジャハン》は静かに検察官席へと戻った。

弁護側の番になった。これがこの審理において佟寶駒《トンバオジ》が発言できる最後の機会だった。このために佟寶駒《トンバオジ》は頭の中で何度もシミュレーションを行ってきたが、今日起こったことのすべては完全にその予測を超えていた。量刑を軽くするために何かを話さなくてはならない。問題は、新たな精神鑑定も棄却され、新たな証人のスプリアントも現れず、ただ自分自身の言葉で話すしかないということだ。

なぜかはわからないが、佟寶駒《トンバオジ》は昔のことを思い出した。父親が収監されることが決まったあの夜、母親は食卓を料理と酒で埋め尽くした。食事前の祈りの時に、父親が死刑の判決を受けずに済んだのは神様の思し召しだと感謝を捧げた。

佟寶駒《トンバオジ》は尋ねた。「どうして神様は僕たちにお金をくれないの？」母親は答えた。「お金も、命も失う人たちもいるのよ」そのような人々を何人も知っている佟寶駒《トンバオジ》は口を閉じた。

佟寶駒《トンバオジ》は頭を下げ、しばらくの間何も言わなかった。裁判長が根気強く尋ねた。「公設弁護人、何か言いたいことはありますか？」

佟寶駒《トンバオジ》は立ち上がり、卓上のファイルに目を落とし、それから音を立ててそれを閉じた。まるで古《いにしえ》の秘密を思い出したが、どこから話し始めたらいいのかわからないというような表情を見せ、両手で顔を拭った。

「私はずっと自分は世界で最も運がいい人間だと思っていました。八尺門《バーチムン》集落に生まれ、舟板をドアにした家で、数百人とトイレを共有していました。父親は犯罪者で、私を養い育ててくれた母は過労で亡くなりました。ある人が私に言いました。大学に行けて、法院で仕事ができて、船に乗らずに済んで、清掃作業員でもなく、土木作業員でも、木工作業員でもない。本当に運のいいことだ、と。私はただ一言、返事をしました。ふざけるな、これは運じゃない。弱者は運に縋《すが》るしかないが、私は違います。私は努力をしたのです。

しかし私は何度か、仲介業者に騙されて船に乗りそうになったことがあります。なぜなら私には金が必要だったからです。勉強をするには金が要ります。生活するにも金が要ります。母を埋葬するのにも必要です。私は地に這いつくばって生き延びました。船に乗る以外のことは何でもしました。それは私の穀潰しの父親が常々、漁港で殺されるのは魚とは限らないと言っていたからです。この言葉は、父から私への唯一の贈り物です。

だから私はこの被告席に座る運命から逃げることができました。船の上で長時間働いたり、空腹だったり、身分証明書を差し押さえられたり、暴力で威圧されたり、悪意のある処罰を受けたりする運命から逃げることができました……。

私はまた、知らない言語で質問され、裁かれるという運命からも逃げることができました。証言してくれる証人が見つからないという運命からも逃げることができました。或いは、私と同じように生き延びるために逃げ続けなければならない証人を見つけ出す運命からも。そして最後に、私の欠点や臆病さや恐れを理解するために時間を使ってくれる人が誰もいないという運命から逃れなければなりません。

ほんの少しの差なのです。

そう。あの人は正しかったのです。くそっ！　私は運がよかったのです。私は殺人者を無罪にしろとは言いません。しかし、この法廷で、台湾の司法上で死刑は法律の問題ではなく、運の問題なのです。冗談のように簡単で、誰の目にも明らかなことなのです……。

ここにいるみなと同じように、快適な場所に座り、犯罪者に対して残忍になれる絶対的な権力を持つことはどれだけ幸運なことなのでしょうか？」

佟寶駒《トンバオジ》が腰を下ろしたとき、法廷内は水を打ったように静まり返っていた。

既に大きな物議を醸していた海浜《ハイビン》事件は佟寶駒《トンバオジ》の最終弁論によって再び関係者各所の対立を激化させた。人間の尊厳を大切にする人々は深い感銘を受けて佟寶駒《トンバオジ》を英雄視し、正義の欠如に憤る人々は佟寶駒《トンバオジ》がストーリーを捏造して人道主義に訴えたと捉えて、現実的な社会から著しく逸脱したと考え、さらに別の一派は自分たちを専門家と見做し法的条項に焦点を当て、判決結果を予想し合った。

誰もが自分の主張を声高に話し、賛同者を増やすことに終始していた。

ただ奇浩《キハウ》集落だけは奇妙な静けさに包まれていた。

28

彭正民《パンジョンミン》が目覚めた時、空は暗かった。眠ってしまったのか、或いは既に一日が過ぎ去ってしまったのか、彭正民《パンジョンミン》にはわからなかった。前夜の出来事はただの夢だったのではないかと思い始めた。

暗闇の中、手探りで灯を点け、彭正民《パンジョンミン》は居間に移動した。スプリアントのとび色をしたバックパックがソファーの上に見えた。

夢ではなかった。

異常なほどの飢餓感に襲われたが、彭正民《パンジョンミン》は冷蔵庫を覗くつもりはなかった。中に何もないことはわかっていた。妻の陳嬌《チェンジャオ》と子どもたちが台東《タイドン》の実家に戻ってからもう数週間にもなる。最近はずっとひとりだった。

「戻りたければ戻ればいい」彭正民《パンジョンミン》は陳嬌《チェンジャオ》にそう言った。

「カニウの死はあなたのせいじゃない」陳嬌《チェンジャオ》はそう言い残して、静かに去っていった。

彭正民《パンジョンミン》はソファーの上でスプリアントのとび色のバックパックを開いて、細々としたものとコーランを取り出した。彭正民《パンジョンミン》はすぐにそれがアブドゥル・アドルのものだと思い出し、どうしてスプリアントが持っていたのだろうかと考えた。

彭正民《パンジョンミン》は何気なくコーランのページを捲り、裏表紙が膨らんでいるのに気が付いた。そこに隠されている物を取り出す。それはメモリーカードだった。

ドアチャイムの音がした。彭正民《パンジョンミン》は急いでコーランをバックパックに戻し、ソファーの上に置きっ放しの服の下に隠した。

訪問者は佟寶駒《トンバオジ》だった。

「何の用だ？」彭正民《パンジョンミン》は警戒した口調で尋ねた。

「ああ。……その……用事があって……。上がっていいか？」

居間に入った佟寶駒《トンバオジ》は部屋中がゴミと雑多なもので溢れかえっているのを目にして、感傷的な気持ちになった。彭正民《パンジョンミン》が席を空けようとすると、佟寶駒《トンバオジ》が手を振った。

「勝手にさせてもらう」佟寶駒《トンバオジ》はソファーに座り、何気なく近くの物を手で除けた。その拍子に服の下のとび色のバックパックが動き、中からコーランが滑り落ちた。

佟寶駒《トンバオジ》はコーランを拾い上げ、彭正民《パンジョンミン》に向かってぎこちなく笑った。「嫁さんはいるか？　悪いがあの晩……」

彭正民《パンジョンミン》の無言が質問に対する答えだった。佟寶駒《トンバオジ》はすぐにあまり多くを尋ねるべきではないと悟り、一言だけ付け加えた。「長居をするつもりはない」

彭正民《パンジョンミン》は佟寶駒《トンバオジ》の手の上のコーランに目をやり、不機嫌そうに顔を背けた。「飲む物を持ってくる」

彭正民《パンジョンミン》は台所に行き、冷蔵庫に残っていた僅かばかりの飲み物を見つけだした。それから流しの上のナイフに目をやった。事態はまだ終わっていない。

佟寶駒《トンバオジ》は今のソファーの上で所在なげにコーランを見回していた。ある部分が彼の注意を引いた。

飲み物の缶を手にした彭正民《パンジョンミン》が戻り、佟寶駒《トンバオジ》に差し出した。

コーランをテーブルの上に置いて、佟寶駒《トンバオジ》がそれを受け取る。「お前がやったのか？」

彭正民《パンジョンミン》はポケットに手を忍ばせて佟寶駒《トンバオジ》の首を睨みつけた。「何を？」

「お前なんだな？」

彭正民《パンジョンミン》はナイフを抜きかけた。

「あれだ」

佟寶駒《トンバオジ》の指が示したのは居間の一角だった。そこに彫りかけの木彫があった。

「確かお前は彫刻が好きだったよな。凄いな」

彭正民《パンジョンミン》は緩々と腰を下ろした。「それで、お前の用事はなんだ？」

「何日か前に、子どものころのことを思い出したんだ。三人で、夜に、海にボートを漕ぎ出して、戻れなくなりそうになったことがあったよな……。覚えているか？」佟寶駒《トンバオジ》は続けた。「俺は覚えている。瑞芳《ルイファン》炭鉱の事故で、アミ族の人間がたくさん死んだ……。あの時、どうして俺を誘ったんだ？」

「忘れたな」

「カニウは、俺に友人がいないから、お前が言い出したと言っていた」佟寶駒《トンバオジ》は自嘲気味に笑った。「ひとりぼっち……。いまと一緒だな」

「カニウが言った？　嘘をつくな」

「八尺門《バーチムン》が取り壊されたころ、台北でばったり会ったんだ」佟寶駒《トンバオジ》は当時を思い起こした。「そのころ、俺は輔仁《フーレン》大学にいた。どんなプロジェクトだったのかは知らないが、カニウはそこでパネル工をしていた。……あいつはもうすぐ海浜住宅が完成するから、できるだけ早く戻りたいと言っていた。八尺門《バーチムン》は海も山もある住み慣れた場所だからと。俺はあいつを女子寮の前に連れて行って、輔仁《フーレン》大学の美人たちがうろうろしているのを見せたっけ。あいつは次は女に不自由しているお前も連れてこなければって……」

彭正民《パンジョンミン》は肩を落として下を向いた。

「最後にあいつは海浜住宅は凄く綺麗だから見に来いと言った。台風が来ても揺れないドアがある家に住めるんだぞって……」佟寶駒《トンバオジ》は少し間を空けて続けた。「だけど俺はあいつにあの場所には戻らないって答えちまったんだ」

「出て行ったのに、どうして戻ってきたりしたんだ？」彭正民《パンジョンミン》がぽつりと言った。

佟寶駒《トンバオジ》はため息をついて飲み物をテーブルに置いた。缶が倒れてコーランが濡れる。佟《トン》寶駒《バオジ》は慌てて服で拭い、ひっくり返してきれいになったか確認してから、ゆっくりと手を止めた。

「カニウのことは、本当に申し訳なく思っている」

彭正民《パンジョンミン》は佟寶駒《トンバオジ》が持ったままのコーランを見つめた。その目にはもう鋭さは宿っていなかった。

「タカラ、出ていってくれ」

六　最終手段

1

旭丘山《シチョ》は基隆《ジーロン》の大沙湾《ダーシャ》の東に位置する高地だ。日本統治時代には「日の出の旭岡《シガン》」と呼ばれ、台湾八大名勝地のひとつに数えられていた。現在では三軍《サンジン》総医院の基隆《ジーロン》分院が置かれている。分院の敷地内の南東にある隅の高台に、基隆《ジーロン》港周辺を見下ろすことのできる特別な外観の礼拝堂があることを知る人は少ない。

青い屋根と黒い窓枠の白い教会は正面の尖塔に赤い十字架がついている。佟守中《トンショウジョン》の病室の窓から外を眺めると、森の陰に十字架が微かに見えた。佟守中《トンショウジョン》が病院で過ごすようになってから、佟寶駒《トンバオジ》は気が付くと教会を眺めるようになっていたが、実のところまだ足を運んだことはなかった。

佟守中《トンショウジョン》が一般病室に移ってから既に三週間が過ぎていた。状態は安定していたものの、目を覚ますことはなかった。医者の診断は、溺れた時に空気が脳に行かなかったことに加え、糖尿病などの持病のせいで脳が回復不能なまでに傷ついたのだということだった。

誰かに海に突き落とされたのではないかと疑われたものの、警察の捜査でも決定的な証拠は挙がらず、不審な外傷や目撃者もないことから事故として結論付けられた。佟寶駒《トンバオジ》は納得できなかったが、真相解明は佟守中《トンショウジョン》が目を覚ますのを待つしかなかった。

日々が過ぎていく中、副教区司祭が時々見舞いに訪れることがあった。副教区司祭はベッドのそばに腰かけて祈りを捧げたが、佟寶駒《トンバオジ》に無理強いはしなかった。佟守中《トンショウジョン》の麻雀仲間と飲み友だちも何度か顔を出してくれたが、佟寶駒《トンバオジ》は彼らとどのようなことを話せばいいのかわからなかったので、思い切って病室を離れ、彼らが自由に佟守中《トンショウジョン》に話しかけられるようにしてやった。——もっとも彼らに麻雀と酒のこと以外に話すことがあればだが。

また副教区司祭からは野球チームの子どもたちを連れて行きたいと何度か打診があったが、佟寶駒《トンバオジ》は首を縦に振らなかった。「来てどうする？　どうせ時間を無駄にするなら、練習している方がまだマシだ」副教区司祭は憮然としたが、彼は知らなかったのだ。佟寶駒《トンバオジ》が何度も学校のグラウンドまで回り道をして、子どもたちの練習が終わるまでずっと陰で見ていたことを。

子どもたちは練習の最後に一ヵ所に集まり、戦いの舞を踊り、鬨《とき》の声を上げるのが習わしだった。あるものはよく知っていて、あるものは全くわからなかった。何度か聞いた後佟寶駒《トンバオジ》はそれを心の中で唱え、リズムを刻みながら病院に戻ることができるようになった。こうして病室での夜が単調ではなくなった。

佟寶駒《トンバオジ》は以前も替え歌を作ったことがあった。もしその時コーチがその歌を歌うことを認めてくれなかったら、佟寶駒《トンバオジ》はとっくに野球を捨てていただろう。ある時、試合に負けた際にコーチは彼に、先住民が成功したいのであれば野球をやるか歌を歌うかのどちらかだ。お前はどちらも得意なんだから、頑張ったらどうだとアドバイスした。

その時から佟寶駒《トンバオジ》はどちらにも背を向けた。

ある晩佟寶駒《トンバオジ》は海浜国営住宅に父親の着替えを取りに行った。父親のいない部屋はなんだか不思議に感じられた。佟寶駒《トンバオジ》は古ぼけた奇妙なベッドの上に腰を下ろし、それから寝転んだ。窓からは夜空が見え、遠く八尺《バーチ》門《ムン》水道から微かな波の音が聞こえてきた。窓の外の木々が揺れて天井に影を落とし、部屋が揺れた。佟寶駒《トンバオジ》は本当にこのまま部屋が海に浮かんでしまうのではないかと思い、ベッドの縁に手足をそわせた。

陸に立ってみて、初めて揺れているのは自分だと気が付くのだ。

スプリアントは冷ややかな表情で、自分はいま陸と海の境界にいると佟寶駒《トンバオジ》に言った。

佟寶駒《トンバオジ》は驚いて目を覚ました。しばらくしてようやく自分が八尺門《バーチムン》にいることを思い出した。

八尺門《バーチムン》は波止場のない島だった。

佟寶駒《トンバオジ》は〈關愛之家《グワンアイチージャー》〉に足を運んで確認したが、楊《ヤン》主任はあれ以来スプリアントは姿を見せていないと言った。しかし主任はようやく佟寶駒《トンバオジ》に粽子《ちまき》の話をするつもりになったようだ。主任が言うには、粽子はずっと父親のことを尋ね続けるので、海にいると嘘をつかざるを得なかったらしい。子どもは一日一日成長する。いつまでごまかせるかわからない。

それを尋ねなくなった時が、と佟寶駒《トンバオジ》は言った。粽子が成長した時だ。

言い終わってから佟寶駒《トンバオジ》は後悔した。彼はただ笑わせたかっただけなのだ。

2

誰もが予想した通り海浜《ハイビン》事件の二審の判決は死刑を維持した。

言い渡しに先立ち、佟寶駒《トンバオジ》は法院から判決について私的なコメントをしないよう関係者に要請する内部通告を受け取った。言うまでもなくこの文章は佟寶駒《トンバオジ》に向けられたものであったが、本人は気にもとめていなかった。

佟寶駒《トンバオジ》は既に職を辞することを決めていた。

判決が出たその夜、佟寶駒《トンバオジ》はいつもと変わらぬように法院を出て、父親の面倒を見るために三軍《サンジン》総医院に向かった。仁愛《レンアイ》市場で買った鍋燒麵《グオシャオミエン》を食べようとした時、テレビニュースがその日の総統の演説を伝えた。

宋承武《ソンチャンウー》曰く「私は海浜《ハイビン》事件にずっと注目してきたが、私の理解では二審の判決は真に法の規定と国民の期待に沿ったものである。裁判長には各方面から大きなプレッシャーがかかっているようだが、死刑が避けられない以上、司法には最大限の敬意を払うべきである

「……」

一見中立的に見えるこのスピーチも、法律家の目にはうさん臭く映る。たとえ総統といえど司法行政への介入を疑われることになるため、個別の司法案件についてコメントすべきではない。修寶駒《トンバオジ》はこの発言は口を滑らせたものではないと密かに考えた。

果たして数日後、宋承武《ソンチャンウー》は死刑の存続問題について世間に訴える声明を発表した。しかし内部の事情を知る者は、これは死刑廃止のためではなく、むしろ死刑とは全く関係のないものだと見るであろう。

　ここのところ、与党議員の集団的な汚職や不正行為と経済改革への拙速な取り組みが相まって、宋承武《ソンチャンウー》の支持率は低迷し、翌年の地方公職選挙に深刻な影響を与えている。蔣徳《ジャンダー》仁《レン》は何とかして傷口を塞ぎ、この問題の主導権を取り戻すために、宋承武《ソンチャンウー》に海浜《ハイビン》事件の判決に対する意見を踏まえて死刑制度の存続を議論の前面に出した方がいいと内々に提案した。

「死刑を国民投票にかけるのか？」宋承武《ソンチャンウー》が尋ねた。

「その通りです。国民投票法によれば、立法院から提出された国民投票案は中央選挙委員会の審査を受ける必要がないのです」蔣徳仁《ジャンダーレン》は言った。「我々は立法院で多数派を維持しています。投票の設問を決める自由があるのと同じことなのです」

「設問？」

「設問は非常に重要で、『わが国では死刑を廃止することはできないと考えますか？』でなければなりません」

「どうしてだ？」

「このような議案について国民投票が行われる限り、どのような結果になろうとそれは我々に有利になるからです」蔣徳仁《ジャンダーレン》はトーンを落とした。「この提案が通らなければ、世論は『廃止できないことに反対』と解釈するでしょう。しかし現在の世論の主流は廃止に賛成していないのですから、多くの人々が間違いなく投票するでしょう。賛成票の数を押し上げるだけでなく、投票率が平均を下回ることを防ぐことにもなります」

「それで？」

「投票率が上がれば我々の選挙に有利です。議題に対する高い支持を維持することができます。野党には反対する方法がないので、我々と一緒に踊るしかないのです」蔣徳仁《ジャンダーレン》は続けた。「最も重要なのは現在の世論の焦点をずらして、我々に有利な声を作り出すことです」

「では我々の立場はどうなるのだ？　死刑廃止か？」

けなければならない」

宋承武《ソンチャンウー》はほんの少しの間黙ってから尋ねた。「もしそうであれば、陳青雪《チェンチンシェ》は留任させなければなるまい」

蔣徳仁《ジャンダーレン》は困惑した。

「世論には出口が必要だ」宋承武《ソンチャンウー》は言った。「我々には標的が必要だ」

宋承武《ソンチャンウー》は即座に決断を下し、立法院での提案のために党員を動員する準備をするよう指示した。

陳青雪《チェンチンシェ》は行政委員会に出席している最中に、この決定を知らされた。

このような展開は陳青雪《チェンチンシェ》にとって初めてのことではない。死刑を多数決で決めることを支持した国家裁判法の第三審議会から、総統の一連の行動とスピーチは彼が陳青雪《チェンチンシェ》とは別の道を歩んでいることを示していた。

陳青雪《チェンチンシェ》は死刑の是非を問う国民投票について後から知らされた。蔣徳仁《ジャンダーレン》はメディアの議論の焦点のひとつとなっている自陣の対立が表面化することを気にかけていないようだ。

下準備が間に合っていない陳青雪《チェンチンシェ》は記者団に詰め寄られた際に、「与党の考え方は尊重するが、国は既にふたつの条約を批准しているのだから、しっかりと実践するべきだ。個人的な信条としては死刑廃止を支持し、死刑政策について議論を行い、政治的責任を負うことも厭わない。権力を維持するために死刑を執行するのであれば、自分の立場に固執するつもりはない」と毅然とした態度を示すことしかできなかった。

記者は陳青雪《チェンチンシュエ》に、それは信仰と関係があるのか尋ねた。

「私には信仰はありません」

「ある消息筋によると、あなたの家には仏間があり、そこに死刑反対を象徴するような菩薩像の絵が掛けてあるというのですが、それは事実なのですか？」

陳青雪《チェンチンシュエ》は一瞬声を失った。このことを知っているのはただひとり。

「信仰は私個人の自由です。政治理念とは何の関係もありません」

「仏教には殺生せずという戒律があります。これがあなたの死刑廃止の考えに繋がっているのではありませんか？」

陳青雪《チェンチンシュエ》はそれが偏見のある問いであり、はっきりと説明することが不可能であることを理解していた。身を翻すと、警備員に守られながらその場を立ち去った。

数日後、与党は立法院での多数議席を背景に国民投票の実施を可決し、政局と民衆に衝撃的な爆弾を投げ込んだ。

3

リーナは後先を考えずに持ち場を離れたが、仕事を失うことにはならなかった。すべては許《シ》おばあちゃんのおかげだった。

裁判の日、法廷でリーナが証言を求めたところに、許《シ》はようやく目を覚まして部屋から出てきた。それから居間に母親とコーディネーターが座っているのを目にして、些《いささ》か奇妙な気分になった。

「どうしたんだ？　リーナは？」

「お母様が養老院へ入ることを望まれました」コーディネーターは気難しそうな顔で、書類を許《シ》に手渡した。「ヘルパーは要らないので、リーナに新しい雇用主を探すよう言っています」

誰も許《シ》おばあちゃんがいつ、どのような理由で決めたのか、そしてまたなぜこの時間を選んだのかわからなかった。おばあちゃんは黙って許《シ》とコーディネーターの向かい側に座り、静かに窓の外を眺めていた。

コーディネーターはリーナを連れていくときに何も説明しなかった。リーナはただ自分が職場を離れたために罰を受けるのではなく、数日間の休暇が与えられ、その後新しい雇用主に引き渡されるのだと知っていた。

リーナが許《シ》家を去る日、許《シ》おばあちゃんは軽い体調不良のため入院していた。お別れを言えず、これが永遠の別れになるのかと思うとリーナは涙をこらえることができなかった。最後にリーナは居間に飾られていた写真立てをこっそり貰っていくことにした。写真の中のおばあちゃんはすべての楽しかったことを覚えているかのように、すべての悲しかったことを忘れてしまったかのように、幸せそうに笑っていた。写真には許《シ》の姿もあったが、リーナはこれ以上何かを失うよりは多少の痛みを我慢した方がマシだと考えた。

佟寶駒《トンバオジ》とリーナは連絡を取り合っていた。ふたりは協力し合うことで合意していた。佟《トン》寶駒《バオジ》はリーナに裁判の録音記録の翻訳を完成させるように頼んでいた。三審があるのだから、どんなに細い糸も手放すわけにはいかなかった。どのくらい役に立つのかわからなかったが、リーナにとって翻訳して、さらにそれを記録するのはひとつの習慣になっていた。リーナは聞くことで少しずつ裁判の流れの意味が理解できるようになってきた。そしてこれは悲しみの中で彼女にできる唯一のことだった。

死刑判決が出た裁判は、被告が望まなくとも、法院が職務権限に従い、被告の利益のために上訴することになっている。そのため海浜《ハイビン》事件も最高裁に持ち込まれるに違いなかった。公設弁護人は裁判の段階によって法院から交代で任命されるため、佟寶駒《トンバオジ》の職務は二審判決の時点で終了していた。もし三審でアブドゥル・アドルの弁護をしたいのであれば、佟寶駒《トンバオジ》は職を辞して試験免除の資格を申請し、弁護士資格を取得しなければならなかった。

もし佟寶駒《トンバオジ》が試験免除の資格を取得できたとしたら。

司法試験の免除を申請する公設弁護人は関連書類を試験選挙部に提出しなければならない。その中の勤務証明書及び良好な勤務実績の証明書は所属する法院に発行を申請する。佟寶駒《トンバオジ》が申請してから、間もなく、法院長の秘書から電話があり、顔を見せるよう告げられた。

4

法院長が手渡してくれた淹れたばかりの普洱茶《プーアル》の香りが鼻を擽《くすぐ》った。「公設弁護人、どうして突然弁護士になろうと？」

「法院長、これはキャリアプランです」

「海浜《ハイビン》事件があったからか？」

「何か問題でも？」

「君も知っているように、この訴訟の過程で世間は法院に対して大きく誤解する事態になった。君も無関係だとは言えまい」

「我々は本来世論に従うものではないでしょう？」

「君の言う通りだ。君がとても熱心なのはわかるが、時としてそうでない方がよいこともあるだろう。司法にとって信頼に足る判決は最も重要な目標だ。司法界が信頼されなければ、如何に公平な判決であっても世論は黙ってはくれないからな」法院長は茶を一口含んで続けた。「被告のためにも、あまり深く首を突っ込まない方がよいのではないか」

「俺が先住民で、父親が犯罪者だからですか？」

「申請を来年にすることはできないのか？　司法のイメージを守るためだ。さらに言えば、これからの公設弁護人には君の知見が必要なのだ」

「俺にはそんな義務はありません」

法院長はため息をつき、茶壺《ちゃふう》にお湯を注いだ。「君が申請した良好な勤務実態の証明書は全く問題がないわけではないと、私は思う。寶駒《バオジ》、行うは易し、人と成るは難し。今回は私の言うことを聞いてほしい」

法院長の言葉は命令に近かった。佟寶駒《トンバオジ》は弁護士への道のりが険しいことを知った。彼は法院長が中華司法葬儀委員会のメンバーの一人であることすら、知らなかったのだ。連《リエン》正義《ジョンイー》はこの決定を実現するために、多大な努力をしていた。

連正儀《リエンジョンイー》の動機は単純だった。佟寶駒《トンバオジ》を表舞台から下ろして、連晉平《リエンジンピン》のことを忘れさせる算段だった。その中にはある程度の私心も含まれていた。もともと連正儀《リエンジョンイー》は理由もなく佟寶駒《トンバオジ》を嫌悪していたのだ。

いずれにしろ、弁護士免許を手にした佟寶駒《トンバオジ》が、海浜《ハイビン》事件の三審の弁護人となる道は潰《つい》えた。

ここですべての混沌は解消するはずだった。

5

連晉平《リェンジンピン》が退役する日は、することが何もなかった。司法行政局での兵役は僅か三ヵ月に過ぎなかったので、感傷的な旅立ちというわけでもなかった。朝早くから自席の私物を片付け、どうやって一日を過ごそうかと考えているところに、後輩が現れて局長が探していると告げた。

局長は連晉平《リェンジンピン》を待っていたようで、親切に座るように言った。「長い時間ではなかったが、君がここで何かを学んでくれていたらと思うよ」局長はそう労《ねぎら》った。

「お気遣いありがとうございます」

「この後はどうするつもりなんだ？」

「今年の司法修習に参加する予定です」

「うん。いいね。司法の未来は君のような若者の肩にかかっているからな」局長は満足そうに頷いた。「近くを通りかかったら、また茶でも飲みに来てくれ」

「はい。ありがとうございます」

「父上によろしく伝えてくれ」局長は念を押すのを忘れなかった。

連晋平《リェンジンピン》は頷いて礼儀正しく執務室から出て行った。

午後五時、時間ぴったりに打刻して連晋平《リェンジンピン》の兵役の最後の一日が終わった。執務室を後にして正門に向かう際に連晋平《リェンジンピン》は佟寶駒《トンバオジ》が話していた幽霊が集まる中庭を通り過ぎた。突然湧き上がった記憶と感情が連晋平《リェンジンピン》の心に溢れ出した。

連晋平《リェンジンピン》は上を向いて、少しの間公設弁護人室の窓を見つめた。幽霊の噂にケリを付けるために公設弁護人室で一晩を過ごすという佟寶駒《トンバオジ》との賭けを思い出した。何もかもがあっと言う間の出来事で、その冗談は結局ただの冗談で終わってしまった。

つい先日、連晋平《リェンジンピン》は佟寶駒《トンバオジ》の弁護士への転職申請が厚い壁に跳ね返されたと聞いた。少しため息が漏れたけれど、驚きはしなかった。海浜《ハイビン》事件は実際どのように展開するのだろうか？　連晋平《リェンジンピン》にはわからないし、考えたくもなかった。連晋平《リェンジンピン》のこの先の人生計画には心を配らなければならないことがありすぎた。

公設弁護人室の窓が突然開いたので、連晋平《リェンジンピン》は慌ててアーケードの陰に身を潜めた。連《リェン》晋平《ジンピン》はそれが誰なのか確認することもなく、振り返らずその場を立ち去った。

もう何も言うことはない。

連晉平《リエンジンピン》はその晩はどこにも出かけなかった。部屋の中でただひとり、執務室と宿舎から引き上げてきた私物を整理していた。ほとんどの物は捨ててしまったが、除隊令状と海浜《ハイビン》事件に関する資料とメモの山だけは残しておくことにした。これらのファイルは退役時に返却するか破棄するはずだったが、連晉平《リエンジンピン》はそれらを持ち帰ってきた。その資料を読んでいると海浜《ハイビン》事件の細かなところや過程が蘇ってきた。夢中になって気が付いたときには既に十時を過ぎていた。

連晉平《リエンジンピン》は窓辺に座って外を眺めた。大安《ダーアン》森林公園はまるで巨大な獣が眠りにつこうとしているかのように、夜の帳《とばり》の下でゆっくりとうねって見えた。時間を確認して、李怡容《リーイーロン》と話をするために電話に手を伸ばした。

「ようやく除隊ね」李怡容《リーイーロン》はやれやれという口ぶりだった。「週末のお祝いはどこに行こうかしら？　私が御馳走するわ」

「どこでもいいよ」連晉平《リエンジンピン》は感慨深げに言った。「君と一緒なら」

「久しぶりに刺身はどうかしら？」

「え、刺身？」連晉平《リエンジンピン》は躊躇した。「それより、鉄板焼きはどう？」

「もちろんいいわ。あなたが食べたいものでいいの」李怡容《リーイーロン》は明るく答えた。

連晉平《リエンジンピン》のスマートフォンが急に震えて、着信音が響いた。フェイスブックのメッセンジャーの通知だった。それは思いもかけないリーナからのものだった。

「だあれ？」

「うん、代替役仲間だよ。僕の除隊をお祝いしてくれてる」

「代替役ってそれほど大変じゃないのに、まるで出獄したみたいな扱いね」李怡容《リーイーロン》は軽口をたたいた。

　ふたりはまたしばらく話をして、それから甘いお休みの挨拶をした。電話を切った後で、連晉平《リェンジンピン》はリーナからのメッセージを確認した。

「Congrats for your retirement.（除隊おめでとう）」

　連晉平《リェンジンピン》は返事をするべきかわからなかった。あれから既に二カ月以上、どんな方法であれ、リーナとは連絡を取っていなかった。それは李怡容《リーイーロン》が出した条件のひとつだった。お互いに隠し事はしないこと。

　もしまたリーナと連絡を取り合えば、李怡容《リーイーロン》はもう自分を許してはくれないだろう。連《リェン》晉平《ジンピン》と李怡容《リーイーロン》の関係はようやく少しずつ元に戻りつつあった。確実にこれ以上傷口をつきまわすべきではない。

　だけど、と連晉平《リェンジンピン》は考え直した。もしリーナの身に何か問題が起きていたら？　リーナは裁判に固執したため、以前の職場を辞めさせられたと聞いている。もし彼女が本当に助けを必要としているのなら、何かをするべきではないだろうか?

連晉平《リェンジンピン》は悩んだ末に、ついに返事を送ることにした。

「Thank you. How are you doing? I heard you left.（ありがとう。元気かい？　君がいなくなったと聞いたけど）」

「I work in a new family now.（いま新しい家で仕事をしています）」

「How is everything?（順調？）」

「It's fine.（はい）」

連晉平《リェンジンピン》は次に何を話せばいいのかわからなかった。言うべきことがなければこのままやり取りは終わるかもしれない。冷たいようだけれど、その方がお互いのためにはいいのかもしれない。

リーナから予想外のメッセージが届いた。「I am still translating the records.（まだ翻訳を続けています）」

まだ翻訳を続けている？　事件は終わっていないのか？　連晉平《リェンジンピン》は疑問に思った。

「Why?（どうして？）」

「Bao can use it.（寶哥《バオゴー》のために）」

「He is taking advantage of you. He pays much less than average.（彼は君を利用した。彼

が君に払ったのはほんの僅かな金額だけだ)」

「I don't do this for money.（お金のためじゃありません）」

「He forced you to the court and messed up your job.（彼は君を裁判に引きずり込んで、君を失職させた）」

「He didn't. It's me. I wanted to go.（彼は来るなと言ったけど、私が自分で行ったのです）」

「Why?（どうして？）」裁判に出たのがリーナの意志だって？　連晉平《リェンジンピン》は意外に感じた。

「Because I am capable. If I am not, then that would be it. But I am. Then I have to. I need to.（だって私にはできるから。できなければ、しょうがない。でも私はできるから、やらなければならない。やる必要があるのです）」

連晉平《リェンジンピン》はリーナの返信を繰り返し読んだ。彼女が「I have to」と「I need to」を並べた意味とそのエネルギーを受け取った。

やらなければならない。やる必要がある。

そうだ。

6

土曜日の夜、レストランに向かう前、李怡容《リーイーロン》は高級な鉄板焼きの店に行くのだからきちんとした格好をするよう連晉平《リェンジンピン》に言った。

約束の時間に連晉平《リェンジンピン》はレストランの前に到着した。李怡容《リーイーロン》は黒いフォーマルドレス姿で現れた。綺麗にメイクした小さな丸い顔に丁寧にブローした短い髪が彼女を一層美しく見せていた。どちらかと言えば外資系企業のオフィスワーカーのようで、とても裁判官には見えなかった。

連晉平《リェンジンピン》は礼儀正しく李怡容《リーイーロン》の頬に口づけした。李怡容《リーイーロン》は彼の手を取ってレストランの中へと誘った。

この高級レストランの店内は開放的ではなく、専用の半円形の調理台と専属の料理人がいる隠れ家的な個室が設《しつら》えられている。調理台を囲む席は限られており、一部屋につき最大六名までとなっていた。

窓の外はライトアップされた中山北路《ジョンシャン》。週末の夜の南西《ナンシー》ショッピング街には人が増え始めている。青々とした森を音もなく行き交う人や車を上から見ていると、この街の極上の秘密を手に入れたような気分になる。

今晩のコースは李怡容《リーイーロン》が心を込めて選んだものだった。前菜は明太子ののった軽いサラダ、タラバガニの茶碗蒸しに、それから北海道産のホタテを蒸したもの。メインはアイナメのステーキとニンニクを利かせた和牛のステーキ。デザートに梅酒のシャーベット。食事にはブルゴーニュ産の白ワインを合わせていた。

連晉平《リェンジンピン》はこのような場を予想していなかったため李怡容《リーイーロン》の計らいに非常に喜んだが、半面言いようのない悲しみも覚えていた。

「除隊おめでとう」李怡容《リーイーロン》がグラスを持ち上げ、目を細めて微笑んだ。「いよいよ次のステージね」

連晉平《リェンジンピン》は微笑み返した。

スプーンで茶碗蒸しを一口掬って李怡容《リーイーロン》は尋ねた。「司法修習に入る前はどうするつもり？」

連晉平《リェンジンピン》は首を傾げて考えた。考えていることがあったが、李怡容《リーイーロン》につまらないと思われたくなくて、躊躇しているふりをした。「論文でも書こうかと思ってる」

「どんな論文？」明らかに李怡容《リーイーロン》はその答えに驚いたようであった。「この先ずっと法律の世界に生きていくのだから、この機会に少し休んだらどうかしら？」

「国民投票における意見論争を処理する仕組みについて研究したいんだ」

連晉平《リェンジンピン》の答えに李怡容《リーイーロン》はその意を汲んだ。近頃は死刑制度の是非を問う国民投票が話題となっている。死刑制度は連晉平《リェンジンピン》の研究の一番の礎となっているテーマなので、そのような考えを持つのも無理はない。おそらくその中には海浜《ハイビン》事件への執着もあるのだろうけれど、李怡容《リーイーロン》には頷けるものではなかった。

「死刑に対する国民投票はもう決まったことでしょう？」李怡容《リーイーロン》は連晉平《リェンジンピン》の目的を指摘した。

「人権を国民投票にかけることができるのかな？」連晉平《リェンジンピン》は言った。「命を奪う権利は憲法上の問題だ」

人権問題を国民投票にかけることの是非は常に大きな議論を巻き起こしてきた。かつては国民投票委員会が実質的に国民投票を精査する権限を握っており、違憲であるという理由で否決されることが多かった。しかし任命規則が違憲であること、政治的干渉や言論統制の疑いがあること、チェックの仕組みがないことなどから、民国一〇六年（二〇一七年）の法改正で廃止されることとなった。

それ以来国民投票の担当機関は中央選挙管理委員会に移された。委員会は国民投票に対して形式的な検閲権しか持たず、違憲の疑いありとなっても設問を拒否することはできない。しかももし国民投票の結果が違憲である場合、民意に任せることが許されるのかという問題が生じる。このような国民投票に意味はあるのだろうか？

「中央選挙管理委員会は違憲かどうか、三権分立に違反しているかどうかを審査するのでしょう？」李怡容《リーイーロン》は多少なりともこの問題の核心を理解していた。

「だから争議を解決する仕組みが必要なんだ」連晉平《リェンジンピン》は続けた。「司法は本来多数派に抵抗して、[*1]民意と対立するものだ。僕の考えでは違憲の国民投票案は分裂と溝を深め、保守派の大法官たちに責任逃れの口実を与えるだけなんだ」

「前回の国民投票の時に新しい人権規定の追加について議論があったと覚えているんだけど、その後どうなったの？」

「誰も説明していないからわからないな。第三審議会では削除されたよ」

李怡容《リーイーロン》は頷いた。茶碗蒸しはもうあと柔らかいタラバガニの最後の一口を残すだけだった。

「いいんじゃないかしら。司法修習では全員が法律の研究論文を提出することになっているから、この論文を少し変えて出せば時間の無駄にもならないし」李怡容《リーイーロン》は言った。

時間の無駄？　連晉平《リェンジンピン》はその言葉が耳に刺さるのを感じたが、李怡容《リーイーロン》に悪気がないのも承知していた。連晉平《リェンジンピン》は無理やり笑顔を作った。

「将来留学することは考えてる？」李怡容《リーイーロン》は尋ねた。「この間規則を調べたところ、留学のための無給休暇は、実務に就いてからじゃないと申請できないようなの。[*2] どんなに急いでもあと六年はかかるわね。こんなに制約が多いのだったら、先に留学しておくべきだったわ」

「ＪＤ（ジュリスドクター。海外のロースクールで全課程を履修、修了した人に与えられる学位。）を目指すのかい？」

「どうしてもＪＤってわけじゃないからＬＬ．Ｍでもいいの。目的は台湾から出て、違う生活を経験することだから」

アメリカの大学教育には法学部はなく、法学位は大学院にあるＬＬ．Ｍ、ＪＤ、ＳＪＤ

＊1　司法が世論の多数派と対立する性質を表す。最も明らかな例は、世論の多数派を代表する議員が制定した法律を覆す違憲審査権を司法が持つことである。特に「弱者集団」や「マイノリティ」の場合によく見られる。

＊2　司法修習を終えた新任裁判官は補欠裁判官になるために裁判所に配属され、その後二回の書類審査を経て実質的な裁判官に任命され、独立して裁判の職務に就くことができる。

……の三つだけだ。LL.Mの就学期間は一年しかないため、英語を母語としない学生にとっては一番敷居が低くなっている。JDは三年間で学士号を取得していることに加え、法科大学院入学試験（LSAT）の成績も考慮される。SJDは法学博士で、先のふたつの学位のいずれかを取得してから続けて学ぶ必要がある。

連晉平《リェンジンピン》は海外進学を考えたことはなかった。彼が留学を志すただひとつの目的は自分の学術的資質を向上させるためだった。LL.Mの一年足らずの留学では、おそらく人生経験にしかならず満足いくものにはならないだろう。JDはもちろん、SJDを目標に学びたかった。しかし学問の世界に留まらなければ研究をする意味はあまりないと連晉平《リェンジンピン》は考えていた。

さらに言えば外国の学位は裁判官のキャリアや昇進にはほとんど何の役にも立たない。司法の実務は経験と技術に基づくものであり、現実とかけ離れた机上の空論や外国の法律に基づくものではない。そのため父親の連正儀《リェンジョンイー》はあまりいい顔をせず、外国へLL.Mを取得しに行く若者にいつも苦言を呈していた。「時間をかけて自分の足元を固めた方がまだマシだ」

李怡容《リーイーロン》が自分の考えをあけすけに語った際、連晉平《リェンジンピン》は本心を告げるのは良くないと感じたので二言三言何か呟いて、出されたばかりの両面を香ばしく焼いたアイナメに夢中になっているふりをした。

李怡容《リーイーロン》はたくさんの友人たちの留学経験を連晉平《リェンジンピン》に話して聞かせた。彼女は南カリフォルニア大学《USC》かカリフォルニア大学ロサンゼルス校《UCLA》を第一志望にしていると言った。アメリカの東海岸は冬は雪が降り、西海岸ほど気候も良くないからだ。「留学は勉強するだけじゃなくて、楽しむことも大切よ」

連晉平《リェンジンピン》は静かに李怡容《リーイーロン》の話を聞いていた。手の中のナイフとフォークを動かしながら、その心は次第に別の考えに埋もれていった。李怡容《リーイーロン》の話が止まった時に、ついに連晉平《リェンジンピン》の口から心の中が零《こぼ》れだした。「司法修習を中断して海浜《ハイビン》事件の弁護人を引き受けたらどう思う？」

李怡容《リーイーロン》は驚いた後、簡単に答えた。「それもいいんじゃない……」

連晉平《リェンジンピン》はその言葉に李怡容《リーイーロン》の狼狽を感じたが、何も答えなかった。

短い沈黙の後、李怡容《リーイーロン》が探るように言った。「あなたは留学するつもりはあるの？　私はふたりで一緒に留学しないかってつもりで言ったのだけど」

「もちろんあるよ。僕たちは……時間さえあれば用意はいつでもできるからね」言い終わると連晉平《リェンジンピン》は大笑いしてみせた。「笑い話を聞きたいかい？」

自然と笑顔に戻った李怡容《リーイーロン》は頷いた。

「台湾人の七〇%は司法の公平性を信じていなくて、七五%は台湾の法律は有力者や権力者のためにあると考えていて、八〇%は貧乏人は金持ちより死刑になりやすいと感じていて……」連晉平《リェンジンピン》は意図的に間を置き、オチを披露した。「なのに八五%の台湾人は死刑に賛成なんだよ」

「もう! こんな話はやめましょう。いいわね?」

連晉平《リェンジンピン》は笑いださずにはいられなかった。自分が如何に非礼なことをしていたかに気が付いた。連晉平《リェンジンピン》は頭を下げた。皿の上のアイナメはばらばらで、口の中には何の味もしなかった。

連晉平《リェンジンピン》はようやく、自分が李怡容《リーイーロン》に惹かれた本当の理由に気が付いた。

7

除隊後の二回目の週末に、連晉平《リエンジンピン》は父親に請われて礼拝に参加した。その日は朝から大雨に見舞われており、台北衛理堂教会《タイベイウェイリータン》の入口は送迎車で埋め尽くされていた。

教区民たちは傘をさして足早に教会へと進んでいった。

連晉平《リエンジンピン》は父親に傘をさしかけた。皺ひとつないスーツに身を包んだふたりは、敢えてゆっくりと歩を進め、人ごみの中でも一際目を引いた。階段を上る途中、袖に掛かった雨を悠然と払いながら、連正儀《リエンジョンイー》は近づいてくる多くの教区民たちと挨拶を交わした。傍にいた連晉平《リエンジンピン》にも人々は賛美の声をかけた。彼らは共に優れている親子はなかなかいるものではないと知っていた。

連晉平《リエンジンピン》が前回教会を訪れてから数カ月が過ぎていた。忙しいという口実で顔を出さずにいたが、実際のところは海浜《ハイビン》事件に全力を注いでいたため現実と関係の薄い教会活動への熱意が失せていたのだ。

連正儀《リエンジョンイー》は息子が自分の社会生活とキャリアを歩み始めていることをわかっており、多くを求めなかった。しかし今回の礼拝は特別なのだ。優れた教区民として舞台上に招かれ、神への信仰を分かち合うというこの日に、家族にも立会人になってほしいと望んでいた。

係員の指示に従い連正儀《リエンジョンイー》は準備のために舞台裏に入った。連晉平《リエンジンピン》も父親について回って挨拶を繰り返し、良い息子を演じ続けた。ステージに呼ばれるまであと十分というところで、突然連正儀《リエンジョンイー》が尋ねた。「お前は外国に行きたいのか？　先日、李《リー》が怡容《イーロン》も留学を希望していると言っていた。そういう機会を持つのは悪いことではないし、経験を積むのはいいことだと思うよ」

「うん、まだ考えているだけですけどね」

「考えることはない。司法修習が終わったらふたりが一緒に行けるように私が手配しよう」

「無給休暇を申請できるのは実務に就いてからではないのですか？」連晉平《リエンジンピン》は李怡容《リーイーロン》の話を思い出していた。

「司法院が派遣するのであれば、そのような制限はないんだよ」連正儀《リエンジョンイー》は意味ありげな笑みを浮かべた。「それにふたりとも職も給与もそのままでな」

連晉平《リエンジンピン》は戸惑った。「選考があるのでしょう？　キャリアを考えたら実務経験者でなければ選ばれるのは難しくないですか？」

「なあに心配するな。審査委員はみんなお前の大先輩たちだ」

連晉平《リェンジンピン》は父親のやり方を理解した。もしそれが実現したら、他の人にどのように見られるだろうか？　司法制度の中で私情が容認されるのであれば、裁判の正常性はどうなるのだろうか？

舞台の前方で人々の歓声が聞こえる。父親の出番はもうすぐだ。彼は今日、何を話すのだろうか？　連晉平《リェンジンピン》は突然自分が何も感じていないことに気が付いた。

連正儀《リェンジョンイー》はスーツを軽く払いネクタイを直すと、華やかな表情になった。

「怡容《イーロン》とは別れました」連晉平《リェンジンピン》が突然口を開いた。

連正儀《リェンジョンイー》は茫然と息子を見て、ややあってからようやく目を離した。「後で話そう。私も彼女には問題があると思っていたんだ」

「父さん、僕は今年の司法修習には参加しません」

「何だと？」

「先に弁護士になって、海浜《ハイビン》事件の三審の弁護をしたいのです」

「何の冗談だ？」苛立ちを抑えながら連正儀《リェンジョンイー》は小さな声で言った。

舞台から人々が声を合わせて歌う聖歌が聞こえてきたが、苛立ちは抑えられなかった。

「父さん、長い間裁判官をしていて、誤審したことはありませんか？」

「ない」連正儀《リェンジョンイー》はきっぱりと言い切った。「一度たりともない」

「死刑を言い渡しても、全く後悔しないのですか？」

「私は神の御遺志により、自分の良心に従っている」

連晉平《リェンジンピン》は目を伏せた。「僕はなぜ神様が死刑をお許しになるのか、理解できないのです」

「目には目を、歯には歯を。神は殺してはならないと言っている」慣れた様子で連正儀《リェンジョンイー》は聖書を引用した。「裁判官である私たちは神の僕《しもべ》であり、徒に剣を帯びているわけではなく、正義を求めて悪人を罰する者だ。……たとえそれが死刑であっても、悪行を働いた者には怒りをもって正当な罰を与えなければならないのだ」[*3]

「けれども神様はカインを殺す者は、七倍の復讐を受けるとも仰っている」[*4]連晉平《リェンジンピン》は言った。「ダビデ王は姦淫と殺人を犯したけれど、神様は彼を死刑にしていません」[*5]

「例外を原則にしてはいけない。神には神のやり方がある。死刑を避ける言い訳にしてはならない」

「あなた方の中で罪のない者が、最初に彼女に石を投げなさい」[*6]連晉平《リェンジンピン》は聖書を引用し続けた。「イエスはまたこうも言われた。七回までとは言いません、七の七十倍までも赦しなさい[*7]」

「それはお前が本当の悪と言うものを見たことがないからだ。審判の座に就けばお前にもある種の悪人には最も重い刑を与えなければならないことがわかるだろう」我慢できずに連正儀《リェンジョンイー》の口調がきつくなる。「あの佟《トン》という男はお前に何を言ったんだ？」

「あの人は関係ありません」

「海浜《ハイビン》事件はあの男が今日の結果を招いたのだ。あの男は正義に背き、理由もなくあらゆることに反対する。……あの男から何かを学んだとしても、自分の首を絞めるだけだぞ」

「でも、裁判過程で裁判官に阿《おもね》ってばかりいたら、裁判の公平性が疑われるだけではないですか？」連晋平《リェンジンピン》は言った。「判決は被告のためにあるのです。……法官のためでも、被害者のためでも、さらに言えば神様のためでもないのです」

＊3　ローマ人への手紙十三章三〜四節
＊4　創世記四章十五節
＊5　サムエル記下十一章一〜十五節
＊6　ヨハネの福音書八章七節
＊7　マタイによる福音書十八章二十二節

司会者の呼びかけが舞台から聞こえた。連正儀《リエンジョンイー》はそれ以上何も言えずに緊張した面持ちでぎこちなく舞台上に向かった。

その背中を見つめながら連晉平《リエンジンピン》は、急に父がひどく年を取ったように感じた。

8

嚴《イエン》永淵《ヨンイエン》の執務室の前を連正儀《リエンジョンイー》はうろうろしていた。お茶を持ってきた秘書が法院長はあと一時間は帰ってこないと告げた。連正儀《リエンジョンイー》は手を伸ばし、問題ないと告げた。実のところ連正儀《リエンジョンイー》は嚴永淵《イエンヨンイエン》がいないことを知っていた。またふたりの友好関係を考えれば直接出向く必要はなく、何か重大な問題が起きても電話をひとつかければ十分事足りたのだが、連晉平《リエンジンピン》のことを軽視すべきではなく、できることはみなやらなければならないと連正儀《リエンジョンイー》は考えていた。

しばらくして戻ってきた嚴永淵《イエンヨンイエン》はドアの前に連正儀《リエンジョンイー》の姿があることを怪訝に思い、尋ねた。「先輩、立ったままでどうしたんだ？　なぜ中で座って待っていない？」

連正儀《リエンジョンイー》の面持ちが非常に心配そうだったため、嚴永淵《イエンヨンイエン》も不安になり、彼をオフィスに通して秘書に席を外すよう言った。連正儀《リエンジョンイー》が話した連晉平《リエンジンピン》の様子に、嚴永淵《イエンヨンイエン》の額に皺が寄った。「若い連中は熱しやすいからこうなるんだ」

「今回はどうしても君の助けが必要なんだ」そこに反論を許さない連晉平《リエンジンピン》の眼差しがあった。実際、彼は嚴永淵《イエンヨンイエン》に断られるとは露ほども思っていないようであった。これは長年の学友同士の友情だけでなく、嚴永淵《イエンヨンイエン》が自分に友好的であるという事実からくる自信によるものだった。

嚴永淵《イエンヨンイエン》には嚴哲仰《イエンジョヤン》という法律を学んでいる出来のいい息子がいた。彼は数年前に車を運転している最中に人を撥ね、そのまま逃げるという事件を起こしていた。事件後すぐに被害者と和解が成立したが、検察はひき逃げの罪状で嚴哲仰《イエンジョヤン》を起訴した。一審では証拠ありとされ、有罪判決が言い渡された。

案件が二審に上訴された後、偶然にも連正儀《リエンジョンイー》が合議法廷（複数の裁判官が審理を行う裁判。台湾の刑事法廷は裁判長ひとりと裁判官若干名からなる）の裁判長に任命された。前科が息子の司法官としての将来に影響することを心配した嚴永淵《イエンヨンイエン》は、連正儀《リエンジョンイー》に助けを求めた。幼いころから嚴哲仰《イエンジョヤン》を知っていた連正儀《リエンジョンイー》はふたつ返事でその話を引き受けた。

ひき逃げの罪が成立するか否かは、加害者に故意があるかどうか……つまり事故によって死傷者が出たという客観的事実を知りながらその場を立ち去ったかどうかによる。しかし加害者の主観的な故意を直接証明することは困難で、客観的な証拠から推測するしかない。老獪《ろうかい》な裁判官にとってはいかようにも解釈できる余地があるのだ。選任された裁判官の意見は様々であったが、連正儀《リエンジョンイー》の強力な主導の下、最終的に嚴哲仰《イエンジョヤン》は無罪を勝ち取った。

連正儀《リエンジョンイー》にとってはそれほど難しいことではなかったが、嚴永淵《イエンヨンイエン》にとっては忘れることのできない恩義だった。

「私に何をしろと？」嚴永淵《イエンヨンイエン》はまっすぐに尋ねた。

「この案件を私に振り当ててくれ」連正儀《リエンジョンイー》が答えた。

特定の裁判官に案件を割り当てるなどということは法治国家では考えられないことである。また案件の担当者を任意で任命してしまえば、容易に人的介入の機会を生み出してしまう。したがって訴訟案件を担当する裁判官は抽象的な法令によって、予《あらかじ》め規制されていなければならない。裁判官の法定の原則である。

一般的な法院の分配方式は絶対に遵守しなければならない原則だ。案件が発生したらすぐに裁判官に分配する。コンピューターが無作為に担当者を振り分け、人が介入するのは困難だ。しかし最高法院のやり方は全く異なり、「限量分案」と呼ばれる方法をとっている。簡単に言えば、毎月裁判官が受理する案件数をコントロールし、未分配の案件をファイルの中に溜めておくのだ。

最高法院は外向きには、これは裁判官が担当する案件の数をコントロールすることで裁判の質を維持するためだとしている。内情を知る者だけが、これが単なる口実だと理解している。限量分案の目的は仕事の割り振りを均等にすること、つまりは各裁判官の仕事量を公平にすることだ。そのため限量分案では案件数に加え、人の手による分類、独立した順番（死刑や無期刑の重大刑事事件や金融犯罪、或いは不服申立て等特定の案件は個別にカウントされ分配される）、相殺や中止や減少といった分配状況（案件の種別によりポイントが決められており、このポイントが均等になるよう案件が配分される）などの複雑な条件を設定し、最終的にコンピューターが無作為に決めることとなっている。

　この複雑な規定は最高法院の裁判官ですらよくわかっていない。

　この手続きの大部分は手作業で行われているため、制度に対する人為的な介入や不公平な分配が繰り返し批判の的となってきた。最高法院は限量分案を廃止する意向を示しているが、案件数のコントロールが問題なのではない。分配が本当に無作為でない限り、常に人為的な介入の余地が残っているのだ。

　嚴永淵《イエンヨンイィエン》は連正儀《リェンジョンイー》の要求を理解しつつも、躊躇していた。限量分案の規定に介入し、分配の可能性をいくらかなりとも上げることはできるかもしれないが、一〇〇％保証できるわけではなく、また関与が大きすぎると処理が難しくなる可能性がある。

「方法はある」連正儀《リェンジョンイー》は嚴永淵《イエンヨンイィエン》の思考の流れを見てとった。茶を一口含み、ゆっくりと話し始めた。「海浜《ハイビン》事件はもともと死刑が言い渡されていて、被告は拘留中だから分配の期限は案件分配の実施要綱の制限を受けない。なのでいつでも振り分けのプログラムに組み込むことができる。うん……正確に言うと、来月の振り分けのプログラムに組み込むのだ」

嚴永淵《イエンヨンイエン》は困惑した表情を見せたが、そのまま連正儀《リエンジョンイー》に話を続けさせた。

「まず『刑事裁判官司法事務分配班』を招集して、ふたつのことを決議する」連正儀《リエンジョンイー》は続けた。「ひとつ。今月は雑多な案件、つまり申立てや抗告のような些細な案件は三件で通常案件一件分と見做す。件数は多くなるが、この手の案件は単純で簡単なので、反対する者はいないだろう。溜まった案件を処理するという正々堂々とした理由もある。

次に、今月は案件数が多いので、来月は一旦分配を中止する。その場合、来月は新入りの裁判官だけが新規分配を受けることになる」

嚴永淵《イエンヨンイエン》にも徐々に連正儀《リエンジョンイー》の策略がわかってきた。刑事裁判官司法事務分配班で臨時に案件の分配規則の変更を決議するのは法に則ったものではないが、前例があるのだ。*8

＊8　最高法院の鄭玉山〔ジェンユーシャン〕院長は民国一〇六年（二〇一七年）九月、一〇七年（二〇一八年）四月及び五月に相次いで刑事裁判官司法事務分配班を招集し、裁判官会議を経ず分配の順序と種類が変更されたため、楊絮雲〔ヤンシュユン〕裁判官が訴訟を起こした。

「来月、新入りの裁判官がふたり、そのうちのひとりは私の法廷に配置される」連正儀《リエンジョンイー》は言った。

「五〇％の確率だ」

「もし運がなかったら」連正儀《リエンジョンイー》は毅然として言った。「法院組織法によれば君は案件の分配の最終的な権限を持っている。五〇％の確率。そうだろう？」

厳永淵《イエンヨンイィエン》は頷いた。厳永淵《イエンヨンイィエン》にはそれ以上巧妙な方法は考えつかなかった。

一カ月後、海浜《ハイビン》事件の分配結果が出た。幸運は連正儀《リエンジョンイー》に微笑んだ。

9

海浜《ハイビン》事件の裁判長になったのは、連正儀《リエンジョンイー》の計画の第一歩に過ぎなかった。連晉平《リエンジンピン》を弁護人にしないためにはただひとつ、開廷させずにこの事件を終わらせる方法しかなかった。

しかし話はそう単純ではない。

刑事訴訟法の規定に照らし合わせると、三審の被告は口頭弁論の必要がなく法廷での審問が行われない限り、強制弁護*9の規定によって保護されない。つまり合議法廷が審問の必要がないと認定するのであれば、弁護士の抗弁なしで結審することができる。

明らかにこの規定は実際判決を受けた被告に十分な保護を与えていない。民国九十八年（二〇〇九年）にある死刑囚が憲法に対して異議を訴えたが、大法官は不受理決議で却下した。多くの人権団体が改正を主張し、司法院は改正法案を立法院に提出したが、最終的

*9　被告の意思とは関係なく、弁護士を強制的につけること。

には否決されている。

しかし民国一〇一年（二〇一二年）十一月十六日、状況は一変した。最高法院がプレスリリースで同年十二月からすべての死刑判決案件において、生命尊重の観点から法廷で口頭弁論を行うと発表したのだ。

こうすることで三審での死刑案件の強制弁護を必要としないという問題を間接的に解決に導いた。死刑案件の際には必ず裁判で口頭弁論が行われることとなり、そのためには弁護人の出席が必須となる。

したがって開廷せずに案件を終わらせ、連晉平《リェンジンピン》が弁護人として出席する機会をどうやってなくすのかが連正儀《リェンジョンイー》の次の課題だった。

翌日の午後、いつも通り老推事《ラオツイシー》たちが連《リェン》家に集まった。

家にいたくなかった連晉平《リェンジンピン》は、ボールバッグを背負った。家に居場所がないように感じられた。連晉平《リェンジンピン》はもう同情の眼差しを向けられるのも、権力の輪の中で我慢するのも嫌だった。今ほどあの人たちの姿を苦痛に思ったことはなかった。

連晉平《リェンジンピン》が部屋を出た時、丁度父親が見たことのない客人を玄関で出迎えているところだった。

「晉平《ジンピン》、こちらは蕭名倫《シャオミンルン》。蕭《シャオ》裁判官だ」連正儀《リエンジョンイー》は互いを紹介し合った。「蕭《シャオ》裁判官、息子の晉平《ジンピン》です」

西瓜のような腹をした蕭名倫《シャオミンルン》裁判官はハンカチで半分禿げ上がった頭を拭き、反対の手はひび割れがはっきりわかるベルトに置いて恥ずかしそうに口を開いた。「坊ちゃんのことは司法界のエリートと聞いてます。もうすぐ司法修習ですよね？　この父にしてこの子ありですねぇ」

連正儀《リエンジョンイー》は頷くだけで何も言わなかった。

連晉平《リエンジンピン》は微笑むふりをしたが、心中に奇妙な感覚が広がっていた。蕭《シャオ》裁判官は威厳もなく、役人のような風格も気品も感じられなかった。彼と父親やその他の客人と一緒にいるところを想像してみたが、その場面はあまりにも不自然だった。

「蕭《シャオ》裁判官は我々の新しい同僚だ。私の法廷に配置される」連正儀《リエンジョンイー》が説明した。「今後仕事の上で大きな助けとなるだろうな」

蕭名倫《シャオミンルン》はとんでもないというような身振りをした。連正儀《リエンジョンイー》は彼に中に入るよう促し、その隙に連晉平《リエンジンピン》は家を抜け出した。

蕭名倫《シャオミンルン》が「会議室」に入ると、嚴永淵《イエンヨンイィエン》と章明騰《ジャンミンタン》が立ち上がって歓迎した。司法界で顔も名も知られているふたりの長老に蕭名倫《シャオミンルン》は慌てふためいた。すぐに嚴永淵《イエンヨンイィエン》が赤ワインを渡して、麻雀卓に招いた。

「君はこれから中華司法葬儀委員会の一員だよ」嚴永淵《イェンヨンイィエン》は下家《シモチャ》に当たる席に座って親し気に言った。

「ありがとうございます。今日は手ぶらで来てしまって、本当に申し訳ありません」

「先輩の友人は我々の友人だ。何も気を遣うことはない」対面《トイメン》に座った章明騰《ジャンミンタン》が付け加えた。

上家《カミチャ》の連正儀《リェンジョンイー》が蕭名倫《シャオミンルン》の肩を叩いてその通りだと伝えた。

その歓迎ぶりに蕭名倫《シャオミンルン》は言葉もなく、バラ色の笑顔が些か硬くなった。

連正儀《リェンジョンイー》が手を伸ばし、麻雀牌が小さな音を立てて対局が始まった。

蕭名倫《シャオミンルン》は外見はおっとりしているように見えたが、麻雀の腕には光るものがあった。事もなげに何度か上がり、局面が不利な時には守りに回って振り込むことは一度もなかった。

「仕事で何か問題はないかな？ 慣れるまでは時間もかかるし、案件数も少なくはないだろう？」嚴永淵《イェンヨンイィエン》はさりげなく仕事の話を蕭名倫《シャオミンルン》に振った。

「大丈夫、大丈夫です。高等法院よりのんびりやっています」

「海浜《ハイビン》事件はどう処理するつもりだ？」連正儀《リェンジョンイー》は尋ねた後、牌を一枚切った。蕭名倫《シャオミンルン》はそれをチーした。

このような場で公務の話をするのはおかしいと蕭名倫《シャオミンルン》は感じたが、習慣が違うのかもしれない。それに連正儀《リエンジョンイー》が裁判長である以上、口出しすることはできないと考えた。「えと……、見たところ疑わしい証拠もあるし、量刑も……。とにかく裁判で被告の言い分をよく聞こうと思います」

「裁判の必要があると?」自分の手の内から目を離さない連正儀《リエンジョンイー》の口調が、少し変わった。

裁判長が案件について助言を与えるのは当然のことだが、その態度は議論の余地がないままに指示を与えているようだと蕭名倫《シャオミンルン》は感じた。その動きに警戒感が頭をもたげる。何と言われようが彼も最高法院の裁判官なのだ。「現在、死刑案件について口頭弁論が義務付けられているのではないでしょうか?」

「裁判記録内の資料が十分で、違法でないことがはっきりしているのであれば口頭弁論の必要はないのではないか? 政治的正しさ(ポリティカル・コレクトネス)が司法制度に侵食しているように見える現在、裁判官の独立性に影響がないと言えるだろうか? 死刑について弁論が必要だと考えるなら、どうして法を改正しないのだ? 立法の怠慢の責任を司法が負うべき謂《いわ》れはないんだよ」そう言い終わると連正儀《リエンジョンイー》は静かに蕭名倫《シャオミンルン》を見た。

「しかもそれはプレスリリースに過ぎず、法律を超えるものなのか?」章明騰《ジャンミンタン》が言った。

「その必要がないのに裁判を行うことは違法ではないのか？」

「とはいえ、慎重になるのは悪いことではないでしょう？」蕭名倫《シャオミンルン》は周囲と目を合わさずに、手牌を見ていた。「判決に間違いがあったら困りますから」

厳永淵《イェンヨンイィエン》は声をあげて笑った。「蕭《シャオ》裁判官、忘れたのか？　君は最高法院にいるんだぞ。最高法院。誰がそれを指摘するというのだ？」

連正儀《リエンジョンイー》はまた牌を一枚切った。またしても蕭名倫《シャオミンルン》が必要とする牌だった。蕭名倫《シャオミンルン》は無意識にチーと鳴いたが、牌を拾うのを躊躇《ためら》った。その運の良さはあまりにもわざとらしかった。

「最高法院には送閲制度*10がまだあるから、先輩は君の手間を省きたいと言っているんだよ」章明騰《ジャンミンタン》が説明した。

「その他の陪席裁判官*11はどうなのですか？」態度を明確にせず、蕭名倫《シャオミンルン》は尋ねた。

「彼は裁判長で、君は主任裁判官だ。他の陪席裁判官の何を心配しているのだ？」厳永《イェンヨン》淵《イェン》は不思議そうに答えた。

章明騰《ジャンミンタン》は蕭名倫《シャオミンルン》の味方をするかのように厳永淵《イェンヨンイィエン》に説明した。「海浜《ハイビン》事件は複雑だからプレッシャーもあるだろう。片が付いたら蕭《シャオ》裁判官の手持ちの案件をいくつか引き受けてやったらどうだ？」

「構わないよ」嚴永淵《イエンヨンイエン》は肩をすくめて牌を切った。

古狐たちは口ではうまいことを言っているが、実のところ蕭名倫《シャオミンルン》には容認できる余地はなかった。蕭名倫《シャオミンルン》は頭を下げたまま、沈黙を貫き通した。

「裁判は行わない」連正儀《リエンジョンイー》は一貫して無関心を装ったままだった。

黙っていた蕭名倫《シャオミンルン》が突然口を開いた。「それは息子さんと関係があるのですか？」

その言葉に三人は内心驚いた。ニュースと断片的な手掛かりからここまで推測するとは、蕭名倫《シャオミンルン》は侮れない男だ。

嚴永淵《イエンヨンイエン》と章明騰《ジャンミンタン》はどう答えていいかわからぬまま、卓の上を見つめていた。

蕭名倫《シャオミンルン》はため息をついてゆるゆると言った。「親心ですねぇ……」

＊10　事前照会制度。裁判官は判決文を事前に裁判長に提出し、裁判長はそれを読んでから判決を言い渡さなければならない。この制度は判決の質を維持するためのものであったが、悪意を持った人物が判決内容に口を挟むことができるという批判を受け、一九八五年に廃止された。最高法院処務規程第二五条第一項では「裁判官は主となる案件を調査し、その結果を裁判長に報告し、評議を求めるべきである」とされており最高法院には事前照会制度の影が残っていることがわかる。
＊11　最高法院の合議制法廷は主任裁判官ひとりと裁判長ひとり、三名の陪席裁判官から成る。五人で協議した後、投票で法律見解と主文を決定する。

連正儀《リエンジョンイー》は強い疲労感に襲われた。辛うじて自分を持ちこたえたが洗牌の手が止まり、目が赤くなった。その様子を見た他の者たちの手もいつしか止まってしまった。

連正儀《リエンジョンイー》は突然我が子の熱意に胸を痛めた。連晉平《リエンジンピン》があれほど自分に逆らったことはなかった。最初は怒りを覚えたが、反抗することは悪いことではない。自分もかつて若者だったのだ。わからないはずがなかった。

連正儀《リエンジョンイー》はただ我が子が自分の気遣いをわかってくれなかったことを受け入れられなかっただけなのだ。

今回のことについて、連正儀《リエンジョンイー》は後悔はしていない。おそらく我が子のためにできる最後のことだろう。

一カ月後、海浜《ハイビン》事件の三審の判決が出た。

死刑が確定した。

10

三審の決定のニュースを見た佟寶駒《トンバオジ》は病室を出て、まっすぐに山の上の小さな教会へ向かった。

その教会は入院患者の祈りと瞑想のためのもので、聖職者も教区民もいなかった。佟寶《トンバオ》駒《ジ》は階段を上がり、ドアが開いているのを目にした。辺りを見回したが人の姿は見えなかった。礼拝堂はとても簡素で一目で見渡すことが可能だった。佟寶駒《トンバオジ》は壁の十字架を見つめたが、結局中には入らなかった。

教会の裏手に回ると、佟寶駒《トンバオジ》は何も言わずに壁に寄りかかった。この場所から基隆《ジーロン》港を見下ろすと、虎仔山《フーズシャン》の向こうで夕陽が最後の光を放っているのが目に入った。和平《フーピン》島の反対側では暗い雲が立ち込めて、海から雨がやってきていた。

残されたチャンスは一回きりだと、佟寶駒《トンバオジ》は知っていた。

いずれ佟寶駒《トンバオジ》が訪ねてくるだろうと陳青雪《チェンチンシェ》は予想していた。しかし既に三審が確定しており、ふたりきりで密かに会う必要がなくなったいま、執務室が約束の場所になった。陳青雪《チェンチンシェ》は佟寶駒《トンバオジ》が酒を飲まないことを知っていたが、敢えて用意をしていた。

予想通り佟寶駒《トンバオジ》は断ったが、陳青雪《チェンチンシェ》は無理に勧めたりせず、気軽な調子でグラスを置いた。

「再審請求をしようと思う」佟寶駒《トンバオジ》ははっきりと言った。

「どんな理由で？」

「考えてる最中だ。……時間が要るんだ」

「どうして私に会いに来たの？」

「刑の執行を中止できるのはあんただけだ」

「どんな理由で？」

佟寶駒《トンバオジ》は黙ってしまった。

陳青雪《チェンチンシェ》は笑いながら言った。「これを飲んだら教えてあげるわ」

佟寶駒《トンバオジ》は何も言わず、グラスを持ち上げ飲み干した。

「冗談よ」佟寶駒《トンバオジ》がグラスを空けるのを待って、陳青雪《チェンチンシェ》が微笑んだ。「実は私もそうしようと思っていたの。……ちゃんとした理由があってね」

佟寶駒《トンバオジ》が困惑した表情を見せた。

陳青雪《チェンチンシエ》は不敵な笑みを浮かべた。「《死刑執行規則》が改正されて、受刑能力の基準が大幅に緩和されたところなの」

《死刑執行規則》は法務部の内部規定だ。法律ではないが、死刑執行のプロセスを大幅に制限している。法務大臣が絶対的な権限を持ち、改正手続きが簡単で世間の注目を浴びにくいことから、陳青雪《チェンチンシエ》は今回の改正で死刑判決の要件のひとつに「受刑能力」を追加したのだった。

「受刑能力」は被告が刑罰を受けることのできる能力のことで、刑事訴訟法では死刑囚が心神喪失の場合は国は死刑の執行を停止しなければならないとされている。しかし司法の実務上、この規定を適用して死刑執行の停止に成功した例は皆無だ。

主な原因のひとつは心神喪失の明確な定義が存在しないことである。法院は定義をかなり保守的に捉え、最高法院二六年渝上字第二三七号判例を引用し、死刑囚はすべての認識能力と理解能力を欠如していなければ心神喪失には当たらないとしている。

つまり意識のない状態か、外の世界を完全に認識できない程度の精神状態以外では、この基準を満たすことは不可能と言っていい。

死刑の全会一致決議の制定が失敗に終わった陳青雪《チェンチンシエ》は《死刑執行規則》の改正を積極的、

かつ密かに行っていた。新しい規則は一見刑事訴訟法の規定を改めて説明しているようだが、実際は非常に巧妙なものだった。改正理由の中で法務部は最高法院の見解を見送り、国連人権委員会の「心神喪失」の判断基準を大幅に採用している。条文の専門用語を介さずに判例の解釈を変更するためにこのような回りくどい修正理由を申立てるのは非常に稀で、陳青雪《チェンチンシェ》の細心さが窺える。その結果、幾重にも隠されたこの改正は誰にも気付かれていなかった。

「法務部には死刑囚の精神状態を再鑑定する権限があるの」陳青雪《チェンチンシェ》は重ねて説明した。「被告人が精神的障害のために刑罰の理由や結果を理解できない場合は死刑を執行することはできないわ」

修寶駒《トンバオジ》の真剣な眼差しに陳青雪《チェンチンシェ》は得意顔になった。

「もう一杯いかが？」

修寶駒《トンバオジ》は満面の笑みを見せた。断る理由がどこにある？

11

死刑の執行が中止になったとしても、三審の決定をひっくり返すには再審が必要だ。

佟寶駒《トンバオジ》が予想していたのより早く、そのチャンスが訪れた。

アナウが佟守中《トンショウジョン》の病室に姿を現したとき、佟寶駒《トンバオジ》は榮養三明治《インヤンサンミーツー》（栄養サンドイッチのこと。基隆のローカル料理で揚げパンに具をはさんだもの）を丁度食べ終えたところだった。アナウは深刻な表情で、佟寶駒《トンバオジ》を病室の外へと連れ出した。

「俺は踊らないよ。豊年祭《フェンニェンジー》では絶対に踊らない」佟寶駒《トンバオジ》はどんな時でも軽口を忘れなかった。

アナウはコンピューターで出力した販売リストを佟寶駒《トンバオジ》に手渡した。「ガムテープ、鋸、洗剤、漂白剤、トランク……」紙面には他に日付と時間、価格も記載されていた。

「レカル……俺はあいつが、ルオが海に落ちた件と関係しているんじゃないかと疑っている」アナウは先に結論を伝えてから、自分の推理を話し始めた。

あの時文化会館の前で激昂した彭正民《パンジョンミン》を宥《なだ》めようと、アナウは後から追いかけていった。丁度彭正民《パンジョンミン》は車のトランクを開けて、肩にかけていた黒いキャリーバッグをその中に詰め込んでいた。近付いたアナウはトランクの中に真新しいスーツケースと、あるショッピングセンターのレジ袋がいくつかあるのを目にした。アナウは彭正民《パンジョンミン》が出航の準備をしているのだと思い、いくつか質問をしたが、彭正民《パンジョンミン》は言葉を濁して口を挟むなと怒鳴っただけだった。

その晩、佟守中《トンショウジョン》が事故に遭った。

「後から監視カメラの画像を確認したところ、あの日の深夜、ふたりが路上で話をしているのがわかったんだ。いい雰囲気には見えなかった。レカルはルオがトランクに近づくのを嫌がっていた」アナウはため息をついた。「次の日……あの証人が裁判に姿を現さなかった」

「スプリアントか?」

「ああ。俺はずっとおかしいって思ってた。レカルの車のトランクの中のスーツケース、それからあいつが買ったもの……」アナウが付け加えた。「このリストは俺がコネを使って売り場から入手したものだ」

佟寶駒《トンバオジ》は販売リストを見つめ、アナウが何を言いたいのか理解した。それからアナウを訪ねた夜のことを思い出した。確かに彭正民《パンジョンミン》の様子はおかしかったが、それは古い恨みが原因だと思っていた。それから……あのとび色のバックパック。どこかで見た覚えがある。他にもあのコーラン。あの古いコーランは……？

佟寶駒《トンバオジ》は少しずつ事実を繋ぎ合わせた。

「タカラ、通話記録によるとあの晩、ルオはお前に電話している。それは間違いないな？」

「俺は出なかった」

「わかっている。伝言はなかったのか？」

「あった。だけど俺はあいつが何を言っているのか理解できなかった」佟寶駒《トンバオジ》は父親と屋台で交わした最後の会話を思い出し、言いようのない怒りを感じた。「あのバカは何のために俺に電話をしたんだ。どうして警察を呼ばなかったんだ？」

「ルオが海に落ちた近くで見つけた」アナウは、ポケットから一枚の写真の入った証拠品袋を取り出した。それはリーナが主普壇《ジュプータン》の前で撮った父子の写真だった。「思うに、ルオはお前に連絡しようと思ったわけじゃない。あいつはトランクの中にいるのはお前だと思ったんだ」

「俺の親父はそんなやつじゃ……」佟寶駒《トンバオジ》は買い物リストをアナウに返して、写真から目を背けた。「人の話を聞かない！　いつも意味のないことばかりやりやがって！」

アナウは黙って証拠品を戻し、佟寶駒《トンバオジ》が落ち着くのを待ってからゆっくりと言った。

「何か手掛かりはあるのか？　こんな証拠じゃ足りないだろうから、俺は捜査を続けるよ。そうしたら……」

「帰れ、帰れ！　この偏執狂め！」佟寶駒《トンバオジ》は突然大声を上げた。「テレビの見過ぎで自分のことを名探偵だと思っているんじゃないのか？　お前みたいなくだらないやつは他にいないぞ！　でたらめなことばかり言いやがって、こんな人間が警察とはな！　帰ってくれ！」

突然目の前で罵られたアナウは落胆し、憤然と去っていった。

佟寶駒《トンバオジ》は病室に戻ると、父親の傍に腰を下ろして日々萎んでいく顔を見つめながら、母親が亡くなる前の様子を思い出した。

彭正民《パンジョンミン》にはスプリアントを殺す理由があり、もしかしたら父親が海に落ちたことも関係があるのかもしれない。すべてが証明できるのであれば、再審のきっかけになる。だけど既に海浜《ハイビン》事件ではあまりにも大勢の人が傷ついてきた。

奇浩《キハウ》集落にもうひとりの命を差し出す余地があるのだろうか？

太陽が沈むまで、佟寶駒《トンバオジ》はただそこに座ったまま動かなかった。

12

あまりにも性急に三審の判決が下されたため、少し前に与党が持ち出した死刑制度に関する国民投票と相まって、司法制度への政治的干渉に対する議論が高まっていた。

宋承武《ソンチャンウー》総統は広報室を通じて声明を発表したが、死刑執行の時期は未定であること、国民投票の結果は考慮しないこと、法務部に照会して法に従って処理することを強調するに留めた。

陳青雪《チェンチンシェ》の訪問を受けた時、彼女は法律に従うよう再度念押しした。「死刑制度は依然として存在するけれど、法務部は最も厳格な基準を適用します。今回の被告は常に精神状態が論争の的となっているので、具体的に受刑能力を確認することにします……」

受刑能力？　いつの間に？

その時初めて蔣德仁《ジャンダーレン》は陳青雪《チェンチンシェ》を完全に見くびっていたことを思い知った。

宋承武《ソンチャンウー》は激怒した。危機的状況にある政府にとって、法の適用をコントロールする余地を失うことはある種の脅威なのだ。宋承武《ソンチャンウー》は蔣徳仁《ジャンダーレン》に尋ねた。「もしみなが死刑を望んだとしても、私にはそれを叶えることはできない。こんな国民投票に意味はあるのだろうか？」

蔣徳仁《ジャンダーレン》は何も言えなかった。陳青雪《チェンチンシェ》はこうなることを知っていたに違いない、とそう考えた。

陳青雪《チェンチンシェ》が書類の訂正作業をしていると、秘書が一枚の紙を持ってやって来た。

「これは？」

「総統府からです。でも……」秘書は戸惑いを隠さなかった。

陳青雪《チェンチンシェ》は書類を開いて目を通した。それは総統府第一局から送られたもので、「総統府はアブドゥル・アドルの特赦請求を受け取っていないことを確認した」と書かれていた。

新たに改正された死刑執行規則では、執行の前に総統が被告人の特赦請求を受け取っているか確認しなければならない。総統が特赦の請求を受け取っていた場合、その可否が決まるまで死刑は中止されるのだ。

しかし法務部はまだアブドゥル・アドルの死刑判決の見直しに着手していないのに、なぜ総統府は突然書類を送って来たのか、実に不可解だった。

陳青雪《チェンチンシェ》の電話が鳴った。蔣徳仁《ジャンダーレン》は前置きなしで尋ねた。「書類は受け取ったか？」

「これは何かしら？　私たちはまだ彼の死刑判決の見直しに着手していないわ」

「それは草稿だ。先に君に知らせておこうと思って。俺たちはいつでも始められる」蔣徳《ジャンダー》仁《レン》は端的に言った。

陳青雪《チェンチンシェ》にはわかっていた。彼らはアブドゥル・アドルに銃口を向ける口実が必要なのだ。

「死刑は私ひとりの問題ではないわ。まず最高検察官が報告書を提出して、死刑執行審議会の決議を経なければならない」陳青雪《チェンチンシェ》は反論した。

「死刑執行審議会？　そんな法的根拠のないものはどうにでもなる」[*12]蔣徳仁《ジャンダーレン》は言った。

短い沈黙の後、陳青雪《チェンチンシェ》は冷ややかに言った。「国民投票の結果はどうなるかしらね？」

「大衆は望むものを与えたら、その他のものなんてどうでもよくなるものだ」蔣徳仁《ジャンダーレン》は言った「昔ながらの方法が一番有効的だ」

＊12　前法務大臣の曾勇夫〔ツァンヨンフ〕は民国九十九年（二〇一〇年）に法務部の関係閣僚で組織される死刑執行審議会を設立し、死刑の執行を審議、承認した。しかしその設置には法的根拠はなく、会議の開催のタイミングがまちまちであるだけでなく、議長や参加者が頻繁に変わる上、審議の過程や検討される資料や決議の基準などについても明確な規定がない。

「私は執行命令書にサインしないわ」

「君がどうしてまだその地位にいるのか知っているか？　君が最も観客を喜ばせることになるからだよ」

蔣徳仁《ジャンダーレン》はそのまま電話を切った。

世論調査はすべて、例外なく国民投票が可決されることを示していた。このことは陳青《チェンチン》雪《シェ》には死刑執行を回避する手段がないことを意味している。これは既に主義主張の問題ではなく、彼女がこの場に居続けられるか否かになっている。陳青雪《チェンチンシェ》がどれほどの野心を抱いていたとしても、今の地位に留まることができなければ何になるというのか。陳青雪《チェンチンシェ》は持てるすべてのカードを切ってしまったのだ。

13

三審の判決が下りた翌日、彭正民《パンジョンミン》は雄豊《ションフォン》漁船会社ビルの前に車を停めた。助手席のスプリアントはずっと彭正民《パンジョンミン》に話しかけている――スプリアントの言葉を理解できない彭正民《パンジョンミン》は少なくともそう思っていた。彭正民《パンジョンミン》はボリュームを最大にしてラジオのスイッチを入れた。相手にするのは無駄なこと。ただの幻覚か、或いはスプリアントの亡霊だ。どちらにしろ気にする必要はない。

今日は洪振雄《ホンチェンション》と向かい合う。海浜《ハイビン》事件の結果、彭正民《パンジョンミン》の能力と忠誠心は証明された。血に塗《まみ》れた「平春十六号《ピンチュンシーリュウハオ》」は死刑で覆い隠される。洪振雄《ホンチェンション》にはもう彭正民《パンジョンミン》を拒む理由はないだろう。

さらに彭正民《パンジョンミン》は良い知らせも携えてきていた。

コーランの中から見つけたメモリーカード。

それはケニー・ドーソンの記録ファイルだった。

阿豆仔《アドウズ》が海に落ちた時、キャビンの中を探したが、紙の書類以外は何も見つからなかった。他にバックアップしたものがあるのではないかと思ったが、諦めるしかなかったのだ。今考えると、阿豆仔《アドウズ》はやはり警戒していたのだろう。メモリーカードにはすべての記録があった。漁やその他の作業の様子はもちろん、フィッシュロンダリングや密輸、さらには漁船員たちへの体罰を隠し撮りした動画などあらゆる記録がそこに納められていた。なぜこのメモリーカードをアブドゥル・アドルが持っていたのか彭正民《パンジョンミン》にはわからなかった。或いはあいつはこのカードの存在すら知らなかったのかもしれない。もうどうでもいいことだ。彭正民《パンジョンミン》はそれを洪振雄《ホンチェンション》に渡す。それで終わりだ。

彭正民《パンジョンミン》の姿を目にした洪振雄《ホンチェンション》は苛立ったようだった。電話中だった洪振雄《ホンチェンション》は手振りで座るよう彭正民《パンジョンミン》を促すと、電話に向かって大声を上げた。

彭正民《パンジョンミン》は洪振雄《ホンチェンション》が電話を終えるのを待って、シンプルに尋ねた。「俺はいつ海に出られるんですか？」

洪振雄《ホンチェンション》はお茶を濁した。「まだ終わっていない。あいつは生きている」

「時間の問題でしょう。俺は銃殺の時間までどうにかできるわけじゃありません」彭正民《パンジョンミン》は言った。「はじめはそんなこと言ってなかった」

洪振雄《ホンチェンション》は彭正民《パンジョンミン》の健康診断の結果を取り出した。「阿民《アミン》、どうしてそんなにしつこいんだ？　海は大変だろう？　お前の健康診断の結果は糖尿病に……精神科の受診。耐えられるンかァ？　ここにある金は海で稼ぐほどではないが、年金よりはましな額だ。この金で何か商売を始めるといい」

彭正民《パンジョンミン》は首に痺れを感じた。狭い陸地、複雑な争いには頭がおかしくなりそうだ。海に戻らなければ。彭正民《パンジョンミン》は激昂した。「俺を陸に押し込めるなら、全員道連れにしてやる」

「なんだと？」

「俺はすべての証拠を握ってるんだ」

「証拠？　何の証拠だ？」

「あの阿豆仔《アドゥズ》のブツは俺が持っている」彭正民《パンジョンミン》は一字一句はっきりと口にした。「親方、俺たちは同じ船に乗っているんです」

彭正民《パンジョンミン》の目は笑っていなかった。洪振雄《ホンチェンション》は先住民のあるがままの姿をたくさん目にしてきた。特に退路を断たれた時は危険極まりない。

「よし。いいだろう」洪振雄《ホンチェンション》は怒りを抑えた。「近々出航する船があるから、後で連絡する」

「親方、最後にもうひとつ」彭正民《パンジョンミン》の目は瞬く間に冷たくなった。「あの晩、阿群《アチェン》はあんたに電話をかけて、何を話したんですか？」

「裁判で全部話した」

彭正民《パンジョンミン》は頷いて、にやりと笑った。「あんたからの知らせを待ちますよ」

彭正民《パンジョンミン》が駐車場に戻った時には、もう助手席にスプリアントの姿はなかった。

一ヵ月後、彭正民《パンジョンミン》の姿は「萬順興六〇二号《ワンシュンシン》」という名の遠洋漁業船上にあった。陳嬌《チェンジャオ》が港まで見送りに来ていた。彭正民《パンジョンミン》は船側で宛先の書かれた小包を陳嬌《チェンジャオ》に手渡して、自分が戻らなかったらこれを出してくれと告げた。

彭正民《パンジョンミン》は梯子を上り、船首に着いた。真っ赤な爆竹が沿岸で炸裂して、白煙が船を見送る様々な人々の頭の上を通り過ぎる。彭正民《パンジョンミン》は鄭峰群《ジョンフォンチェン》の姿もスプリアントの姿も見なかった。他に知った顔もいなかった。陳嬌《チェンジャオ》の顔には心配も怒りも浮かんでいなかったが、その手は彭正民《パンジョンミン》から渡された小包をきつく握りしめていた。

汽笛が響いた。すべてはやり直せる。

14

中央廣播電台《ジョンヤングォンボディィエンタイ》（中央放送局）のインドネシア語のニュースでリーナは死刑が確定したことを知った。その時リーナは新しい雇用主に付き添い、公園で日向《ひなた》ぼっこをしている最中だった。ニュースを聞き終わるとリーナはラジオのスイッチを切ったけれど、イヤホンはそのままにしておいた。レンガの上を移ろっていく光と影を見ながらインドネシアの家にもこんな大きな樹があったことを思い出していた。

李怡容《リーイーロン》が隣に座るまで、リーナの思考は様々に漂っていった。

「通訳が偽証をしたら、懲役何年になるか知っている？」李怡容《リーイーロン》は冷ややかに言った。

リーナは首を振った。

「最長で七年よ。じゃあ裁判の段階が違えば、罪は加算されるって知ってる？」

リーナは首を振った。李怡容《リーイーロン》の言ったことが聞き取れなかった。

「なのに翻訳しているの？」李怡容《リーイーロン》は笑っているようだった。

リーナは俯いた。自分が恥ずかしいのか悔しいのかわからなかった。

「あなたに秘密をひとつ教えてあげるわ。あなたと蓮霧《リェンウー》のこと、私がリークしたのよ」李《リー》怡容《イーロン》はそっと言った。「他には誰も知らないことだもの」

リーナは首を振った。

李怡容《リーイーロン》は何も言わなかった。ふたりは長い間、ずっと黙ったままだった。

突然リーナが手を伸ばして李怡容《リーイーロン》を抱きしめた。彼女は言葉は通じなくてもすべてをわかっていると納得するまで、李怡容《リーイーロン》を優しく包んでいた。

震えながら李怡容《リーイーロン》は言った。「ありえないわ……。あんな男と一緒にいるとしたら、あなたは世界一のバカよ」

「知ってる」

李怡容《リーイーロン》はリーナの肩に顔をうずめてすすり泣いた。

15

数日後、ついにリーナはすべての記録を翻訳し終えた。既に真夜中になっていて、机に突っ伏したリーナは大きなため息をついた。佟寶駒《トンバオジ》が使いやすいように日付ごとにファイルにまとめようとリーナは考えた。

録音ファイルがいくつか見つかった。

それらは主にテストやボタンの押し間違いでできたファイルだった。中身は長くても数秒の無意味なノイズと会話がほとんどだった。しかし録音が切り取られたのではないかという議論を避けるため、法院が提供する録音用のディスクはこれらを削除していなかった。

その中のいくつかを聴いたリーナは、すぐに無意味なものを選択肢から外す方法を見つけた。彼女はそれらのファイルをどうするべきか考えたが、短いのであれば、いっそ全部聴いてみようと思い立った。

一日の仕事を終えて、リーナはかなり疲れていた。意識を集中しようとしたが、何度となく瞼が閉じそうになった。諦めかけたとき、彼女の耳に突然ある言葉が飛び込んできた。「ちょっと待ってください。パスポート通りに……」それは陳奕傳《チェンイーチャン》のジャワ語のようであった。

「間違わないで（録音中断）」

なぜこの言葉が気になったのか、リーナにはよくわからなかった。ファイルの日付を確認すると初めての尋問の日の記録だった。警官が録音機の使い方を試したのだろう、周囲は雑音が多く、大勢の人々が色々なことを話していた。それから急に陳奕傳《チェンイーチャン》の声が聞こえて、すぐに録音は中断された。

どうしてあの人はあんなことを言ったのかしら？

リーナは正式な録音記録を聴いてみた。警察は最初に誕生日を尋ね、アブドゥル・アドルが答えようとした際にまた陳奕傳《チェンイーチャン》がジャワ語で口を挟んだ。「パスポート通りに言いなさい」

最初に聞いたときにはリーナはおかしなところに気が付かなかった。しかし聞き直してみると、陳奕《チェンイーチャン》傳の言葉でところどころ不明瞭になるものの、アブドゥル・アドルの最初の答えが二〇〇二年だったことに気が付いてリーナは驚いた。陳奕《チェンイーチャン》傳が口を挟んだ後、アブドゥル・アドルの答えは記録上にも残っている二〇〇〇年に変わっていた。

どうして？　どうして「パスポート」を強調したの？

突然胸が電流に打たれたようになった。

リーナはスプリアントがインドネシアの仲介業者は金のためには証明書も偽造すると話していたことを思い出した。もしアブドゥル・アドルのパスポートが偽造されたものだとしたら、陳奕傳《チェンイーチャン》の行動も理解できる。そしてその中に重大な法律的問題がもうひとつ隠されている。

アブドゥル・アドルが二〇〇二年生まれだとしたら、二〇二〇年に事件を起こしたとき、彼はまだ未成年だ。

リーナは驚きのあまり言葉を失った。

責任能力。以前連晉平《リェンジンピン》が彼女に教えてくれた。責任能力がなければ、罰することはできない。

アブドゥル・アドルはもともと死刑を宣告されるべきではなかった。

リーナは佟寶駒《トンバオジ》に教えるべく電話を手にとった。明日まで待っていられなかった。

16

佟寶駒《トンバオジ》はセキュリティに案内され、法務部の重苦しい廊下を通り、陳青雪《チェンチンシェ》の執務室に入った。

「アブドゥル・アドルは犯行時、未成年だった」佟寶駒《トンバオジ》はリーナが訳した資料を陳青雪《チェンチンシェ》の前に置いた。「あいつを死刑にはできない」

陳青雪《チェンチンシェ》は考えながら手に取った資料に目を通した。

佟寶駒《トンバオジ》は興奮している。「この案件は再審が認められる」

その決然とした表情を見て、佟寶駒《トンバオジ》も随分老けたなと陳青雪《チェンチンシェ》は考えた。本来の孤高な性分に取って代わるのは、人生の大半で争いを避けてきた先住民の子を内側からも外側からも苦しめる時代にそぐわない情熱だ。陳青雪《チェンチンシェ》は佟寶駒《トンバオジ》に申し訳なさと悲しさを感じた。先住民である以上、いつかは逃げた代償を払わなければならないのだ。

陳青雪《チェンチンシェ》は佟寶駒《トンバオジ》のためにウィスキーをグラスに注いだ。「私に任せて。それから、もう少し声を抑えてくれないかしら？」

法務部からの帰り道、佟寶駒《トンバオジ》は次に何をすべきか考え続けた。

再審申請は問題ではない。アブドゥル・アドルが弁護士を依頼しなくても、地検の検察官はその利益を擁護できる。これには間違いなく陳青雪《チェンチンシェ》が手を貸すことができるはずだ。問題は再審が認められたのち、もし弁護人の助けがないとしたら、より有利な判決を確実にするのはやはり難しいということだろう。

佟寶駒《トンバオジ》は自分が短期間のうちに弁護士資格を取得するのは不可能だと考えていた。だとしたら誰を頼ればいいのだろうか？　あらゆる可能性を考えたが結論は出なかった。家に辿り着き鍵を取り出したとき、ドアの傍に誰かが立っていることに気が付いた。

「まだベッドは空いてますか？」連晉平《リェンジンピン》が尋ねた。その肩には代替役の大きな黒いバッグが斜めに掛かり、手にはパソコンケースとぱんぱんに膨らんだバックパックを持っていた。

佟寶駒《トンバオジ》はその姿を見て、言われずとも連晉平《リェンジンピン》がどうしたいのかを理解した。「バスケットシューズを持ってきた方がいい」佟寶駒《トンバオジ》は冷たく言った。

「靴を履かなくてもあなたにチャージできます」連晉平《リェンジンピン》はバックパックを佟寶駒《トンバオジ》に投げ渡した。

相手の意を察したふたりは声を上げて大笑いした。

連晉平《リェンジンピン》が落ち着いたころ、空は既に暗くなっていた。

佟寶駒《トンバオジ》はテーブルいっぱいの料理をテイクアウトした。炸蚵仔酥《ジャオアソ》（牡蠣のフライ）、高粱香腸《ガオリャンシャンチャン》（チョリソー）、椒鹽溪蝦《ジャオイェンシーシャ》（エビの素揚げ）、三杯大腸《サンベイダーチャン》（モツ炒め）、それから客家料理。すべてが酒の肴だった。

「それからこれも」にやりと笑った佟寶駒《トンバオジ》は、連正儀《リェンジョンイー》から送られた赤ワインを取り出した。「お父上のお心遣いだ」

連晉平《リェンジンピン》は複雑な表情でボトルを見つめた。笑うことができなかった。——父親が裁判長として名前を連ねていることを知ったのは、判決が出た時だった。裁判のスピードと全くぶれなかった判決を考えると、父親は息子が弁護人として事に当たる機会を潰すため、このような——口頭弁論を求める最高法院の方針に背くようなことをしたのだと信じる理由があった。

アブドゥル・アドルの死刑は自分のせいだ。連晉平《リェンジンピン》はそう信じていた。

「そんなことはない。誰にだって父親はいるものだ」連晉平《リェンジンピン》の心の内を察して、佟寶駒《トンバオジ》はグラスを手渡した。「まだお前の除隊を祝っていなかったな。ついでに再審の勝利も」

連晉平《リェンジンピン》は困惑した表情になった。

佟寶駒《トンバオジ》は手の中のグラスを指して、先に飲み干すよう促した。連晉平《リエンジンピン》は躊躇することなくそれを一気に飲んだ。

佟寶駒《トンバオジ》はリーナの発見と陳青雪《チェンチンシェ》との約束について話した。聞き終わった連晉平《リエンジンピン》はリーナの小さな執念に感動し、またその逆転劇に興奮し、グラスをきつく握りしめた。「僕が彼の弁護人になります」

佟寶駒《トンバオジ》は何も言わず、酒を勧めた。

テーブルを埋め尽くす台湾料理を見ながら連晉平《リエンジンピン》が尋ねた。「この赤ワイン、料理に合ってますか？」

「俺は山胞《シャンバオ》だぞ。酒は合うか合わないかじゃない。酔うか酔わないかだよ。ははははは」

佟寶駒《トンバオジ》は再び互いのグラスを赤ワインで満たした。

久しぶりに連晉平《リエンジンピン》が笑顔を見せた。

宴席は続き、ふたりとも酔いが回ってきた。連晉平《リエンジンピン》はようやく勇気を奮い起こした。

「寶哥《バオゴー》、申し訳ありませんでした」

「なんだ？」

「以前、あんな風に出て行ってしまって……」連晉平《リエンジンピン》は目を伏せた。息にアルコールが混じっていた。彼は再び言った。「ここからは僕の番です。アブドゥル・アドルの弁護人に

「お前は裁判官にならなきゃダメだ」修寶駒《トンバオジ》は言った。「反抗は協力になります」

修寶駒《トンバオジ》ははっきりと断った。

「どうしてですか？」

「お前が変えたいと願っているのは体制の内側だからだ」修寶駒《トンバオジ》は言った。「反抗は協力の拒否じゃなくて、同化の拒否だ」

連晉平《リェンジンピン》はグラスの中の深緋色のワインを見つめ、修寶駒《トンバオジ》の言葉の意味を思索した。

「あの人はお前の父親なんだから」口を閉じた修寶駒《トンバオジ》の胸に感情の波が押し寄せてきた。そのことを理解するのが遅すぎた。

ふたりは黙り込んだ。

突然、修寶駒《トンバオジ》のスマートフォンが着信を告げた。リーナからだった。

「刑務所から電話がありました」リーナの震える声が、夜の静寂の中、不気味に響いた。リーナは感情を押し殺し、努めて冷静に言った。「私に来るようにって。……アブドゥル・アドルを銃殺するために……」

修寶駒《トンバオジ》は口を開けたが言葉が出てこなかった。呼吸が乱れて、空気が全く肺に入ってこなくなる。アルコールが胃からせり上がり、思考が消し飛んだ。全身に激しい痛みと痺《しび》れが襲い掛かった。

17

《死刑執行規則》の七つの項目を完成させるのにそれほど時間はかからなかった。

佟寶駒《トンバオジ》が去った直後、陳青雪《チェンチンシェ》は秘書にアブドゥル・アドルの死刑判決について、様々な担当機関にFAXで職務を照会するよう命じた。すぐに陳青雪《チェンチンシェ》の執務室にFAXの戻りが届けられた。昼前にはアブドゥル・アドルの死刑審査は終了し、陳青雪《チェンチンシェ》は執行命令を下すことになった。

この事態に陳青雪《チェンチンシェ》はかなり驚いた。途中どこの機関も問い合わせすらせず、異様に効率よくFAXの返事が戻ってきたからだ。陳青雪《チェンチンシェ》が重要な武器だと見ていた受刑能力についても、台北拘置所は「受刑人は心神喪失の疑いはない」と簡単に記載しただけで、判断方法もその理由も明らかにしていなかった。

陳青雪《チェンチンシェ》の昼食は茹で卵とアスパラガスだった。それらを口に運びながら、死刑執行命令書の草稿を捻っていた。もし今日執行されるとしたら、三審の判決確定から二十日での死刑は歴史上最速記録の鄭捷《ジョンジィ》事件よりも一日遅いだけだ。慌ただしいとも言える。

昼休憩が明けると、陳青雪《チェンチンシェ》は校正のため執行命令書を秘書に手渡した。午後二時、印刷が完了し、最至急案件として発送された。

電話で台北拘置所が命令書を受理したことを確認すると陳青雪《チェンチンシェ》は自分のために酒をグラスに注いだが、夕方からの記者会見に出席することを考え、さほど飲まないようにした。

彼女はとても冷静で、死刑制度に反対する陳青雪《チェンチンシェ》のままだ。しかし彼女はようやく理解した。死刑に反対することと人を殺さないことは別の問題なのだ。本当に邪悪なのは凡庸であり、正しい道のために執着を捨てようとしない者たちだ。勇気ある犠牲によってのみ、光と悪の両方を超えて最終的な正義を手にすることができるのだ。

大法官はすべての権利には限界があるとして、声明に対する権利は至高のものでないことに以前から同意している。法律は常に権利と妥協の産物である。ひとりを殺して万人を救う。そうした主旨の延長線上にあると言えないだろうか？

殺さないことで殺人を止めることはできない。もし殺さなければならないのであれば、最適なタイミングでなければならない。陳青雪《チェンチンシェ》にはわかっていた。浅慮な台湾人が楽しみにしているのは残酷なショーであることを。彼らは彼女が念入りに作り上げた壮大なショーの中で、ロープのもう一方の端にも正義はないことを知るのだ。そしてその時、本質的に生と死には違いがないことをようやく理解するのだ。

馬鹿馬鹿しい。

18

雇い主の驚いた視線を後にして、リーナはタクシーで土城《トゥーチャン》に向かった。雨季の空は暗くなるのが早い。拘置所に到着した五時過ぎには、中庭の白い観音像は既に月明かりの影に溶け込んでいた。

拘置所の刑務官はリーナを連れていくつもの保安検査場を通り、最後に窓のない部屋に案内し、しばらく待つように告げた。刑務官が立ち去った後、リーナはスマートフォンを取り出して佟寶駒《トンバオジ》に電話をかけたが、応答はなかった。刑務官は戻ってくると紙袋を差し出して、スマートフォンや鍵など持ち込み禁止品を中に入れるように言った。

「あなたは回教徒ですか？　時間がなくて回教の聖職者を見つけられませんでした。もしよろしければ、彼のために祈りを捧げてくれないでしょうか？」刑務官が尋ねた。

リーナは頷いた。他に答えなどなかった。刑務官は菜食の弁当を机の上に置いて、再び去っていった。スマートフォンを預けてしまったリーナは、全くのひとりぼっちになってしまった。ゆっくりと静寂に包まれた彼女は息ができなくなった。待つことに終わりがあると知るために、音を立てて時間が流れてくれたらとリーナは強く願った。だが見方を変えると、この一分一秒はアブドゥル・アドルに残された僅かな機会なのだ。

リーナはドアを開けるのは佟寶駒《トンバオジ》だと想像さえした。彼は笑いながらこの件は解決済みだ、すべて冗談だよと言うのだ。

六時半頃、ドアが開いた。先程の刑務官の横にもうひとりの刑務官が立っていた。ふたりはリーナに中国語のコーランを手渡した。「これしかないのですが……」それから机の上に置いたままの弁当に目を向け「食べないのですか？　もう食べ終わるのを待つ時間はないのですが」

リーナは頭を振った。コーランを手に取る気力すらなかった。

「では行きましょうか」刑務官が言った。

ふたりの後について部屋を出たリーナは、空がもう闇に覆われていることに気が付いた。暗く長い廊下で、誘導灯の緑の光だけが目に刺さる。三人はどこか知らぬところでコントロールされている鉄柵を何回も通り抜けた。彼らが近づくと鉄柵は電気の通る音と金属が切断されるような音を立て、ランプが赤から緑に代わって先に進むよう促すのだ。

ついに三人は舎房に辿り着いた。すべてのドアは閉じられ、沈黙が暗黙のルールとなっている。目には見えないが、ドアの向こうのすべての耳は最後の時が来たことを知っているのだ。

刑務官ふたりはリーナをその中の舎房のひとつに導いた。ドアの外ではふたりの刑務官が彼女の到着を待っていた。ドアが開き、冷たい蛍光灯の光に目が眩んだ。アブドゥル・アドルは舎房の中央に置かれた椅子にひとりで座っていた。傍にはさらにふたりの刑務官が付き添っている。

アブドゥル・アドルはリーナを見ると、青白い顔で微笑んだ。「こんにちは」

「彼に伝えてください。我々はこれから中華民国の法に基づいて確定した判決に従い、死刑を執行すると」一番年長者に見える刑務官が一枚の書類を取り出してリーナに見せた。

「これは法務部の執行命令書です」

リーナは自分に泣くなと言い聞かせた。リーナはアブドゥル・アドルの輪郭が実質的な意味を失うまで、必死でその目を見つめた。「彼らはこれから死刑を執行します」

アブドゥル・アドルはまだ笑っていた。「それから？」

「彼らはこれから死刑を執行します」リーナは口調を変えず、機械のように同じ言葉を繰り返した。

「家に帰れるの？」

「彼に自分の服を着たいか聞いてくれ」年長の刑務官がリーナに言った。

「彼らはこれから死刑を執行します」リーナは今度は滑らかに話した。「自分の服を着たいですか？」

何かに気付いたように笑顔を消し、アブドゥル・アドルは震えながら尋ねた。「家に帰れるの？」

「さあ、祈りなさい」アブドゥル・アドルの様子が変わったことに気が付いた年長の刑務官がリーナに向かって言った。「さあ！」

準備も経験もリーナにはなかった。頭ががんがんして、一番最近目にした部分しか思い出せなかった。最初は小さな声で話していたが、涙が止まらなくなってしまった。だから涙が零れないように声を張り上げた。「私たちの神よ！　私たちは『あなたがたの神を信仰しなさい』と信仰に呼ぶ者の声を聞いて信仰に入りました。私たちの神よ！　どうか私たちの罪を赦されて、すべての罪業を私たちから消し給うて、義《ただ》しき人々と一緒にお側に召し寄せ給う*13」

アブドゥル・アドルは声にならない乾いた泣き声をあげた。アブドゥル・アドルはリー

*13　コーラン三章一九三節

ナに抱きしめてもらおうと手を伸ばしたが、それを見た刑務官にすぐさま椅子に押さえつけられた。抜け出そうと必死にもがくアブドゥル・アドルに、さらに大勢の刑務官が動くなと叫んだ。アブドゥル・アドルの痩せた身体は抵抗することができず、痙攣《けいれん》したように捻じれ、泣き声が叫び声に変わった。

「引きずり出せ」年長の刑務官が大声を上げ、その場の刑務官が力を合わせた。

「漏らしやがった！」突然誰かが悲鳴を上げた。すぐに臭いが鼻を突いた。便と尿が混じり合い、アブドゥル・アドルのズボンから滲み出た。アブドゥル・アドルはまだ叫んでいたが、刑務官たちはさらに大声で彼を罵った。彼らは止まることなく、アブドゥル・アドルを舎房から引きずり出した。排泄物が床に引きずられた跡を残した。

舎房の片隅に蹲《うずくま》ったリーナは、震えながらコーランを唱え続けていた。

出房手続きのためアブドゥル・アドルは中央管制室に運ばれた。青白い電灯の下で高等検察庁の司法警察官四人が殺人犯を待っていた。突然アブドゥル・アドルは天井に顔を向けた。その表情は既に死人のようであった。

19

七時半頃、佟寶駒《トンバオジ》と連晉平《リェンジンピン》が法務部の前に到着した。門衛はふたりの侵入を止めた。佟《トン》寶駒《バオジ》は門衛の手を押し退け、陳青雪《チェンチンシェ》に佟寶駒《トンバオジ》が話があると伝えてくれと言った。

「ここを何だと思ってるんだ？　ホテルのフロントじゃないんだぞ」警備員はからかって答えた。

佟寶駒《トンバオジ》は力ずくで押し入ろうとした。後ろには連晉平《リェンジンピン》がぴたりとついている。さらに多くの警備員が集まり、ふたりの行く手を遮ってその場から押し退けた。「今すぐここから離れてください。さもなければ法に従い現行犯で逮捕します。離れなさい！」

SNG中継車が通りの角に現れたのを佟寶駒《トンバオジ》は目にした。陳青雪《チェンチンシェ》が通達を出したのだろう。これからさらに多くの報道記者と撮影スタッフが集まってくるはずだ。警備員は既に配置についており、突破するのは不可能だった。連晉平《リェンジンピン》に引き下がるつもりがないのを見て、佟寶駒《トンバオジ》は彼を連れて現場を離れることに決めた。

「報道陣が来ている」佟寶駒《トンバオジ》が言った。

「丁度いいんじゃないですか？」

佟寶駒《トンバオジ》は唇を嚙んで何も答えなかった。現場から離れてからようやく口を開く。「お前は先に帰れ」

「なんですって？」

「蓮霧《リェンウー》、帰ってくれ」

「どうしてですか？」

「たった今からこの事件には関わるな」佟寶駒《トンバオジ》は連晉平《リェンジンピン》を突き放した。

四方から集まってくる報道車を目にして、連晉平《リェンジンピン》は少しずつ平静を取り戻した。「手を引け」「どうしてなのですか？」

「お前は裁判官になる人間だ。裁判官は語らず。覚えているか？」佟寶駒《トンバオジ》は連晉平《リェンジンピン》の肩を摑んでさらに向こうへ押しやった。「この事件から手を引くんだ。お前にはやらなきゃならないことがたくさんある」

連晉平《リェンジンピン》は目に涙を浮かべながら、それでも引き下がらなかった。「どうしてですか？」

佟寶駒《トンバオジ》は連晉平《リェンジンピン》を引き寄せると抱きしめて、耳元で囁いた。「覚えておけ。この後、報道陣に何か聞かれても、ただ通りかかっただけで俺のことなんて知らない、関係ないと答えるんだ。わかったたな」

言い終わると佟寶駒《トンバオジ》は、最後にもう一度力を込めて連晉平《リェンジンピン》を突き放した。

連晉平《リェンジンピン》はふらふらと反対方向へ足を踏み出した。振り返って佟寶駒《トンバオジ》を見ないよう、必死で自分を抑えつけた。ただ前に歩き続けた。

連晉平《リェンジンピン》が立ち去った。佟寶駒《トンバオジ》は法務部に引き返した。道端で石を拾い、警備員の目を盗んで低くなっている壁をよじ登って、警備が最も手薄な場所を通り抜けた。

警備員たちは遅れて佟寶駒《トンバオジ》が侵入したことに気が付いた。彼らが追いついた時、窓枠に乗った佟寶駒《トンバオジ》は全力で窓を叩き割り、中に飛び込んだ。

報道陣が何人か法務部に向かって足早に連晉平《リェンジンピン》の横を通り過ぎていく。連晉平《リェンジンピン》の顔つきは険しいままだったが、涙は既に収まっていた。さらに何名かの報道陣が通り過ぎる際、中のひとりが彼を引き留めた。「ここで抗議活動をしているのか?」

連晉平《リェンジンピン》は何も知らないふりを装い首を振って答えなかった。

記者は興味を失ったようにそれ以上質問することなく、人の集まっている方へと走っていった。

連晉平《リェンジンピン》は歩き続けたが、もう誰にも気付かれなかった。遠くからサイレンが聞こえてきた。次の角まで歩き続けてようやく、彼は涙を流した。

法務部の迷宮のような廊下を佟寶駒《トンバオジ》は走り回った。まだ警備員には居場所を知られていなかったが、それほど長く逃げられるとは思わなかった。前回の訪問時の経路を思い出し、佟寶駒《トンバオジ》は大臣の執務室に向かう。ドアまであと五メートルというところで、ついに執務室の前に配置されていた警備員に捕らえられた。

この時、大臣の執務室のドアが開いた。中から陳青雪《チェンチンシェ》が姿を現した。身なりを整え、手に記者会見用の原稿を持ち、落ち着き払っていた。

「陳青雪《チェンチンシェ》、待つんだ！」彼女を見るなり佟寶駒《トンバオジ》が吠えた。「待ってくれ！」

陳青雪《チェンチンシェ》は足を止めて佟寶駒《トンバオジ》を振り返った。

「青雪《チンシェ》、どういうことだ？」陳青雪《チェンチンシェ》を見た佟寶駒《トンバオジ》は、彼女がいつもと全く変わっていないことに、恐怖を覚えた。「青雪《チンシェ》、これは殺人だ……」

陳青雪《チェンチンシェ》の態度からは感情も思考も何ひとつ感じられなかった。陳青雪《チェンチンシェ》はただそこに佟寶《トンバオ》駒《ジ》がいることを確認しただけで、向き直って去っていった。

自分を抑えきれなくなった佟寶駒《トンバオジ》は警備員の拘束を振りほどくと、激しい揉み合いの中で最後の気力を振り絞って大声をあげた。「青雪《チンシェ》！　これが正義なら、どうしてごまかそうとするんだ。あんたの正義には人道的という言葉はないのか?」

佟寶駒《トンバオジ》は警備員たちに押し倒され、床に押さえつけられた。警備員たちは佟寶駒《トンバオジ》に手錠をかけ、その口を塞いだが、彼はパトカーに連行されるまで抵抗を諦めなかった。

八時十五分。陳青雪《チェンチンシュエ》が会見場に姿を現し、アブドゥル・アドルは護送車に乗せられた。

20

台北拘置所の舎房は刑場から百メートルも離れていなかった。同じ敷地内とは言え、警備の効率を考えると一分に満たない距離を護送車で移動する必要があった。

リーナは護送車の後ろを徒歩でついていった。刑場に近づくにつれ、風の中の幽霊の囁き声がだんだんはっきりと聞こえるようになってきた。絹糸のような雨が水銀灯の下で舞い踊り、眩いばかりの光を反射していた。護送車は赤い屋根の前に停まった。

そこに近づいて初めて、屋根の下に等身大の地蔵王菩薩がいるのをリーナは目にした。風に混ざる囁き声は、菩薩像の足元にある安っぽいスピーカーから流れる仏教の経典だった。

司法警察官は排泄物の悪臭を気にすることなくアブドゥル・アドルを支えて車から下ろした。アブドゥル・アドルは自分が地獄に到着したことを確信したかのように絶望的なうめき声をあげた。

地蔵王菩薩は手に錫杖《しゃくじょう》を持ち、青い神獣の上に恭しく座り、その毅然とした表情はまるで生きているかのようであった。淡黄色のスポットライトの下、刑場に向かう人をまるで彷徨《さまよ》える魂のように見つめている。この世の地獄で彼こそが唯一の生命だ。

けれどリーナの目には神も悪霊も変わらないように映り、うわんうわんと響く経典は呪文のように聞こえた。もしコーランに地獄に関する極端な描写があるとしても、十分だとは思えなかった。

彼らは刑場の横に設置されている簡易法廷に進んだ。高等検察署執行部の検察官が既に一段高くなった席に着き、その傍には書記官がついていた。周りでは他に拘置所の所長、保安部長、数名の当直職員、さらに法医が待っていた。誰も言葉を発しなかったが、様々な小さな動きが立てる微かな音が、簡素な部屋に響いていた。

リーナが証人の宣誓文を読み上げて署名すると、検察官は通訳するよう彼女に命じた。

「名前は？　生年月日は？」検察官が質問した。

リーナはアブドゥル・アドルの目を見つめ、懇願するような、そしてまた命令するような口調で言った。「私の言うことを聞いて。これは最後のチャンスなの。あの人たちにあなたの本当の誕生日を教えるの」

アブドゥル・アドルは頭を上げてリーナを見た。「二〇〇二年七月二十六日」

リーナは興奮気味に検察官に向かって手を振った。「この人は二〇〇二年と言いました。二〇〇二年です！　裁判官、二〇〇二年です！　この人は二〇〇二年と言ったんです！　責任能力がないんです」

検察官は裁判記録資料を確認し首を振ると、書記官に記録するよう求めたが、この些細で明らかな間違いは黙殺した。

「自分の犯した事件について、他に言うことはありませんか？」検察官はまるでそれが最大限の厚意であるかのようにゆっくりと尋ねた。「最後に言い残すことは？　我々はそれを録画して、指定された身内や友人に渡すこともできます」

リーナは絶望に打ちひしがれながら、周囲の無表情な人々を見渡した。彼らは優しさに満ちた眼差しでリーナを見つめていたが、誰ひとり身動きしなかった。ビデオカメラが起動する音が聞こえたが、どんな言葉も出てこなかった。

「通訳、ご協力ください」検察官は冷たく、威厳に満ちていた。

これがふたりの間の最後の会話だと悟ったリーナは、震えながらアブドゥル・アドルを見つめた。

21

陳青雪《チェンチンシェ》が壇上に姿を現わすと、ざわついていた会場が静まり返った。スピーチの原稿を広げると静かに息を整え、陳青雪《チェンチンシェ》は目の前の取材陣に視線を向けた。シャッター音が拍手のように響いた。

「今回の死刑執行対象者はインドネシア国籍のアブドゥル・アドル。海浜《ハイビン》事件にて、鄭《ジョン》峰群《フォンチエン》、鄭王鈺荷《ジョンワンユーハー》夫婦とその幼い娘の鄭少如《ジョンシャオル》ら三人の無辜《むこ》なる人々を死に至らしめる罪を犯しました。法院は市民及び政治の権利に関する国際条約第六条に基づく最も重大な犯罪であると認定し、死刑を宣告しました。

「法務部は新たに改正された死刑執行規則に基づき、すべての裁判記録を慎重に検討した結果、死刑を執行できない事情はないと判断しました。この事件は社会の広範囲に影響を及ぼしているため法に従い執行されなければ、社会正義に基づいた秩序と安定を維持することができません。したがって法務部は本日、死刑執行命令書に署名し、台北拘置所に渡しました」

「総統は承知しているのですか？」記者が質問した。

「我々は法に従って総督府から書面による確認を得ています。アブドゥル・アドルは恩赦を請求していません」

「もともと死刑廃止政策を固持し、執行には反対だったあなたが突然路線を変更したのは何らかの政治的圧力があったのではないですか？」

「正義とは何ですか？　そもそも死刑も政治問題です」

「執行はいつになるのでしょうか？」

「受刑人は八時半に死刑を執行されます」

取材陣は各々頭を下げて腕時計を確認し、既に八時半を五分過ぎていることに気が付いた。誰も気が付かないうちに、遠いところで銃殺は静かに行われていたのだ。

22

麻酔を処置されたアブドゥル・アドルは椅子の上でぐったりとしていた。濡れた股間は砂埃で汚れ、半開きの目は自らの最後の場所を見回しているかのように吊り上がっていた。

台北刑場は四方を白い防音壁に囲まれた五十坪ほどの長方形の空間だ。その地面には鉄灰色の細かい砂が敷き詰められ、中央の土を盛った部分を掛け布団が覆っていて、ここが死刑囚の旅の終着点になる。

検察官はアブドゥル・アドルが必死にもがいて散らかした菜食の弁当と高粱酒の瓶を片付けるよう刑務官に命じ、それから司法警察官にアブドゥル・アドルに頭巾をかぶせ、隅の椅子から持ち上げて、シャツを胸まで捲り上げ、中央の掛布団の上に俯《うつぶ》せに寝かせるよう指示した。

その後、法医がアブドゥル・アドルの心臓の位置を調べ、真っ赤なネームペンで背中に丸を描いて盛り土から下がっていった。

射撃手は腰のベルトから拳銃を取り出し、装塡して、スライドを引く。すべての準備を整えると力強く声を上げた。「よし！」

あとは引き金を引くのみだ。

23

「ガチャン！」リーナの後ろで最後の鉄柵門が閉まった。

アブドゥル・アドルが刑場に引きずり出される前に、リーナは刑務官によって連れ出された。消音銃と防音壁のせいなのかリーナにはわからなかったが、刑場の外からでは銃声はほとんど聞き取れなかった。耳を塞ぎながら暗い拘置所の前庭を通って正門を潜り、リーナはよろよろと現実の世界に戻っていった。

街灯にもたれかかったリーナはしばらくして、刑務官が慌ただしく彼女の手に真っ赤な紅包《ホンバオ》を押し込んだことに気が付いた。握りしめた掌は安っぽい赤の染料で染まっていた。リーナは紅包《ホンバオ》を投げ捨てると、地面に頽《くずお》れた。掌で身体をこすると狂おしいほどの不安に襲われた。掌の赤がまるで鮮血のように思えて吐き気がした。

着信音が響いた。紙袋の中からスマートフォンを取り出した。連晉平《リェンジンピン》だった。

電話に出ると、連晉平《リェンジンピン》が話し出すのも待たず、リーナは大声で泣き叫んだ。「誰もあの人を引き取ってくれないから、火葬にされてしまう。焼くのはダメ。あの人はムスリムなの。土に埋められなければ……」

24

警察は事情聴取のために佟寶駒《トンバオジ》を台北地方検察署に引き渡した。司法警察官は本人確認を行った後、新しい手錠に変えながら尋ねた。「寶哥《バオゴー》、あの親友のことを知りたいか？」

虚ろな目をした佟寶駒《トンバオジ》は何も答えなかった。司法警察官はそれ以上尋ねず、佟寶駒《トンバオジ》の肩に手を置いて拘置場に連れて行った。

拘置場の前で司法警察官は鍵を取りだし、入口門を開けた。柵越しに佟守中《トンショウジョン》が座っているのが見えた。

拘置場に入った佟寶駒《トンバオジ》は佟守中《トンショウジョン》と向き合って座った。「死んだのか？」佟寶駒《トンバオジ》が尋ねた。

司法警察官は動きを止め、何か考えてからスマートフォンで死刑のニュースを確認し、淡々と答えた。「死んだ」

佟守中《トンショウジョン》はいつもと変わらぬ人を食ったような表情で息子に向かって肩をすくめてみせ

た。佟寶駒《トンバオジ》はまるで人生で最もおかしい冗談を聴いたかのようにはははと大声をあげ、表情を歪めながら両手で太ももを叩き、興奮のあまり身体を捻って笑い、そして泣いた。涙を流しながら佟寶駒《トンバオジ》は何も考えず、ただ喉から出てきたメロディに合わせて手がリズムを打ち、歌詞が自然に脳裏に浮かび、足がスウィングするままに任せた。

球場のあの青春の応援歌の替え歌を歌った。

「あいつを殺した、あいつを撃ち殺した。殺してしまえばそれでよし。亀山島《グィシャン》には亀はいない、和平島《フーピン》には平和はない。あいつを殺した。あいつを刺し殺した。あいつを家まで送ってやろう。あいつの実家は千座島《チェンゾウ》、俺の故郷は殺人島——」

「あいつを殺した、あいつを撃ち殺した。結局それでよし。亀山島《グィシャン》には亀はいない、和平島《フーピン》には平和はない。あいつを殺した。あいつを撃ち殺した。あいつを家まで送ってやろう。あいつの実家は千座島《チェンゾウ》、俺の故郷は殺人島——」

椅子の上に立ち、佟寶駒《トンバオジ》は目一杯踊った。歌ったり唸ったりして騒音をまき散らし、聞こえない銃声をかき消そうとした。

最後に勝ったのは自分だというかのように。

25

地方検察署での事情聴取は呆気なく終わった。佟寶駒《トンバオジ》の暴行、器物損壊、家宅侵入は重罪ではなく実害はなかったが、それでも検察側は罪状認否を待たずして五万台湾元の保釈金の支払いを命じた。主な理由は佟寶駒《トンバオジ》が罪を認めなかったこと……より正確に言えば検察が彼が有罪を認めたか否かを理解できなかったことだった。

佟寶駒《トンバオジ》はすべてアミ語で答えたのだ。

司法警察官は真夜中近くに拘置場の入口門を開け、熟睡している佟寶駒《トンバオジ》を起こした。

「身元引受人が来た」

「いま何時だ？」佟寶駒《トンバオジ》が尋ねた。

「寶哥《バオゴー》、やめてくれ。俺にはわからない」

「水をくれないか？」

司法警察官は頭の中を疑問符だらけにしてその場に固まっている。

修寶駒《トンバオジ》は手で茶を飲む動作をした。「水だよ、水！」司法警察官が仕方なく水を持ってくると、修寶駒《トンバオジ》は落ち着いてゆっくり飲み干して、よろよろと拘置場から出て行った。途中で会う人には微笑んで、それからアミ語でこれ以上ないほど罵倒した。

手続きを済ませて預けていた荷物を受け取り司法警察室を出た修寶駒《トンバオジ》を、アナウと副教区司祭が出迎えた。

「タカラ……、まず病院に行かなくては……」アナウが低く囁いた。

修寶駒《トンバオジ》は頷いた。既に知っていたことだ。

台北地方法院を出て、階段の下に大勢の人が集まっているのを修寶駒《トンバオジ》は目にした。彼らは修寶駒《トンバオジ》が姿を現すなり近づいてきた。街灯の光で、その中に何人も知った顔がいるのが辛うじて見えた。佟守中《トンショウジョン》の飲み友達と近所の人々、子どものころの知り合い、勉強会に参加している子どもたち、それからよく覚えていないがおそらく八尺門《バーチムン》の一族の仲間たち。

「みんなお前を迎えに来たんだ」副教区司祭は小声で言った。

「保釈金は出させなかったがな」

修寶駒《トンバオジ》が人々の輪の中に入っていくと、慰めや激励のアミ語に迎えられた。肩を叩いたり腕を撫でたりする者もいた。少しの間、修寶駒《トンバオジ》はどう答えていいかわからなかった。

突然背後から厳しい声が聞こえてきた。「帰れ帰れ、ここで騒ぐんじゃない」

振り返ると数名の司法警官がいた。彼らは逆光の中で背筋を伸ばして威嚇しているかのように見えた。

一族の何人かが気を悪くしたように罵り声をあげた。

「旦那！」立ち上がった巨人のように人々の間に割って入った佟寶駒《トンバオジ》は、脅すように低い声を発した。「俺たちはまだ騒ぎを始めてもいないんですよ」

司法警官たちは毒気を抜かれて立ちすくんだ。

佟寶駒《トンバオジ》はアミ族のメロディを口ずさんだ。その歌声は徐々に大きくなり、佟寶駒《トンバオジ》の歩みに従って人影のない博愛特区《ボーアイ》に響き渡った。

26

死刑の翌日の午後、法務部は再度記者会見を行うと発表した。一晩中多忙だったメディアは知らせを受けると疲れた足を引きずって法務部に引き返し、互いに顔を合わせた。

陳青雪《チェンチンシェ》は最初に国民に謝罪した。

彼女は死刑執行後にアブドゥル・アドルが未成年だという資料を受け取った。昨夜の死刑は形式的にも実質的にも止むを得ない、しかし耐えがたい過ちであったと主張した。

その場にいた記者たちは騒然となり、後にこのニュースが報道された際に世論は大混乱に陥った。

もちろんすべては陳青雪《チェンチンシェ》が計算したことだった。記者会見が夕方のニュースの締め切り前に行われたのは昨夜の議論の高まりを維持するためだけでなく、表に出てこない世論の風向きに徹底的に向き合うためであった。

「既に被告は亡くなっていますが、我々は可及的速やかに国民と故人への説明を期待して、再審の開始を担当検察官に命じます」陳青雪《チェンチンシェ》は佟寶駒《トンバオジ》について触れることも忘れていなかった。「最後に、法務部は公設弁護人の佟寶駒《トンバオジ》に敬意を表します。彼が真相解明に執念を燃やしていなければ、このことは決して表に出ることはなかったでしょう……」

陳青雪《チェンチンシェ》は真摯な態度で、すべての発言は良識的で理にかなっていたが、この取り返しのつかない事件の結末に対する最も皮肉なコメントともいえた。

佟寶駒《トンバオジ》はこの件に関する取材のすべてを拒否した。陳青雪《チェンチンシェ》の話を否定することもできたが、どうして彼女がこのようなことをしたのか理解していたため、犠牲を無駄にするようなことはしなかった。だから佟寶駒《トンバオジ》は陳青雪《チェンチンシェ》を憎んでいる。体制を憎んでいる。民意を憎んでいる。何より自分を憎んでいる。

この事件における総統府の役回りについて多くの疑問が投げかけられた。風向きの変化を嗅ぎ取った蔣徳仁《ジャンダーレン》は態度を一変させ、陳青雪《チェンチンシェ》を擁護し、死刑はより「慎重な裁判」が求められると——非常に政治的な言葉で表明した。

結局、恩赦について検討していないことを確認できる書類が陳青雪《チェンチンシェ》の手の中にあり、総統が事件について部外者でいることは不可能であるのならば、自分たちが気にするのは国民投票の結果ではなく、このショーの中での立ち位置なのだから、女優と一緒に演ずるのが一番いい選択だと聡明な蔣徳仁《ジャンダーレン》は考えたのだ。

陳青雪《チェンチンシェ》にはまだ最後の切り札が残っていた。待たなければならない。国民が誤審の恐怖を忘れたところにさらなる恐怖を突き付け、確実に死刑制度の不信任に票を投じるようになるまで、もう少し待たなければならない。

国民投票の二週間前に、ひとつの動画がネット上に現れた。それは簡易法廷で死刑執行前のアブドゥル・アドルが残した遺言だった。元の動画は一分ほどの長さだった。画面にはただ死の臭いに包まれたアブドゥル・アドルだけがいた。

最初アブドゥル・アドルはカメラを見ているだけで、スローモーション効果を使っているかのような印象を与えるほど何もしなかった。死にゆく者を直視し、またその相手から自分も見られているという経験は、見るものをあっと言う間に落ち着かない気分にさせた。

それからアブドゥル・アドルは乾いた声でいつ家に帰れるのか尋ねた。この時注意して聞くとリーナが震える声で彼に話しかけているのがわかる。「名前は？　生年月日は？」

アブドゥル・アドルは事実を答えた。二〇〇二年が彼の答えであり、彼の真実で、彼の物語だった。

「アッラーに祈りなさい。アッラーに赦しを求めなさい」またリーナの声がした。

アブドゥル・アドルは泣き出し、意味不明な経文を繰り返し唱えた。すぐに検察官が制止し、司法警察官が画面に入り込んだところで動画は切れた。

この動画がネットで確認された時、既に字幕がついていたことから、明らかに計画的だと推察された。しかし本来は公開されないはずのファイルがなぜ流出したのか、誰にもわからなかった。法務部は行政責任、さらには刑事責任を追及すると声明を発表したが、この種の調査がどこまで可能なのか見通しは立たなかった。最高法院では事件に関わるすべての裁判記録が紛失していたが、[*14] そのために処分を受けた者はいなかった。最も公平であるはずの司法機関でさえそのような状態で、行政府にどこまで自浄能力を期待できるであろうか？

いずれにせよこの動画は世論に恐怖心を抱かせ、国民投票の死刑廃止派に積極的に声を上げさせることに成功し、世論調査において史上初めて、それまでの流れを逆転し、僅かながらリードするという現象を引き起こした。

死刑廃止派がこれほどまで進展したのは、すべて陳青雪《チェンチンシェ》の洞察力の賜物だった。彼女は

＊14　最高法院は民国一〇七年（二〇一八年）台上字第三六三八号案の裁判記録計十五冊を紛失し、それらは民国一〇九年（二〇二〇年）八月まで見つかっていない。監察院（国家機関や公務員、政府の不正行為を調査する独立機関）の調査の結果、司法院は組織の見直しと改善を要求された。

理性と恐怖は相反するものではない——むしろ互いに補いあうものであることをはっきりと理解していた。死刑を支持してきたものが恐怖心であるならば、死刑に反対するのも同じエネルギーであるべきだ。

端的に言えば、死刑廃止の成功と失敗の分かれ目は支持者と反対者の数の比較ではなく、理性と恐怖の掛け算なのだ。

そう強く信じる陳青雪《チェンチンシェ》はあらゆる機会を捉えて、この恐怖のショーを国民投票という舞台上で繰り広げてきた。

成し遂げるまでもう少しだ。

二週間後、国民投票の結果が公表され、民意は死刑賛成を選択した。

今回の投票で賛成は三〇・六％を占め、反対の一九・二％を上回った。しかし最も人々を驚かせたのは無効票が全体の九・八％を占め、国民投票始まって以来の数を記録したことだ。

この数字はかなりの数の有権者がどちらを選ぶか決めかねていたことを意味している。国民投票の設問が簡略化されすぎていることも原因のひとつかもしれないが、最も大きな影響はやはり海浜《ハイビン》事件への遺恨と、あの動画が人々の心に残した恐怖に違いない。

評論家の中には死刑反対票と無効票を合算すると、死刑に断固賛成している票数と同じになると言う者もいた。これは死刑廃止運動にとって画期的な出来事だ。国民投票の結果は死刑支持であったが、それを絶対的だと解釈することは難しい。死刑廃止という最終目標はまだ期待に値すると言えるだろう。

この予想通りの、しかし希望に満ちた結果は、芝居の参加者に思わぬ利益をもたらした。総統率いる執政与党は高い投票率により面子《メンツ》を保ち、政治的指導力のなさや集団汚職から国民の目を逸らすことに成功した。陳青雪《チェンチンシェ》は自分の信念を貫きつつ、高圧的にならずに危機管理能力に長けていると、多くの人々の支持を得た。

嵐が去った。万事順調。すべてが上手くいったようにも見えるが、変わったことは何ひとつなかった。しかし陳青雪《チェンチンシェ》はすべてのことに意味があったと信じていた。彼女はまだ前を向いている。まだ諦めていない。

いつかまたチャンスが来ると陳青雪《チェンチンシェ》は信じていた。

27

半年後、佟寶駒《トンバオジ》は台北の萬華《マンホワ》区に彼の弁護士人生の出発点となる簡素な事務所を借りた。自分の名前を使って「佟寶駒《トンバオジ》弁護士事務所」と名付け、看板の下の方に「刑事事件専門」、それから「先住民と新住民は割引あり」と明記した。以前連晉平《リェンジンピン》が看板や内装の古さをどうかと思うと口にしたことがあるが、佟寶駒《トンバオジ》は自分には自分の商売のやり方があるとむくれただけだった。

佟寶駒《トンバオジ》の言うことは半分だけ正しかった。確かに商売にはなったが、利益にはならなかった。

彼は事務員を置かなかったので、いつも事務所にひとりきりだった。時々粽子《ちまき》を連れて来た時だけ事務所は賑やかになるのだった。

佟寶駒《トンバオジ》は粽子《ちまき》との養子縁組の手続きを進めていた。法規や手順など解決しなければならない問題は山のようにあり、どのくらい時間がかかるのか想像もつかなかったが、それでも少なくともこの四歳児が路頭に迷わずに済むようになったのは確かだ。佟寶駒《トンバオジ》はよくふたりは先住民と新住民が結びついた新しい種別だから、超住民と呼んでくれとふざけて口にしていた。

凄いという意味でのスーパー住民。

佟寶駒《トンバオジ》のちょっとずれた笑いのセンスはまだ健在だった。

その日の午後、とてもよく知った声が電話をかけてきた。

「どちら様でしょうか？」

「芳語《ファンユ》よ、寶哥《バオゴー》。弁護士になったら別人になったみたいね！　腰が低くなったんじゃないかしら」林芳語《リンファンユ》は間違いなく佟寶駒《トンバオジ》の皮肉屋なところを受け継いでいた。

「何の用だ？　俺の商売を邪魔するんじゃない」

「法院にあなた宛ての荷物が届いてるんだけど、取りに来る？　それとも送りましょうか？」

「送ってくれ」

「法院には来たくないの？　仕事が上手くいってないの？」

「じゃあな！」

「はいはい。ますます仕事が発展するといいわね」

「何を言ってるんだ？」

「皮肉を」林芳語《リンファンユ》は笑いながら電話を切った。

時間を確認するともう終業時間だった。今夜は基隆《ジーロン》に戻って練習だ。社寮高校の野球部のコーチが少し前に病気に罹った時に、子どもたちが彼に臨時のコーチを押し付けたのだ。以来それが習慣になってしまった。

ユニフォームに着替えて、ハンチングを頭に載せる。すべての準備が終わってから、ソファーで寝ていた粽子《ちまき》を起こして車に乗せた。突然佟寶駒《トンバオジ》は、粽子《ちまき》にはサッカーを習わせるべきではないかと思い立った。彼は成長したらきっとサッカー選手になれる。いやその前に、アミ語とインドネシア語を学ばせなければ。

子どもというのは疲れるものだ。特に台湾では。そしてスーパー住民であればなお。

28

連晉平《リェンジンピン》は裁判官を目標として、司法修習に参加することを決めた。

連正儀《リェンジョンイー》は大喜びで、新車をプレゼントしてくれたが、連晉平《リェンジンピン》は心の底ではまだ父親を許してはいなかった。とはいえ家族なのだ。他にどうしようもなかった。

司法修習開始の式典で連晉平《リェンジンピン》は司法修習生の法衣が緑色の縁取りであることを知った。ほとんど公設弁護人のようであった。

学業に追われても、連晉平《リェンジンピン》は辛いとは感じなかった。未来への希望があり、目の前の試練は単なる通過点に過ぎなかった。机の上にはあの中元祭《ジョンユァンジー》に撮った佟寶駒《トンバオジ》とリーナと、それから李怡容《リーイーロン》が並んでいる写真が飾ってあった。

学友にその中年は見覚えがあると言われると、連晉平《リェンジンピン》はいつも先輩だと答えていた。しかし実際のところ、彼にとっては友人であり、そしてまた父親でもあった。

あの後、連晉平《リェンジンピン》は一度だけリーナと会った。以前と同じようにコンビニのイートインで約束した。彼は早く到着していたけれど、先にリーナの分の飲み物を買うことはしなかった。連晉平《リェンジンピン》は尊重ということを学んだのだ。

三審の判決は父親のせいだと連晉平《リェンジンピン》はリーナに伝えた。彼は謝罪もしたが、リーナはそれを手を振って止めた。

それからリーナは自分の父親のことを話した。「まだ父が生きていたころ、私をテガルの海辺や漁港に連れて行ったんです。とても臭くてとても美しかった。父の命が尽きかけていたとき、私にまた海に行けと言いました。海はとても深くてとても広いから、人の悩みなんて小さく感じるって。私たちは島の住人だから、どこに行っても海を見ることを忘れないようにと」

下を向いて聞いていた連晉平《リェンジンピン》は尋ねた。「お父さんと故郷のことをもっと話してくれないかな？」

ふたりは初めて何にも縛られず、何にも囚われず、お互いのことを語り合った。

二年後、連晉平《リェンジンピン》は司法修習を最優秀の成績で終えた。連正儀《リェンジョンイー》は修了式に招かれてスピーチを行った。予めそのことを聞いていた連晉平《リェンジンピン》は式典から逃げ出すことにした。成績は既に決まっているし、式は形式的なものに過ぎないのだから口実を作ってごまかせばいい。わざと父親に恥をかかせるつもりはなかった。ただ連晉平《リェンジンピン》はこの理由なき反抗を楽しみ始めただけなのだ。

もしかしたら連正儀《リェンジョンイー》は傷つき無碍《むげ》にされていると感じるかもしれないが、彼も最終的に認めなければならないことがある。

既に連晉平《リェンジンピン》は彼とは全く異なる道を歩んでいるのだ。

29

台湾を去るその日、リーナは台北駅のコンコースで佟寶駒《トンバオジ》にさよならを告げた。一生懸命に借金を返済し、さらに幾許《いくばく》かのお金を貯めた後、彼女は台湾を離れることにしたのだ。家族の状況も好転し、つまりそれはリーナが多くの同胞たちよりも幸運に恵まれていたことを意味していた。働きながら大学に通い、法律と英語を学んで将来は国を越えて法律の仕事に就きたい。もしかしたらまた台湾に来ることがあるかもしれない。リーナはそんな風に佟寶駒《トンバオジ》に話した。

歓迎すると佟寶駒《トンバオジ》は頷いた。台湾では新住民が既に先住民の数を上回っているから、何年かしたら裁判官もインドネシア語を覚えなければならなくなっているかもしれない。戻ってきて俺に依頼人を紹介してくれ。儲けは折半でどうだ？

深く抱き合った後、佟寶駒《トンバオジ》は去っていくリーナの姿をじっと見送った。遠く離れてからリーナは振り返り、佟寶駒《トンバオジ》がまだホールに佇んで、大勢の人の中からリーナを見送っているのを見た。

観光客が白と黒の格子模様の床の上に座ったり寝転んだりしているコンコースをリーナは通り過ぎた。彼らのほとんどはよく知った表情で、笑い声は耳に馴染んだ故郷の響きを伝えてくる。時々食べ物の匂いが漂ってきて、インドネシアの家族の住む家の食堂を思い出させる。

足を止めたリーナはその場で目を閉じ、アッラーに人々の安寧を祈った。台湾のこの土地に暮らすには、ちょっとした幸運が必要なのだ。

30

月曜日の朝の六時には事務所に佟寶駒《トンバオジ》の姿があった。特に急ぎの用事があるわけでもないが、彼はもう太陽が昇ると目が覚めてしまう年代なのだ。

彼は入口で外部用の《司法週刊》で厳重に梱包された荷物を受け取った。差出人は林芳語《リンファンユ》。楕円形で奇妙な手触りをしていた。

佟寶駒《トンバオジ》はコーヒーを淹れ、燒餅《シャオビン》油條《ヨウティアオ》を咥えるとテーブルの前に腰を下ろして小包みを調べ始めた。

佟寶駒《トンバオジ》は最初、梱包に使われた《司法週刊》の《権力を利用した性交渉について再考》*15と題された記事に目を奪われた。一昨年予備校で発覚した講師が生徒をレイプした事件に何か関係があるのではないかと推測した。事件の主役の張正煦《ジャンジョンシ》と彼は昔、ゴシップ仲間だったからだ。佟寶駒《トンバオジ》は文字が折り目の向こうに隠れる個所まで読んでいき、ようやく荷物を開梱しなければと思い至った。

梱包を解くと、中から空気の抜けたバスケットボールと、もうひとつ小さな本の形をした封筒が入っていた。

バスケットボールにはユタ・ジャズのロゴの他、ドノバン・ミッチェルの公式サインがあり、さらに一枚のカードがついていた。「年を取ったらたくさん運動しないとね。林芳《リンファン》語《ユ》より」

佟寶駒《トンバオジ》は笑いながらバスケットボールをソファーに置いて、封筒を調べ始めた。差出人はなく、消印もはっきりとしていなかった。封筒を開けると中から古ぼけた聖書が出てきた。異国の文字で書かれていたが、佟寶駒《トンバオジ》の直感がそれはアブドゥル・アドルのコーランだと告げていた。

一枚のメモリーカードがコーランの中から滑り落ちてきた。

＊15　民国一〇九年（二〇二〇年）、弁護士の張正煦は予備校講師湯文華〔タンウェンホワ〕が三十年以上の長年にわたり数えきれないほどの生徒に性的虐待を行ってきたと告発した。これにより社会はパワハラによる性的虐待と予備校システムの問題に正面から目を向けるようになった。しかし張正煦は弁護士倫理に違反し、威力業務妨害、守秘義務違反、背任などの罪を犯したとして、弁護士協会から弁護士資格停止処分を受けた。

修寶駒《トンバオジ》はパソコンを立ち上げた。老眼鏡を掛け、メモリーカードを差し込んだ。写真、動画、さらには夥《おびただ》しい文章による記録。素晴らしい。専門用語や内容は漠然としかわからなかったが、いつか理解できる日が来るだろう。

また曲が浮かんできた。ハミングして身体を揺らす。

修寶駒《トンバオジ》はオフィスの中で陶酔しながらも控えめに、アミ族の勇士のための戦いの舞を踊った。

七　真相

1

いつもの家具、いつものインテリア、いつもの電灯、いつもの夕飯の時間。

ひとり、ダイニングキッチンに座っている鄭峰群《ジョンフォンチェン》は居間から流れてくるテレビのニュースを聞きながら魚の頭をほぐし、最後の一片を口に押し込んだ。それから食器を片付けるために立ち上がった。

「ごちそうさん」鄭峰群《ジョンフォンチェン》は寝室に向かって大声を上げた。

鄭王鈺荷《ジョンワンユーハー》が何か答えたのと一緒に水音が聞こえた。彼女は浴室で二歳の娘の身体を洗う用意をしている最中だった。赤いバケツにお湯を入れ、温度を調節しながら娘に話しかけていた。

ドアチャイムが鳴った。

誰だ？　ぶつぶつ言いながら鄭《ジョンフォンチェン》峰群が台所から出てきた。

内側のドアを開けると、そこにアブドゥル・アドルの姿があった。アブドゥル・アドルはボロボロになった赤いサッカーのユニフォームを着て、手に袋を下げており、鄭《ジョンフォン》峰群《チェン》を見ると頭を下げて視線を別の方へと向けた。

痩せたな、そう思った鄭《ジョンフォンチェン》峰群は外側のドアも開けて中に入るよう促した後、手振りで食事は済んだかと尋ねた。

アブドゥル・アドルは首を振った。

アブドゥル・アドルをソファーに座らせた鄭《ジョンフォンチェン》峰群はここで待つよう手振りで伝えた。鄭《ジョンフォンチェン》峰群は寝室に行くと、娘の服を脱がせている妻に声をかけた。「青菜を茹でてくれないか。それから魚か卵を……。豚肉やラードは使わずに」

「どうしたの？」

「客人だ。……少し時間を稼いで、ここに引き留めておかなければならない」

「子どもは？」

「俺がなんとかするからベッドに連れていってくれ」

居間に戻った鄭《ジョンフォンチェン》峰群はアブドゥル・アドルを見て驚いた。その手に何か細長いものを持ち、茫然と鄭《ジョンフォンチェン》峰群を見つめ返していた。一部は新聞に包まれていたが、一目でそれが自分の刺身ナイフだと気が付いた。

鄭峰群《ジョンフォンチェン》は手振りでアブドゥル・アドルに話しかけた。「そのナイフを返してくれないか？」

アブドゥル・アドルは何も言わず、ナイフを鄭峰群《ジョンフォンチェン》に差し出した。

鄭峰群《ジョンフォンチェン》はそれを受け取ると脇に置き、アブドゥル・アドルのためにグラスに水を注いだ。

「Money, Passport（金、パスポート）」アブドゥル・アドルは弱々しく口にした。

「Money, Passport?」鄭峰群《ジョンフォンチェン》はグラスをアブドゥル・アドルに手渡した。「Money OK, Passport NO. We bring you home.（金は渡す、パスポートはだめだ。お前は俺たちが家に連れていってやる）」

「Money, Passport」もう一度アブドゥル・アドルが言った。

「Money OK. How much?（金ならやる。幾らほしいんだ？）」鄭峰群《ジョンフォンチェン》は財布を取り出し、中から何枚かの千元札をアブドゥル・アドルに渡し、手振りの会話を続けた。「Passport NO. We bring you home. OK?（パスポートはだめだ。お前は俺たちが家に連れていってやる。わかったか？）」

「Passport（パスポート）」

話が通じないとみるや、鄭峰群《ジョンフォンチェン》はアブドゥル・アドルに待つよう示し、振り返って電話を手にした。アブドゥル・アドルは警戒するように細い体を強張らせ、鄭峰群《ジョンフォンチェン》の背中を見た。

そこへ台所から鄭王鈺荷《ジョンワンユーハー》がやってきて、手にした白飯と惣菜をテーブルの上に置いた。

「他のものは後から持ってくるから、先にこれを食べていてね」アブドゥル・アドルが理解できたかはわからなかったが、言い終わると鄭王鈺荷《ジョンワンユーハー》はそそくさと台所に戻っていった。

鄭峰群《ジョンフォンチェン》は電話で話し始めていた。「理事、あいつが来ましたが、どうしたらいいでしょうか？　まず会社の寮に連れていきますか？」

テーブルの上の食事を見たアブドゥル・アドルはつばを飲み込み立ち上がると、鄭峰《ジョンフォン》群《チェン》に向かって歩き始めた。

「米謝《ミーシエ》……米謝……」アブドゥル・アドルは呟いた。

それは語源はわからないが、船上でトイレを指す隠語だった。鄭峰群《ジョンフォンチェン》は頷くと手で方向を指し示し、電話を続けた。「何日かしたら漁に出る船があるから、それにあいつを乗せましょう」

主寝室の前を通りかかったアブドゥル・アドルは、中から子どもの泣き声が聞こえているのに気が付いた。

鄭峰群《ジョンフォンチェン》は電話の向こうと大声で言い争いを始めていた。「あいつは何も見ていないから心配することはありません。……違いますよ。俺たちがこんなに長い間あいつを隠しておけるわけないじゃないですか。不可能です。船に乗せたらいい。難しいことじゃありません」

テレビのニュースの音声、台所の料理の音、子どもの泣き声、電話で言い争う声……様々な音がアブドゥル・アドルの頭の中で渦巻いた。寝室を覗いてみると、子どもの泣き声が他の音をかき消して、部屋中に響き渡っていた。……突然すべての音が同時に現れて、重なり合って爆発的に増殖した。少しずつ、少しずつ、アブドゥル・アドルには何も聞こえなくなった。

子どもの顔は赤くなり、手足を踊らせた。波紋が水面に広がり、やがて乱れ、すべてが混沌とした。アブドゥル・アドルは自分の呼吸音を聞いた。口から泡が悲鳴を連れて転がり落ちた。水は塩辛くて、魚の生臭さが苦さに変わった。舌が麻痺して喉の奥から温かい甘みが流れ出した。青い空と、それからよくわからない笑い声、手はまだ顔にあり、すべてが揺れ動いていた。

子どもの泣き声がようやく止まった。

波紋は徐々に消えていき、歪んだ顔が徐々にはっきりとしてきた。それはアブドゥル・アドルの困惑した表情だった。彼自身にも何が起こったのかわかっていなかった。

「あんたがそうしたいなら、俺は手を出しません。ここにきてあいつを連れて行ってください。この件に関しては俺は何も知らないし、あんたがどうしようとあんたの勝手ですから」電話に向かって大声をあげていた鄭峰群《ジョンフォンチエン》は、寝室から出てきたアブドゥル・アドルが自分の後ろを通り過ぎたのに気が付かなかった。

「あの阿豆仔《アドウズ》ですか？　あの阿豆仔《アドウズ》のことは言わないでください！　あれはあんたが……」床の奇妙な跡が鄭峰群《ジョンフォンチエン》の視界に映り込んだ。

水だった。

どこからだ？

鄭峰群《ジョンフォンチエン》の視線は水跡を辿り、その発生源を探した。

妻の悲鳴が聞こえたが、振り向くことはできなかった。

アブドゥル・アドルが彼のわき腹を後ろからナイフで突き刺した。

屠《ほふ》るときはすべて同じやり方だ。

後書

『台北裁判』（原題《八尺門的辯護人《バーチムンダビェンフーレン》》）の最初の構想はアメリカ留学の最後の年に生まれた。当時、権力の侵略をテーマにした私の長編映画の脚本「童話・世界」は「拍台北」銀劇本賞（銀幕脚本賞）を受賞したばかりだった。このことにより法曹界を舞台にした創作が実現できると確信した私は、興奮しながら二本目の映画脚本の制作に取り掛かった。自惚《うぬぼ》れ屋で生意気な法律家にとって、死刑というテーマに挑むことは避けられない宿命だった。しかしながら移民労働者と先住民の問題を取り上げることになったのは予想外だった。このアイデアは当時の駐ロサンゼルス台北経済文化代表処の陳雅玲代表からもたらされたものだ。ある会食の席で、彼女は過去に関わっていた移民労働者に関する業務について話してくれた。中でも戸籍のない子どもたちについては色々と思うところがあるようであった。その後、多くの資料やアイデアを提供してもらい、それが徐々にストーリーの大筋を形作っていった。

雇用主から受ける圧力で殺人を犯すという設定は、湯英伸《タンインシェン》の事件を思い出させる。先住民について調べている最中、過去に台湾漁業の中でアミ族が置かれていた立場は、現在の東南アジアの漁業員のそれと酷似していると気が付いた。ここでようやく主人公佟寶駒《トンバオジ》のジレンマや葛藤、アイデンティティが確立された。

八尺門《バーチムン》を物語の背景に決めたのは、漁業や先住民の漁業従事者という設定にも合致しているだけでなく、ノスタルジーも感じさせるからだ。私は小学生のころ、基隆《ジーロン》信二路一七四巷の省立病院宿舎で、短い間ではあったが祖父母と一緒に暮らしていたことがある。基隆《ジーロン》は私の人生において、どの部分にも属さない独立した世界であり、神秘と思い出に満ちた場所なのだ。

アミ族を描くにあたり、大量の書物や歴史的史料を読んだことに加え、大学の同窓生である馬瑋君と彼女の父親の馬賢生の協力を得られたのは幸いだった。彼らは正に基隆《ジーロン》の都市部に暮らすアミ族で、八尺門《バーチムン》の集落と強い繋がりを持っていた。何回にもわたるオンラインでの討論がこの物語のキャラクターたちに命を吹き込んだのだ。

『台北裁判』の脚本の筋書きが完成した後、台北に戻り「童話・世界」の撮影に入ったため、制作が半年、中断した。その後再びペンをとった時に、鏡文學賞募集のニュースを知り、私は手の中のアイデアを小説にすることの意義を考え始めた。私は最終的にこの小説を実験と見做し、法学的な読み物の可能性と監督としての課題だと考えることにした。
これから映画やテレビドラマでは、複雑な設定を組み合わせ、物語のディテールをしっかりと作り込み、登場人物を深く掘り下げることで法律劇というジャンルを追求していきたいと考えている。

小説を創作する過程で、言葉は次第に重要な要素になりつつある。私は三つの視点からアプローチすることで、テーマを論証できることを発見した。ひとつ。言語の使用は権力、文化、アイデンティティの動きを増減させる。ふたつ。法廷において被告人が言葉を失う状況は、精神障害者や外国人の場合、特に深刻である。最後。私は法律を言葉として捉えている。法律の使い方を心得ている人は、自分が自由に使えることが特権であることに気が付いていない場合が多い。法律を用いて人生を語る際、如何に倫理に囚われないようにするかは法律に関わる者の永遠の課題である。

とはいえ、本書は学術論文やドキュメンタリー小説ではないこと、また読者の読書体験を考慮し、本文以外の会話は翻訳形式で表し、マークを付けて補足することにした。これは台湾の言葉の美しさを犠牲にするだけでなく、それぞれの言語が持つ独特な表現方法を無視することになった。誤解と偏見が生じることを深く憂慮し、申し訳なく感じている。おそらくこの難題の解決は、映像化に委ねなければならないだろう。

鏡文學の董成瑜が愛の手を差し伸べてくれたおかげで、受賞後に未完成だった脚本を完成に漕ぎつけることができた。そして様々なジャンルに適応するために、物語は発展し変化し続けている。脚本執筆の過程で追加されたいくつかのエピソードは小説の中に取り入れられている。書き加えたり削ったりしながらようやくそれぞれの最終的な姿が見えてきた。選択しなければならない部分もあり、最終的によりよいものにできるかはわからないけれど、それでもこの経験は初めて小説やドラマに挑んだ私にとっては有意義で貴重なものだった。

『台北裁判』が形になったのは、また新北《シンベイ》地方法院の裁判官、張景翔のおかげでもある。彼は多忙にもかかわらず、私の司法実務の知識不足を補うために多岐にわたって多くの提案をしてくれた。小説のタイトルは彼から着想を得たものだ。高等法院高雄支部の公設弁護人の陳信凱からは公設弁護人の仕事と生活を窺い知ることができた。人類学博士の頼奕諭のおかげで先住民と南島語族（オーストロネシア語族）の現状について、より深い理解を得ることができた。民俗学博士の于嘉明はイスラム教と台湾におけるその信仰の実践について、多くの生きた情報を私に提供してくれた。映画監督の連俊福は都会に暮らすアミ族の第二世代として、遠洋漁船でのユニークな人生経験を教えてくれた。民俗学修士、ヤウィ・イクは先住民の歴史や文化、物語の設定について貴重なアドバイスを与えてくれた。

それからもちろん妻の呂詩婷。いつもふらふらと夢見がちな私にとても寛容だった。

　この小説の初稿を書き上げるのに一年近くを費やした。この間私はいくつかの事件弁護で生活費を稼ぐことしかできなかったが、その過程で様々な市民の無力ゆえの困窮を知り、当初の目的を果たす決意を新たにした。この世界には私にしか語れない物語があると信じている。『台北裁判』はまだ完璧ではないし、最初に決めたゴールへの道半ばでしかないが、私が出発した時には道すらなかったのだから問題ない。

「我々は労働力を呼んだが、やって来たのは人間だった」スイスの作家、マックス・フリッシュは移民労働者の問題についてこのように述べている。この文章はこれだけでひとつの物語として完成している。対立する人物のそれぞれに欲望、目標、出来事、対立がある。

　さらに重要なのはこのことが重い事実を指摘していることだ。

　我々はみな物語の中にいるのだ。

訳者あとがき

裁判のミステリと聞けば、法廷で検察側と弁護側が丁々発止とやりあったり、検察が理詰めで被告人の隠された罪を暴いたり、弁護士が丹念な捜査で依頼人の無実を勝ち取ったり……というような内容を思い浮かべる方が多いのではないでしょうか。

この『台北裁判』はさにあらず、被告人が死刑になるか否かが一番の焦点になっていて、被告人を死刑にさせないために苦心する公設弁護人の佟寶駒《トンバオジ》が主人公です。被告人はインドネシアからの移民労働者のアブドゥル・アドルで、彼は働いていた漁業船の船長一家を殺した罪で、すでに一審で死刑判決を受けています。

二審で被告人の弁護を担当することになった佟寶駒《トンバオジ》は、自分の元に配属された代替役《だいたいえき》の連晉平《リェンジンピン》の熱量に押されるように裁判に取り組んでいきます。

さらに借金の返済のために被告人の通訳として裁判に関わることになるインドネシア人の家庭介護士リーナ。

この三人を中心にして、死刑制度の廃止を目指す法務大臣や、巨大な船会社の経営者、佟寶駒《トンバオジ》の同胞の先住民たち、裁判所の裁判官や検察官たちがそれぞれの利益や理想、思惑の元、陰に日向に裁判に関わってきます。『台北裁判』はそんな人々が織り成す群像劇です。

　この小説において裁判を左右するのは正義でも真実でもなく、巨大な権力です。そこに人種も言葉も考え方も違う三人が、時にぶつかり合いながら立ち向かっていきます。

　この大きな力によって死刑に向かって押し流される被告人を、佟寶駒《トンバオジ》たちは押し留めることができるのでしょうか。

　とても重い話なのですが、暗さ一辺倒にならないのは佟寶駒《トンバオジ》が表面上見せるいい加減さのお陰でしょう。佟寶駒《トンバオジ》に感化されてだんだん緩くなっていく連晉平《リエンジンピン》とのやり取りが楽しく、自分の跡継ぎにと手塩にかけて育てた大事な息子がどんどん理想像から外れていったら、連正儀《リエンジョンイー》のような父親は焦るだろうなあと思いながら訳していました。

　父親と言えば、ずっと不出来な父親（佟守中《トンショウジョン》）の息子でしかなかった佟寶駒《トンバオジ》が、連晉《リエンジン》平《ピン》を諭して法務部ビルの前から立ち去らせたときに、初めて誰かの父親になったように感じます。

『台北裁判』は佟寶駒《トンバオジ》と連晉平《リェンジンピン》がそれぞれの父親の呪縛から解放される話でもあり、佟寶《トンバオ》駒《ジ》はさらに年相応の父親に成長する姿も見せてくれます。この佟寶駒《トンバオジ》の魅力が上手に伝わっていたらいいのですが。

それから作品についていくつか補足を。

原書ではアブドゥル・アドルが鄭峰群《ジョンフォンチェン》の幼い娘を手にかけた場所が「トイレ」だったり「浴室」だったりします。完成当時の海浜《ハイビン》国営住宅の間取り図を調べたところ、トイレと浴室が一緒になっていたので（台湾では湯船につかるという習慣がない方が大多数です）齟齬はないのですが、そのまま訳すと読者の皆様を混乱させてしまいそうでしたので「浴室」で統一しています。

リーナが許《シ》おばあちゃんの身体を洗うときにトイレに座らせるという描写も、ワンルームマンションなどによくある三点ユニットバスから湯船を無くしたものを想像するとわかりやすいのではないでしょうか。

次に佟守中《トンショウジョン》の前科についてです。作品冒頭では殺人未遂を起こして投獄されたことになっていますが、後半になると「漢人を殺した」ことになっています。

子供時代の鄭峰群《ジョンフォンチェン》が彭正民《パンジョンミン》と佟寶駒《トンバオジ》との無謀なチャレンジを、勇敢な冒険譚として吹聴する描写もあるので、弱い立場だった先住民族の船長が雇い主である漢人に歯向かったという事実がいつしか誇張されたのではないかと考え、こちらはアミ族の人々が口にする際には原書通りに訳しています。

それ以外の個所については冒頭の表現に則り「殺人未遂」としています。

こうして一族の中で英雄として語られる佟守中《トンショウジョン》と、実際の佟守中《トンショウジョン》の落差が佟寶駒《トンバオジ》を苛立たせる原因のひとつなのかも知れません。

また作中で出てくる英語は原書そのままにしています。冠詞が抜けていたりして正しくない個所もありますが、それもまた唐福睿《とうふくえい》の人物描写なのでしょう。

台湾の裁判についてもひとつ。

本作品で裁判中に裁判長が佟寶駒《トンバオジ》と劉家恆《リウジャハン》に量刑、矯正の可能性について問いかけるシーンがあります。

今回、台湾の司法制度について調べている最中に、台湾では積極的に事件を解明するために、裁判官が多くの質問を行うという話を目にしました。これは裁判官が公判を主導していくためだそうで、弁護人や検察官が進めていく日本の裁判とはかなり印象が違うのではないでしょうか。

なお、本作品の中で陳青雪《チェンチンシェ》が廃止を目指していた台湾の死刑制度ですが、実際に三十七人の死刑囚から、平等権、生存権などの憲法の原則に違反するのではないかと訴えがあり、憲法法廷で審議が行われました。

その結果、十五人の大法官で構成される憲法法庭は民国一一三年（二〇二四年）九月二十日に「死刑制度は合憲であるとみなすが、死刑を唯一の法的刑罰とすることはできない」との判決を下しています（一一三年憲判字第八號）。

さらにこの判決は関連規定を二年以内に改め、制度を厳格に運用するよう求めており、死刑制度の存続賛成派からは実質上の死刑制度廃止ではないかとの声が上がっています。総統府からは「憲法法庭が出した判決を尊重する」とのコメントが出ていますが、多くの人が死刑制度を肯定する台湾で、先行きがどうなるのか気になります。

本作品『台北裁判』（八尺門的辯護人）は『童話世界』に続く唐福睿《とうふくえい》の二冊目の作品で、第二回鏡文學百萬影視小説大奬、台湾文化部主催の二〇二二年金鼎奬（Golden Tripod Awards）文學圖書奬、二〇二三年台北國際書展大奬小説奬を受賞しており、その後作者の唐福睿《とうふくえい》が監督、脚本を手掛けて全八話のドラマになっています。ドラマは二〇二四年の金鐘奬（台湾のテレビ及びラジオに関する賞。台湾エミー賞とも称される）で、ミニドラマ賞、脚本賞等七つの部門を受賞しています。

もとは弁護士（民事も刑事も扱っていたそうです）だった唐福睿《とうふくえい》、小説も映像もと中々の多才ぶりを発揮しているようです。

ドラマの舞台になった八尺門はちょっとした観光ブームになったと聞いています。

次回作の噂は聞こえてきていませんが、小説であれ映像であれ、素敵な作品を生み出してくれるはずだと期待しています。

最後になりましたが、台湾の友人のリリには、生活習慣や考え方、司法試験の制度等についてたくさんのことを教えてもらいました。彼女の、この小説を日本の人が日本語で読むことにはとても意義を感じるという言葉には常に励まされました。

そして何よりも、この本を手に取って下さった皆様に、深く感謝いたします。

本当にありがとうございました。

二〇二四年十一月

悪童たち（上・下）

坏小孩
紫《し》 金陳《きんちん》
稲村文吾訳

ひと気のない静かな山中。男は邪魔な義理の両親を殺した。それは完全犯罪になるはずだった。だが、その決定的瞬間を三人の子供が目撃していた！　彼らは男を恐喝しようとするが……。二転三転していくストーリーと、息もつかせぬサスペンス。華文ミステリの新境地にして、チャイニーズ・ノワールの傑作が登場！

ハヤカワ文庫

検察官の遺言

長夜難明
紫《し》金陳《きんちん》
大久保洋子訳

地下鉄の駅で爆弾騒ぎを起こした男のスーツケースから、元検察官・江陽の遺体が発見された。男は敏腕弁護士の張超で教え子だった江陽の殺害を自供するが、初公判で張超は自供を覆し、捜査は振り出しに戻る。再捜査で江陽が十二年前の事件を追っていたことが判明し……。社会派ミステリの傑作登場。解説／菊池篤

ハヤカワ文庫

制裁

ODJURET

アンデシュ・ルースルンド&
ベリエ・ヘルストレム
ヘレンハルメ美穂訳

〔「ガラスの鍵」賞受賞作〕凶悪な少女連続殺人犯が護送中に脱走。その報道を目にした作家のフレドリックは驚愕する。この男は今朝、愛娘の通う保育園にいた！　彼は祈るように我が子のもとへ急ぐが……。悲劇は繰り返されてしまうのか？　北欧最高の「ガラスの鍵」賞を受賞した〈グレーンス警部〉シリーズ第一作

ハヤカワ文庫

哀惜

The Long Call

アン・クリーヴス

高山真由美訳

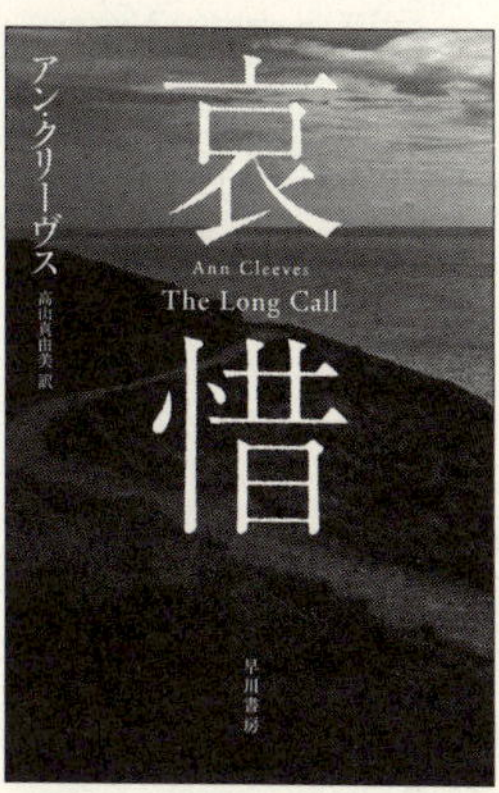

イギリス南部の町ノース・デヴォンで発見された死体。捜査を行うマシュー・ヴェンは、被害者は近頃町へやってきたサイモンという男で、自身の夫が運営する複合施設でボランティアをしていたことを知る。彼を殺したのはいったい何者なのか。英国ミステリの巨匠が贈る端正で緻密な謎解きミステリ。解説／杉江松恋

訳者略歴　中文翻訳家。香港中文大学新雅中国語文研究所で広東語を学ぶ

HM=Hayakawa Mystery
SF=Science Fiction
JA=Japanese Author
NV=Novel
NF=Nonfiction
FT=Fantasy

台《たい》北《ぺい》裁《さい》判《ばん》

〈HM㉓-1〉

二〇二四年十二月　十　日　印刷
二〇二四年十二月十五日　発行
（定価はカバーに表示してあります）

著者　唐《とう》福《ふく》睿《えい》
訳者　よしだかおり
発行者　早川浩
発行所　株式会社　早川書房

郵便番号　一〇一 - 〇〇四六
東京都千代田区神田多町二ノ二
電話　〇三 - 三二五二 - 三一一一
振替　〇〇一六〇 - 三 - 四七七九九
https://www.hayakawa-online.co.jp

乱丁・落丁本は小社制作部宛お送り下さい。
送料小社負担にてお取りかえいたします。

印刷・精文堂印刷株式会社　製本・株式会社明光社
Printed and bound in Japan
ISBN978-4-15-186351-6 C0197

本書は活字が大きく読みやすい〈トールサイズ〉です。